THE HEART IS A LONELY HUNTER

心是孤獨的獵手

CARSON MCCULLERS

卡森・麥卡勒斯——著 陳笑黎——譯

第一章

1

鎮上有兩個啞巴，他們總是在一起。每天清早，他們從住所走出來，手挽手地走在去上班的路上。兩個夥伴很不一樣。帶路的是那個非常肥胖和迷迷糊糊的希臘人。夏天，他出門時總是穿著黃色或綠色T恤——前襬被他胡亂地塞進褲子裡，後襬邋遢地垂著。天冷一些的時候，他就在襯衫的外面套上鬆鬆垮垮的灰毛衣。他的臉圓圓、油油的，眼皮半開半閉，彎曲的嘴唇顯出溫柔而呆滯的笑容。另一個啞巴是高個，眼睛裡透出敏捷和智慧。他穿得很樸素，總是一塵不染。

每天早晨，兩個夥伴靜靜地走在一起，到小鎮的主街時，他們會在一家果品店外的人行道上停下來。這個希臘人斯皮諾思·安東尼帕羅斯的表哥是果品店的老闆，斯皮諾思為他打工。他的工作是：做糖果和蜜餞、把水果從箱子裡卸下來、清掃商店。每次分手前，那個瘦高的啞巴約翰·辛格，總是將手放在夥伴的臂膀上，定定地看一兩秒鐘夥伴的臉，轉身離開。然後辛格一個人過了馬路，走向他工作的珠寶店——他是銀器雕刻工。

快到傍晚，兩個夥伴又在一起了。辛格去果品店等著安東尼帕羅斯下班，兩人一起回家。希臘人懶洋洋地打開一箱桃子或者甜瓜，要不然就是待在商店後面的廚房，看報紙上的漫畫。下班之前，安東尼帕羅斯總是會打開白天藏在廚房貨架上的紙袋，裡面有他攢的各種各樣的食物：水果、糖果的樣品、一小截紅腸。和往常一樣，離開前安東尼帕羅斯會慢吞吞地晃到小店前面的玻璃櫃，裡面裝著肉和乳酪。他把玻璃櫃的後門用手輕輕地滑開，胖手愛撫著那些令他垂涎欲滴的美味。有時候，他的表哥沒看見他的動作。如果被他看到了，他就瞪著他的表弟，緊繃而蒼白的臉上發出警告的信號。安東尼帕羅斯悲傷地將美味從櫃子的一角移到另一角。這種時候，辛格雙手插在口袋裡，直直地站著，目光落在別的地方。他不喜歡發生在這兩個希臘人之間的鬼名堂。因為，除了喝酒和某種孤獨而祕密的享受外，安東尼帕羅斯在這世上最熱愛的事就是吃。

黃昏時分，兩個啞巴慢慢地走回家。在家裡，辛格總是對安東尼帕羅斯說話。他打著飛快的手語，表情很急切，灰綠色的眼睛明亮地閃爍著。他用瘦長有力的手指告訴安東尼帕羅斯一天發生的事。

安東尼帕羅斯懶洋洋地半躺著，一邊看著辛格。他的手指幾乎動都不動一下——偶爾動一下，也只是想說他要吃東西、要睡覺或者要喝酒。他總是用同樣含混和笨拙的手勢來表達這三個不同的需求。晚上，要是喝得不太醉，他會跪在床前，禱告一會兒。他用胖手打出這樣的話：「神聖的基督」，或者「上帝」，或者「親愛的瑪利亞」。這些就是安東尼帕羅斯說的全部的話了。辛格從來不知道他的夥伴到底能明白多少他的話。可是這一點都不重要。

他們合租了小鎮商業區附近一幢小房子樓上的兩個房間。廚房裡有一個煤油爐，安東尼帕羅斯就靠它做飯。廚房裡有把直直的、很普通的餐桌椅，是辛格專用的；另一個鼓鼓囊囊的沙發，是安東尼帕羅斯的專用座位。臥室裡幾乎沒什麼家具：一張安東尼帕羅斯睡的巨大的雙人床，上面鋪著鴨絨被；另一張是辛格睡的窄窄的折疊床。

晚飯總是很漫長。因為安東尼帕羅斯喜歡吃，而且他吃得很慢。飯後這個胖希臘人半躺在沙發上，用舌頭慢慢地舔每一顆牙齒——或者是出於某種對味道的敏感，或者是不想失去剛才的美味。飯後，辛格去洗碗。

有時候，他們在晚上下西洋棋。辛格一直特別喜歡西洋棋，這麼多年他努力要教會安東尼帕羅斯這個遊戲。一開始，安東尼帕羅斯很不耐煩，他不喜歡在棋盤上將棋子移來移去。辛格在桌子下放一瓶好喝的東西，每堂課後拿出來請他喝。這個希臘人從來不能領會「馬」的狂亂走法以及「王后」橫掃一切的靈活步法。但是，他學會了開局的幾步。他喜歡白棋，如果給他黑棋，他就不玩啦。走完最初的幾步後，辛格自己和自己下，他的夥伴在旁邊懶懶地看著。如果辛格最終對自己人大開殺戒，黑「國王」被殺死，安東尼帕羅斯就會非常驕傲和開心。

兩個啞巴沒有別的朋友，除了工作時間他們總是兩個人獨自待在一起。每一天都和前一天沒有什麼不同，他們過於離群索居，幾乎沒有什麼能擾亂他們的生活。他們每週去一次圖書館，辛格每週要借一本偵探小說；星期五晚上，他們去看一場電影。發薪的那天，他們一起去「陸海軍」店樓上的十分錢照相館，為安東尼帕羅斯拍一張照片。這就是他們每週固定去的地方，鎮上有許多地方他們從來都沒去過。

小鎮在南部的縱深處。夏天是漫長的，寒冷的冬天短而又短。天空總是明淨耀眼的湛藍色，太陽放蕩而刺眼地燃燒著。十一月涼颼颼的小雨隨後就來了，也許過後會有霜凍和短短幾個月的寒冷。冬天是變幻無常的，而夏天永遠是灼熱的。小鎮還是相當大的。在那條主街上，有好幾個商業街區，由兩三層樓的商店和辦公樓組成。但是鎮上最大的建築物全是工廠，僱用了小鎮大部分的人口。這些棉紡廠很大而且欣欣向榮，大部分的工人都很窮。街上行人的臉部露出的往往是飢餓與孤獨的絕望表情。

然而，這兩個啞巴一點也不寂寞。在家裡，他們高興地吃吃喝喝，辛格急切地用手告訴夥伴自己所有的念頭。時光靜靜地流逝，轉眼間辛格三十二歲了，他已經和安東尼帕羅斯一起在鎮上待了十年。

有一天，希臘人病了。他一直端坐在床上，雙手放在胖肚皮上面，顆粒大的油一樣的淚水從兩頰上滾落。辛格找到夥伴的表哥，也就是果品店的老闆，他還替自己請了假。醫生給安東尼帕羅斯開了一個食譜，說他再也不能喝酒了。辛格嚴格地執行了醫生的指令。一整天，他守在夥伴的病床前，做了一切他能做的，好讓時間過得快一些。可安東尼帕羅斯只是氣呼呼地用眼角看著辛格，笑也不笑一下。

希臘人很煩躁，不停地抱怨辛格為他弄的果汁和食物不好吃。他時常讓他的夥伴把他扶下床，這樣他就可以禱告了。他跪下的時候，肥大的臀部壓在胖胖的短腳上。他笨手笨腳地打出「親愛的瑪利亞」的手語，然後緊緊握住一個黃銅的小十字架，用一根髒兮兮的繩子拴在脖子上。他的大眼睛沿著牆壁爬到天花板，目光裡有一種恐懼。隨後呢，他會非常陰鬱，不許他的夥伴和他說話。

辛格是耐心的，盡了他最大的所能。他畫了一些小畫，有一次他還為夥伴畫了速寫，想逗他樂。這張速寫傷了胖希臘人的心，直到辛格把他的臉改得很年輕很英俊，把他的頭髮染成金黃，眼珠子畫成中國藍，他才同意和解。過後，他努力抑制著不讓自己的快活流露出來。

辛格細心地照料他的夥伴，一個星期以後，安東尼帕羅斯就能上班了。可是自此以後他們的生活方式有了變化。麻煩來了。

安東尼帕羅斯身體恢復了，可是人卻變了。他變得暴躁，晚上已經不再滿足於安靜地待在家裡。他出門時，辛格緊緊地跟著他。安東尼帕羅斯走進一個飯館，他們在桌子邊坐下，安東尼帕羅斯偷偷地把方糖、胡椒瓶或一些銀器裝進口袋。辛格總是為他付帳，總算沒引起大麻煩。回到家他責怪安東尼帕羅斯，胖希臘人只是看著他，無動於衷地笑著。

幾個月過去了，安東尼帕羅斯的壞毛病愈演愈烈。一天中午，他平靜地走出表哥的果品店，走到街對面，公然對著第一國家銀行大樓的牆根撒尿。時不時地，他在人行道碰到令他不快的面孔，他會一頭撞向這些人，用手肘和肚子推他們。一天，他走進一家商店，沒付一個子兒就把落地檯燈從店裡拖了出來。還有一次，他試圖把在陳列櫃上看中的電動火車拿走。

對辛格來說，這是一段難熬的日子。午飯時間，他不停地陪著安東尼帕羅斯去法院處理法律上的糾紛。辛格對這些法庭的程序熟稔起來，時刻處在焦慮之中。他在銀行的存款都花在了交納保釋金和罰款上。有一大堆來自法院的指控：偷竊、有傷風化、人身攻擊，諸如此類。為了不讓他的夥伴被關進去，辛格想盡了辦法，花光了鈔票。

果品店的老闆，希臘人的表哥壓根兒也不管他的事。查里斯·派克（這就是表哥的名字）讓安東尼帕羅斯繼續待在店裡，但他總是用蒼白緊繃的臉對著他，一點兒不想去幫他。辛格對查里斯·派克有一種奇怪的感覺。他開始不喜歡他了。

辛格處在持續的混亂和擔憂中。但安東尼帕羅斯永遠是無動於衷的，不管發生了什麼，他的臉上總是掛著溫柔和軟弱的微笑。過去的那些歲月裡，辛格總覺得這種笑容裡藏著某種微妙和智慧。他從不知道安東尼帕羅斯到底能明白多少，到底在想什麼。如今在胖希臘人的表情中，辛格覺察到一種狡黠和嘲弄。他會使勁地搖晃夥伴的肩膀，直到他疲倦得要命；他一遍遍地用手解釋各種事情。可這些全都是無用功。

辛格所有的錢都沒了，不得不向他的珠寶店老闆借錢。某一次，他沒錢付保釋金了，安東尼帕羅斯在拘留所裡過了一夜。第二天接他出來時，安東尼帕羅斯悶悶不樂。他不想離開。他很享受晚餐的醃豬肉、澆上糖汁的玉米麵包。新的住宿環境和獄友令他很愉快。

他們過著這樣孤僻的生活，辛格找不到任何人幫安東尼帕羅斯解脫困境，沒有什麼可以中斷或者治癒他的惡習。在家時，他有時燒點在拘留所吃過的新東西；在外面，根本無法預料他下一步會做出什麼事。

最後的大麻煩擊中了辛格。

一天下午，他去果品店接安東尼帕羅斯，查里斯．派克遞給他一封信。信上說查里斯．派克已經安排好了讓表弟去兩百英里外的州立瘋人院。查里斯．派克運用了他在小鎮的影響力，把方方面面都安排妥當了。安東尼帕羅斯下週就要走了，住進那瘋人院。

辛格把信讀了好幾遍，一瞬間腦子一片空白。查里斯．派克隔著櫃檯和他說話，辛格卻懶得去讀他的口形。最後，辛格在他隨身攜帶的便箋簿上寫下：

你不能這樣做。安東尼帕羅斯必須和我在一起。

查里斯．派克激動地搖了搖頭。他不怎麼會說英語。「這不關你的事。」他一遍遍地重複這句話。

辛格知道一切都結束了。這個希臘佬擔心有一天表弟會成為他的負擔。查里斯．派克不懂多少英語——可他對美元了解得很，他用金錢和關係，迅速地把表弟送進了瘋人院。

辛格無能為力。

下一個星期充斥著種種狂暴的舉動。他說，拼命地說。儘管他的手從沒停下過，他還是說不完他想說的話。他想把渾身的話全講給安東尼帕羅斯聽，可是沒時間了。他的灰眼珠閃閃發光，敏捷而智慧的臉上呈現過度的緊張。安東尼帕羅斯昏昏沉沉地看著他，辛格不知道他真正明白了多少。

然後，安東尼帕羅斯要走的日子到了。辛格取出自己的手提箱，非常細心地給共同財產中最值錢的物品打包。安東尼帕羅斯為自己做了一頓中飯，預備在路上吃。傍晚時分，他們最後一次手挽著手，在那條街上散步。這是十一月末寒冷的下午，眼前已經看得見一小團一小團呼吸的哈氣。

查里斯．派克要和表弟一起去，在站臺上卻離他們遠遠地站著。安東尼帕羅斯擠進車廂，在前排的一個座位上誇張地準備了半天，才把自己安頓下來。辛格從窗口望著他，他的雙手最後一次絕望地與夥伴交談。可是安東尼帕羅斯忙著檢查午餐盒裡的各項食品，一時之間根本顧不上辛格。巴士從路邊開動的剎那，他把臉轉向辛格，他的笑容平淡而遙遠——彷彿他們早已相隔萬里。

後面的幾個星期恍如夢中。辛格整天俯在珠寶店後面的工作檯上，晚上他一個人走回家。他最想做的事就是睡覺。下班一到家，他就躺在他的小床上，掙扎著打個盹。半醒半睡之間，他做夢了。所有的夢裡，安東尼帕羅斯都在。辛格的手緊張地抽動，因為在夢裡他正與夥伴交談，安東尼帕羅斯則注視著他。

辛格努力回憶認識夥伴以前的歲月。他努力對自己描述年輕時發生的某些事。可所有這些他努力回想起的東西顯得那麼不真實。

他想起一件特別的事，但它對他一點不重要。辛格追憶到，儘管他還是嬰兒時就聾了，但他從來就不是真正的啞巴。很小的時候他成了孤兒，被送進聾啞兒收養院。他學會了手語和閱讀。九歲以前他就能打美國式的單手手語——也能打歐洲式的雙手手語。他學會了唇讀。隨後他被教會了說話。

在學校大家都覺得他很聰明。他的功課學得比別的同學都快。但他從不習慣於用嘴說話。這對他不太自然，他感覺自己的舌頭在嘴裡像一條大鯨魚。從對方臉上空洞的表情，他能感覺到自己的聲音像某種動物或者聽起來很噁心。用嘴說話對他是件痛苦的事，他的雙手卻總能打出他想說的話。二十二歲時他從芝加哥來到這個南部的小鎮，馬上就遇到了安東尼帕羅斯。從那以後，他再也沒用嘴說過話，因為和夥伴在一起他不需要動嘴。

除了和安東尼帕羅斯在一起的十年，其他的都不像是真的。在迷迷糊糊的夢境中，他的夥伴栩栩如生。醒來後，一種孤獨刺痛了他的心。偶爾，他會寄一箱子東西給安東尼帕羅斯，但從沒回音。幾個月就在如此的空虛和迷茫中過去了。

春天來了，辛格變了。他無法入睡，身體異常焦躁不安。到了晚上，他在屋子裡機械地打轉，無法將陌生的情緒發洩掉。只有黎明前的幾個小時，他才能稍稍休息一會兒——昏沉地陷入沉睡之中，直到早晨的陽光像一把短刀，突然刺破他的眼皮。

他開始在鎮上四處晃悠，消磨掉夜晚。他再也不能忍受安東尼帕羅斯住過的屋子，就去離鎮中心不遠的一幢破破爛爛的公寓另租了房間。

他每天都在兩條馬路外的一個餐館吃飯。餐館在長長的主街的盡頭，名字叫「紐約咖啡館」。第一天他快速地掃了一眼菜單，寫了一張便條交給老闆：

早餐我要一個雞蛋、吐司和咖啡——$0.15

中餐我要湯（隨便）、夾肉三明治和牛奶——$0.25

晚餐給我上三種蔬菜（隨便，除了甘藍菜）、魚或肉、一杯啤酒——$0.35

謝謝。

咖啡館的老闆看了便條，以一種警覺和世故的目光看著他。他是個硬邦邦的男人，體型中等，落腮鬍又深又重，臉的下半部看起來像鐵做的。他通常站在收銀台的角落裡，雙臂交叉在胸前，靜靜地觀察周圍的一切。辛格對他的臉漸漸熟悉起來，因為他一天三餐都待在這裡。

每個晚上，啞巴一個人在街上閒蕩好幾個小時。有些夜晚，刮著三月尖利、潮濕的冷風，有時雨下得很大。對他而言，這些都無所謂。他的步態是焦慮的，雙手緊緊插在褲兜裡。天逐漸變暖了，令人昏昏欲睡。焦慮慢慢地化成疲倦，在他身上可以看見一種深深的平靜。沉思般的安寧造訪了這張臉，如此的安寧你往往能在最悲傷或最智慧的臉上瞥見。是的，他仍然漫步在小鎮的大街小巷，永遠地沉默和孤獨。

2

初夏一個漆黑悶熱的夜晚，比夫．布瑞農站在「紐約咖啡館」收銀台的後面。當時是午夜十二點。外面的街燈已經熄滅了，從咖啡館透出的光線在人行道上劃出清晰的黃色長方塊。街道一片荒涼，咖啡館裡倒是有幾個顧客正在喝啤酒或桑塔．露琪亞葡萄酒或威士忌。比夫呆呆地候著，臂膀搭在櫃檯上，大拇指一邊擠壓著長鼻子的鼻尖。他的眼神很專注，牢牢地盯著一個矮胖的傢伙——他穿著工作褲，醉得一塌糊塗，吵吵嚷嚷的。比夫的目光時而又落到啞巴身上——他一個人坐在中間的一張桌子旁邊，時而落在櫃檯前的幾個顧客身上。然而，他的目光總是轉回到穿工作褲的醉鬼身上。夜深了，比夫沉默地等在櫃檯後。他最後檢查了一遍咖啡館，走向後門，上了樓梯。

他悄無聲息地走進樓梯頂部的房間，屋子很暗，他躡手躡腳地走著。他走了幾步，腳趾頭觸到了一個堅硬的東西，他蹲下身，摸索地板上手提箱的把手。他在屋子裡也只待了幾秒鐘，正想離開時燈亮了。

艾莉斯在皺巴巴的床上坐起來，看著他。「你動那箱子做什麼？」她問。「你就不能把那瘋子打發掉？用不著把他喝光的再還給他！」

「妳醒醒吧，自己下去。去叫警察，把他醃泡在鏈子串起來的囚犯裡，整天吃玉米麵包和豆子。去做吧，布瑞農太太。」

「如果明天他還在下面，我會的。你可別碰那箱子，它不再屬於那個寄生蟲啦。」

「我了解寄生蟲，布朗特可不是。」比夫說，「我自己——我可不了解我自己。可我也不是那種小偷。」

比夫平靜地把箱子放在外面的樓梯上。屋裡的空氣不像樓下那麼不新鮮和悶熱。下樓之前，他要在這裡多待一會兒，把臉浸在冷水裡。

「你今晚要是不把那傢伙永遠打發掉，我可不是沒說過我會做什麼。白天他就在後面打瞌睡，晚上你讓他白吃白喝。一個星期來他都沒掏過一毛錢。他瘋瘋顛顛的談話和愚蠢的行為會搞垮任何體面的生意。」

「妳不了解人，妳也不了解真正的生意，」比夫說。「這個成問題的傢伙十二天前來到這裡，在這鎮上他是一個陌生人。第一個禮拜他給了我們二十美元的生意。至少二十美元。」

「從那以後，他就賒帳了，」艾莉斯說。「賒了五天，喝得爛醉，真丟人。再說，他就是個叫化子和怪物，簡直一無是處。」

「我喜歡怪物。」比夫說。

「我就知道你喜歡！我就知道你肯定會喜歡，布瑞農先生——因為你本人就是一個怪物。」

他揉了揉青色的下巴，不再理睬她。婚姻生活的頭十五年，他們簡單地稱呼對方為比夫和艾莉斯。一次爭吵中，他們開始叫對方為先生和太太，從此以後，再也沒能和好到把稱呼改回去。

「我只是想警告你，我明天下樓時，他最好別讓我看見。」

比夫進了浴室，洗完臉後，覺得還有時間刮刮鬍子。他的鬍鬚又黑又厚，像是三天沒刮過。他站在鏡子前，搓著臉沉思。他後悔和艾莉斯說話。和她相處，最好是沉默。和那女人相處，老讓他感覺離真實的自我很遠。它使他變得和她一樣粗糙、渺小和平庸。比夫的眼睛冷冷的，凝視著，眼皮玩世不恭地低垂，將眼睛遮住了一半。結著老繭的小指上，有一只女式婚戒。門從背後打開了，從鏡子裡他看見艾莉斯躺在床上。

「聽我說，」他說。「妳的問題是妳沒有真正的善意。我認識的女人中，只有一個有我所說的這種善意。」

「哼，我知道你會做世上別的男人都會感到不齒的事。我知道你——」

「也許我指的是好奇心。在妳眼裡沒有值得一提的事。妳從不觀察、不思考、從來不肯動一點腦筋。這也許就是我和妳之間最大的區別吧。」

艾莉斯又要睡著了，透過鏡子他事不關己地望著她。她身上沒有能吸引他注意力的特徵。他的目光從她淺褐色的頭髮滑向被單下粗短的腳的輪廓。臉部柔和的線條連著渾圓的臀部和大腿。他的視線離開她時，腦海裡沒有能呼之欲出的特寫。他的記憶中，她的形象是完整無缺的。

「妳從不知道享受看好戲的樂趣。」他說。

她的聲音很疲倦。「樓下的那傢伙就是一齣好戲，沒錯，也是一個小丑。我受夠他了。」

「見鬼，那傢伙和我有什麼關係。他不是我的親戚，也不是哥兒們。什麼叫蒐集一大堆細節，從中發現真相，這妳懂嗎？」他擰開熱水，迅速地刮起了鬍子。

是的，那是五月十五號的早晨，傑克・布朗特走了進來。他立刻留意到他，開始觀察他。這個男人身材短小，厚厚的肩膀像橫梁一樣。他留著亂蓬蓬的小鬍子，鬍子下面的嘴唇看起來像是被黃蜂叮了一口。這傢伙身上有好多自相矛盾的地方。他的頭很大，很勻稱，可是脖子柔軟纖細，像個小男孩。鬍子不像真的，彷彿是為了參加化妝舞會而貼上去的，讓人擔心如果他說話太快，鬍子就會掉下來。這使他看起來像中年人，儘管高高的光滑的額頭、睜得大大的眼睛令他的臉很年輕。他有一雙巨大的手，汙跡斑斑，結滿老繭；他穿著廉價的白亞麻西裝。這傢伙身上透著一股滑稽的氣息，與此同時，另外一種感覺又讓你笑不出來。

他要了一品脫酒，半個小時內痛快地喝光了。他坐在一個隔間裡，吃著雞無霸套餐。然後他讀書、喝啤酒。一開始就是這樣。儘管比夫仔細地觀察過布朗特，卻想不到以後發生的種種瘋狂的事。他從沒見過一個人會在十二天內如此變幻無常。他也沒見過一個傢伙喝得這麼多，醉得這麼久。

比夫用大拇指向上推了推鼻尖，開始刮上嘴唇的鬍子。刮完後，他的臉顯得清爽多了。下樓經過臥室時，艾莉斯已經睡著了。

手提箱很沉。他將它拎到咖啡館的前面，放在收銀台後——他每天晚上站的地方。習慣性地，他掃視了一遍四周。有些顧客已經離開了，室內不那麼擁擠了，但格局沒有變化。聾啞人還單獨坐在中間的桌子邊上喝咖啡。醉鬼依然說個不停。他更像是在自言自語，周圍也沒人聽。這天晚上，他穿著藍色工作褲，換下了那件一直穿了有十二天的髒兮兮的亞麻西裝。襪子不知哪裡去了，腳踝抓破了，還沾著泥塊。

比夫豎起耳朵拼湊獨白的碎片。這傢伙好像又在說些奇怪的政治話題。昨天晚上，他一直在說一些他去過的地方——德克薩斯、奧克拉荷馬、卡羅萊納。有一次，他提到了窯子；然後他的玩笑變得粗俗不堪，只好灌他啤酒，好把他的嘴堵住。大多數時候，沒人知道他到底在說什麼。說——說——說。話如同瀑布一樣從他喉嚨裡噴湧而出。值得注意的是，他的口音隨時在變，以及他的用詞。有時他的言談像棉紡工，有時又像教授。他會用很生僻的詞，同時卻犯文法錯誤。很難搞清他是什麼樣的傢伙或者來自哪裡。他總在變。比夫撫弄鼻頭，一邊思考。不合邏輯。可是邏輯通常跟著大腦走。這傢伙是有個好腦子，卻無來由地從一件事跳到另一件事上。他好像一個迷了路的人。

比夫斜靠在櫃檯上，開始瀏覽晚報。頭條新聞說，經過四個月的深思熟慮，鎮議會宣布當地的財政預算無法承擔某些危險十字路口的紅綠燈。左邊的一欄報導了亞洲的戰事。比夫把兩條新聞都仔細看了。他的眼睛隨著鉛字走，其他的感官卻時刻留意著周圍的情況。雖然看完了文章，眼睛還半睜半閉地盯著報紙。他感到緊張。這傢伙是個麻煩，早晨以前得想出個解決辦法。而且，直覺告訴他今晚有一件大事將要發生。這傢伙總不能永遠這樣。

比夫感覺到有人站在門口，他迅速地抬起頭。一個十二歲左右的小女孩，瘦長的身子，灰亞麻色的頭髮，站在門口張望。她穿著卡其布短褲、藍襯衫、網球鞋——第一眼看上去像小男孩。比夫看到她，放下手中的報紙。她走向他，他笑了。

「妳好，米克。參加女童子軍了嗎？」

「沒，」她說。「我和他們沒關係。」

他眼角的餘光可以看見：醉鬼砰地一拳打在桌子上，臉從說話對象面前扭開。和眼前的小女孩說話時，比夫的聲音變得粗糙了。

「妳家人知道妳深更半夜還在外面嗎？」

「沒問題。今晚我們這一區小孩在外面玩得可晚啦。」

他從沒見過她和同齡的孩子一起來這個地方。幾年前她是哥哥的小跟屁蟲。凱利一家是個大家庭。她長大了一點，有時會拖著童車來，裡面裝著幾個流鼻涕的小傢伙。除此之外，她總是單獨一個人。現在她站在那兒，似乎不能決定她要什麼。她不停地用手掌向後捋潮濕的淺髮。

「請給我一包菸。最便宜的那種。」

比夫欲言又止，把手伸到櫃檯裡面。米克掏出手帕，開始解角上的結。手帕裡裝著錢。她猛地一拽，錢幣喀哩喀朗地掉到地上，滾向布朗特——他正站著，嘟囔著什麼。有一刻，他茫然地看著硬幣。小孩子正想去撿，他卻回過神，蹲下身撿起了它們。他重重地走到櫃檯，輕輕地晃著手中兩個一分錢硬幣，一個五分錢硬幣，一個十分錢硬幣。

「菸現在是一角七分錢嗎？」

比夫等著，米克看了看這個人，又看看那個。醉鬼把硬幣在櫃檯上堆成一小疊，用他的大髒手圍著它。他慢慢地拿起一個一分硬幣，用指頭輕輕地把它彈倒。

「這五個密爾[1]給種菸草的窮白人，五個給捲菸的蠢貨，」他說。「這一分錢給你，比

1 千分之一美元。

夫。」他努力集中視線，想看清五分錢硬幣和十分錢硬幣上面的銘文。他不停地摸著這兩個硬幣，推著它們在櫃檯上畫著圓圈。他終於把硬幣推到一旁。「一次向自由卑微的致敬。向民主與獨裁。向自由與打劫。」

比夫平靜地拾起硬幣放進錢櫃。米克像是想待上片刻的樣子。她長長地凝視著醉鬼，然後將目光轉向屋子的中間——啞巴獨自一人坐著。布朗特也時不時地望著同一個方向。啞巴沉默地坐在啤酒杯前，無聊地用燒焦的火柴頭在桌上畫著。

傑克．布朗特先開口了。「怪啊，前三四個晚上我都夢見那傢伙了。他不肯放過我。你們沒發現嗎，他好像從不說話。」

比夫極少和一個顧客聊另一個顧客的閒話。「是的，他不說話。」他敷衍地回答。

「很怪啊。」

米克將重心換到另一隻腳上，把菸塞進短褲口袋。「你要是了解他一點點，就不會覺得奇怪了，」她說。「辛格先生和我們住在一起。他租了我們家的房間。」

「是嗎？」比夫問。「我聲明——我可不知道。」

米克朝門口走去，頭也不回地說：「當然啦。他和我們住了三個月了。」

比夫把襯衫袖子放下來，再小心地把袖子捲上去。米克離開時，他一直盯著她。她走了幾分鐘後，他還胡亂地摸著袖子，瞪著空蕩蕩的門口。然後他把手臂交叉在胸前，目光又落回到醉鬼身上。

布朗特重重地靠在櫃檯上。褐色的眼睛潮濕了，睜得大大的，顯得很迷惘。他聞起來臭得像公山羊，急需洗一個澡。汗津津的脖子上一串串的汙垢，臉上有一塊油斑。嘴唇又紅又厚，褐色的頭髮蓋在額頭上。工作褲對他來說有點短，他不停地拽著褲襠。

「夥計，你也該懂事了，」比夫終於開了腔。「你不能就這樣到處跑。看看你，我真吃驚，你居然沒被當成流浪漢給抓起來。不要整天爛醉了。你急需洗一洗，頭髮也剪一剪。聖母瑪利亞！你不配走在人群裡。」

布朗特沉下臉，咬緊下嘴唇。

「嘿，別發火。照我說的去做。到廚房去，叫那黑孩子給你一大盆熱水。讓威利給你毛巾和肥皂，好好地洗洗。吃點牛奶吐司，打開你的手提箱，換一件乾淨的襯衫和合適的褲子。明天你就能做你想做的，去你想去的地方工作，一切都會好起來。」

「你知道你能做什麼，」布朗特醉醺醺地說。「你只能——」

「行啦，」比夫小聲地說。「不，我不能。你別老是這麼讓人不放心。」

比夫走到櫃檯的另一頭，拿來兩杯生啤酒。醉鬼笨拙地拿起他那杯，啤酒濺到了手上，弄濕了櫃檯。比夫津津有味地啜飲著自己的那杯酒。他從容地打量布朗特，眼睛半閉著。布朗特不是瘋子，儘管他給人的第一印象如此。在他身上有什麼東西走樣了——仔細看他的每個部位都很正常，都是它應該有的樣子。因此，這種差異如果不是在身體中，十有八九是在精神裡。他像一個在監獄裡待過的人，或者在哈佛讀過書，或者在南美和外國人混了很久。他像是去過一些別人很難去過的地方，或者做過一些別人難做的事情。

比夫把腦袋歪到一邊，說：「你是哪裡人？」

「哪兒人也不是。」

「噢，你總有個出生地吧。北卡羅萊納——田納西——阿拉巴馬——總有個地方。」

布朗特的眼神恍恍惚惚，目光渙散。「卡羅萊納。」他說。

「我看得出你閱歷豐富。」比夫微妙地暗示。

可這醉鬼根本不在聽。他的目光早從櫃檯轉向了外面漆黑、空蕩的大街。隨後，他鬆鬆垮垮、踉踉蹌蹌地走到門口。

「拜拜。」他向後喊了一聲。

比夫又是一個人了。他迅速地掃視了一遍咖啡館。已經是午夜一點多，屋子裡只有四五個客人。啞巴依然獨自坐在中間的桌子邊。比夫懶洋洋地看著他，晃了晃杯底最後的幾滴啤酒。慢慢地一口喝完酒，他接著去讀攤在櫃檯上的報紙。

他卻看不進眼前的字。他想起了米克。應該賣香菸給她嗎，抽菸對這些孩子真的有害嗎？他想起了米克眯長眼睛、用掌心把頭髮向後捋的樣子。他想起了她沙啞、男孩般的聲音，想起她喜歡拽卡其布短褲的習慣，像電影裡的牛仔一樣昂首闊步地走路。一種溫柔的情感攫住了他。他有些不安。

他不知所措地將注意力轉到辛格身上。啞巴坐著，雙手插在口袋裡，面前喝了一半的啤酒，已經變得溫熱而汙濁。辛格走之前，他打算請他喝一口威士忌。艾莉斯說得對，他就是喜歡怪物。他對病人和殘疾人抱有特殊的情感。如果碰巧進來一個長著兔唇或得了肺結核的傢伙，他準會請他喝啤酒。如果是一個駝子或殘疾得很厲害的人，那就換成了免費的威士忌。有一個傢伙在鍋爐爆炸中炸飛了雞巴和左腿，只要他進城，準有一品脫免費酒等著他。如果辛格是個嗜酒的傢伙，任何時候他都可以打五折。比夫點點頭。他把報紙整齊地折好，放在櫃檯下面，和其他的報紙擺在一起。週末他會把它們轉移到廚房後面的儲藏室——裡面有完完整整的二十一年間的晚報，一天都不缺。

夜裡兩點，布朗特又回來了。他還帶來了一個高個兒黑人，拎著黑包。這醉鬼試圖領著他去櫃檯那兒喝上一杯，可黑人一發現他的意圖，馬上就走了。比夫認出了他。在記憶裡，他一直在鎮上行醫，而且和廚房裡的小威利有點什麼關係。在他轉身之前，比夫看見他的目光仇恨而戰慄地撲向了布朗特。

布朗特就站在那兒。

「你不知道嗎，白人喝酒的地方，不許帶黑鬼進來。」有人問他。

比夫遠遠地瞅著這一幕。布朗特非常生氣，很明顯他喝多了。

「我自己就是半個黑鬼。」他叫嚣著，像是在挑釁。

比夫警覺地注視著他，屋裡靜悄悄的。從他厚厚的鼻孔和滾動的眼白，倒是能看出他不完全是在編瞎話。

「我是部分黑鬼加南歐豬加東歐豬再加上中國豬。我全是。」

一陣哄笑。

「我還是荷蘭人加土耳其人加日本人加美國人。」他繞著啞巴喝咖啡的桌子，走著「之」形。他的聲音巨大、嘶啞。「我是知道的人。我是一個陌生人，在一個陌生的國度。」

「靜一靜。」比夫對他說。

布朗特誰也不理，除了那個啞巴。他們在互相打量對方。啞巴的眼睛像貓一樣冷淡而溫和，他的全部身體都像是在傾聽。醉鬼暴怒了。

「你是這鎮上唯一能聽懂我說話的人，」布朗特說。「兩天啦，我一直在腦子裡和你交談，因為我知道你明白我想說什麼。」

隔間裡有人在笑，這醉鬼根本不知道他選中了一個聾啞人，作為交談對象。比夫觀察的目光飛快而短促地射向這兩個男人，他聚精會神地聽著。

布朗特在桌子邊坐下，身子俯向辛格。「有兩種人：知道的人和不知道的人。一萬個不知道的人當中只有一個知道的人。這是所有時代的一個奇蹟——芸芸眾生無所不知啊，可他們卻不知道這點。它就像十五世紀每個人都相信地球是平的，只有哥倫布和少數幾個人知道真理。不同的是，需要天賦才能發現地球是圓的。我說的真理是這樣明顯，卻沒有人知道，這可真是歷史上的一個奇蹟。懂吧。」

比夫手肘支在櫃檯上，好奇地注視布朗特。「知道什麼？」他問。

「別聽他的，」布朗特說。「別理那個平足的，青下巴的，多管閒事的雜種。你知道，我們知道的人彼此相遇，這是一個事件。它簡直是不可能發生的。有時我們遇到了，從來想不到對方就是知道的人。這真糟糕。在我身上發生很多次了。可是你看，我們這樣的人真是太少了。」

「共濟會？」比夫問。

「閉嘴，你！小心我把你臂膀擰下來，再用它把你打得青一塊紫一塊。」布朗特破口大罵。

他把身子彎向啞巴，聲音放低了，醉醺醺地小聲說，「怎麼回事呢？為什麼這個無知的奇蹟會世代長存呢？一個原因。共謀。一種廣大和陰險的共謀。蒙昧主義。」

隔間裡的人還在笑這個醉鬼，笑他企圖和一個啞巴對話。只有比夫是認真的。他想確認啞巴是不是真能明白醉鬼的話。這傢伙頻頻點頭，臉上一幅沉思的表情。他只是有點慢——僅此而已。布朗特在「知道」的話題中插入了幾個笑話。啞巴一直很嚴肅，直到醉鬼說了這句妙論後幾秒鐘，他才笑了一下；談話又變得沉悶了，可微笑依然停滯在他的臉上。這傢伙太不可思議了。人們甚至在意識到他與眾不同之前，已經不自覺地被他吸引。他的眼神令人覺得他聽見了別人從沒聽到的東西，他知道一些別人無法想像的事情。他彷彿來自另外一個星球。

傑克．布朗特趴在桌子上，話像決了堤的洪水從他體內流出來。比夫已經聽不懂了。布朗特喝成了大舌頭，說話速度又太快，聲音被震成一團。比夫暗想，當艾莉斯把他趕走後，他能去哪裡呢？到了早晨她就會這樣做——她說過。

比夫困倦地打著呵欠，用指尖輕輕地拍打張開的嘴，讓兩顎變得輕鬆些。已經是午夜三點，這是一天中最蕭條的時候。

啞巴是耐心的。他已經聽了差不多一個小時。此時他時不時地看看鐘。布朗特沒注意到這個，繼續高談闊論。他終於停下來，捲了一根菸；啞巴朝時鐘的方向點點頭，用他特有的方式，無法讓人察覺地笑笑，從桌旁起身。他的雙手和往常一樣，插在口袋裡，迅速地走了出去。

布朗特喝得爛醉如泥，根本不知道發生了什麼。他甚至沒注意到啞巴不再回應了。他掃視著咖啡館，嘴巴張得老大，眼珠子迷迷糊糊的滾動。額頭上紅色的血管凸起，他憤怒地用拳頭猛擊桌面。現在，他的酒瘋要不了多久了。

「夠啦，」比夫友好地說。「你的朋友已經走了。」

這傢伙還在尋找辛格。他從沒像現在這樣醉過。表情醜陋至極。

「我有東西給你，和你說句話。」比夫哄著他說。

布朗特費勁地把身子從桌邊拖起來，邁著鬆散的大步向大街走去。

比夫靠在牆上。進進出出——進進出出。無論如何，這和他沒關係。屋子變得空曠和安靜。時間在苟延殘喘。他的腦袋倦怠地向前垂著。一切的喧譁正在緩慢地向這屋子告別。櫃檯、面孔、隔間和桌子，角落裡的收音機、天花板上的吊扇——所有的東西都模糊不堪，停滯不前。

他肯定是睡著了。一隻手在晃動他的手臂。他的意識慢慢地回到了身體，抬起頭看看是怎麼回事。威利，就是那個廚房裡的黑孩子，站在他的面前，戴著他的帽子，身上繫著長長的白圍裙。威利結結巴巴的，不管他想說什麼，總是對此很激動。

「這樣，他用拳頭往這磚牆上砸—砸—砸。」

「什麼？」

「就在兩戶人—人—人家以外的小巷裡。」

比夫挺直了鬆懈的肩膀，整了整領帶。「什麼？」

「他們要把他帶到這裡，隨時會來一堆人——」

「威利，」比夫耐心地說。「從頭開始講，我好明白是怎麼回事。」

「就是那個留鬍—鬍—鬍子的矮個白人。」

「布朗特先生。是的。」

「嗯，我沒看見開頭。我在後門站著，聽見一陣子響動。聽聲音像是巷子裡打得很凶。我就跑—跑—跑過去看。這白人簡直瘋啦。他把腦袋往牆上撞，用拳頭砸。我可沒見過一個白人像他那樣咒罵和打架。就和牆打。看他那架式，準會把自己的腦袋瓜打破。後來有兩個白人聽到了，跑過來看——」

「然後呢？」

「然後——你知道這個不會說話的紳士——手插在口袋裡——這——」

「辛格先生。」

「他也來了，站在那兒看究竟怎麼啦。布—布—布朗特先生看見了他，開始說話和大喊。突然他摔到了地上。可能他真的把腦袋撞開花啦。一個警—警—員警跑過來，有人告訴他布朗特先生在這裡。」

比夫點點頭，把聽到的故事重新組合了一遍。他揉了揉鼻子，想了一分鐘。

「他們隨時會湧進來。」威利走到門口，向外看。「他們現在全來了。得拖著他。」

十幾個旁觀者和一個員警全都試圖擠進咖啡館。外面幾個妓女從窗子向屋內看。每當非同尋常的事發生，總有那麼多人不知從什麼地方冒出來，可笑極了。

「沒必要再添亂啦，」比夫說。他看看扶著醉鬼的員警。「其他的人可以走了。」

員警把醉鬼扶到椅子上，一小群觀眾都被他趕到外面去了。員警轉過來問比夫：「有人說他一直待在這裡，和你一起。」

「不是。但他可以待在這裡。」比夫說。

「希望我把他帶走嗎？」

比夫想了想。「今晚他不會再惹麻煩了。當然我不能保證——但我想這會使他安靜下來。」

「好吧。我收工前再來一趟。」

只剩下比夫、辛格和傑克·布朗特三個人。自從布朗特被帶進來，比夫第一次將目光投向這醉鬼。布朗特的下巴傷得很嚴重的模樣。他頹然地倒在桌子上，大手蓋住了嘴，前後晃動身體。他的頭上有一個裂口，血順著太陽穴流下來。指關節的皮蹭破了，肉翻了出來。他太髒了，像是剛被人揪著脖子從下水道裡拎出來。所有的能量都從身體裡噴射而盡，他完全垮了。啞巴坐在桌子對面，灰眼睛把這一切盡收眼底。

比夫發現布朗特並沒傷到下巴，卻用手摀著嘴，因為他的嘴唇在顫抖。淚水從汙濁的臉上滾落。他時不時地斜著眼睛看比夫和辛格，為他們看見自己流淚而氣惱。真令人尷尬。比夫對著啞巴聳了聳肩膀，揚著眉毛，一副「我們怎麼辦」的表情。辛格把腦袋歪向一邊。

比夫有些為難。他思索著應該如何處理這件事。他正想著，啞巴在菜單的背面寫了幾行字。

如果你想不出任何他能去的地方，他可以和我一起回家。先弄點湯和咖啡，對他有用。

比夫鬆了一口氣，拼命地點頭。

他在桌上擺了三份晚上的特價菜、兩碗湯、咖啡和甜點。但布朗特不肯吃。他不肯把手從嘴上拿下來，好像那是他的隱祕部位，正要被暴露。他的呼吸夾雜著刺耳的哭泣，寬大的肩膀緊張地抽搐。辛格指著一盤食物，又指指另一盤，但布朗特始終用手摀著嘴搖頭。

比夫吐字很慢，為了讓啞巴能看清。「這樣歇斯底里——」他用的是俚語。湯的熱氣向上冒，直撲到布朗特臉上。過了一會，他顫抖著握住勺子，把湯喝完了，吃了部分的甜食。肥厚的嘴唇依然在顫抖，腦袋幾乎埋在盤子裡。

比夫注意到了。他在想每個人身上都有一個特定的部位，一直被牢牢地保護著。對啞巴來說，這個部位是手。小女孩米克用指尖拉胸罩的前面，不讓它摩擦剛剛鑽出來的嬌嫩乳頭。艾莉斯最介意的是頭髮；每當他在頭上抹了油，她就拒絕和他睡在一起。那他自己呢？

比夫慢騰騰地轉動小指上的戒指。不管怎麼說，他知道哪裡不是。不是。不再是。一道深深的皺紋刻在他的額頭。插在褲袋裡的手緊張地移向生殖器。他用口哨吹出一首歌，從桌旁站起身。反正，在別人身上尋找這個部位很可笑。

他們扶著布朗特起身。他跌跌撞撞的，身子很虛。他不再哭了，似乎在思考一件可恥和鬱悶的事。他順從地讓他們領著。比夫從櫃檯後拿出手提箱，和啞巴解釋了一下。辛格彷彿不會被任何事物所驚擾。

比夫跟著他們到了門口。「振作一點，別喝酒了。」他對布朗特說。

漆黑的夜空亮起來了，透出清晨的深藍色。天上只有少許微弱的銀白色的星星。街道空曠、沉默，幾乎是清冷的。辛格用左手提著手提箱，另一隻手攙扶著布朗特。他對比夫點頭示意「再見」，兩人走上了人行道。比夫目送著他們。他們走到半條街外了，黑色的身影在藍色的黑暗裡若隱若現——啞巴是筆直而堅挺的，寬肩膀的布朗特踉蹌地靠在他身上。他們的身影全然消失在夜色裡，比夫發了一陣呆，抬頭看天。一望無際、深不可測的蒼穹讓他著迷，又令他壓抑。他揉揉額頭，走進明亮的咖啡館。

站在收銀台的後面，他竭力去回想晚上發生的事情，面部肌肉也隨之收縮和僵硬起來。他有一種感覺：想對自己有個交代。在冗長的細節裡，他回憶晚上的一幕幕，還是沒有想明白。

隨著一股突然湧進的人流，門開開合合。夜晚過去了。威利把椅子堆在桌子上，開始拖地。他要回家了，一邊哼著歌。威利是個懶骨頭。在廚房裡，他總是停下來偷一會懶，吹吹隨身帶著的口琴。他睡意朦朧地拖著地，從容地哼著孤獨的黑人歌曲。

現在人不是很多。這個鐘點正是那些熬夜的人與剛剛蘇醒的人相遇的時刻。睡眼惺忪的女侍者忙著上啤酒和咖啡。沒有聲音，沒有交談，每個人看上去都是孤單的。剛剛醒來的男人與剛剛結束漫長夜晚的男人彼此之間的不信任，在每個人心裡投下了疏離感。

黎明時分，對面的銀行大樓露出蒼白的輪廓。慢慢地白色的磚牆愈來愈清晰可見。早晨的第一縷陽光點亮了街道，比夫最後審視了一眼咖啡館，上樓去了。

進屋時，他故意把門把弄得格格作響，好把艾莉斯吵醒。「聖母瑪利亞！」他說。「可怕的一夜！」

艾莉斯警覺地醒了過來。她躺在皺巴巴的床上，像一隻陰鬱的貓，她伸了伸懶腰。新鮮火熱的陽光射了進來，房間被照得褪了色，毫無生氣；一雙皺巴巴的絲襪無精打采地掛在窗簾的繩子上。

「那個醉醺醺的蠢貨還在樓下嗎？」她質問。

比夫脫掉襯衫，查看領子是不是乾淨，能不能再穿一天。「妳自己下去看吧。我說過沒人能阻止妳一腳把他踢開。」

艾莉斯迷迷糊糊地伸出手，從床後的地板上撿起一本《聖經》、菜單的空白背面，和主日學校手冊。《聖經》的紙頁被她翻得沙沙作響，她在一頁停住，開始吃力而專注地大聲朗讀。今天是星期天，她正在為教堂少兒部的孩子們準備一週一次的課。「耶穌順著加利利的海邊走，看見西蒙，和西蒙的兄弟安得烈在海裡撒網。他們本是打魚的。耶穌對他們說『來跟從我、我要叫你們得人如得魚一樣。』他們就立刻捨了網，跟從了他。」

比夫走進浴室洗澡。艾莉斯用力地讀著，傳來絲綢般的低語。他聽見：「……早晨，天未亮的時候，耶穌起來，到曠野地方去，在那裡禱告。西蒙和同伴追了他去。遇見了就對他說，『眾人都找你。』」

她唸完了。這些話依然溫柔地在比夫心裡旋轉。他努力想把書上的原話和艾莉斯朗讀的聲音分開。他想記起，當他還是個小男孩時，他母親是如何朗讀這一段的。他傷感地低下頭看小指上的婚戒，那曾經是母親的。他又一次暗想母親對他拋棄了宗教和信仰會是何種感受。

「這堂課是關於門徒的聚集，」艾莉斯自言自語地備課。「今天的課文是，『眾人都找你。』」

比夫猛然從沉思中驚醒，將水龍頭開到最大。他脫掉汗衫，開始搓洗自己。他總是把上半身洗得一絲不苟。每天早晨他在胸口、手臂、脖子和腳打上肥皂——這個季節中只有兩次他跳進浴缸，把全身洗個遍。

比夫站在床邊，不耐煩地等著艾莉斯起床。透過窗子，他知道這將是無風的一天，熱得要燒起來。艾莉斯朗讀完了。儘管艾莉斯知道他在等她，還是四仰八叉地躺在床上，懶洋洋的。一股平靜而陰沉的怒火在他體內升起。他嘲諷地對自己笑了。然後苦惱地說：「隨便你啦，反正我可以坐下來讀一會兒報。當然我希望你現在能讓我睡覺。」

艾莉斯梳妝打扮，同時比夫正在鋪床。他靈巧地將被單倒來倒去，先是把上面的鋪到下面，把它們翻了個面鋪上去，隨後又把頭和腳倒了個邊。床被弄得很舒服，他一直等到艾莉斯走了以後，才快速地脫掉褲子爬上床。他的腳從被單下面冒了出來，長著粗長胸毛的胸膛在枕頭的襯托下顯得更加烏黑。他慶幸自己沒有把醉鬼的事告訴艾莉斯。他很想把這事說給一個人聽，如果他能大聲地說出所有的事實，也許他就能弄清困惑他的東西。這個可憐的狗娘養的傢伙，說啊說個不停，卻不讓任何人明白他在說什麼。很可能他自己也不明白。他是如此地被聾啞人吸引，選中了他，盡力要把自己的一切都交給啞巴。

為什麼？

因為某些人有一種本能：他們要在某個時刻扔掉所有私人的東西；在它們發酵和腐蝕之前，把它們拋給某個人，或某種主張。他們必須這樣。某些人就有這樣的本能——那篇文章是「眾人都找你」。也許這就是原因——也許——他是中國人，這傢伙說過的。一個黑鬼、南歐豬和猶太人。而且如果他能信以為真，也許就是這樣了。每個人、每件事在他的口中，他都——

比夫向上伸展雙臂，交叉光著的腳丫子。早晨的光線下，他顯得比平時要老，因為閉上的眼皮皺巴巴的，臉上有一圈重重的鐵一般的落腮鬍。慢慢的，他的嘴角柔和起來，放鬆了。黃色刺目的陽光射進窗子，整個屋子又熱又亮。比夫疲倦地翻了個身，用手遮住眼睛。他就是——巴托羅謬——有兩個拳頭和伶俐牙齒的老比夫——布瑞農先生——獨自一人。

3

陽光把米克早早地叫醒，儘管前一天晚上她在外面玩到很晚。天太熱了，早餐喝咖啡都嫌熱，她在冰水裡加了點糖漿，吃著冷餅乾。她在廚房磨蹭了半天，然後走到前廊讀漫畫。她想也許辛格先生可能正在那兒看報紙呢，因為基本上每個星期天早晨他都這樣。但辛格先生不在，她爸爸說辛格昨天很晚才回來，他的房間裡還有一個人。她等了辛格先生許久。所有的房客都下樓了，除了他。她走回到廚房，把拉爾夫從高高的椅子上抱下來，替他換上乾淨的衣服，幫他擦掉臉上的髒東西。等巴伯爾從主日學校放學後，她就要帶孩子們出去。她允許巴伯爾和拉爾夫一起坐在童車裡，因為巴伯爾光著腳，灼熱的人行道會燙傷他的腳。她拖著童車，走了八條街，來到正在施工的一幢巨大的新房子前。梯子還支在屋頂邊上，她鼓足了勇氣往上爬。

「你照顧好拉爾夫，」她回頭向巴伯爾嚷道。「別讓蚊子叮他的眼皮。」

五分鐘後米克站在了上面，挺得很直。她伸開雙臂，像兩隻翅膀。這是任何人都想站的地方——最高點。但沒有多少孩子能這樣。大多數會害怕，萬一失去平衡，就會從屋頂上滾下來送了小命。周圍是別的屋頂和綠樹的頂部。小鎮的另一邊是教堂的尖頂和工廠的大煙囪。天空是耀眼的藍色，熱得像著了火。太陽使地上的每樣東西變成了令人眩暈的白色或黑色。

她想唱歌。她熟悉的所有的歌一起湧向喉嚨，但是沒有發出聲音。上星期一個大男孩爬上了屋頂最高的地方，尖叫了一聲，然後開始大聲發表他在中學學到的一篇講演——「朋友們，羅馬人，同胞們，請聽我說！」站在最高處，會給你一種狂野的感覺：想叫喊，想唱歌，想展開雙臂飛翔。

她感到腳下有些滑，小心緩慢地蹲下身，騎在屋頂的尖坡上。這房子差不多要完工了，它將是這一帶最大的樓房之一——有兩層樓，天花板很高，她還沒見過哪幢房子有這麼陡峭的屋頂。可是很快就要蓋完了。木匠們要走了，孩子們得找新的地方玩耍。

她一個人。周圍一個人也沒有，靜悄悄的，她可以思考片刻。她從短褲口袋裡掏出昨晚買的那包菸，將菸緩緩地吸入，香菸帶給她醉酒的感覺，感覺肩膀上的腦袋沉甸甸的，不聽使喚。不過她必須吸完。

M. K.——當她十七歲時，她會很有名——這是她將寫在所有東西上的縮寫。她將開著一輛紅白色的派卡德轎車回家，車門上有她名字的首字母縮寫。她的手帕和內衣上都會寫上紅色的M. K.。也許她會成為一個偉大的發明家。她要發明一種綠豌豆大小的收音機，人們可以塞進耳朵裡帶著到處跑。還要發明一種飛行機器，人們可以像背包一樣綁在後面，繞著全世界飛來飛去。然後呢，她會成為打通世界到中國的巨型隧道的第一人，人們可以坐著大氣球下去。這些將是她的第一批發明，一切都已經在計畫中了。

米克把菸抽了一半，猛地掐滅，將菸屁股沿著屋頂的斜坡彈了出去。她俯下身，腦袋可以搭在手臂上棲息，她就對自己哼歌了。

這很怪——幾乎每時每刻總有一首鋼琴曲或是其他曲子，在她腦子裡轉來轉去。不管她在做什麼或想什麼，它總在那裡。布朗小姐——她家的房客，房間裡有一台收音機。去年一整個冬天，每個星期天下午米克都會坐在臺階上聽節目。那些曲子可能是古典音樂，是她印象最深的。有一個傢伙的曲子，她每次聽時心臟都會縮緊。有時候他的音樂像是五彩繽紛的水晶糖，有時候卻是她所能想像的最溫柔、最悲傷的事物。

突然傳來一陣哭聲。米克坐直了，聽。風吹亂了額前的瀏海，明亮的陽光將她的臉照得蒼白而潮濕。哭泣聲還在持續，米克用手和膝蓋沿著突峭的屋頂挪動。她移到了盡頭，身子向前探去，趴在屋頂上，這樣她的腦袋就可以伸到屋頂外面，看清屋下的地面。

孩子們還待在原地。巴伯爾蹲在什麼東西上，在他的旁邊有一個小小的侏儒般的黑影子。拉爾夫仍被拴在童車裡。他剛剛學會坐著，抓住童車的四周，帽子歪在腦袋上，哭。

「巴伯爾！」米克向下大叫。「看看拉爾夫要什麼，拿給他。」

巴伯爾站起來，直直地盯住嬰兒的臉。「他什麼也不想要。」

「好吧，那就好好地搖搖他。」

米克爬回到她剛才坐著的地方。她想好好地思考一下，唱歌給自己聽，做一些計畫。但是拉爾夫還在嚎啕大哭，她根本無法靜下心來。

她大膽地向下爬，想爬到屋頂邊的梯子那兒。斜坡很陡，只有很少的幾塊木頭釘在上面，相隔很遠，這是工人們搭腳用的。她暈了，心臟跳得很快，她在顫抖。她用命令的語氣大聲告訴自己：「用手緊緊地抓住這裡，慢慢滑下去，右腳踩住，站穩了，重心擺到左腳。鎮定，米克，妳要鎮定。」

向下是任何攀登行為中最艱難的部分。她花了很長時間才搆到梯子，終於感到安全了。當她最終站到地面時，看上去矮小了許多；她的雙腿一瞬間像是要隨著她一起垮掉了。她拽了一下短褲，將皮帶緊了一扣。拉爾夫還在哭，但她不再理會他的哭聲了，她走進這幢新的空房子裡。

上個月有人在房前豎了塊牌子，不許兒童進入。一天晚上一群小孩在房子裡胡鬧，一個夜盲的小女孩跑進了沒有上地板的房間，摔斷了腿。現在她還打著石膏，躺在醫院呢。另有一次，幾個粗魯的男孩在一面牆上小便，寫了一些下流話。但是不管有多少「禁止入內」的警示牌，都不可能阻止小孩子進來，除非等到房子粉刷完工、有人搬進去。

房間聞起來有一股新木頭的味道。走路時她的網球鞋發出了噗噗的聲音，在整個房子裡回響。空氣是熱而安靜的。她在前房中間默默地站了一會，突然想起了一件事。她在口袋裡摸著，掏出兩支粉筆——一支綠的，另一支是紅的。

米克非常緩慢地描著大寫字母。她在上面寫下了「愛迪生」，下面寫下「迪克．崔西」和「墨索里尼」的名字。隨後，在每個角落上都以最大的字體，用綠粉筆寫下她的縮寫——M.K.，還用紅粉筆在字的外圍勾勒了一圈。做完了這些，她走到對面的牆壁前，寫了一個非常下流的詞——「賤屄」，在它的下方又寫下了自己名字的縮寫。

站在空落落的屋子中間，她盯著自己的大作。粉筆還在手中，可她並沒有真的感到滿意。她努力回想去年冬天在收音機裡聽到的那首曲子的作者。她曾經問過學校裡一個家裡有鋼琴的女孩，她上過關於他的音樂課。女孩去問了她的老師。這傢伙好像還是個小孩子，很多年前住在歐洲的某個國家。可即使他還是個很小的孩子時，就已經寫出了所有這些美妙的鋼琴曲、小提琴曲和交響樂。在她記憶裡，至少能想起她聽過的六首不同的曲子。有幾個是快的，叮叮噹噹的；另一首聞起來有春天雨後的味道。可是，所有的曲子都讓她既悲傷又興奮。

她哼唱了一曲，獨自一人在悶熱、空曠的房間站了一會兒之後，淚水漫上了她的眼眶。她的喉嚨又乾又澀，唱不下去了。她迅速地在名單的最上面寫下了那傢伙的名字——「莫札特」。

拉爾夫仍像原來那樣被拴在童車裡。他安靜地坐著，小小的胖手抓住童車的四周。拉爾夫留著寬寬的黑色瀏海，眼珠是黑的，這讓他看上去像個中國小男孩。太陽打在他的臉上，這就是為什麼他一直在哭喊的原因。巴伯爾不見了。拉爾夫看見了她，又開始高聲哭了。她把童車拖到新房邊的陰涼處，從襯衫口袋裡掏出一塊藍色軟糖，塞進嬰兒溫暖柔軟的小嘴裡。

「你好自為之吧。」她對他說。這多多少少是一種浪費，拉爾夫太小了，嘗不出糖果的好滋味。一塊乾淨的石頭對他來說是一樣的，只不過這個小傻瓜會把它吞下去。同樣地，他對別人的話也聽不懂。如果你說他真煩懶得帶他玩很想把他扔到河裡去，對他來說，這和你一直在愛他是一回事。在他眼裡，什麼都沒啥區別。所以把他帶在身邊真是一件很頭痛的事。

米克把手環成杯狀，緊緊地箍在一起，透過大拇指的縫隙吹氣。她的腮幫子鼓鼓的，起初只有風的聲音穿過她的拳頭。接著，一聲高亢、尖利的口哨響起，過了半晌巴伯爾從房子附近跑了出來。

她把巴伯爾頭髮裡的鋸末撿出來，又正了正拉爾夫的帽子。這頂帽子是拉爾夫最好的財產，由細絲織成，繡滿花紋。繫帶一邊是藍的，另一邊是白的。耳朵處是巨大的玫瑰花飾。他的腦袋對帽子來說太大了，花邊有些破舊，但她每次帶他出門，總是給他戴上這帽子。拉爾夫沒有其他小孩所擁有的像樣的童車，也沒有一雙夏天的兒童輕便鞋。只有這輛她三年前在聖誕節買的破舊不堪的老式童車。漂亮的帽子給他長了點面子。

街道上沒人，這是星期日將近中午的時分，天熱極了。童車吱吱嘎嘎的，發出刺耳的聲音。巴伯爾沒穿鞋，人行道灼痛了他的腳。綠橡樹葉在地面投下涼快的陰影，但這是假象，那根本就不能稱之為樹蔭。

「坐到車裡，」她對巴伯爾說。「讓拉爾夫坐你腿上。」

「沒事，我可以走。」

長長的夏季令巴伯爾經常腹絞痛。他光著上身，肋骨尖尖的，很白。陽光沒有把他晒黑，反而顯得更加蒼白，小小的乳頭在胸脯上像藍色的葡萄乾。

「沒關係，我可以推你，」米克說。「上來吧。」

「好。」

米克慢慢地拖著童車，因為她一點兒也不急著回家。她開始和孩子們聊天。不過更像是自言自語。

「真奇怪——最近我一直做那些夢。好像我在游泳。但不是在水裡游，我伸出手，在一大群人裡划著。這人群比星期六下午克瑞西斯商店裡的人還要多上一百倍。這是世界上最大的一群人。有時我在人群裡叫喊、游泳，不管游到哪，就把所有的人撞倒——有時我在地上，人們踏遍我的全身，我的腸子滲在人行道上。我想這不只是普通的夢吧，是噩夢——」

星期天，房子裡總有很多人，因為房客們有客人來。報紙嘩嘩作響，雪茄菸味，樓梯上的腳步聲。

「有些事情你就是不想讓別人知道。不是因為它們是壞事，你就是想讓它們成為祕密。有那麼兩三件事，即使是你們，我也不會說的。」

到拐角處巴伯爾下了車，幫她把童車沿著馬路牙子上抬下去，又抬到下一個人行道上。

「可是為了一樣東西我可以放棄一切。那就是鋼琴。如果我們有一台鋼琴，每天晚上我都會練習，學習世界上每一首曲子。這是我最想要的東西。」

他們已經走到自己家所在的街區了。他們的房子就在幾戶人家之外。它是小鎮整個北區最大的房子之一——三層樓高。可是他們家有十四口人。真正的凱利家族可沒那麼多人——但房客們每人花五塊錢包食宿，所以你可以把他們也算進去。不能算辛格先生，因為他只是租了一個房間而已，一個人弄得整整潔潔。

房子很窄，許多年沒刷過了。它看起來不足以支撐三層樓，有一邊已經下陷了。

米克把拴住拉爾夫的東西鬆開，從車上抱起他。她快速地穿過門廳，從眼角望見起居室裡全是房客。她的爸爸也在。她媽媽應該在廚房。他們都聚在那兒等著開飯。

她走進自家人住的三個房間的第一間，把拉爾夫放在父母的床上，給了他一串珠子玩。從隔壁房間緊閉的門裡傳出說話聲，她決定進去看看。

海澤爾和埃塔看見她，不說話了。埃塔坐在窗邊的椅子上，用紅色的指甲油塗指甲。她在做頭，頭髮被鋼捲固定著；她的下巴底下冒出了一個小疹子，上面敷著一小塊白色的面霜。海澤爾像往常一樣，懶懶地倒在床上。

「妳們在鬨聊啥？」

「關妳屁事，」埃塔說。「妳就閉嘴吧，離我們遠點。」

「這也是我的房間，我有權待在這裡，和妳們一樣。」米克昂首闊步地從房間的一角走到另一角，直到走了個遍。「我可不想挑起戰鬥。我要的只是我自己的權利。」

米克用手掌心向後捋了捋蓬鬆的瀏海。這是她的習慣動作，以至於額頭前出現了一小綹翹著的頭髮。她吸了吸鼻子，對鏡子做鬼臉，然後又開始在屋子裡走動。

海澤爾和埃塔作為姊姊，還算過得去。可是埃塔那傢伙，大腦簡直是進了水。她想的都是電影明星和演戲。有一次她寫信給珍妮特·麥唐納，收到了一封打字機打的回信，說如果她去好萊塢的話，可以去找她、在她的游泳池裡游泳。從那以後，游泳池這個念頭一直折磨著她。她整天想著存一筆車費去好萊塢，找一個祕書的工作，和珍妮特·麥唐納成為好姊妹，自己也能去演電影。

她天天打扮個不停。這很要命。埃塔不像海澤爾那樣天生麗質。關鍵是她沒有下巴。她會使勁拉顎部，按照她看過的一本電影手冊做很多下巴運動。她總是對著鏡子看自己的側影，想把嘴擺成一個合適的姿勢。但這沒用。有時候埃塔會用雙手摀住臉，因為這個在夜裡哭泣。

海澤爾十足地懶。她長得好看，但腦袋一團漿糊。她十八歲，是家裡除了比爾以外最大的孩子。也許這就是問題所在。每樣東西，她得到的總是新的和最大的一份——第一個試穿新衣服、分到大餐中最多的一份。海澤爾從來不用去爭奪什麼，她是溫柔的。

「妳打算這一天就在屋子裡踏來踏去嗎？看妳穿那些傻小子的衣服，真讓我噁心。應該有人治治妳，米克．凱利，讓妳乖一點。」埃塔說。

「閉嘴，」米克說。「我穿短褲，是不想撿妳的舊衣服。我不要像妳們一樣，也不想穿得和妳們一樣。絕不。所以我要穿短褲。我天天都盼望自己是個男孩，真希望我能搬到比爾的屋子裡。」

米克爬到床底下，拖出一個大大的帽盒。她抱著它走到門口時，後面傳來兩個姊姊的喊聲：「上帝，總算走了！」

比爾的房間是全家人裡最好的。像一個小窩——完全屬於他自己——除了巴伯爾。牆上釘著比爾從雜誌上剪下的圖片，多數都是漂亮女人的臉；另一角釘著米克去年在免費藝術課堂上畫的畫。房間裡只有一張床和一個桌子。

比爾趴在桌子邊，正在讀一本《大眾機械》。她走到他的背後，手臂繞住他的肩膀。「嗨，你這個大混蛋。」

他沒像以前那樣和她扭打在一起。「嗨。」他說，微微晃了晃肩。

「我在這裡待一下，不會影響你吧？」

「當然不會——妳想待就待吧。」

米克跪在地上，解開盒子上的繩子。她的手在盒蓋邊上徘徊，出於某種原因，她猶豫著是否打開它。

「我一直在想——這盒子，我都幹了什麼，」她說。「也許它行，也許不行。」

比爾還在讀書。她跪在盒子邊，但是沒有打開。她的目光飄向比爾，他背對著她。他的一隻大腳始終踩在另一隻上。鞋破了。有一次，他們的爸爸說所有吃到比爾肚子裡的中飯都跑到了腳上、早飯跑到一隻耳朵裡，晚飯跑到另一隻耳朵裡。這麼說，有點惡毒，比爾為此不快活了一個月，但這種說法很有趣。他長著紅焰焰的招風耳；儘管他才中學畢業，卻穿十三碼的鞋。他站著的時候，一隻腳總是藏在另一隻後面拖來拖去，試圖掩蓋他的大腳，這樣反而更糟。

米克把盒子打開了幾英寸的縫，又馬上關上了。她太激動了，不敢看裡面的東西。她站起身，在房間裡走了一圈，想讓自己平靜下來。過了幾分鐘，她在自己的畫前停住，那是去年冬天她在政府為孩子們辦的免費藝術課上畫的。畫上是大海上的風暴，一隻海鷗被狂風撞擊。名字叫〈風暴中後背破碎的海鷗〉。老師在最初的兩三堂課裡描述了大海，這就是每個人對大海的認識。班上大多數孩子和她一樣，都沒有親眼見過大海。

這是她的第一張畫，比爾把它釘在了牆上。她的其他畫都充滿了人。起初她畫了不少海洋風暴的畫——有一個畫著失事的飛機，人們向外跳；另一個則是橫穿大西洋的輪船正在沉沒，大家推搡著想擠進一艘小小的救生艇。

米克走進比爾房間裡的儲藏室，拿出她在藝術課上畫的其他幾張畫——一些鉛筆素描、水墨畫和一幅油畫。畫面上擠滿了人。她想像布勞德大街上的一場大火，畫下她想像中的場景。火焰是鮮綠和明黃，布瑞農先生的餐館以及第一國家銀行是唯一剩下的樓房。死屍躺在街道上，另一些人在奔跑逃生。一個男人穿著睡衣，一個女士奮力地拎著一串香蕉。另一幅畫叫〈工廠鍋爐房的爆炸〉，男人跳窗、奔跑，一群穿工作褲的小孩擠在一起，抱著飯盒，他們是來給爸爸送飯的。油畫畫的是發生在布勞德大街的小鎮集體騷亂。她想不出自己為什麼會畫這個，而且她也無法給它取·個合適的名字。在畫面上，沒有大火和風暴，你也看不出任何騷亂的理由。但是這張畫面裡的人是最多的，也有比其他畫面更多的跑動。它是最好的，可是她實在想不出最合適的名字，這真是太糟糕了。她的腦海深處隱約存在著它的名字。

米克把畫放回到儲藏室的架子上。沒有一幅是真正好的。人們沒有手指，有些手臂比腿還要長。當然，藝術課挺有趣。她只是將毫無來由想到的東西畫了下來——在她的內心，繪畫給她的感受和音樂大不一樣。沒有什麼比音樂更好的了。

米克跪在地上，迅速地抬起大帽盒的頂蓋。裡面是一把破裂的烏克麗麗四弦琴，配著兩根小提琴弦，一根吉他弦和一根班卓琴弦。烏克麗麗背上的裂縫被仔細地用塑膠修補過，中間的圓洞被一片木頭蓋住。琴馬在尾部支撐著琴弦，兩邊雕著一些聲口。米克正在為自己做一把小提琴。她把小提琴放在腿上。她有一種感覺，彷彿以前從未真正看過它。以前，她用香菸盒和橡皮筋為巴伯爾做過小小的玩具曼陀鈴，這讓她有了一個想法。從那以後，她到處尋找不同的配件，每天進展一點點。她覺得除了沒換上自己的腦袋，她已經盡了一切努力。

「比爾，它看上去不像我見過的真正的小提琴。」

他還在讀書——「嗯——？」

「它看上去不對頭。它就是不——」

這天，她原本打算用螺絲刀擰擰琴軸，為小提琴調音。她突然意識到一切都是白費功，就再也不想看它一眼。她慢慢地一根接一根地扯下琴弦。它們發出的是同樣空洞微弱的砰砰聲。

「我怎麼才能搞到琴弓呢？你確定一定要是馬尾巴嗎？」

「是啊。」比爾不耐煩地說。

「像是細鐵絲，或者人的頭髮，拴在有彈性的棍子上，不行嗎？」

比爾蹉著兩隻腳，沒有回答。

出於憤怒，她的額頭上冒汗了。她的聲音變得沙啞。「它甚至算不上是一支壞的小提琴。它只是曼陀鈴和烏克麗麗的雜種。我恨它們。我恨它們——」

比爾轉過頭。

「它的結果是一團糟。不成。沒用。」

「算了吧，」比爾說。「妳還打算胡亂把玩那把破烏克麗麗嗎？我開頭就應該告訴妳，妳還以為妳真能做一把小提琴？那不是妳一拍腦袋就能造出來的東西——妳要花錢去買。這不是常識嘛。當然啦，我想如果妳自己最後能明白，也沒啥壞處。」

有時她世界上最恨的人就是比爾。他和過去完全不同。她差點想把小提琴摔到地上，踩它，但她只是粗暴地把它放回到盒子。眼睛裡的淚水火辣辣的。她踢了盒子一腳，從房間裡跑了出來，沒看比爾一眼。

當她躲躲閃閃地穿過門廳去後院時，撞見了她的媽媽。

「妳怎麼啦？妳在這幹麼呢？」

米克想脫身，但她媽媽卻拽住了她的手臂。突然，她用手背擦了擦臉上的淚水。媽媽剛才在廚房，繫著圍裙、腳上是室內的便鞋。同往常一樣，她看起來心事重重，沒時間多問。

「傑克遜先生帶他的兩個妹妹來吃午飯，椅子不夠了，今天妳去廚房和巴伯爾一起吃。」

「太好啦。」米克說。

媽媽放她走了，解下圍裙。餐廳傳來中飯的鈴聲和突然爆開來的愉快談話聲。她能聽見她爸爸在說：他不應該在摔斷髖骨前將意外保險停了，損失了好一筆錢。她爸爸永遠不能把這種事忘在腦後——什麼他本來可以賺到錢，卻沒有。餐盤的響聲劈里啪啦，過了一會，說話聲停止了。

米克靠著椅子的扶手。突然的哭泣使她打起呃來。她的思緒飄浮到上個月，她自己也並不相信小提琴真的能做成。但是內心深處，她一直在自我欺騙。即使是現在，她也很難一點都不相信。她累極了。比爾如今在任何事上都幫不了忙。她過去以為比爾是世界上最偉大的人。過去，比爾走到哪，她跟到哪——去樹林裡釣魚，去他和幾個男孩的俱樂部，玩布瑞農先生的餐館後面的角子機——任何地方。也許他本意並不想讓她像現在這樣失望。不管怎麼說，他們再也不會是好哥兒們了。

門廳裡一股菸味和禮拜天午餐的氣味。米克深深地吸了一口氣，向後面的廚房走去。午飯聞起來很香，她餓了。她能聽見鮑蒂婭和巴伯爾說話的聲音，似乎她在哼唱什麼，或者在給巴伯爾講故事。

「為什麼我遠遠比別的黑女孩幸運，這就是原因之一。」鮑蒂婭邊說，邊開門。

「為什麼？」米克問。

鮑蒂婭和巴伯爾坐在餐桌邊，吃著他們的午飯。在暗褐色皮膚的反差下，鮑蒂婭身上的綠印花裙有一種清涼感。她戴著綠色的耳墜，頭髮梳得整整齊齊。

「妳總是像狗一樣，聞到別人的話就撲過來，想知道所有的事，」鮑蒂婭說。她站起來，俯下身在滾熱的爐旁弄了點吃的，放在米克的碟子裡。「我和巴伯爾在說我祖父在老薩迪斯路上的家。我正告訴巴伯爾我祖父和我的叔叔們是怎麼完全擁有了那個地方。十五英畝半的地。他們四個人種棉花，有些年為了讓土壤肥沃換成了種豆。一畝山上的地，只種桃樹。他們有一頭騾子，一隻種母豬，總有二十到二十五隻母雞和小雞。他們有一小塊菜田，兩棵山核桃樹，數不清的無花果、李樹和漿果。我可沒說大話。我祖父種的地比大多數白人農場強多了。」

米克把手肘支在桌面，身體俯在碟子上。除了她的丈夫和哥哥，鮑蒂婭說的最多的就是農場。聽她的描述，你會覺得那塊黑農場簡直就是白宮。

「家裡開始只有一個小房間。經過好多年，全都建起來了，我的祖父、他的四個兒子、他們的妻兒，還有我的哥哥漢密爾頓才有地方住啦。客廳裡有一架真正的風琴和留聲機。牆上掛著他穿著社團制服的一幀大照片。他們把所有的水果和蔬菜裝進罐頭，不管冬天有多冷，下了多少雨，他們總能有足夠的東西吃。」

「那妳為什麼不去和他們住？」米克問。

鮑蒂婭停下手上正在削的馬鈴薯，褐色的長手指在桌上敲著，隨著她的話打節拍。「是這樣的。懂嘛——他們每一個人都為自己的家蓋房子。這些年他們很辛苦。但是懂嘛——我還是小女孩時和我祖父住在一起。可我後來在那裡啥也沒幹。當然，只要我、威利和赫保埃有了麻煩，隨時都可以回去。」

「妳父親有沒有蓋一間房子呢？」

鮑蒂婭停止了咀嚼。「誰的父親？妳是說我的父親？」

「當然。」米克說。

「妳應該很清楚，我父親就在鎮上，他是黑人醫生。」

米克以前聽鮑蒂婭說過，但以為她是編的。黑人怎麼可能當醫生呢？

「是這樣的。我媽媽嫁給我父親以前，她除了真正的善良，其他一無所知。我祖父本人就是善良先生。但我父親和我祖父的差別就像白天和黑夜的差別一樣。」

「壞人？」米克問道。

「不，他不是壞人，」鮑蒂婭慢吞吞地說。「問題是這樣的。我父親不像別的黑人。我說不清。我父親總是在自學。很久以前，他腦子裡有一大堆關於一個家應該怎麼樣的想法。家裡每一件小事他都指手劃腳，晚上他還試圖教我們這些孩子念書。」

「聽起來不壞嘛。」米克說。

「聽我說啊。妳看大多數時候他挺安靜的。可是有些晚上他會突然發作。他瘋起來可以比我見過的任何人都瘋。所有了解我父親的人都說他這人瘋得可以。他做過很瘋狂、很野蠻的事，我們的媽媽不要他了。那年我十歲。我們的媽媽把我們帶到祖父的農場，我們在那裡長大。父親每時每刻都想讓我們回去。可即使是媽媽死了，我們也沒回去過。現在我父親一個人過。」

米克走到爐子邊，又一次把碟子裝滿了。鮑蒂婭的聲音高低起伏，像唱歌，沒有什麼能阻止她了。

「我很少見到我的父親——也許一個星期一次——但我經常想著他。我還沒為誰這樣難過呢。我希望他比鎮上所有的白人都讀更多的書。他確實讀的比他們多，擔憂更多的事情。他裝滿了書和擔憂。他把上帝丟了，他不要信仰了。他所有的麻煩都在這裡。」

鮑蒂婭很興奮。每當她談到上帝──或者威利，她的哥哥；或者赫保埃，她的丈夫──她就會變得興奮。

「噢，我不是大嗓門。我是長老會的，我們才不搞在地上滾來滾去迷迷瞪瞪胡言亂語那一套呢。我們不是每星期都參加聖儀，窩在一塊兒。在我們的教堂，我們唱歌，讓那些禱告的人禱告。說實話，我不覺得唱唱歌，做做禱告會傷著妳，米克。妳應該帶妳的小弟弟去主日學校，再說妳也不小了，可以坐在教堂裡了。看看妳最近自以為是的鬼樣子，我覺得妳一隻腳已經踏進地獄裡了。」

「神經。」米克說。

「噢，赫保埃結婚前可是個虔誠的教徒。他就愛每週日去迎什麼聖靈啊大喊大叫啊給自己祝聖啊什麼的。我們結婚後，我讓他加入我們，儘管有時讓他安靜滿難的，但他表現還不錯。」

「我不信上帝，就像不信聖誕老人。」米克說。

「等等！有時我覺得妳比我認識的任何人都像我父親，我總算知道為什麼啦。」

「**我**？妳說**我**像他？」

「我不是指臉或外貌。我指的是妳靈魂的形狀和顏色。」

巴伯爾坐著，看看這個，又看看那個。餐巾繫在脖子四周，手裡還握著一支空勺子。「上帝都吃什麼？」他問。

米克從桌旁站起來，站在門道，準備走了。有時，激怒鮑蒂婭是很好玩的。她總是老生常談，沒完沒了地說同樣的話——那就是她知道的一切吧。

「妳和我父親這些從不去教堂的傢伙，永遠也不可能得到安寧。而我呢——我有信仰，我有安寧。還有巴伯爾，他也得到了安寧。還有我家赫保埃，我家威利也一樣。這個辛格先生呢，一眼就能看出他也得到了安寧。我第一次看見他就有這種感覺。」

「隨便妳吧，」米克說。「妳瘋起來可比妳的任何父親都要瘋。」

「可妳從沒愛過上帝，也沒愛過人。妳像牛皮一樣又硬又糙。不管妳怎樣，我可看透了妳。下午妳會到處亂跑，什麼也稱不了妳的心。妳會四處閒蕩，好像非得找到丟失的東西。妳會興奮地把自己整得愈來愈激動。妳心跳加速，差點死過去，因為妳不愛，妳沒有安寧。結果有一天妳會像爆炸的皮球，徹底崩潰。到那時，沒什麼能救妳。」

「什麼，鮑蒂婭，」巴伯爾問。「上帝吃什麼？」

米克大笑，重重地走出了房間。

那天下午她確實在房子附近亂逛，因為她安靜不下來。不少日子都是這樣。一方面，小提琴的事折磨著她。她沒法把它做成一個真傢伙——經過這麼長時間的計畫，這念頭本身已經讓她噁心了。她怎麼會如此確定它能實現？如此愚蠢？也許人們太渴求一樣事物時，他們就會抓住每一根稻草。

米克不想回到家裡人待的房間。她也不想和任何房客說話。除了大街沒有別的地方可去——但日頭毒得很。她在門廳裡無所事事地來回踱步，不停地用手掌將亂了的頭髮捋到後面。「見鬼，」她大聲對自己說。「除了一架真正的鋼琴，我最想要的是屬於我自己的地方。」

那個鮑蒂婭毫無疑問有著某種黑人式的瘋狂，但她還算正常。她從不像其他黑女孩那樣，偷偷地對巴伯爾或拉爾夫做卑鄙的勾當。可是鮑蒂婭說她從沒愛過任何人。米克停下腳步，僵硬地站住，用拳頭摩擦頭頂。如果鮑蒂婭真的知道，她會怎麼想？她到底會怎麼想？

她總是守著自己的祕密。這是一件不用懷疑的事實。

米克慢慢地爬上樓。她上了一層，接著上第二層。為了通風，有些門打開了，房子裡鬧哄哄的。米克在最後一層樓梯上坐下來。如果布朗小姐打開收音機的話，她就可以聽見音樂了。也許會有很好的節目。

她把腦袋放在膝蓋上，繫上網球鞋帶。如果鮑蒂婭知道總是一個人接著另一個人，她會說什麼？每次她都感覺身體中的某處要爆炸成無數的碎片。

但她守口如瓶，沒有人知道。

米克在臺階上坐了很久。布朗小姐沒有打開收音機，只有人們發出的噪音。她想了很久，一邊用拳頭捶打自己的大腿。她的臉好像裂成了碎片，無法合在一起。這種感覺比飢餓要壞得多，雖然類似那種感覺。我要——我要——我要——這就是她所能想到的——但她不知道自己真正想要什麼。

大約一個小時以後，上面的樓梯平臺傳來擰門把的聲音。米克迅速地抬頭，是辛格先生。他在門廳站了幾分鐘，臉色悲傷而寧靜。然後他走到對面的浴室。他的同伴沒有和他一起出來。從她坐的位置可以看見屋子的一部分，他的同伴在床上睡著了，蓋著被單。她等著辛格先生從浴室出來。她的臉頰火辣辣的，用手摸了摸。也許那是真的，她有時爬這些高高的臺階只是為了——在下面樓梯聽布朗小姐的收音機時能夠看見辛格先生。她好奇他的腦子會聽見什麼音樂，因為耳朵聽不見。沒有人知道。如果他能說話，他會說什麼呢？也沒有人知道。

米克等著，過了一會他出來了，又走到門廳。她希望他能向下看，朝她微笑。當他走到門口時，的確向下看了一眼，點了點頭。米克放大了笑容，顫抖。他走進房間，將門關上。也許他是想邀請她進去。米克突然想去他的房間。過一會兒等他屋子沒外人時，她會進去看看辛格先生的。她確實會這麼做。

炎熱的下午過得很慢，米克獨自坐在臺階上。莫札特那傢伙的曲子又一次在腦子裡了。這很奇怪。但辛格先生讓她想起了這曲子。她盼望能有一個地方，她可以把它大聲地哼出來。有些曲子，太私人了，無法在擠滿了人的房子裡唱。這也很奇怪，在擁擠的房子裡，一個人會如此地孤獨。米克試圖想出一個她可以去的隱蔽的好地方，一個人待著，研究這曲子。她想了很久，其實一開始她就知道這個好地方不存在。

4

黃昏時分，傑克．布朗特醒了，感覺睡足了。房間小而整潔，一個衣櫃、一面桌子、一張床和幾把椅子。衣櫃上的電風扇緩慢地搖著頭，從一面牆吹到另一面牆，微風掃過傑克的臉，他想到冷水。一個男人坐在窗口的桌子前，盯著面前擺開的西洋棋局。在陽光下，這房間對傑克來說是陌生的，但他立刻認出了男人的臉，彷彿他已經認識他很久很久了。

很多記憶在傑克的腦子裡糾纏。他一動不動地躺著，眼睛大睜，掌心向上。白色被單的反襯下，巨大的手是深褐色的。他把手舉到面前，發現手破了，青腫一片——血管腫得很明顯，好像他曾長久地抓緊一樣東西。他的臉顯得疲憊和骯髒。褐色的頭髮跌落在額頭，鬍子歪了。甚至翅形的眉毛也是亂蓬蓬的。他躺在那兒，嘴唇動了一兩下，鬍子緊張地抖動著。

過了一會，他坐了起來，用他的大拳頭猛敲了一下頭的一側，想讓自己清醒點。那個下棋的男人迅速地朝他看了一眼，對他微微一笑。

「上帝，我渴死了，」傑克說。「我感覺穿長襪的整個俄國部隊正在我的喉嚨裡行軍。」

男人看著他，只是笑，然後突然彎腰，從桌子的另一邊取出一個結了霜的冰水罐和一只玻璃杯。傑克氣喘吁吁、大口地喝水——半裸的身體立在屋子中央，頭向後仰，一隻手緊緊地握成拳頭。他喝光了四杯水，深吸一口氣才放鬆下來。

某些回憶馬上湧現。他不記得和這個男人回家，以後發生的事卻漸漸清晰了。他清醒後喝了一桶冷水，然後他們喝咖啡、聊天。他傾吐了很多心裡話，而這個男人傾聽了。他說到嗓子沙啞，但他對這個男人的表情遠遠比自己說過的話記得更清楚。早晨他們上床睡覺，拉下窗簾擋住光線。起初，他不斷地被噩夢驚醒，不得不開燈讓腦子清醒些。燈光會驚醒那傢伙，但他一點都沒有抱怨。

「為什麼你昨天晚上沒把我踢出門？」

這個男人又笑了。傑克奇怪他為什麼這樣安靜。他四處尋找自己的衣服，看見他的手提箱在床邊的地板上。他想不起是如何把它從欠酒帳的餐館那裡拿回來的。他的書、白西裝和幾件襯衫都還原樣地裝在箱子裡。很快地，他開始穿衣服。

他穿好衣服時，桌上的電咖啡壺已經叫得很響了。這個男人把手伸向搭在椅子後背上的坎肩口袋。他掏出一張卡片，傑克疑惑地接過它。這個男人的名字——約翰．辛格——刻在卡片的中央，下面是用墨水寫的一段簡短的介紹——和簽名一樣精細。

我是聾啞人，但我會讀唇語，能看懂話。請不要大聲說話。

震驚之餘，傑克感到一陣輕飄飄的空虛。他和約翰．辛格只是互相看著對方。

「真奇怪我這麼久才知道。」他說。

傑克說話時，辛格仔細地讀著他嘴唇——他以前就注意到了。唉，他可真夠笨的！

他們坐在桌子邊，用藍色的杯子喝著熱咖啡。屋子是涼爽的，半垂的窗簾將窗外刺眼的光線洗得柔和。辛格從儲藏室裡拿出一個錫盒，裡面有麵包、柳橙和乳酪。辛格吃得不多，他靠在椅背上，一隻手插在口袋裡。傑克狼吞虎嚥。他要馬上離開這地方，好好考慮一下。他流落街頭，應該馬上去找一個工作。這個安靜的房間太安寧、太舒服，沒法讓人想事情——他要出去，一個人走一會兒。

「這裡還有別的聾啞人嗎？」他問。「你有很多朋友？」

辛格還在笑。一開始他沒聽懂，傑克不得不重複了一遍。辛格揚起黑色鮮明的眉毛，搖搖頭。

「感到孤單嗎？」

這個男人搖著頭，可以理解成是或者不。他們靜靜地坐了一小會，傑克起身要走。他感謝了辛格幾次，感謝他收留他過夜；他小心地移動嘴唇，好讓他能看懂。啞巴又笑了，聳聳肩膀。傑克問他是否可以將手提箱在他的床下放幾天，啞巴點點頭。

辛格將手從口袋裡掏出來，用一支銀鉛筆在紙上細心地寫著什麼。他把紙片塞到傑克手上。

我可以在地板上放一個睡墊，你可以留在這，直到你找到住處。白天大部分時間我在外面。不會麻煩我什麼。

傑克的嘴唇因為突如其來的感激而顫抖。但他不能接受。「謝謝，」他說。「我有地方住。」

他離開時，啞巴遞給他一條藍色工作褲，緊緊地捲成一個小包袱，還有七十五美分。工作褲髒兮兮的，傑克認出了它，它讓他想起了上星期以來發生的事。他陷入到回憶的漩渦裡。七十五美分，辛格向他解釋，是他口袋裡的。

「再見，」傑克說。「我很快會回來的。」

他走了。啞巴站在門口，雙手仍然插在口袋裡，臉上似笑非笑。傑克走了幾個臺階轉過身，向啞巴招手。啞巴也向他招手，然後關上門。

屋外的陽光突然刺痛了他的眼睛。他站在房子前的人行道上，被陽光照得頭暈目眩，幾乎什麼也看不清。一個小傢伙坐在欄杆上。他以前在哪裡見過她。他記起了她身上的男式短褲和她眯眼睛的方式。

他舉起那捲髒褲子。「我想把它扔了。哪裡有垃圾桶？」

小傢伙從欄杆上跳下來。「在後院，我帶你去。」

他跟著她穿過房子一側狹窄潮濕的小路。到了後院，傑克看見兩個黑人坐在後面的臺階上。他們都穿著白西裝和白鞋。其中一個黑人非常高，領帶和襪子都是鮮綠的。另一個是混血兒，中等個頭。他在膝頭摩擦著一把錫製口琴。他的襪子和領帶是大紅色，和高個子同伴形成了鮮明的對比。

小孩子指了指後面籬笆旁的垃圾桶，走向廚房的窗子。「鮑蒂婭！」她喊道。「赫保埃和威利在這等妳呢。」

從廚房裡傳來柔和的回答。「別這麼大聲。我知道他們在這。我正戴帽子呢。」

扔掉褲子前，傑克把包袱打開了。它硬邦邦的，沾著泥巴。一條褲腿破了，前面還有幾滴血。他把它扔進桶裡。一個黑女孩從房子裡出來，向臺階上的白衣男孩走去。傑克看見穿短褲的小傢伙死死地盯著他。她的重心從一隻腳挪到另一隻腳，看起來有點興奮。

「你是辛格先生的親戚嗎？」她問。

「毫無關係。」

「好朋友？」

「好到能和他一起過夜。」

「我只是好奇——」

「主街怎麼走？」

她向右指了指。「沿著這條路，走兩條街。」

傑克用手指梳理著鬍子，出發了。七十五美分的硬幣在他手裡叮噹作響，他咬緊下嘴唇，咬出了斑駁和腥紅的印子。三個黑人慢慢地走在他前面，說說笑笑。他在這陌生的小鎮感到如此孤獨，所以他緊緊地跟著他們，聽他們說話。女孩挽著兩個男孩的臂膀。她穿著一件綠裙子，配著紅帽子和紅鞋。男孩們和她靠得很近。

「今天晚上我們做什麼？」她問。

「我們全聽妳的，甜心，」高個男孩說。「威利和我都沒什麼安排。」

她看了看兩個人。「你們決定吧。」

「好吧——」穿紅襪子的矮個男孩說。「赫保埃和我覺得，不——不如我們仨去教堂吧。」

女孩用三種不同的聲調唱出了回答。「好——吧——去完教堂後我應該去父親那坐坐——就一小會。」他們在第一個拐角處轉彎了，傑克站著看了他們一會，然後接著走。

主街安靜而炎熱，幾乎沒有人。他才意識到今天是星期天——這讓他很沮喪。打烊的店鋪支起了遮篷，在明亮的陽光下，房屋露出光禿禿的表情。他經過了「紐約咖啡館」。門開著，但裡面空蕩蕩的，光線也不足。他早上沒找到一雙襪子，透過薄薄的鞋底，他感覺到了灼熱的地面。太陽像一塊熱鐵烙在頭上。小鎮比他知道的任何地方都顯得孤獨。寂靜的街道給他一種陌生的感覺。喝醉的時候，這個地方是狂野和喧囂的。而現在呢，一切都戛然而止，陷入停頓。

他走進一家果品店買報紙。招聘一欄非常短。只有幾個招聘廣告：招收二十五至四十歲有汽車的年輕推銷員，享佣金。他匆匆地跳過。一個卡車司機的招聘廣告吸引了他的注意力。但底下的一則最讓他感興趣。上面寫著：

急需——有經驗的技工。「陽光南部」遊樂場。地點：考納．韋弗斯巷第十五街。

他不知不覺地走回到泡了兩個星期之久的餐館門口。它是這條街除了果品店外唯一沒有打烊的店。傑克突然決定進去看看比夫．布瑞農。

從明亮的室外走進去，咖啡館裡顯得很陰暗。每樣東西都比他記憶中的要寒傖和不起眼。布瑞農還站在收銀台的後面，雙手交叉在胸口。他漂亮豐滿的妻子坐在櫃檯的另一頭銼著指甲。傑克注意到他進門時他們倆對看了一眼。

「午安。」布瑞農說。

傑克感覺到氣氛有些異樣。也許這傢伙在笑呢，他想起了他喝醉時幹的事。傑克木頭一樣地站著，充滿了怨恨。「一包目標菸。」布瑞農伸到櫃檯下面拿菸時，傑克確定他並沒有笑。這傢伙的臉白天時沒有晚上那麼堅硬了。他看上去很蒼白，像是熬了一夜，他的眼神像一隻疲憊的禿鷲。

「說吧，」傑克說。「我欠你多少錢？」

布瑞農打開抽屜，將一個公立學校的便箋簿放在櫃檯上。他慢慢地翻著，傑克看著他。便箋簿更像是一本日記本，而不太像平時記帳的本子。上面寫著長長的一排排數字，經過了加減乘除，還有一些小圖示。他在一頁停下來，傑克看見自己的名字寫在角上。這頁沒有數字——只有「勾」和「叉」。紙頁上另有一些隨意塗抹的圖畫：坐著的小肥貓，長長的曲線代表尾巴。傑克凝視著。小貓長著女人的臉。小貓的臉是布瑞農太太。

「打勾的是啤酒，」布瑞農說。「叉是正餐，直線是威士忌。讓我看看——」布瑞農搓了搓鼻子，眼皮下垂。他合上便箋簿。「大約二十塊。」

「過很久才能給你，」傑克說。「也許你能拿到錢。」

「不急。」

傑克靠在櫃檯上。「告訴我，這個鎮是什麼樣的地方？」

「很普通，」布瑞農說。「和同樣大小的地方差不多。」

「人口呢？」

「大概三萬左右吧。」

傑克打開那包菸絲，給自己捲了一支。他的手在發抖。「主要是工廠？」

「沒錯。四個大棉紡廠——主要就是它們了。一個針織廠。一些軋棉廠和鋸木廠。」

「工資如何？」

「大概平均每週十到十一塊錢吧——當然還會經常被解僱。你問這個做什麼？你想去工廠工作？」

傑克睏意十足地用拳頭揉眼睛。「不知道。也許吧。」他把報紙放在櫃檯上，指著他剛才讀過的廣告。「我想去那裡看看。」

布瑞農看了看，思考著。「嗯，」他最後說道。「我去過遊樂場。不怎麼樣——只是些新發明的玩意兒像旋轉木馬和秋千。它招來了一群黑人、工人和小孩。他們去鎮上的空地四處演出。」

「告訴我怎麼走。」

布瑞農和他一起走到門口，指了指方向。「今天早晨你和辛格回家了？」

傑克點頭。

「你覺得他怎麼樣？」

傑克咬嘴唇。啞巴的臉在他腦子裡非常清晰。就像他認識多年的朋友。自從離開他的房間後，他一直在想這個男人。「我甚至不知道他是個啞巴。」他最終說道。

他又開始沿著炎熱空寂的街道走去。不像是一個陌生小鎮的陌生人。他像是在尋找什麼人。很快他進入了河邊的工廠區。街道變窄了，是沒鋪路面的泥路，出現了路人。一群骯髒飢餓的孩子互相嚷叫著，在玩遊戲。兩間房的窩棚全都長得一模一樣，是沒有油漆過的腐朽的房子。食物和汗水的臭味混合著空氣中的塵埃。上游的瀑布發出輕微的衝擊聲。人們沉默地站在門道裡或者懶洋洋地靠在臺階上。暗黃的臉面無表情地看著傑克。他褐色的大眼睛回望他們。他一跳一跳地走著，時不時地用毛茸茸的手背擦嘴。

在韋弗斯巷的盡頭有一處空地。它曾經是舊車的廢棄場。生鏽的零件、損壞的內胎在地上隨處可見。一輛住人的拖車停在車場的一角，旁邊是旋轉木馬，被油布半蓋著。

傑克慢慢地走近。兩個穿工作褲的小傢伙站在旋轉木馬前。他們附近，一個黑人坐在箱子上，在黃昏的日光下打盹兒，他的膝蓋互相抵著。一隻手拿著一袋融化了的巧克力。傑克看他把手指插進爛糊糊的巧克力裡，然後慢慢地舔。

「誰是這裡的老闆？」

黑人把兩隻甜兮兮的手指含在嘴裡，用舌頭舔來舔去。「他，紅頭髮的人，」吃完後他說道。「我就知道這個，首長。」

「他在哪？」

「在最大的貨車後面。」

穿過草地時，傑克鬆開領帶塞進口袋。太陽正從西邊落山。屋頂黑色的邊緣上，天空是一片溫暖的緋紅色。遊樂場的老闆一個人站著，吸菸。紅髮在頭上蓬勃地生長，像一塊海綿。他的眼睛是灰色而鬆弛的，他盯著傑克。

「你是老闆？」

「嗯，我叫派特森。」

「我看到早上的報紙，來這裡找工作。」

「哦。我可不要新手。我需要的是熟練的技工。」

「我有很多經驗。」傑克說。

「你都幹過什麼？」

「我做過織工、紡織機修理工。在車庫裡工作過，還在汽車裝配廠工作過。各種各樣的工作。」

派特森帶他走到半蓋著的旋轉木馬旁。在黃昏的陽光下，靜止的木馬很詭異的樣子。它們跳躍的姿勢靜止在空中，被黯淡的鍍金鐵杆刺穿。離傑克最近的木馬的髒屁股上有一處裂口，眼珠子演戲般的、盲目而狂暴地轉動，眼窩處幾塊油漆剝落了。一動不動的旋轉木馬在傑克眼裡很像醉夢裡的場景。

「我需要一個有經驗的技工操作和維護它。」派特森說。

「沒問題，我可以。」

「這可是手眼並用的工作，」派特森解釋說。「你要全盤負責。除了管機械，還必須確保秩序。要確認每一個坐木馬的人都有票。要確認票是有效的，而不是作廢的舞廳票。每個人都想騎木馬，那些一文不名的黑鬼們鬼點子多得很，到時你會吃驚的。每時每刻你都要睜大三隻眼睛。」

派特森把他領到一圈木馬中心的機器，一一指出各個零件。他調了一下槓桿，稀薄而刺耳的音樂聲響起了。周圍的木馬隊似乎把他們與世界隔絕了。木馬停下來後，傑克問了幾個問題，獨立操作起機器。

「原來的那傢伙辭工不幹了，」他們一邊走出木馬隊，派特森一邊說。「我討厭訓練新手。」

「我什麼時候開始上班？」

「明天下午。我們一週工作六天六夜——下午四點到夜裡十二點。你三點要到，做些準備工作。夜裡等人群完全散去還需要一個小時。」

「工資多少？」

「十二元。」

傑克點點頭，派特森伸出慘白、骨瘦嶙峋的手，指甲很髒。

離開空地時，天色已晚。耀眼的蔚藍色天空變白了，東方出現了白白的月亮。黃昏使沿街房屋的輪廓變得柔和。傑克沒有馬上離開韋弗斯巷，而是在附近亂逛。遠處傳來的某種味道或聲音，引得他在灰濛濛的街邊駐足片刻。他漫無目的地走著，從一處晃到另一處。他的頭很輕，像是薄玻璃做的。他的體內起了化學變化。他的系統裡積存已久的啤酒和威士忌起反應了。他被醉意擊中了。剛才還死氣沉沉的街道現在充滿了生機。一條參差不齊的草地環繞著馬路，傑克走在路上，地面好像在上升，離他的臉愈來愈近。他坐到草地的邊緣，靠在電話亭邊。他調整了一個舒服的姿勢，用土耳其人的方式交叉雙腿，捋著鬍子根。言語自然而然地冒了出來，他夢囈一樣大聲對自己說。

「怨恨是貧窮最可貴的花朵。沒錯。」

說話是好的。說話的聲音讓他愉快。聲音產生了回音，在空氣中迴蕩，每一個單詞都重複兩次。他吞嚥口水，潤潤嘴唇，又開始說。突然想回到啞巴安靜的房間，向他訴說心裡話。渴望和一個聾啞人交談，是一件多麼奇怪的事。但他是孤獨的。

隨著夜晚的降臨，眼前的街道黯淡了。偶爾路人走過狹窄的街道，離他很近，用單調的聲調相互交談，每走一步，一朵灰塵就會在腳面升起。女孩們三三兩兩地經過，或者是一個母親扛著孩子走過。傑克呆呆地坐了一會，終於站起來，接著走。

韋弗斯巷黑沉沉的。油燈在門口和窗下投下一塊塊昏黃和顫抖的光暈。有些房屋一點燈光都沒有，坐在前面臺階上的人們只能借助附近房屋的反光。一個女人探出窗口，向街上倒了一桶髒水，有幾滴濺到了傑克臉上。從一些房子後面傳來高昂而憤怒的叫聲。從另一些房子傳來搖椅安寧緩慢的搖晃聲。

傑克在一所房子前停下。三個男人坐在前面的臺階上。屋內射出的蒼黃的燈光照在他們身上。兩個男人穿著工作褲，上身光著，打著赤腳。其中一個男人個子很高，骨節鬆弛。另一個是小個子，嘴角長著膿瘡。第三個人身穿襯衫和長褲。在他的膝頭放著一頂草帽。

「嗨。」傑克說。

他們看著他，三張面如菜色、毫無表情的臉。他們嘟嘟囔囔，卻一動不動。傑克從口袋裡掏出那包「目標」菸，散了一圈。他坐在下面的臺階上，脫掉鞋子。腳觸到清冷潮濕的地面，挺舒服。

「工作嗎？」

「是啊，」拿著草帽的男人說。「大多數時間。」

傑克挖著腳趾頭。「我身體裡帶著福音，」他說。「我要把它講給誰聽。」

男人們笑了。狹窄的街道對面，可以聽見一個女人在唱歌。在靜止的空氣中，他們吐出的菸霧緊緊地環繞著他們。一個小傢伙沿著街道走過來，站住，解開褲子撒尿。

「附近有一個帳篷，今天是星期天，」小個子男人終於開口道。「你可以去那裡，把你想說的一切福音告訴大家。」

「不是那樣的。它是更好的。它是真理。」

「什麼樣的？」

傑克吭吸了一下鬍子，沒有回答。過了一會他說：「這裡有過罷工嗎？」

「有一次，」高個男人說。「六年前有過一次。」

「發生什麼了？」

嘴角長著膿瘡的男人蹭著腳，將菸屁股扔到地上。「哦——他們一個小時想要二十分錢，所以就不幹啦。大概有三百人吧。他們整天就在街上晃。工廠派了幾輛卡車出去，一個星期後整個小鎮擠滿了來找工作的夥計。」

傑克轉過頭，面對他們。他們坐的臺階比他高兩格，他不得不仰著頭才能看見他們的眼睛。

「這沒讓你們發瘋？」他問。

「你指什麼意思——發瘋？」

傑克額頭上的血管鼓出來，腥紅的。「偉大的基督，人！我指的是瘋了——瘋—了——**瘋了**。」他昂頭向上怒視著他們困惑、菜黃的臉。在他們身後，透過打開的門他可以看見屋內。前屋裡有三張床和一個臉盆架。後屋裡一個赤著腳的女人坐在椅子上睡覺。從附近一個黑暗的門廊傳來吉他的聲音。

「我就是卡車拉來的人之一。」高個男人說。

「這有什麼區別。我想要說的是很簡單、很樸實的。擁有工廠的這些雜種是百萬富翁。落紗工、梳棉工和所有那些在機器後忙著紡啊織啊的人們卻填不飽肚子。看到了嗎？當你走在路上思考，你看見那些飢餓的筋疲力盡的人，那些軟骨病的小傢伙，這不會讓你發瘋嗎？不會嗎？」

傑克的臉漲紅了，陰沉著，嘴唇在顫抖。三個男人警覺地看著他。戴草帽的男人開始笑了。

「笑吧，繼續。坐在那裡，把肚皮笑破吧。」

三個男人緩慢、輕浮地笑著，同時笑一個人。傑克將腳底的灰擦掉，穿上鞋。拳頭握得緊緊的，嘴角扭曲出一個憤怒的冷笑。「笑——你們就知道笑。我真希望你們就坐在那竊笑吧，直到爛掉！」他僵硬地沿著街道走了，他們的大笑和噓聲還跟隨著他。

主街的燈光很明亮。傑克在拐角處躑躅，撫摸著兜裡的硬幣。他的頭抽搐著，儘管晚上很熱，一陣寒意穿過他的身體。他想到了啞巴，迫不及待地想回到他那，和他坐一會。他在下午買報紙的果品店裡挑了一籃用玻璃紙包的水果。櫃檯後的希臘佬告訴他價格是六十分錢，他付完帳後只剩下五分錢了。他一走出果品店，突然覺得這禮物不適合送給一個健康人。幾顆葡萄從玻璃紙下掉出來，他飢餓地摘了下來。

他到達時，辛格在家。他坐在窗前，桌子上鋪開一局西洋棋。房間仍像傑克離開時那樣，電扇開著，桌邊放著冰水罐。床上有一頂巴拿馬草帽和一個紙袋，看來啞巴也是剛到家。他把腦袋扭向桌子對面的椅子，把棋盤推到一邊。他向後靠，手還插在口袋裡，他的表情像是在詢問傑克離開後都幹了什麼。

傑克把水果放到桌上。「今天下午，」他說。「最合適的說法是：我出門找到了一條章魚，給牠穿上了襪子。」

啞巴笑了，傑克卻不清楚他是否聽懂了。啞巴驚訝地看著水果，打開玻璃紙包裝。他弄水果時，臉上有一種非常奇怪的表情。傑克想弄明白這表情意味著什麼，但是卻困住了。辛格燦爛地一笑。

「今天下午我找到一份工作，一份遊樂場的工作。我負責旋轉木馬。」

啞巴看起來毫不驚奇。他走進儲藏室，拿出一瓶紅酒和兩個杯子。他們沉默地喝著。傑克感覺他從未在這麼寂靜的房間待過。頭頂的燈光打在手中閃亮的酒杯上，反射出他自己古怪的影子——同樣的影像，他曾多次在水罐或錫杯彎曲的表面看過——一張雞蛋一樣的臉，短而粗，鬍子幾乎蔓延到耳朵根。對面的啞巴用雙手捧著杯子。酒精開始在傑克的血管裡嗡鳴，他感到自己又一次迷失在醉意醺醺裡，頭暈目眩。他的鬍子因為激動而一跳一跳的。他的手肘放在膝蓋上，身子前傾，眼睛睜得很大，將探索的目光鎖定在辛格身上。

「我打賭我是這鎮上唯一的瘋子——我指的是真正徹底的瘋狂——整整十年了。剛才差一點又和人打起來了。有時我覺得自己簡直是瘋了。我只是不知道。」

辛格把酒推到他的客人前面。傑克直接用酒瓶喝，一邊用手摸著頭頂。

「要知道，我像是兩個人。一個我是受過教育的人。我去過全國最大的幾個圖書館。我讀書。我一直在讀書。我讀那些說出純粹真理的書。那邊的手提箱裡有卡爾·馬克思和索爾斯坦·凡布倫的書，以及其他類似的作者。我一遍又一遍地讀他們，我讀得愈多，就愈瘋狂。我知道每頁紙上的每一個字。首先我喜歡字詞。辯證唯物主義——耶穌會撒謊者」——他帶著熱愛的莊重用舌頭愛撫這些音節——「目的論傾向。」

啞巴用一塊折得整整齊齊的手帕擦著額頭。

「但我是這個意思。當一個人**知道**時，卻不能讓別人理解，他怎麼辦？」

辛格伸手去搆酒杯，倒滿，把它牢牢地放在傑克青紫的手裡。「醉了，嗯？」傑克一邊說著，手臂動了一下，幾滴酒濺到了他的白褲子上。「聽我說吧！你走到哪兒，都能看到卑鄙和腐敗。這間屋子，這瓶葡萄酒，這些籃子裡的水果，都是盈虧的商業產品。一個傢伙要想活下去，就不得不向卑鄙屈服。人們為了每一口飯、每一片衣服而累死累活——但卻沒人知道這個。每個人都瞎了，啞了，頭腦遲鈍——愚蠢和卑鄙。」

傑克用拳頭壓住自己的太陽穴。腦子裡的各種想法跑馬一樣四處狂奔，令他無法控制。他想發火。他想出去和誰在擁擠的街道上大打一架。

啞巴依然帶著有耐心的興趣看著他，取出他的銀鉛筆。他在一張紙上小心地寫下，「你是民主黨還是共和黨？」，然後將紙片遞到桌子對面。傑克將紙片攥在手心裡。房間在他眼前旋轉，他看不清字了。

他將目光固定在啞巴的臉上，讓自己鎮定。辛格的眼睛是屋子裡唯一靜止的東西。眼睛的顏色五彩繽紛，琥珀色、淡灰色、淺褐色……他久久地盯著，幾乎將自己催眠了。狂暴的衝動過去了，他又一次平靜下來。那雙眼睛似乎了解他想說的一切，並且有話要對他說。過了一會兒，房間停住了。

「你是明白的，」他用含糊的聲音說。「你明白我的意思。」

很遠的地方傳來教堂柔和、清越的鐘聲。銀白色的月光照在隔壁房子的屋頂上，天空是夏天溫柔的藍色。他們達成了默契：傑克在找到住處以前，會和辛格住上一段時間。喝完了酒，辛格在床邊鋪了一個睡墊。傑克沒脫衣服就躺了下來，立刻進入了夢鄉。

5

離主街很遠的地方，鎮上黑人的街區之一，班尼迪克特．馬迪．考普蘭德醫生獨自坐在黑暗的廚房裡。已經過了九點了，禮拜日的鐘聲不再響起。儘管夜晚很炎熱，在圓鼓鼓的柴爐裡還是燃著一小堆火。醫生坐在一把直靠背的餐桌椅上，偎依在火邊，用細長的雙手捧著自己的臉。火爐劈啪的紅光映在他的臉上——光線下他的厚嘴唇在黑皮膚的反襯下幾乎是紫色的，灰白的頭髮緊緊地裹在頭皮上，像一頂羊毛帽，也變成了淡藍色。他一動不動地坐了很久。藏在銀色眼鏡框後面的眼睛，始終陰沉地盯著某個地方。他狠狠地清了清喉嚨，從椅子邊的地上撿起一本書。四周很黑，他湊近爐子，想看清書上的字。今晚他讀的是史賓諾莎。他不太懂概念的複雜遊戲和複雜的片語，但他在字裡行間聞到了強烈而真正的動機，他感到自己幾乎是明白了。

晚上他的沉默經常被刺耳的門鈴聲打斷，斷腿或帶著剃刀傷的病人站在前屋裡。但是這個晚上，沒有病人來。他在昏暗的廚房一連坐了幾個孤獨的小時，身體開始不自覺地慢慢左右搖晃，從他的嗓子裡傳出類似悲吟式的歌聲。鮑蒂婭進來時，他正在悲吟。

考普蘭德醫生事先知道她要來。他聽到街外傳來的口琴演奏的布魯斯，就知道是威廉姆，他的兒子在吹。他沒有開燈，穿過門廳，打開大門。他沒有走到外面的前廊上。他站在紗門後的一片黑暗中。月光明亮，灰撲撲的街面上可以看見鮑蒂婭、威廉姆和赫保埃黑色而堅實的影子。這個街區的房子看上去很破。考普蘭德醫生的家和周圍的房子大相徑庭。他的房子是用磚和水泥結結實實地蓋的。前面的小院子周圍是尖樁的籬笆。鮑蒂婭與他的丈夫和哥哥道別，敲了敲紗門。

「幹麼黑咕隆咚地坐著？」

他們一起穿過黑暗的門廳，走到後面的廚房。

「你有這麼亮的電燈，卻一直黑咕隆咚地坐著，真有點莫名其妙。」

考普蘭德醫生旋轉了一下桌上天花板懸著的燈泡，房間突然一片光明。「黑暗更適合我。」他說。

乾淨的廚房空蕩蕩的。餐桌的一邊擺著書和墨水臺——另一邊是叉、勺和碟子。考普蘭德醫生筆直地坐著，長腿交疊成二郎腿。一開始，鮑蒂婭也坐得很僵硬。父女倆長得很像——同樣的寬寬的塌鼻子，同樣的嘴和額頭。只是和父親比起來，鮑蒂婭的膚色要輕一些。

「這裡要把人烤熟了，」她說。「我看啊，除了做飯時，你就把火熄了吧。」

「我們不如去我辦公室吧。」考普蘭德醫生說。

「我沒關係的。就在這裡吧。」

考普蘭德醫生調了調他的銀框眼鏡，雙手交叉，放到大腿上。「上次我們見面後，妳過得怎麼樣？妳和妳的丈夫——還有妳哥哥？」

鮑蒂婭放鬆了，腳從淺口鞋裡解放出來。「赫保埃、威利和我過得挺不錯啊。」

「威廉姆還和你們住一起？」

「當然，」鮑蒂婭說。「你瞧——我們有自己的生活方式和自己的安排。赫保埃付房租。我負責買所有吃的。威利——他負責教會的稅、保險、會費、星期六晚上的活動。我們三個有自己的安排，每個人都有份。」

考普蘭德醫生低頭坐著，用力撥長長的手指，所有的關節都喀喀作響。乾淨的袖口垂到手腕下面——瘦長的手的顏色看起來比身體的其他部位要淡，手掌是淺黃色。他的雙手總是乾淨得過分，皺縮成一團，彷彿用刷子刷過，又在水盆裡浸泡了很久。

「嗨，我差點忘了我帶的東西了，」鮑蒂婭說。「你吃晚飯了嗎？」

考普蘭德醫生總是小心地發音，每個音節都像被厚重沉悶的嘴唇過濾了一遍。「沒，我沒吃。」

鮑蒂婭打開她放在餐桌上的紙袋。「我帶來了上好的甘藍葉，我想我們可以一起吃晚飯。我還帶了一塊肋肉。甘藍葉需要用它來調味。你不介意我用肉燒甘藍葉吧？」

「沒關係。」

「你還不吃肉嗎？」

「不。出於純粹的私人原因，我吃素，但如果妳想用甘藍菜炒肉，也沒關係。」

鮑蒂婭光著腳站在桌旁，細心地擇菜。「地板讓我的腳很舒服。你不介意我不穿那緊得勒腳的鞋，光著腳走來走去？」

「沒事，」考普蘭德醫生說。「沒問題。」

「嗯——我們有很好的甘藍葉、一些玉米餅和咖啡。我準備從生肋肉上切下幾小條，給自己煎著吃。」

考普蘭德醫生的目光跟隨著鮑蒂婭。穿著長筒襪的腳在屋子裡緩慢地移動，她從牆上取下擦淨的平底鍋，把火挑足了，洗掉甘藍葉上的砂子。他張開嘴巴說了什麼，又閉上了嘴。

「嗯，你、你丈夫和哥哥有你們自己相處的方式，」他最後說道。

「沒錯。」

考普蘭德醫生猛地扳了一下手指，想讓關節再次喀喀地響。「你們打算要小孩嗎？」

鮑蒂婭沒看她的父親。她生氣地把裝著甘藍的平底鍋裡的水潑出去。「有些事，」她說。「對我來說，完全是由上帝決定的。」

他們沒再說別的。鮑蒂婭把晚餐放到爐子上燒，她靜靜地坐著，長長的手無精打采地垂到兩膝間。考普蘭德醫生把頭垂在胸前，像是睡著了。但他並沒有睡，一陣陣緊張的戰慄閃過他的面龐。他不得不深呼吸，調整自己的面部。晚餐的香氣開始瀰漫在悶熱的屋子裡。在寂靜中，碗櫃頂上的時鐘發出響亮的聲音，因為他們剛才的話題，時鐘單調的走針像在說著「小－孩，小－孩。」一遍又一遍。

他總會遇上他們中的一個——在地板上光著身子爬的，打彈珠遊戲的，甚至在黑暗的街道上你可以看見他抱著一個小姑娘。班尼迪克特．考普蘭德，這些男孩都叫這個名。女孩子的名字會叫班妮．邁易或者瑪迪本或者班妮迪恩．瑪達恩。他算過，至少有十幾個孩子的名字隨他。

但是在他的全部生命裡，他一直在訴說、解釋和告誡。他會說，你不能做這個。他會告訴他們，所有不能要第六個或第五個或第九個孩子的理由。我們不需要更多的孩子，而要為活著的孩子提供更多的機會。他要傳授父母的是，如何使黑人種族優生優育。他會用簡單的語言告訴他們，幾乎總是用同樣的方式。多年過去了，它已經變成了可以熟練吟誦的某種憤怒的詩。

他學習和知曉了每種新理論的發展。他自費將這些工具分發到病人的手中。他是鎮上唯一這樣思考的醫生。他會施與、解釋、施與、告知。但是每週還是會有四十次生產。瑪迪本或是班妮．邁易。

只有一個意義。只有一個。

他知道他一生的工作背後有一個動力。他一直知道教育他的同胞是他的使命。他會背著包整天走家串戶，他和他們無所不談。

漫長的一天過去，沉重的疲乏感降臨到他的身上。但只要他一打開房門，疲乏感就消失得無影無蹤。他有漢密爾頓、卡爾．馬克思、鮑蒂婭和小威廉姆。還有戴茜。

鮑蒂婭掀開爐子上平底鍋的蓋子，用叉子攪拌甘藍。「父親——」過了一會，她說。

考普蘭德醫生清清嗓子，在手帕上吐了口痰。他的嗓音又乾又澀。「嗯？」

「我們別吵了吧。」

「我們沒吵啊。」考普蘭德醫生說。

「不說話也可以是爭吵，」鮑蒂婭說。「我感覺，即使是像這樣一言不發地坐著，我們之間也在爭論什麼。這就是我的感覺。說實話——每次我來看你，我都快被你累死了。我們再也不要以任何形式爭吵了，好嗎？」

「爭吵肯定不是我的意願。我很抱歉妳有這種感覺，女兒。」

她倒了兩杯咖啡。一杯不加糖的遞給她的父親，在自己的那份裡加了幾勺糖。「我很餓，咖啡喝起來一定挺香的。你喝吧，我和你說一件不久前的事。這事完了後，感覺有點可笑，但我們有足夠的理由不要笑得太狠。」

「說吧。」考普蘭德醫生說。

「嗯——前陣子一個長得很帥、穿得很體面的黑人來到鎮上。他自稱B. F.梅森先生。他說他來自華盛頓特區。每天他都拄著手杖在街上散步，穿著漂亮的花襯衫。晚上他去『社會咖啡館』。他比鎮上任何人都吃得好。每天晚上他點一瓶杜松子酒和兩塊豬排。他對每個人微笑，對女孩子點頭哈腰，為每個進進出出的人開門。一個星期以來，他走到哪兒，都令大家很開心。人們開始好奇這個富有的B. F.梅森先生是誰。不久，他在這混熟了以後，就安頓下來做生意了。」

鮑蒂婭噘著嘴，向咖啡托盤吹氣。

「我想你看過報紙上政府『鐵鉗』養老計畫的消息？」

考普蘭德醫生點點頭，「養老金。」他說。

「嗯——他和這件事有關。他是政府的人。華盛頓的總統派他來的，讓大家都能加入這個養老計畫。他一家一家地敲門，解釋說只要花一塊錢加入，每星期再交二十五美分——四十五歲後政府每個月會付五十元的生活費。我認識的每個人都為這件事激動得不得了。他送給加入的人一張免費的總統照片，下面還有總統的簽名。他說六個月後，每個成員能得到免費的制服。這個俱樂部就叫『黑人鐵鉗大聯盟』——兩個月後每個成員會得到上面有俱樂部縮寫的黃絲帶。你知道，和政府其他組織的縮寫那樣。他隨身帶著小小的手冊，一家一家地走，每個人都準備加入。他記下他們的名字，拿走了錢。每個週六他來收費。三週後，這個B. F.梅森先生弄了太多的成員，以至於週六他一個人收不完入會費。他不得不僱人收錢，每三、四條街就得有一個人專門收錢。每週六早晨，我替他在家附近收那二十五分錢。當然威利開始就入會了，還有赫保埃和我。」

「我在你們家附近很多房子裡看到不少總統的照片，我記得有人提到梅森這個名字，」考普蘭德醫生說。「他是個賊吧？」

「正是，」鮑蒂婭說。「有人發現了這個B. F.梅森先生的真實情況，他被逮捕了。他們發現他就是亞特蘭大本地人，連華盛頓特區的影子都沒見過，更別提總統了。所有的錢不是被他藏起來，就是花掉了。威利損失了七塊五十分錢。」

考普蘭德醫生很興奮。「這就是我說的——」

「在陰間，」鮑蒂婭說，「這個人會被放在滾燙的油鍋裡炸。可現在看起來這事很可笑，當然我們有足夠的理由不要笑得太狠。」

「每個星期五，黑種人主動爬到十字架上。」考普蘭德醫生說。

鮑蒂婭的手抖了，咖啡沿著她手中的托盤淌下來。她舔了舔手臂。「你什麼意思？」

「我是說我一直在觀察。我是說我只要能找到十個黑人——十個我們自己人——有骨氣有頭腦有勇氣的十個人，他們願意獻出一切——」

鮑蒂婭放下咖啡。「我們不要說這些。」

「只要四個黑人，」考普蘭德醫生說。「四個，就是漢密爾頓、卡爾‧馬克思、威利和妳加起來的這個數目。四個有這些真正的品格和脊梁的黑人——」

「威利、赫保埃和我有脊梁，」鮑蒂婭氣惱地說。「這是一個艱難的世界。我覺得我們三個人在努力，過得相當不錯。」

他們沉默了片刻。考普蘭德醫生把眼鏡放到桌上，用皺巴巴的指頭按摩眼睛。

「你總用那個詞——黑人，」鮑蒂婭說。「這個詞很傷人。甚至過去常用的黑鬼這個詞也比它強點兒。有教養的人——不管是什麼膚色的——總是用有色人這個詞。」

考普蘭德醫生沒有說話。

「拿威利和我來說。我們也不算純種有色人。我們的媽媽膚色很淡，我們倆都有不少白人親屬。赫保埃呢——他是印第安人。他身上有不少印第安血統。我們都不是純粹的有色人，你一直使用的這個詞太傷人了。」

「我對這些說辭不感興趣，」考普蘭德醫生說。「我只對真相感興趣。」

「好吧，這就是真相。每個人都怕你。要想讓漢密爾頓、巴迪、威利或者我家赫保埃來你這兒，像我一樣和你坐在這兒，除非他們喝多了。威利說他記得的是他小時候印象中的你，從那以後他就害怕自己的父親。」

考普蘭德醫生艱難地咳嗽，清清嗓子。

「每個人都有感情，不管他是誰——沒人願意走進一間房子，在那裡他明知會被傷害。你也一樣。我看見你被白人們傷了很多次，而他們並沒意識到在傷人。」

「不對，」考普蘭德醫生說。「妳沒見過我被傷害。」

「當然我知道威利、我家赫保埃和我——我們都不是學者。但赫保埃和威利像金子一樣珍貴。他們和你只是不一樣而已。」

「對。」考普蘭德醫生說。

「漢密爾頓、巴迪、威利和我——我們都不願像你一樣說話。我們像我們自己的媽媽和她的家人以及她們的祖先們。你只用腦子思考。而我們呢，我們說話，是出自內心深處的感情，它們在那兒已經很久了。這就是區別之一。」

「對。」考普蘭德醫生說。

「一個人不能隨便抓起孩子，然後強迫他們變成他想要他們成為的人，也不管這會不會傷到他們。不管它是對還是錯。你使盡了吃奶的力氣想改造我們。現在我是我們中唯一的一個，還能到這房子，和你坐在一起。」

考普蘭德醫生眼中閃著明亮的光，鮑蒂婭的聲音響亮而生硬。他咳嗽，整張臉在顫抖。他想拿起已冷了的咖啡杯，但手卻不聽使喚。他淚水盈眶，戴上眼鏡，想掩飾自己。

鮑蒂婭看見了，立刻走近他。她抱住他的頭，將臉頰貼在他的額頭上。「我傷了我父親了。」她溫柔地說。

他的聲音冷硬。「不。重複關於傷感情的廢話，不僅愚蠢而且很不開化。」

淚水沿著他的臉慢慢地流下來，火光使它們呈現出藍、綠和紅色。「我真的很抱歉。」鮑蒂婭說。

考普蘭德醫生用棉手帕擦了擦臉。「沒事了。」

「我們別再吵架了。我受不了。每次我們在一起，總有很不好的感覺。我們不要再像這次這樣吵架了。」

「好的，」考普蘭德醫生說。「我們不吵架。」

鮑蒂婭抽了抽鼻子，用手背擦鼻子。她站在那兒，抱著父親的頭，抱了幾分鐘。過了一會兒，她最後擦了擦臉，走近爐子上盛甘藍的罐子。

「快熟了，」她高興地說。「我想現在我要做一些好吃的烤玉米麵包，和甘藍配著吃。」

鮑蒂婭穿著長筒襪的腳在廚房裡緩慢地移動，父親的目光追隨著她。他們再一次沉默。

他的眼睛還是濕的，東西的輪廓是模糊的。鮑蒂婭真像她的母親。多年以前，戴茜也是這樣在廚房裡走動，沉默而忙碌。戴茜不像他這麼黑——她的皮膚像棕色的蜜一樣美麗。她一直是安靜而溫柔的。但溫柔的背後，她身上有一種固執的東西，不管他如何有意識地研究它，他始終弄不清妻子身上這種溫柔的固執。

他會教導她，他會告訴她所有藏在內心的想法，她始終是溫柔的。但她不會聽他，她堅持自己的方式。

隨後，漢密爾頓、卡爾．馬克思、威廉姆和鮑蒂婭出生了。他對他們降生的使命感是如此強烈，他知道他們應該做的每一件事。漢密爾頓將成為一個偉大的科學家；卡爾．馬克思是黑人種族的教育者；威廉姆，一名與不公正做鬥爭的律師；而鮑蒂婭將是為女人和孩子治病的醫生。

在他們還是嬰兒時，他就教育他們，必須擺脫他們肩上的枷鎖——服從和懶惰的枷鎖。等他們大一點時，他不斷地強調，沒有上帝，但他們的生命本身是神聖的，因為對他們每個人來說，都有一個真正的使命。他一遍又一遍地重複這些話，他們遠遠地坐在一起，用大大的黑孩子的眼睛看著自己的母親。戴茜坐在那兒，根本沒有聽，溫柔而固執。

因為漢密爾頓、卡爾．馬克思、威廉姆和鮑蒂婭的真實使命，他清楚地知道每一個細節應當是怎樣的。每年秋天，他帶著他們進城，為他們買好的黑鞋子和黑襪子。他給鮑蒂婭買了黑色的羊毛裙料，做衣領和袖口用的白色亞麻。男孩子們則是黑色的羊毛褲料，做襯衫用的精製白亞麻。他不想讓他們穿鮮豔輕浮的衣服。他們上學後，就想穿那樣的衣服，戴茜說他們很尷尬，他是一個嚴厲的父親。他知道屋子裡的擺設應該是什麼樣。不能有過分花稍的東西——那些華而不實的年曆，帶蕾絲邊的枕頭或小擺設——屋子裡的每樣東西都應該是樸素、暗色調的，它象徵著工作和真正的使命。

有一天晚上，他發現戴茜給小鮑蒂婭的耳朵打了孔。還有一次，他回家時，看見壁爐架上放著一個胖臉、大眼睛的捲毛娃娃——穿著羽毛做的裙子，戴茜是溫柔的、強硬的，不肯把它拿走。他也知道戴茜在教孩子們要逆來順受。她告訴他們地獄和天堂的故事。她使孩子們相信鬼神和鬼屋。戴茜每星期天去教堂，懺悔地向牧師談到自己的丈夫。她也總是固執地帶孩子們去教堂，孩子們在教堂裡聽布道。

整個黑人種族都病了，他每天忙得要命，有時還要忙半個通宵。漫長的一天工作以後，巨大的疲乏感降臨到他的身上。但只要他一打開房門，疲乏感就消失得無影無蹤。可是他進了房間，威廉姆往往正在用衛生紙包裹的梳子上吹曲子，漢密爾頓和卡爾．馬克思在擲骰子賭小錢玩，而鮑蒂婭正在和她母親一起哈哈大笑。

他需要從頭開始，用別的方式。他拿出他們的課本，開始和他們交談。他們緊緊地坐在一起，看著他們的母親。他說啊說，可是孩子們拒絕理解。

隨之而來的是一種黑色的恐怖的黑人式的情感。他盡量安靜地坐在自己的辦公室讀書和沉思，直到找到平靜，重新開始。他把房間的窗簾放下來，這樣屋子裡只有明亮的燈光、書本和沉思的氣息。有時這種平靜不能到來。他還年輕，可怕的情感無法因為閱讀而消失。

漢密爾頓、卡爾．馬克思和鮑蒂婭害怕他，他們看著母親——有時當他意識這點時，他會被黑色的情感征服，他不知道自己做了什麼。

他不能阻止這些可怕的事情，後來他完全不能理解它們。

「晚飯聞起來很香，」鮑蒂婭說。「我們最好現在就吃，要不然赫保埃和威利隨時會來找我。」

考普蘭德醫生調整了一下眼鏡，將椅子拉到桌子旁。「妳丈夫和威廉姆晚上在哪？」

「他們扔馬蹄鐵玩呢。瑞蒙德．瓊斯家的後院有一個玩馬蹄鐵遊戲的場子。瑞蒙德和他妹妹，拉芙．瓊斯，每天晚上都玩。拉芙是個很醜的女孩，我才不介意赫保埃和威利去他們家，他們想什麼時候去都成。他們說了，可能十點差一刻時來找我，現在我估算他們隨時會到了。」

「趁我還沒忘，」考普蘭德醫生說。「我猜妳經常收到漢密爾頓和卡爾．馬克思的信。」

「漢密爾頓寫過信。他幾乎把祖父農場的活全包了。巴迪啊，他在莫拜爾——你知道他從來都寫不好信。但巴迪一直和人處得很好，所以我不擔心他。他是那種總能混得不錯的人。」

他們靜靜地坐在晚餐前。鮑蒂婭不停地看碗櫥上的鐘，赫保埃和威利應該到了。考普蘭德醫生的腦袋俯在碟子上。他手拿著叉子，好像有千鈞重，手指在抖。他簡單地吃了幾口，每一口都咽得很艱難。空氣有些緊張，似乎兩個人都在找話說。

考普蘭德醫生不知道如何開頭。有時他覺得他過去對孩子們說得太多了，而他們理解得又太少，現在根本不知再說些什麼。過了一會兒，他用手帕擦了擦嘴，猶豫地開口。

「妳很少說自己。和我說說妳的工作，妳最近都在做什麼。」

「我當然還在凱利家啦，」鮑蒂婭說。「但我告訴你，父親，我也不知道我還能在那兒待多久。工作很辛苦，要做上很長時間。這倒沒什麼。我擔心的是工錢。我一星期應該有三塊錢——可有時凱利太太會少給我一塊錢或五十分錢。當然她事後會盡快補上。可這讓我心裡不踏實。」

「這可不成，」考普蘭德醫生說。「妳怎麼受得了？」

「不是她的錯。她沒辦法，」鮑蒂婭說。「一半的房客不付房租，維持所有的開銷是一大筆錢。說實話——凱利家差點就見官了。他們的日子可真不好過。」

「妳應該能找到其他的工作。」

「我知道。但凱利一家是白人中真正的大好人。我打心眼裡喜歡他們。三個小孩就像我自己的親人一樣。我覺得是我撫養了巴伯爾和那個小嬰兒。儘管米克和我在一起總要吵架，我對她也有很親的感覺。」

「但妳要想想妳自己。」考普蘭德醫生說。

「米克，噢——」鮑蒂婭說。「她真是個問題。誰也不知道怎麼管教這孩子。她自大和固執到了極點。一直有點鬼迷心竅。我對這孩子有古怪的感覺。我覺得哪天她真的會讓人大吃一驚。不過到底會是好的還是壞的吃驚，我不知道。米克有時讓我搞不明白。但我可真喜歡她。」

「妳要考慮的首先是妳自己的生存。」

「我說過了，這不是凱利太太的錯。維持那個又大又舊的房子，花費可真多，他們又不付房租。房客裡只有一個人給的房租很可觀，而且從沒拖欠過。那個人剛住到那裡不久。他是鎮上的一個聾啞人，也是我唯一近距離接觸過的——但他真是個好白人。」

「高個，瘦長，灰綠色的眼珠？」考普蘭德醫生突然問道。「對每個人都很有禮貌，穿得很講究？不像是這鎮上的人——更像是北方人，也許是猶太人？」

「是他。」鮑蒂婭說。

考普蘭德醫生的臉上現出熱切的表情。他把玉米麵包掰碎，泡進碟子裡的甘藍汁，重新有了胃口。「我有一個聾啞病人。」他說。

「你怎麼會認識辛格先生？」鮑蒂婭問。

考普蘭德醫生咳嗽，用手帕捂住嘴。「我只見過他幾次。」

「我最好現在收拾，」鮑蒂婭說。「威利和我家赫保埃要到了。有這麼棒的洗碗池和水龍頭，這些小碟子眨眼間就能洗完。」

白種人無聲的傲慢是他這麼多年想遺忘的事物。當怨恨占據他時，他會思考和研究。在路上，在白人周圍，他的臉上寫著尊嚴，他保持沉默。年輕時，他被叫做「小鬼」——現在是「大叔」。「大叔，快去街角的加油站，給我叫一個工人過來。」前不久坐在車裡的一個白人對他嚷道。「小鬼，幫我個小忙。」——「大叔，做啊。」但他不去聽，他繼續走路，身上保持著尊嚴，他沉默。

幾天前，一個喝醉了的白人走近他，開始拽著他在馬路上走。他帶著他的包，還以為有人受傷了。但這醉鬼把他拖到一家白人開的餐館，櫃檯邊的白人無禮地向他吼叫。他知道醉鬼是在取笑他。即使是那時，他身上始終保持著尊嚴。

但是遇到這個高眺、瘦長、灰綠色眼珠的白人時，卻發生了不一樣的事，這樣的事在他和別的白人打交道時，根本不可能發生。

幾星期前，一個漆黑的雨夜。他剛接生回來，站在街角的雨中。他想點一支菸，一連幾根火柴都打不著。他嘴裡叼著沒點著的菸，這時一個白人走了過來，遞給他一支點燃的火柴。黑暗中，火柴的光焰照亮了彼此的面容。白人朝他笑著，替他點菸。他不知道說什麼，這種情景過去從未發生過。

他們在街角一起站了幾分鐘，白人遞給他一張卡片。他想和這個白人說話，問他一些問題，但他不能確定白人是否能夠理解。因為白種人的傲慢，他害怕在對他們的友善中失去尊嚴。

但是這個白人替他點菸，對他笑，似乎想和他接觸。那天過後，他把這件事想了很多遍。

「我有一個聾啞病人，」考普蘭德醫生對鮑蒂婭說。「病人是一個五歲的孩子。我怎麼也擺脫不了罪惡感，他的病我是有責任的。是我替他接生的，在兩次產後諮詢後，我把他給忘了。他的耳朵開始出問題了。可他母親沒在意他耳朵裡流出的液體，沒帶他來我這兒看病。我注意到他的情況時，已經太晚了。所以他聽不見了，也不會說話。但我仔細觀察過他，我覺得如果他沒生病的話，應該是個很聰明的孩子。」

「你總是對小孩子很有興趣，」鮑蒂婭說。「你對小孩子的興趣遠遠超過成年人，是吧？」

「在孩子身上有更多的希望，」考普蘭德醫生說。「這個聾孩子——我一直在打聽，看看有沒有什麼機構可以收他。」

「辛格先生會告訴你的。他真是一個好白人，他一點也不自以為是。」

「我不知道——」考普蘭德醫生說。「我想過幾次要寫信給他，看看他能不能告訴我一些資訊。」

「如果我是你，我肯定寫。你信寫得那麼棒，我會替你把信交給辛格先生，」鮑蒂婭說。「兩三個星期前他拿了幾件襯衫到廚房來，讓我幫他洗一下。那麼乾淨！『施洗者』聖約翰本人穿上，也不過如此。我唯一要做的只是把它們浸在溫水裡，輕輕搓一下領口，熨熨就行了。那晚我把五件乾淨的襯衫送到他房裡，你猜他給了我多少錢？」

「不知道。」

「他像往常一樣微笑，遞給我一塊錢。為了這幾件不值一提的衣服，他給了我整整一塊錢！他可真是一個善良可愛的白人。我不怕問他任何問題。我甚至願意親自寫信給這個善良的白人。你寫吧，父親，如果你想的話。」

「也許我會寫。」考普蘭德醫生說。

鮑蒂婭突然坐直了，整理梳得緊緊的，抹了髮油的頭髮。可以聽見微弱的口琴聲，然後音樂聲愈來愈大。「威利和赫保埃來了，」鮑蒂婭說。「我得走了，去和他們相會。你多保重，如果你需要什麼，捎個話給我。和你吃晚飯、聊天，我好開心。」

口琴聲很清晰了，音樂聲中他們能夠辨認出威利正站在前門，邊吹邊等。

「等一下，」考普蘭德醫生說。「我只見過妳丈夫和妳一起兩次，我們從來也沒真正交談過。威廉姆還是三年前來看過他的父親。為什麼不叫他們進來坐一會兒？」

鮑蒂婭站在走廊，手指摩挲著頭髮和耳墜。

「上次威利到這裡來，你傷了他的感情。你看你就是不知道怎麼——」

「好吧，」考普蘭德醫生說。「只是一個建議。」

「等等，」鮑蒂婭說。「我去叫他們。我馬上請他們進來。」

考普蘭德醫生點了一支菸，在房間裡走來走去。他沒法把眼鏡調到合適的位置，他的手在抖。前面的院子傳來低語聲。接著，門廳裡響起了重重的腳步聲，鮑蒂婭、威廉姆和赫保埃走進了廚房。

「我們來了，」鮑蒂婭說。「赫保埃，我想你和我父親還沒被正式介紹給對方過呢。當然你們是互相知道對方的。」

考普蘭德醫生和兩個人都握了手。威利膽怯地向後退到牆角，赫保埃向前邁了一步，隆重地鞠躬。「我時常聽說你的事，」他說。「很高興認識你。」

鮑蒂婭和考普蘭德醫生從門廳裡搬來椅子，他們四個圍爐而坐。他們不說話，不自在。威利緊張地環顧四周——餐桌上的書，洗碗池，牆邊的折疊床，他的父親。赫保埃咧嘴笑著，手摸著領帶。考普蘭德醫生似乎想說什麼，他潤了潤嘴唇，並沒有開口。

「威利，你口琴吹得愈來愈好了，」鮑蒂婭最終說道。「依我看啊，你和赫保埃一定都偷偷喝了酒。」

「沒有，夫人，」赫保埃文質彬彬地說。「星期六以來我們就沒嘗過一滴。我們剛才一直在玩馬蹄鐵呢。」

考普蘭德醫生還是一言不發，他們都瞟著他，等他說話。屋子不大，寂靜讓每個人都感到緊張。

「這些男孩的衣服可真難洗啊，」鮑蒂婭說。「每個星期六我給他們倆洗白西裝，一個星期熨兩次。看看它們現在的樣子！當然了，他們只在收工回家後才穿。可是不消兩天，白西裝就黑得不成樣子。昨晚我才熨的褲子，現在皺得一條熨縫也找不到！」

考普蘭德醫生還是不說話。他盯著兒子的臉，威利看見父親的目光，低頭看自己的腳，一邊咬著粗糙、短鈍的指頭。考普蘭德醫生感到太陽穴和手腕處的脈搏怦怦直跳。他咳嗽，將拳頭放到胸口。他想和兒子說話，但不知說什麼。熟悉的痛苦抓住了他，而他卻沒有時間思索和平息這種痛苦。脈搏在身體裡鳴叫，他感到困惑。他們全看著他，沉默如泰山壓頂，他非得說點什麼了。

他的聲音很高，彷彿不是從他自己的嘴裡發出來的。「威廉姆，我想知道你小時候我和你說過的話你還記得多少。」

「我不知道你是什—什—什麼意思。」威利說。

考普蘭德醫生下意識地說，「我的意思是，我給了你、漢密爾頓、卡爾·馬克思我的所有。

我把所有的信任和希望都寄託在你們身上。我得到的卻是完全的誤解、無所事事和冷漠。我一無所獲，兩手空空。你們從我這裡拿走了一切。我想做的一切——」

「別說啦，」鮑蒂婭說。「父親，你答應過我，我們不要吵架。這真是瘋了。我們受不了爭吵。」

鮑蒂婭站起來，向大門走去。威利和赫保埃立刻跟上她。考普蘭德醫生最後一個到了門口。他們站在門前的一片黑暗裡。考普蘭德醫生想說什麼，但是他的話好像迷失在肉體深處。威利、鮑蒂婭和赫保埃緊緊地站在一起。

鮑蒂婭一手挽著她的丈夫和兄弟，另一隻手伸向考普蘭德醫生。「我們走之前和好吧。我不能忍受我們之間的爭吵。我們再也不要吵架了。」

沉默中，考普蘭德醫生再一次和兩個男人握手。「對不起。」他說。

「我沒事。」赫保埃禮貌地說。

「我也沒事。」威利咕噥了一句。

鮑蒂婭把他們的手握到一起。「我們只是受不了爭吵。」

他們道了別。考普蘭德醫生站在黑暗的前廊，目送他們沿著大街遠去。他們離去的腳步聲發出孤獨的聲音，他感到虛弱和疲倦。他們已經在一條街以外了，威利又一次吹起了口琴。音樂聲是悲傷和空洞的。他一直待在前廊，直到再也看不見他們，再也聽不到他們。

考普蘭德醫生關了屋子裡的燈，坐在爐子邊，坐在黑暗裡。但是安寧沒有到來。他想把漢密爾頓、卡爾．馬克思和威廉姆從腦海中除去。鮑蒂婭對他說的每個字都以響亮而堅硬的方式回到了記憶裡。他猛地站起來，擰亮了燈。他坐在放著史賓諾沙、莎士比亞和馬克思的書的桌子邊。他大聲地朗讀史賓諾沙，每個詞都發出豐富和祕密的聲響。

他想到了他們提到的那個白人。如果這個白人能幫助奧古斯特斯．班尼迪克特．馬迪．路易士——那個聾孩子，那真是太好了。即使沒有這件事和這些問題，給他寫封信也是好的。考普蘭德醫生用手捧住頭，從他的喉嚨裡傳出奇怪的唱歌一樣的呻吟。他記起了那個雨夜，昏黃的火柴光下白人微笑的面容——安寧在他心裡了。

6

仲夏時，辛格的來客比房子裡其他人都要多。晚上他的房間裡總有說話聲。在「紐約咖啡館」吃過晚飯後，他洗澡，換上一件涼爽的浴衣，一般來說，之後他不再出門了。

屋子很涼快，很舒適。儲藏室裡有一個冰箱，用來放冰啤酒和果汁。他從來都很從容悠閒。他總是在門口迎接客人，帶著微笑。

米克喜歡去辛格先生的房間。雖然他是聾啞人，他能理解她的每一句話。和他交談像是在遊戲。當然比遊戲有更多的含義。它就像是發現音樂的各種新面目。她會告訴他自己的計畫，她不會對別人說的計畫。他讓她盡情擺弄精緻的西洋棋子。有一次她玩得太高興了，衣角被捲進電扇裡，他溫柔地幫她，讓她一點也不難堪。除了她的爸爸，辛格先生是她所認識最好的男人。

考普蘭德醫生給約翰·辛格寫了一張條子，向他諮詢有關奧古斯特斯·班尼迪克特·馬迪·路易士的事。他收到了一封禮貌的回信，邀請他在方便時造訪他。考普蘭德醫生先去房子的後面，和鮑蒂婭在廚房坐了一會。然後他上了樓梯，來到白人的房間。在這個男人身上，的確沒有一絲無聲的傲慢。他們吃了一個檸檬，啞巴在紙上寫下他想知道的答案。這個男人和他以前見過的任何白種人都大不一樣。之後，關於這個白人，他想了很久很久。後來，因為辛格真誠地邀請他再來玩，他就又去看了他一次。

傑克．布朗特每星期都來。上樓去辛格房間時，整個樓梯都在顫動。通常他會帶來一紙袋啤酒。他憤怒的大嗓門經常從屋裡傳出來。但是在他離開之前，他的聲音會逐漸平靜下來。下樓時，他身上沒有袋裝啤酒了，他若有所思地離去，彷彿無心在意自己要去哪裡。

有一天晚上連比夫．布瑞農也來到了啞巴的房間。因為不能離開餐館太久，他只待了半個小時就走了。

辛格對每個人的態度都一樣。他坐在窗前一把直背椅上，雙手牢牢地插進兜裡，向客人點頭或者微笑，表示自己明白他們的話。

晚上沒有客人時，辛格就去看夜場電影。他喜歡坐在後座，看演員在銀幕上說著、走著。進電影院前，他從來不注意電影的名字，不管放的是什麼，他都報以同樣的熱情。

七月的一天，辛格突然沒有任何預兆地離開了。他房間的門是開著的，桌上放著一個信封，是寫給凱利太太的，裡面裝著上星期的房租——四塊錢。他少量的物品也不見了，房間非常乾淨和空曠。他的客人來了，看見空落落的屋子，離去時除了吃驚，還有一種受傷的感覺。沒有人能想像他為什麼會這樣離開。

辛格在安東尼帕羅斯住院的小鎮度過了整個暑假。這次旅行他計畫了好幾個月，他想像著重逢後的每一個時刻。他提前兩個星期就訂好了飯店的房間，他把火車票藏在信封裡，裝進衣服口袋，一直帶在身上，很久很久。

安東尼帕羅斯一點兒也沒變。辛格走進他的房間時，他溫和從容地走過去迎接他的夥伴。他比以前還要胖了，但臉上夢幻般的表情依然如故。辛格拎著好幾個包，胖希臘人首先注意的就是這個。辛格給他帶來了鮮紅的晨衣，柔軟的拖鞋，兩件帶字母圖案的睡衣。安東尼帕羅斯仔細地檢查盒子裡的包裝紙，當他發現包裝紙下面並沒有藏著好吃的東西，不屑地將禮物一股腦兒地倒在床上，再也不看它們了。

屋子很大，陽光充足。幾張床有間隔地排成一行。三個老人在一角玩紙牌遊戲，壓根也沒注意辛格或安東尼帕羅斯。兩個夥伴單獨坐在房間的另一頭。

對辛格來說，他們曾經的日子幾乎是恍如隔世了。有太多的話要說，他手語的速度趕不上他的腦子。綠色的眼珠在燃燒，額頭的汗閃閃發亮。曾有過的快樂和喜悅又回來了，這喜悅是如此的強烈，以至於他無法自控。

安東尼帕羅斯漆黑油亮的目光始終落在他的夥伴身上，但他一動不動。雙手懶洋洋地摸索著褲襠處。辛格告訴他，最近他有不少訪客。他告訴他的夥伴，他們帶走了他的孤獨。他告訴安東尼帕羅斯，他們是很奇怪的人，他們總在說話——但他喜歡他們來找他。他給安東尼帕羅斯畫了傑克·布朗特、米克和考普蘭德醫生的速寫。他發現安東尼帕羅斯一點也不感興趣，便立刻把速寫揉成一團，不去提它了。護理員進來說時間到了，這時辛格想說的話只說了不到一半。但他離開了房間，非常疲倦，也非常幸福。

病人只能在星期四和星期日接待朋友。無法和安東尼帕羅斯在一起的時候，辛格一個人在飯店的房間踱步。他的第二次的探訪和第一次一樣，唯一不同的是三個老人無精打采地看著他們，沒有玩紙牌。

辛格費了半天勁，才得到允許，可以把安東尼帕羅斯帶出去玩幾個小時。他事先為這次小小的「遠足」做了最充分的準備。他們租了一輛計程車去了野外，四點半他們去飯店的餐廳吃飯。安東尼帕羅斯盡情地享受他的大餐。他點了菜單上一半的菜，貪婪地大吃大喝。飽餐一頓後，他還賴著不肯走。他抱著桌子不放。辛格哄他，計程車司機都想動武了。安東尼帕羅斯頑固地坐在那裡，他們靠近他時，他開始做下流的手勢。最後辛格去飯店經理那裡買了一瓶威士忌，才把他騙到計程車上。辛格把未開封的酒瓶扔到車窗外時，安東尼帕羅斯失望和生氣地哭了起來。「遠足」的尾聲令辛格十分傷心。

下一次的探訪也是最後一次，因為兩週的假期就要結束了。安東尼帕羅斯早已忘了不久前的不愉快。他們坐在上次坐過的角落裡，時間過得飛快。辛格的手指絕望地訴說，狹長的臉十分蒼白。最後的時刻到了。他拉住夥伴的手臂，深深地望進他的臉，就像他們過去上班前分手時的凝視。安東尼帕羅斯睡意朦朧地看著他，沒有挪動身子。辛格離開了房間，雙手死死地插在兜裡。

辛格一回到原來的住處，米克、傑克·布朗特和考普蘭德醫生就來看他了。他們都想知道他去了哪裡，為什麼沒有告訴他們他要離開的計畫。但是辛格假裝聽不懂他們的話，他的微笑高深莫測，令人費解。

他們一個接一個地去辛格的房間，和他度過晚上的時光。啞巴總是很體貼和鎮定自若。他色澤豐富、溫柔的目光如巫師一樣莊重。米克·凱利、傑克·布朗特和考普蘭德醫生會來到這裡，在這寂靜的屋子裡訴說——因為他們覺得啞巴總是能理解一切，不管他們想說的是什麼。而且可能比那還要多。

第二章

1

這個夏天和米克記憶中的所有夏天都不一樣。並沒有發生什麼。並沒有發生可以用語言描述的事件。但是她感覺到了某種變化。那段日子，她一直很興奮。早晨她迫不及待地要起床，開始新的一天。到了晚上，她最憎恨的事就是上床睡覺。

一吃完早飯，她就會帶孩子們出去。除了三頓飯，他們大多數時間都在外面玩，基本上是在大街上閒蕩——她拖著拉爾夫的童車，巴伯爾跟在後面。她的腦子永遠被思考和計畫所占據。偶爾她會突然抬頭看看，而此時他們往往在小鎮的某個角落，連她都不認得的地方。有一兩次她在路上遇到了比爾，她沉浸在自己的思緒中，比爾不得不拽住她的臂膀，她這才看見他。

清晨時分，天氣還算涼爽，人行道上的影子在他們面前拉得很長。但是到了正午，天空熱得要燒起來。陽光刺得睜不開眼。很多時候，即將發生在她身上的計畫都和冰雪有關。有時她好像是在瑞士，所有的山都被大雪覆蓋，她在冰冷的綠兮兮的冰面上滑行。辛格先生和她一起滑著。也許是卡羅·倫芭或阿爾圖羅·托斯卡尼尼在收音機裡演出。他們一直滑冰，然後辛格先生掉進了冰窟，她奮不顧身地跳下去在冰下游泳，救出了他。這是一直盤踞在她頭腦裡的計畫之一。

通常，他們逛了一會兒後，她就把巴伯爾和拉爾夫放在陰涼處。巴伯爾是個呱呱叫的孩子，她把他訓練得很乖。如果她告訴他，不要去聽不見拉爾夫哭聲的地方，巴伯爾一定不會跑到兩三條街外和別的孩子打彈珠。他只會在童車的附近一個人玩，所以她把他們扔下，心裡並不怎麼擔心。她不是去圖書館翻翻《國家地理》，就是漫無目的地東遊西蕩，不停地思考。如果她身上有點錢，就去布瑞農先生那兒買一瓶可樂或是「銀河」巧克力。他給孩子們打折，五分錢的東西只要三分錢。

然而不管什麼時候——不管她在幹什麼——音樂無處不在。有時她邊走邊唱，有時她靜靜地聆聽內心深處的曲子。她腦子裡有各式各樣的曲子。有的是在收音機裡聽到的，有的就在她的頭腦裡，不必從任何其他的地方聽到。

晚上孩子們上床以後，她就自由了。這是她一天裡最重要的時光。她獨自一人的時候，很多事在發生，在黑暗中。一吃過晚飯，她就又跑到外面去了。她不能告訴任何人她晚上幹了什麼，她的媽媽問起時，她會信口編一些聽起來合理的謊話。大多數時候，別人喊她，她就像沒聽見一樣跑掉了。只有對爸爸她不這樣。爸爸的聲音裡有某種東西，讓她無法逃脫。他是整個鎮上最魁梧、最高大的男人之一。但他的聲音非常輕緩和慈祥，他開口時，人們會大吃一驚。不管她有多匆忙，只要爸爸叫她，她一定會停下來。

這個夏天，她發現了一個以前所不知道的爸爸。在那以前，她從來沒有把他當成單獨的個體來看待。他經常會喊她。她走進他工作的前屋，在他身邊站幾分鐘——他的話她卻是一隻耳朵進，另一隻耳朵出。一天晚上，她突然「發現」了爸爸。那晚並沒有特別的事情發生，她也不知道到底是什麼使她有了這種感覺。隨後，她覺得自己長大了，似乎像理解別人一樣理解了爸爸。

那是八月末的一個晚上，她再不動身就遲了。九點以前要到那幢房子，必須這樣。她的爸爸叫她，她進了前屋。他頹然地靠在工作檯上。他待在這裡，看起來總有點不自然。去年他出事以前，一直是油漆工和木匠。每天早晨天濛濛亮時，他就套上工作褲出門，一整天都不回家。晚上，他偶爾擺弄一通鐘錶，作為業餘的工作。他試了很多次，想在珠寶店找到一份工作，這樣他就可以整天穿著潔白的襯衫、打著領結，一個人坐著工作檯前了。現在他再也不能做木匠活了，他在房子的前面立了塊牌子，上面寫著「便宜鐘錶修理」。可他的模樣一點不像大多數幹這行的——他們在小鎮的商業中心，都是動作敏捷、皮膚黝黑、個子矮小的猶太人。工作檯對爸爸來說太矮了，他巨大的骨節鬆鬆垮垮地連在一起。

她的爸爸盯著她看。她能看出來他並沒有事情要找她。他只是太想和她說話了。他試圖起一個話頭。褐色的眼睛在他又長又瘦的臉上顯得很大，他頭髮掉光了，灰白光禿的頭頂使他看上去不設防。他看著她，不說話；而她著急要走。她必須在九點整前到那裡，沒有時間了。她的爸爸看出她有事，清了清喉嚨。

「我有東西給妳，」他說。「沒多少，也許妳可以給自己買點什麼。」

其實他沒必要僅僅是因為孤獨和想說話，用給她五分、十分錢作為藉口。他掙的錢只夠他每星期喝兩次啤酒。椅子旁的地上放著兩個酒瓶，一個已經空了，另一個剛打開。每次喝酒時，他總想找人說話。她的爸爸摸了摸皮帶，她把目光閃開了。這個夏天，他像一個孩子，把攢下的零用錢藏起來。有時藏在鞋子裡，有時藏在他在皮帶上挖出的小口。她不太情願地收下這十分錢，但當他遞給她時，她的手自然地打開，準備接住錢幣。

「我有這麼多事要做，不知道從哪開始。」他說。

這恰恰是真相的反面，他和她一樣很清楚這一點。他很少有鐘錶要修，完成少量的工作以後，他會在房子裡轉來轉去，四處找零活幹。晚上他坐在工作檯前，清洗舊發條和齒輪，一直蹭到睡覺的時間。他摔斷髖骨以後，沒辦法安靜下來，每分鐘他都要忙個不停。

「今晚，我想了好多好多。」她的爸爸說。他倒了些啤酒，在手背上撒了幾粒鹽。他先舔了舔鹽，從杯子裡喝了一口酒。她太著急要走，幾乎站不住了。她的爸爸注意到這點，想說什麼——但他叫她來並沒有特別的事。他只是想和她說會兒話。他想開個頭，卻又咽了回去。他們就這樣看著對方。寂靜在蔓延，而他們兩人誰都無話可說。

這就是她「發現」爸爸的時刻。不是說她發現了一個新的事實——她一直憑本能而不是大腦在了解爸爸的生活。此刻，她只是突然**明白**她明白了她的爸爸。他是孤獨的，他是一個老人了。因為小孩子們都不會主動找他，因為他掙的錢很少，他感到自己被這個家庭拋棄了。在孤獨中，他想靠近任何一個孩子——而他們都太忙了，無法留心到這一點。他感到自己是一個無用的人。

當他們對視時，她明白了這一點。這帶給她一種奇特的感覺。她的爸爸撿起鐘錶發條，用浸在汽油裡的刷子清洗它。

「我知道妳忙。我只是想和妳打個招呼。」

「沒有，我一點都不忙，」她說。「真的。」

那天晚上，她在工作檯邊的椅子上坐下來，他們聊了一會。他說到收入和開支，他說如果他換一種方式經營的話，生意會如何如何。他喝著啤酒，滿含熱淚，用襯衫袖口擦著鼻子。那天晚上她和他待了好一會兒。儘管她急瘋了。但是出於某種原因，她不能告訴爸爸她腦子裡的那些事——那些炎熱而黑暗的夜晚。

這些夜是祕密的，它們是整個夏天最重要的時光。在黑暗中，她獨自一人走在路上，像是小鎮上唯一的居民。夜裡，每條街道都像她家所在的街區一樣親切。有些孩子害怕在晚上走過陌生的地方，可她不怕。女孩們害怕路上突然竄出來一個男人，像強姦已婚婦女一樣把她們糟蹋了。大多數女孩都是神經病。如果一個塊頭和喬·路易士[1]或山人迪恩[2]一樣的男人向她撲過來的話，她會撒腿就跑。但是如果那傢伙的重量不超過她二十磅的話，她會狠狠地揍他，然後繼續走路。

夜晚是美妙的，她根本沒時間自己嚇唬自己。一旦黑暗降臨，她滿腦子都是音樂。她散步時，就給自己唱歌。她感到整個鎮子都在傾聽，而且他們不知道唱歌的人就是米克·凱利。

夏季這些自由的夜晚，她長了很多音樂的見識。小鎮的富人區家家戶戶都有收音機，所有的窗子都是打開的，她能聽得一清二楚。很快她就知道哪家的收音機裡有她想聽的節目。有一戶人家總是在收放所有美妙的交響樂。晚上，她跑到那所房子，溜進黑暗的院子裡，傾聽。房子的周圍長滿了美麗的灌木叢，她就坐在窗下的小樹叢裡。節目結束後，她站在黑乎乎的院子裡，雙手插入口袋中，長時間地回味。這就是整個夏天最結實的部分——聽收音機裡的音樂，細細地品味它們。

「先生，請關上門。」米克說。

巴伯爾像帶刺的薔薇一樣刻薄。**「小姐，請幫個忙。」**他回嘴道。

在職業學校學習西班牙文是很棒的事。說一門外語讓她感覺自己很有見識。每天下午上課時，她都很愉快地學說新的西班牙文單字和句子。一開始，巴伯爾被難倒了，她一邊說外語，一邊觀察巴伯爾的臉，感到很有趣。很快他追上來了，不久以後巴伯爾就可以複述她說的每句話。他也記住了他學到的每個詞。當然他不知道那些句子都是什麼意思，但她說那些句子時，想表達的也並不是它們的原意。這孩子學得真是太快了，她不得不放棄西班牙文遊戲，轉而急促地說一些生造的詞。很快他就揭穿了她的把戲——沒人能騙得了老巴伯爾·凱利。

「我要假裝是第一次走進這房子，」米克說。「這樣我才能看清那些裝飾究竟好不好看。」

她走出屋子，站在前廊，又走回到門廳站著。整整一天，她、巴伯爾、鮑蒂婭和爸爸都在忙著為這次派對裝飾門廳和餐廳。裝飾物是秋天的樹葉、藤蔓和紅色的縐紋紙。餐廳的壁爐架上和衣帽架後面是鮮黃的樹葉。他們在牆上鋪了藤蔓，桌上會放上盛果汁的大缽。紅色的縐紋紙被剪成長長的流蘇形狀，沿著壁爐架垂下來。椅背上也纏繞著紅流蘇。裝飾足夠了。沒問題。

她用手蹭了蹭額頭，瞇長了眼睛。巴伯爾站在她身邊，模仿她的每一個動作。「我真希望派對能順利。我真希望。」

1 拳王。
2 摔跤手。

這將是她舉辦的第一個派對。她參加過的也不超過四五個。去年夏天她去過一次舞會，沒有一個男孩子請她散步或跳舞，她一直站在果汁缽旁邊，作壁花狀，直到所有的點心和飲料都吃完了，然後她就回家了。這次的派對肯定不會像上次那樣。幾個小時後，她邀請的人就要陸陸續續地來了，喧鬧就要開始了。

她想不起來派對的主意是如何鑽到她腦子裡來的。她上職業學校不久後，突然想到這個主意。中學棒極了，樣樣都和語法學校不同。如果她和海澤爾或埃塔一樣去學速記課，她是不會這麼開心的——她得到了特許，可以上男孩們的機械課。機械、代數和西班牙文都很美妙。英文有點難。她的英文老師是米娜小姐。大家都說米娜小姐把自己的腦袋賣給了一個著名的醫生，賣了一萬塊，她死後他可以把它切開，看看為什麼她如此聰明。寫作課上，她炮製了這樣的問題：「說出八個當代有名的詹森博士」，「引用十句《威克菲爾德牧師》裡的話」。她根據花名冊點名，在課堂上，她的成績紀錄本一直是打開的。雖然她很聰明，可她是個陰沉的老處女。西班牙文老師去歐洲旅行過。她說在法國人們會扛著麵包棍回家，包都不包；他們站在路上說話時，麵包棍會撞到路燈柱上。在法國根本就沒有水——只有酒。

職業學校幾乎是完美的。下課的時候，他們在走廊裡轉來轉去，午餐休息時學生們在體育館玩耍。有一件事很快就令她不安了。走廊裡人們三三兩兩走在一起，每個人似乎都屬於特定的小圈子。一兩個星期內她在走廊和課堂認識的人，只限於和他們打打招呼——僅此而已。她不是任何小圈子裡的人。語法學校時，她想和哪一群人玩，隨便就可以混進去，不用多費腦筋。這裡就不同了。

第一週她一個人在走廊裡踱步，思考這件事。她想屬於一個小圈子，她在這上面花的心思幾乎和音樂一樣多了。這兩個念頭在她的腦海裡一直犬牙交錯。最後她想到了辦派對。

她對邀請對象要求很嚴格。不能是語法學校的孩子，不能小於十二歲。她只邀請十三到十五歲之間的孩子。她邀請的朋友都是在學校走廊裡可以打招呼的人——不知道名字的人，她也打聽到了名字。她給家裡有電話的人打電話，其他的人她在上學時便當面邀請。

電話裡她說的是同樣的話。她讓巴伯爾把耳朵貼過來一起聽。「這是米克・凱利，」她說。「週六晚上八點我要舉辦舞會，我想邀請你。我住在第四街一〇三號A公寓。」A公寓在電話裡聽起來挺時髦的。幾乎所有受邀者都答應了。幾個難對付的男孩想顯得聰明些，反復追問她的名字。一個男孩想裝酷，說，「我不認識妳。」她馬上回敬了一句：「你去吃屎吧！」除去那個聰明的傢伙，有十個男孩和十個女孩，如果他們沒聽清這名字，她會不斷地重複，直到他們明白。

她知道他們都會來。這是一個真正的派對，它和任何她去過或是聽說過的派對都不一樣，要好得多。

米克最後審視了一遍門廳和餐廳。她在衣帽架前站住，面前是「老髒臉」的相片。這是她媽媽祖父的照片。他是美國內戰時的少校，死在了戰場上。不知哪個孩子在照片上添上了眼鏡和鬍子，鉛筆的印記被擦掉以後，少校的臉髒得鬼畫符一樣。這就是她稱他為「老髒臉」的緣故。這張照片在三聯框的中央，兩邊是他的兒子們。他們看上去像巴伯爾那麼大。身著制服，臉上有驚訝的表情。他們也死在了戰場上。很久以前了。

「我想把它取下來，它和派對不配。看起來太普通了。你覺得呢？」

「我不知道，」巴伯爾說。「我們不普通嗎，米克？」

「我不。」

她把相片放在了衣帽架的下面。裝飾沒問題。辛格先生回家後，也會感到滿意的。房間顯得空曠和安靜。桌子收拾好了，準備擺上晚餐。晚餐過後，就是派對。她走進廚房去看看點心和飲料準備得如何。

「你覺得一切都沒問題嗎？」她問鮑蒂婭。

鮑蒂婭正在做餅乾。點心在爐臺上。有花生奶油、果凍三明治、巧克力脆餅和果汁。三明治用潮濕的洗碗布蓋著。她偷偷地看了一眼，卻沒有嘗一塊。

「我都說過四十遍了，一切都沒問題，」鮑蒂婭說。「我一做完家裡的晚飯，就會回來繫上那條白圍裙，好好地招待妳的客人。但我九點半前要走。今天是星期六，赫保埃、威利和我也有安排。」

「當然，」米克說。「我只要妳幫我把開頭安排好——妳知道。」

她讓步了，拿了一塊三明治。她讓巴伯爾和鮑蒂婭待在一起，自己走到中間的屋子。她今晚要穿的裙子正攤在床上。海澤爾和埃塔表現不錯，把自己最好的衣服借給她——她們不打算參加這次派對。埃塔的是一件長長的藍色的雙縐晚禮服。加上白色的細根淺口鞋，一頂水晶石的冕狀頭飾。這些衣服真是美極了，很難想像她穿上它們是什麼樣子。

黃昏已經降臨了，陽光穿過窗子留下了長長的暗黃的斜影。她需要兩個小時為這次派對打扮，所以最好現在就開始。她一想到要穿上這些漂亮的衣服，就坐不住了。她慢慢地走進浴室，脫掉舊短褲和襯衫，打開水龍頭。她搓洗粗糙的部位——腳後跟、膝蓋，特別是手肘。洗了很久很久。

她赤身裸體地衝進中間的屋子，開始穿衣服。她穿上絲綢緊身內衣褲以及長絲襪。她鬼使神差地穿上了埃塔的一件胸罩。她小心翼翼地穿上裙子，把腳放進高跟鞋裡。這是她第一次穿晚禮服。她在鏡子前站了很久。她太高了，禮服的下襬在腳踝三四英寸以上——鞋也太小了，擠腳得很。她在鏡子前站了很久，最後的感覺是她看上去要不像小丑，要不就是個大美人。只有這兩種可能。

她換了六種髮形。額頭前一縷翹起的頭髮是個小麻煩，她打濕瀏海，弄了三個狹長的小捲。最後她戴上水晶石冕，塗了厚厚的口紅和胭脂。打扮完了以後，她像電影明星一樣抬起下巴，眼睛似睜非睜。她把臉慢慢地從一邊轉到另一邊。她看起來美極了——就是美。

她覺得自己是另一個人。她是完全不同於米克．凱利的另一個人。離派對還有兩個小時，她羞於讓家裡人看到自己這麼早就打扮成這樣。她又走到浴室，把門鎖上。她不能坐下，會把裙子搞亂，她就站在浴室的中央。四面封閉的牆好像把所有的興奮都壓縮在裡面。她感到自己和過去的那個米克．凱利太不一樣了，她知道它將比她生命中所有的事都美好——這個派對。

「哇！果汁！」

「裙子棒極了——」

「嗨！你算出了那道三角題——」

「借光！別擋我的路！」

人群湧進屋子，大門時刻發出砰砰的聲響。尖利和柔和的聲音混在一起，最後房間裡只有喧鬧的聲音了。女孩們穿著漂亮的長禮服，三三兩兩站在一起；男孩們穿著乾淨的帆布褲或軍訓服，或者嶄新的深色秋季西裝，在屋子裡轉來轉去。亂作一團，米克看不清任何一張臉。她站在衣帽架旁，環視整個派對。

「每個人拿著請柬，去預約吧。」

一開始，屋子太吵了，什麼也聽不清。男孩們密密麻麻地圍著果汁缽，桌子和藤蔓幾乎都看不見了。只能看見她爸爸的臉越過男孩們的腦袋，他笑著把果汁裝到小紙杯裡。她身旁的衣帽架座架上放著糖果罐和兩塊手帕。幾個女孩以為今天是她的生日，她打開她們帶來的禮物，表示感謝，卻沒告訴她們還有八個月她才滿十四歲呢。每個人都光鮮整潔，和她打扮得差不多。他們身上的味道也很好聞。男孩子頭髮上抹了髮膠，濕漉漉的，油亮油亮。身著五顏六色長裙的姑娘們站在一起，像一大簇耀眼的花朵。派對的開頭棒極了。沒問題。

「我有部分蘇格蘭愛爾蘭和法國血統，還有——」

「我有德國血統——」

她去餐廳前又高聲叫大家拿好請柬。很快他們開始在門廳裡集合，每個人都拿著請柬，靠著牆三三兩兩一夥地排隊。現在派對真正開始了。

突然間，很古怪的事來了——這種安靜。男孩們站在屋子的一邊，女孩在他們的對面。不知是什麼原因，大家都同時停止了說話。男孩舉著請柬，看著女孩，房間十分安靜。按理說，男孩們應該向女孩們預約跳舞，可是沒人開口。可怕的寂靜愈來愈令人窒息，她去的派對太少了，不知道怎麼辦。接著，男孩子互相用拳頭打對方，聊起天來。女孩子咯咯地笑——即使她們根本沒看男孩，你也能知道她們唯一想的就是自己會不會受歡迎。可怕的寂靜消失了，但是一種極度的緊張不安在屋子裡徘徊。

過了一會兒，一個男孩走向叫多蘿瑞斯．布朗的女孩。他約完她以後，其他的男孩都開始向她獻殷勤。她的請柬都約滿了，男孩們才轉向了另一個叫瑪麗的女孩。過後，一切又都停頓下來。另外還有一兩個女孩被幾個男孩約了——因為她是派對的主人，有三個男孩邀請她。就這些了。

人們在餐廳和門廳裡無所事事。男孩們大多數聚集在果汁缽周圍，競相表現自己。女孩子也湊在一起，拚命地笑，裝作很開心的樣子。男孩在琢磨女孩，女孩也在琢磨男孩。但是這一切帶來的是房間裡奇怪的氣氛。

就是在此時，她注意到哈里．米諾維茲。他就住在隔壁，他們算是青梅竹馬。儘管他比她大兩歲，她長得可比他快多了。夏天他們經常在街邊的草地上摔跤、打鬥。哈里是猶太人，但看上去不太像。他的頭髮是淺褐色的直髮。今晚他穿得很整潔，進門時，把一頂成年人帶羽毛的巴拿馬帽掛在了衣帽架上。

並不是因為他的衣服，她才注意到他。他的臉變了模樣，因為他今天沒有戴以前常戴的牛角框眼鏡。一粒紅紅的下垂的麥粒腫從一隻眼睛冒出來，為了看清東西，他不得不把腦袋側向一邊，像鳥一樣。細長的手指不停地蹭那顆麥粒腫，好像很痛的樣子。他想喝果汁，愣愣地將紙杯伸到她爸爸的眼前。她看得出他急需他的眼鏡。他很緊張，不停地撞到人。除了她，他沒有邀請別的女孩——因為這是她的派對。

所有的果汁都喝光了。她的爸爸怕她會尷尬，和她媽媽一起去廚房做檸檬汁。有些人在前廊和人行道上。她很高興能夠出去呼吸夜晚的冷空氣。走出炎熱明亮的房子，她在黑暗深處聞到了即將到來的秋天的氣息。

然後，她目睹了意想不到的事。人行道邊和黑漆漆的路上有一群住在附近的孩子。彼得、薩克·威爾斯、貝貝、斯伯爾瑞伯斯——整整一群，從比巴伯爾還小的孩子，到十二歲多的孩子。有些孩子她根本不認識，他們嗅到了派對的氣味，跑來瞧瞧。也有一些和她差不多大的，甚至還要大一點的，她沒有邀請他們，因為他們曾經對她幹過壞事，或者她對他們幹過壞事。他們都很髒，穿著普通的短褲、邋遢的燈籠褲或者舊的家居服。他們只是在暗處晃蕩，看看這個派對。看見這些孩子們時，她內心有兩種情感——悲傷和警惕。

「我約了妳。」哈里·米諾維茲假裝正在讀他的請柬，但她看到卡片上什麼也沒寫。她爸爸來到前廊，吹著哨子，第一曲舞開始了。

「好吧，」她說。「我們開始吧。」

他們沿著街區散步。身著長裙，她感覺自己非常時髦。「看看那邊，看看米克·凱利！」黑暗中一個孩子在喊。「看看她！」她接著走，像沒聽見一樣，但她知道是斯皮爾瑞伯斯，很快她會教訓他的。她和哈里沿著黑暗的人行道走得很快，他們走到街道的盡頭，拐到另一個街區。

「妳今年多大了，米克——十三？」

「快十四了。」

她知道他在想什麼。這也一直困擾她。五英尺六英寸高，一〇三磅，她才十三歲。派對的孩子在她身邊顯得像發育不良的矮冬瓜，除了哈里。哈里只比她矮幾英寸。沒有一個男孩想和比自己高那麼多的女孩跳舞。也許抽菸能阻止她再長高。

「我去年一年就長了三點二五英寸。」她說。

「我有一次在市場上見過一個女人，有八點五英尺高呢。當然妳不會長那麼高吧。」

哈里在一株幽暗的桃金娘樹叢前停下。周圍沒有人。他從口袋裡取出一樣東西，開始擺弄它。她湊過去看——是他的眼鏡，他正用手帕擦。

「對不起。」他說。他戴上眼鏡，她可以聽見他深深的呼吸聲。

「你應該一直戴著眼鏡。」

「嗯。」

「你為什麼不戴它？」

夜晚非常安靜和黑暗。過馬路時，哈里抓住了她的臂膀。

「派對上有一個年輕的女士，她覺得男人戴眼鏡顯得娘娘腔的。這個人——好吧，也許我是——」

他沒說完。突然他繃緊身子，向前跑了幾步，跳起來去搆頭上四英尺高的樹葉。她能看見黑暗中高高的葉子。他彈跳力相當好，一下子就搆到它了。他把葉子放進嘴裡，在黑暗中和假想敵拳擊了幾個回合。她趕上他。

和往常一樣，一首歌在她的腦海裡了。她對自己哼唱。

「妳在唱什麼？」

「是一個叫莫札特的傢伙。」

哈里自我感覺很好。他走著橫跨步，像一個快步出擊的拳擊手。「聽起來像是德國人的名字。」

「我猜想是。」

「法西斯？」

「什麼？」

「我是說那個莫札特是法西斯或者納粹？」

米克想了想。「不是。他們是最近的事，但這傢伙死了。」

「那就好。」他又開始在黑暗中打起拳擊，他希望她能問他為什麼。

「我說那就好。」他又說了一遍。

「為什麼？」

「因為我恨法西斯。如果我在路上遇到一個，我會殺了他。」

她看著哈里。街燈下的樹葉在他的臉上映出恍惚而斑駁的影子。他很興奮。

「為什麼？」她問。

「天！妳從不讀報紙？妳看，是這樣的——」

他們又回到了這個街區。家裡一片喧譁。人們在人行道上叫著，跑著。她感到強烈的噁心。

「沒時間和妳解釋了，除非我們繞著街區再走一圈。我可不介意告訴妳我為什麼恨法西斯。我很願意說。」

這很可能是他第一次有機會把這些想法詳細地說給別人。但她沒時間去聽。她忙於觀察房子前的場景。「好吧，以後再聊。」和他的約會已經結束了，她可以四處看看，思考一下她眼前的混亂。

她不在時，發生了什麼？她離開時，人們穿著漂亮的衣服，站在四周，這是一個真正的派對。現在——僅僅是五分鐘後——這個地方就像一所瘋人院。她不在時，那些躲在暗處的小孩衝進了派對。他們敢！那個老彼得．威爾斯砰地把門帶上，衝了出來，手裡還拿著一杯果汁。他們吼叫，奔跑，和被邀請的人混在一起——就穿著舊的邋遢燈籠褲和家常服。

貝貝．威爾森在前廊亂跑——她還不到四歲。每個人都能看出她這時應該待在家裡睡覺，像巴伯爾一樣。她一級一級地走下臺階，把果汁高高地舉在頭頂。她壓根沒理由來這兒。布瑞農先生是她的姨丈，她隨時都可以在那得到免費的糖果和飲料。她一走到人行道上，米克就揪住了她的胳膊。「妳馬上回家，貝貝．威爾森。現在就回家。」米克看看四周，想知道她還能做些什麼，把事情擺平。她走向薩克．威爾斯。他站在人行道昏暗的另一頭，手上拿著紙杯，用恍惚的目光看著大家。薩克七歲，穿著短褲。上身和腳是光著的。他沒引起任何麻煩，可她看到發生的一切，氣得要發瘋。

她拽住薩克的肩膀，開始搖他。起初他把下顎咬得很緊，過了一分鐘他的牙齒發出咯咯聲。「你給我回家，薩克．威爾斯。別在這晃了，這裡不歡迎你。」她鬆了手，薩克夾著尾巴一樣，沿著街道慢慢地走掉了。但是他沒有回家。他走到拐角處，她看見他坐在路邊石上，偷看派對，他以為她看不見他。

片刻間，她鬆了一口氣，總算處理掉了薩克這傢伙。但她馬上有了更煩心的憂慮，她開始叫他回來。把事情弄得一團糟的是那些大孩子們。他們真是沒有教養的野孩子，簡直是她見過最不要臉的傢伙。喝光了所有的飲料，把一個真正的派對弄得狼狽不堪。他們把大門乒乒乓乓關來關去，大聲喊叫，互相撞對方。她走向彼得‧威爾斯，因為他是最惡劣的孩子。他戴著橄欖球帽，向別人撞去。彼得已經十四歲了，卻還留在七年級。她走向他，可是他太大了，沒法像搖晃薩克那樣搖晃他。她命令他回家，他快速地顫動全身，向她俯衝。

「我在六個州待過。佛羅里達，阿拉巴馬——」

「用銀色的布做的，配有飾帶——」

派對一塌糊塗。所有的人都在嘰嘰喳喳地說話。職業學校的朋友和鄰居家的小孩都混在一起了。男孩和女孩涇渭分明地站著——沒有人跳舞。檸檬汁也快要喝完了。在果汁缽的底部，只剩下一小汪汁水，上面飄浮著幾片檸檬皮。她的爸爸對孩子們總是太好了。哪個孩子把紙杯遞給他，他都會幫他們倒上一杯。她走進餐廳時，鮑蒂婭正在給大家分三明治。五分鐘後，三明治就都分光了。她只分到一塊果凍三明治——有粉紅色的汁從麵包片裡滲出來。

鮑蒂婭待在餐廳裡，觀察派對。「這裡好開心，我可不走，」她說。「我已經捎話給赫保埃和威利了，讓他們自己打發星期六晚上。每個人都這麼興奮，我要待到派對結束。」

興奮——就是這個詞。她能夠在房間、前廊和人行道上充分感受到這個詞。她自己也感到興奮。衣帽架的鏡子映出她漂亮的裙子、漂亮的臉、漂亮的腮紅，頭上的水晶石冕，但並不僅僅是因為這個而興奮。也許是因為屋裡的裝飾，所有這些職業學校的人，加上擠在一起的小孩們。

「看她跑！」

「哎喲！打住——」

「規矩點！」

一群女孩在大街上奔跑，拽著裙襬，頭髮在身後飄揚。有些男孩砍下了一株西班牙刺刀樹的長矛，作為手上的武器，追逐前面的女孩。職業學校的新生隆重的行頭，完全是為了一個真正的舞會；而他們的舉止還是孩子。一半是遊戲，一半卻完全不是。一個男孩手握長矛靠近了她，她也開始奔跑了。

派對的念頭算是徹底結束了。這不過是一次普通的打鬧。卻是她有過的最瘋狂的夜晚。是這些小孩造成的。他們就像一場傳染病。他們混進派對，所有的人都忘了中學，忘了自己快是成人了。就像下午洗澡前的感覺，你跑到後院打個滾，弄一身泥，就是為了進浴缸前，感覺一下那種爽勁。每個人在星期六晚上，都像野孩子一樣玩鬧——她覺得自己是中間最野的一個。

她嚎叫，推搡，總是第一個嘗試新的把戲。她發出那麼大的聲音，跑得那麼快，根本注意不到別人在幹什麼。她的呼吸簡直不夠用了，她想玩那麼多瘋狂的把戲。

「街邊有個溝！溝！溝！」

她第一個衝向它。沿著一個街區，他們在街下鋪了新的管道，挖了一條很深的溝。溝邊的照明火在黑暗中火紅耀眼。她迫不及待地要爬下去。她一直跑到晃動的火焰邊，然後跳了下去。

如果穿上網球鞋，她著陸時會輕得像貓——她腳上的高跟鞋滑了一下，肚子撞到了管道。呼吸停止了。她靜靜地躺著，閉著眼睛。

派對——她回憶了很久，她是如何想像它的，她是如何想像職業學校的新朋友的。以及她每天都夢想加入的小圈子。重新回到學校走廊時，她的感覺將會不一樣了，她知道他們沒有什麼不同，和其他小孩子一樣。還算成功，這個被糟蹋了的派對。但一切都結束了。結束了。

米克從溝裡爬了出來。一些孩子圍著小小的照明火罐。火光發出紅色的火焰，搖曳出長而恍惚的影子。一個男孩跑回家，戴上了支持黑奴制的北方佬的面具，這是提前為萬聖節買的。關於這個派對，什麼都沒變，變的是她。

她慢慢走回家。經過孩子們時，她沒說話，也沒看他們。門廳裡的裝飾物被扯了下來，人們都出去了，房子顯得很空曠。她進了浴室，脫掉藍色的晚禮服。邊上被撕破了，她把衣服折起來，這樣破的地方就看不見了。水晶石冕不知丟在了哪裡。舊的短褲和襯衫躺在原來的地上。她穿上。經過這次派對，她已經長大了，不能再穿短褲了。今晚過後，不能了。不能了。

米克站在門外的前廊上。卸妝後的臉是蒼白的。雙手在嘴邊環成喇叭、深呼吸。「都回家吧！關門啦！派對結束了！」

安靜、隱祕的夜晚，她又一次獨自一人。不算太晚——路邊的窗子透出黃色的光暈。她走得很慢，手插在口袋裡，歪著腦袋。她漫無目的地走了很久。

房子愈來愈稀疏了，院子裡有大樹和黑色的灌木叢。她望望四周，知道她來到了夏天來過許多次的房子旁。她的腳不知不覺地把她帶到這裡。她站在房子前等了等，直到確認沒人能看見她。她穿過邊上的小院。

收音機像往常一樣開著。她在窗下站了片刻，觀察屋裡的人。禿頭男人和灰髮女士坐在桌邊打牌。米克坐到了地上。這是一個隱蔽的好地方，四周都是厚厚的雪松，她藏在裡面，誰也看不見她。今晚收音機的節目不太好——有人在唱流行歌曲，都以同樣的方式結尾。她覺得空虛。把手伸進口袋，手指摸索著。有葡萄乾、乾果、一串珠子——一根香菸和火柴。她點著了菸，抱膝坐著。她像是空虛到了極點，身體裡沒有感情，也沒有思想。

一個曲子接一個曲子，全是垃圾。她漫不經心地聽著。抽菸，抓了一把草葉。過了一會兒，新的播音員開始說話。他提到了貝多芬。她在圖書館裡讀到過這個音樂家——他的名字聽起來有一個a字，拼寫時則是兩個e。他是一個德國的傢伙，和莫札特一樣。他活著的時候，用外語說話，住在外國——她也想這樣。播音員說馬上要播放他的第三號交響曲。她有些心不在焉，她想再走一走，對收音機節目沒什麼興趣了。這時音樂開始了。米克揚起腦袋，一下子無法呼吸。

怎麼回事？片刻間，音樂的開頭像天平一樣，從一頭搖晃到另一頭。像散步，或者行軍。像上帝在夜裡神氣活現地走路。她身外的一切都凍結了，只有音樂的開頭在她的心臟裡沸騰。她甚至聽不見後面的音樂，但她坐在那裡，握緊了拳頭，等待，渾身僵住了。過了一會，音樂又來了，更重，更響。它和上帝毫無關係。是她，米克·凱利，在白天行走，夜晚獨自一人行走。在熱辣辣的陽光下，在黑夜中，充滿計畫，充滿感情。這音樂就是她——真正的完全的她。

她無法聽清音樂的全部。這音樂在她身體裡沸騰。哪部分？牢牢地記住精彩的部分，一遍遍回味，這樣她就不會忘記——或者她應該放鬆，聽每一部分，不要去想，也不要努力記住？天吶！整個世界就是這首曲子，她卻不能聽個夠。最終，音樂開頭的部分又回來了，每個音符都有不同的樂器交織在一起，如同攥得緊緊的重拳擊在她的心口。第一樂章結束了。

曲子既不長也不短。再說，它和時間無關。她緊緊地抱住大腿，使勁地咬自己鹹濕的膝蓋。她可能只聽了五分鐘，也可能聽了半個夜晚。第二樂章是黑色的——慢的進行曲。不是悲傷的，但整個世界都死了，都黑了，沒必要去回想這個世界死前是什麼樣。一種號角式的樂器奏出了悲傷清越的旋律。隨後音樂憤怒地揚起，下面潛伏著激動的情緒。最後，黑色的進行曲又來了。

也許交響樂的最後樂章是她最喜歡的——快樂的，像世界上最偉大的人在奔跑，在艱難而又自由地雀躍。像這樣美妙的音樂簡直是世上最令人傷心的事。整個世界就是這曲交響樂，她簡直聽不過來了。

結束了。她抱著膝蓋，僵硬地坐著。另一個節目開始了，她用手指堵住耳朵。剛才的音樂只給她留下了傷害和空虛。她完全想不起這個交響樂了，甚至連最後幾個音符也忘了。她努力去回想，沒有聲音回到她的耳邊。現在全都結束了，只剩下一顆心，像兔子一樣跳，還有這可怕的傷害。

收音機和屋裡的燈光都掐斷了。夜晚如此之黑。米克突然用拳頭猛擊大腿。她用盡全身的力氣擊打同一塊肌肉，眼淚流到了臉上。但她的感覺麻木了。樹叢下的石子很尖利。她抓起一把石子，在腿上同一塊地方來回地蹭，直到手磨出了血。她轟然地躺倒在地上，抬頭看天。腿上巨大的疼痛令她好受些了。她軟弱無力地躺在濕濕的草地上，過了一會她的呼吸終於慢下來，自如了。

為什麼宇宙探索者不能看看天空就知道世界是圓的？天空是彎曲的，好似巨大的玻璃球的內側，深藍色的天空點綴著明亮的星星。夜晚是安靜的，空氣中有溫暖的雪松的氣味。她完全不想音樂的時候，音樂卻回來了。腦子裡響起了第一樂章，和她剛剛在收音機裡聽到的一模一樣。她靜靜而緩慢地聽著，像解幾何題一樣思考音符，好讓自己記住。她能清楚地看見聲音的形狀，她不會忘記它們了。

現在她感覺好多了。她大聲地自言自語道：「主啊赦免我，因為我不知道我做了什麼。」為什麼她會想到這句話？最近的幾年中，每個人都明白根本沒有真正的上帝。當她想到以前她想像中的上帝的模樣時，她卻只能看見辛格先生——他的身上披著長長的白罩子。上帝是沉默的——也許正是因為這點她才想到了上帝。她又說了一遍，就像對著辛格先生說道：「主啊赦免我，因為我不知道我做了什麼。」

曲子的這個部分美妙而清晰。她隨時都可以把它唱出來。也許以後的某個早晨，她醒來時，更多的旋律會回到她耳邊。如果她有機會再聽一遍這首交響樂，她會記住更多的樂章。如果她能再聽上四遍，只要四遍，她全都能記住了。也許。

她又聽了一遍開頭的部分。音符愈來愈緩慢和輕柔，她感到自己正在慢慢地下沉，沉入黑暗的地下。

米克驚醒了。空氣變得寒冷，她快要醒來時夢見老埃塔・凱利把她身上所有的被單都拿走了。「給我毯子——」她掙扎著想說，然後睜開了眼睛。天空很黑，所有的星星都不見了。草地是潮濕的。她連忙爬起來，爸爸要擔心了。她又想起了那首曲子。她不知道現在是午夜還是凌晨三點，她急忙趕回家。空氣中是秋天的味道了。音樂在腦子裡很快很響地放著，在通往自己家的人行道上，她愈跑愈快。

2

十月到了。天氣陰鬱，涼意陣陣。比夫・布瑞農脫掉了薄縐紋褲，換上了深藍色的嗶嘰呢褲。櫃檯後他裝了一台熱巧克力機。米克對熱巧克力上癮，每週都要來三四次，喝上一杯。他只收她半價——五分錢，其實他不想收她的錢。她站在櫃檯後，他看著她，感到焦慮和悲傷。他想伸出手，摸摸她那被太陽晒焦的、亂蓬蓬的頭髮——不是像摸其他女人那樣的摸法。他感到不安，和她說話時，他的聲音變得粗糙而陌生。

他有很多擔憂。一是，艾莉斯身體不好。和往常一樣，她在樓下從早晨七點一直做到晚上十點，但她行動緩慢，眼睛下有黑眼圈。在工作中，她把病態發揮得淋漓盡致。一個星期天，她用打字機打出一天的菜譜，她在特價菜「雞無霸」邊上標出二十分錢而不是五十分錢。直到有些顧客點了菜準備付錢了，才發現這個錯誤。還有一次，顧客給她十塊錢，她找回了兩個五塊和三個一塊。比夫站著，久久地看著艾莉斯，沉思地揉揉鼻子，眼睛半閉著。

他們沒有談論這件事。晚上，他在樓下工作，她睡覺。早晨她一個人管理咖啡館。他們一起工作時，他待在收銀台的後面，負責廚房和餐桌，這已經成為習慣。除了談談生意上的事，他們基本不說話。但比夫會觀察她，臉上露出困惑的表情。

十月八日的下午，從他們睡覺的房間突然傳出疼痛的叫聲。比夫急忙上樓。他們在一個小時之內把艾莉斯送到了醫院，醫生取出了一個像新生嬰兒那麼大的腫瘤。隔不到一個小時，艾莉斯死了。

比夫坐在醫院的床邊，陷入不知所措的沉思。她死的時候，他在場。她的眼睛被麻醉了，因為乙醚而顯得霧濛濛的，隨後眼珠變硬了，像玻璃。護士和醫生都離開了房間。他繼續看她的臉。除了臉上帶點藍色的蒼白，和平時沒有什麼兩樣。他觀察她的每一個細節，好像她不是每天和他一起度過二十一年的那個女人。他坐著，思緒慢慢轉到一直存在心裡的一幅畫面。

寒冷的綠色大海，炎熱的金色沙灘。小孩子們在泡沫綢緞一樣的邊緣上玩耍。健壯的褐色的小女孩，瘦弱的赤裸的小男孩，另一些半大的孩子，跑著，用甜美、高亢的聲音互相喊叫。有他認識的孩子，米克和他的外甥女——貝貝，還有一些誰也不曾見過的年輕的陌生面孔。比夫低下頭。

過了很久，他從椅子上站起來，走到房子的中央。他能聽見他的小姨子露茜婭，在外面的走廊裡走來走去。一隻肥胖的蜜蜂在食品櫃上爬來爬去，他靈活地把牠捏在手裡，放到打開的窗子外面。他又一次看了一眼死去的臉，然後帶著一種喪偶的鎮定，他打開通向醫院走廊的大門。

第二天上午，他坐在樓上的房間裡做針線活。為什麼？相愛的人，有一方去了，為什麼剩下的那一個不追隨自己的愛人而去呢？僅僅是因為活著的要埋葬死去的？因為那些必須完成的有條不紊的葬儀？因為那個活著的人好像走到了臨時的舞臺上，每秒鐘都膨脹到無限，而他正被許多雙眼睛觀看？因為他要履行一種職責？或者，因為有愛，剩下的那一個必須活下來，為了愛人的復活——走了的人就沒有真正地死去，而是在活著的靈魂裡成長再生？為什麼？

比夫俯下身子湊近手中的針線活，同時思考很多事情。他縫得相當熟練，指尖上的老繭很厚，不需要頂針就能把針穿進布裡。兩套灰西裝袖子上的黑紗已經縫好了，他正在縫最後一件。白天明亮而炎熱，秋天的第一批落葉擦著人行道飛舞。他出門太早了。每分鐘都是如此漫長。在他面前，是無限的空虛。他把餐館的門鎖上，在門外掛上了一只百合花環。他先去了殯儀館，精心地挑選棺材。他撫摸內側的木料，掂量框架的承重。

「這種黑縐紗叫什麼——喬其紗？」

殯儀員油滑而殷勤地回答了他。

「火化在你的生意中占有多大比例？」

比夫走回到馬路上，帶著有分寸的儀式感。西邊吹來溫暖的風，陽光十分明亮。他的手錶停了，所以掉頭走向威爾伯．凱利家的那條街，他在那兒立了塊修錶的牌子。凱利穿著打補丁的睡衣，坐在工作檯邊。他的鐘錶坊也是臥室，米克在童車裡推的那個小嬰兒正安靜地坐在地板的墊子上。每分鐘都是如此漫長，有足夠的時間沉思和詢問。他請凱利為他解釋手錶裡寶石軸承具體的功能。透過鐘錶匠的放大鏡，他看到了凱利變形的右眼。他們談論了一會張伯倫和慕尼黑。時間還早，他決定上樓去看看啞巴。

辛格正在為喪事著裝。昨天晚上他寄了一封弔唁信給他。他要做葬禮的抬棺人。比夫坐在床上，他們一起抽了根菸。辛格綠色的眼睛時不時地觀察著他。他遞給比夫一杯咖啡。比夫沒說話，啞巴拍了拍他的肩膀，深深地看了他一眼。辛格穿好衣服後，他們一起走出門。

比夫在商店買了一條黑絲帶，遇見艾莉斯的牧師。一切安排就緒後，他回家去。把事情安頓妥當——這是他腦子裡一直想的事。他把艾莉斯的衣物打成一包，準備交給露西婭。他仔細地打掃和清理了衣櫃抽屜。甚至重新調整了樓下廚房的架子，摘掉了電扇上鮮豔的縐紋紙飾帶。幹完這些活，他泡在浴缸裡，上上下下洗了個遍。一上午就這樣過去了。

比夫把線咬斷，撫平外套袖子上的黑紗。露西婭想必正在等他呢。他、她和貝貝要一起坐出殯車。他放下針線盒，非常小心地在外套肩膀上安上黑紗。他飛快地環顧四周，看看出門前是不是一切都弄好了。

一小時後，他到了露西婭的小廚房。他蹺起二郎腿，餐巾放在大腿上，喝茶。露西婭和艾莉斯在各方面都不一樣，很難看出她們是一對姊妹。露西婭又瘦又黑，今天她從頭到腳都是黑的。她正在給貝貝梳頭。小傢伙耐心地坐在餐桌上，雙手交叉放在腿上，媽媽在她頭上忙活。屋裡的陽光安寧而柔和。

「巴托羅謬——」露西婭說。

「什麼？」

「你有沒有開始回憶過去？」

「不。」比夫說。

「你知道，那就像，我整天都要戴上眼罩，這樣我才不會胡思亂想，或者想過去的事。我只能讓自己想一件事——每天要工作，要做飯，要考慮貝貝的未來。」

「這個態度很正確。」

「我在美髮店給貝貝做了手指燙[1]。可頭髮很快就直了，我想給她做個電燙。但我不想親自為她做——我在想，也許我去亞特蘭大參加美容會議時可以帶上她，讓她在那做頭。」

「聖母瑪利亞！她才四歲啊。會嚇著她的。再說，電燙傷頭髮。」

露茜婭把梳子浸在一杯水裡，用它壓貝貝耳朵上的捲髮。「不，不會。而且她想要。貝貝雖然小，卻像我一樣野心很大。這可不是一般的野心。」

比夫在掌心上磨自己的指甲，搖了搖頭。

「每次貝貝和我去看電影，看到那些孩子演的精彩角色，她心裡想的和我一樣。我打賭她是這樣的，巴托羅謬。看完電影，我叫她吃飯，她都不肯。」

「老天。」比夫說。

「她在舞蹈課和表演課上表現好極了。明年，我想讓她學鋼琴，彈彈鋼琴對她有好處。她的舞蹈老師準備讓她在晚會上跳獨舞。我覺得我應該盡可能地鞭策她。她的事業開始得愈早，對我們兩個就愈有好處。」

「聖母瑪利亞！」

「你不明白。對有天才的孩子不能像普通人一樣。這就是為什麼我想讓貝貝遠離這個普通的住宅區。我不能讓她像她周圍的小鬼一樣，言語粗俗，跑起來像野人。」

「我知道這地方的孩子們，」比夫說。「他們挺好的。對面的凱利一家——克萊因家的男孩

---

1 finger waves，一九二〇、三〇以及九〇年代，流行北美和歐洲的髮式。

子們——」

「你很清楚，他們沒有一個能達到貝貝的層次。」

露茜婭弄好了貝貝頭上最後一個捲。她掐了掐孩子的小臉蛋，好讓臉色更紅潤。然後，她把孩子從桌上抱下來。為了這次葬禮，貝貝穿了一件白色的小裙子，配上白色的鞋，白色的襪子，甚至白色的小手套。被人注視時，貝貝總會把頭擺成某種特定的姿勢，現在她就是這種姿勢。

他們在又小又熱的廚房裡坐了一會兒，誰也不說話。露茜婭哭了起來。「我們好像從沒像姊妹一樣親近過。我們不一樣，也不經常見面。也許這是因為我比她年輕太多。但血親就是血親，這樣的事發生後——」

比夫發出輕輕的安慰聲。

「我知道你們兩人的關係，」她說。「並不總是甜蜜的。但可能這會使你現在感覺更糟。」

比夫把貝貝夾在胳肢窩下，一下子掄到自己的肩上。這孩子愈來愈重了。他小心地扛著她，走進起居室。他感到肩上的貝貝緊緊地貼著他，熱呼呼的。她小小的絲裙是白色的，映著他的黑衣。她的小手牢牢地揪住他的一隻耳朵。

「比夫姨丈！看我做劈腿。」

他把貝貝輕輕地放到地上。她的雙臂舉過頭頂，滑出弧形，她的腳在打了蠟的黃地板上慢慢向相反的方向滑動。瞬間，她已經坐在地上，一隻腿筆直向前，另一隻向後。她的雙臂舉成一個花稍的角度，用來平衡身體；她斜視牆壁，做出悲傷的表情。

她陡然站起身。「看我翻跟斗。看我——」

「甜心，安靜點，」露茜婭說。她坐到了比夫旁邊，他們一起坐在長毛絨的沙發上。「她是不是讓你有一點想到他——她的眼睛和臉？」

「見鬼，不。我看不到貝貝和勒瑞爾．威爾森有任何相像之處。」對她的年紀來說，露茜婭看起來太瘦，顯得過於憔悴。也許是因為黑色的衣服，加上她一直在哭。「不管怎麼說，我們不得不承認他是貝貝的父親。」她說。

「妳就不能忘掉那個男人嗎？」

「我不知道。我想在兩件事上我一直是傻瓜。就是勒瑞爾和貝貝。」

比夫新長的鬍子碴在蒼白的臉上泛著青光，他的聲音聽起來很疲倦。「妳能不能把一件事想透，知道究竟發生了什麼，它的後果又應該是什麼？妳就不能用用邏輯——如果這些是前提，這就是結論？」

「關於他，我想我不能。」

比夫疲乏地說話，眼睛快閉上了。「妳十七歲時嫁給了這個東西，之後呢，你們就鬧個不停。妳和他離了。而兩年以後，妳又嫁給了他。現在他又跑了，妳不知道他在哪。這些事實應該能讓妳明白一件事——你們兩個彼此不合適。除掉更個人的原因——不管怎麼說吧，這傢伙碰巧是這種人。」

「上帝知道我一直都清楚他是個卑鄙的傢伙。我只是希望他再也不要敲這個門。」

「看，貝貝，」他說得很快。他交叉十指，舉起手。「這是教堂，這是尖頂。打開門，就是上帝的子民。」

露茜婭搖頭。「你不需要擔心貝貝。我教了她一切。她知道從A到Z的所有事。」

「那麼如果他回來，妳會讓他留下來，讓他繼續寄生蟲的生活，愛過多久過多久——就像過去一樣嗎？」

「是啊。我想我會的。每次門鈴響或電話響，每次聽見門廊的腳步聲，我下意識就會想到這個人。」

比夫攤開手掌。「妳就是這樣。」

時鐘敲響了兩點。房間又擠又悶。貝貝又翻了一個跟斗，在打過蠟的地板上又做了一次劈腿。比夫把她抱到腿上。她小小的腿懸在他的小腿上。她解開他的坎肩，小臉鑽到他的懷裡。

「聽我說，」露茜婭說。「我想問你一個問題，你保證要告訴我真話？」

「當然。」

「不管它是什麼？」

比夫摸了摸貝貝柔軟的金髮，把手溫柔地放在她的小腦瓜上。「當然。」

「大約是七年前吧。我們第一次結婚後不久。一天晚上，他從你那兒回來，滿頭都是大包，他告訴我你揪住他的脖子，把他的頭往牆上撞。他編了一個謊，說你為什麼要這麼做。但我想知道真正的原因。」

比夫旋轉手指上的婚戒。「我從沒喜歡過勒瑞爾，我們打了一架。那時候，我和現在不太一樣。」

「不對。你做這件事一定有原因。我們認識這麼久了，我很清楚你做的每一件事都有原因。

你的頭腦總是跟著邏輯而不是欲望走。你答應過我，你會告訴我到底是什麼，我想知道。」

「現在它一點意義也沒有了。」

「我一定要知道。」

「好吧，」比夫說。「那天晚上他進來，開始喝酒。喝醉以後，他說了一大堆關於妳的屁話。他說，他一個月回一次家，每次都把妳打得屁滾尿流，妳還感到很受用。之後，妳會走到外面的門廳，大笑好幾次，這樣其他房間的鄰居會認為你們兩個剛才只是在打鬧，完全是個玩笑。這就是發生的事，忘了它吧。」

露茜婭坐直了身體，兩頰紅了。「你看，巴托羅謬，這就是為什麼，我一直要裝作戴眼罩的樣子，這樣我就可以不去回憶或胡思亂想。我能允許自己想的是，每天要工作，要在家做三頓飯，以及貝貝的事業。」

「嗯。」

「我希望妳也這樣，不要開始回憶過去。」

比夫的頭低垂在胸前，閉上眼睛。這長長的一天，他都不能去想艾莉斯。當他努力想回憶起她的臉，卻是一片奇怪的空白。他腦子裡唯一清晰的是她的腳——粗短，溫軟，白白的，加上胖胖的腳趾頭。腳底是粉紅色的，左腳後跟處有一顆褐色的小痣。他們結婚的那個晚上，他脫掉她的鞋和長襪子，親吻她的腳。嗯，這個是值得想一想的，因為日本人相信這是女人最精緻的部位——

比夫動了動身子，看看手錶。他們馬上就該出發去教堂了，葬禮在那裡舉行。他的腦子過了一遍儀式的場景。教堂──和露茜婭、貝貝坐在車上，跟著靈柩，車莊重而緩慢地移動──一群人低著頭站在九月的陽光下。陽光照在白色的墓碑、凋謝的花兒、新墓穴上的粗布帳篷上。然後回家──再然後呢？

「不管怎麼吵，你自己的親姊姊還是不一樣。」露茜婭說。

比夫抬起頭。「妳為什麼不再婚呢？沒結過婚的善良的年輕人，會照顧妳和貝貝的人？妳只要忘了勒瑞爾，妳會是一個好男人的好妻子。」

露茜婭半晌都沒有回答。她最終說道：「你知道我們是怎樣的──我們幾乎總能很好地理解對方，雙方都沒有任何想法。嗯，這就是我想和別的男人保持的最親密的關係了。」

「我也這樣感覺。」比夫說。

半個小時以後，傳來敲門聲。參加葬禮的車停在屋外。比夫和露茜婭慢慢地站起身。他們三個人莊重而安靜地走到外面，一身白絲裙的貝貝走在前面。

第二天，比夫把餐館關了一天。第三天清晨，他拿走前門上已經枯萎的百合花環，重新開業了。老顧客進來了，面容悲傷，點菜前站在收銀台邊和他聊上幾句。幾個常客都在──辛格、布朗特，各式各樣的人：街區商店的工作人員和河下游工廠的工人。中飯後，米克·凱利帶著她的小弟弟來了，她把五分錢投進角子機。她輸掉第一個硬幣時，用拳頭敲擊角子機，不停地打開出錢口，看看是不是真的沒有錢掉下來。她又投了一個五分錢幣，這次幾乎中了個頭彩。硬幣稀里嘩啦地掉下來，滾落在地板上。這孩子和她的小弟弟手急眼快地在地上撿硬幣，以防別人踩在上面。啞巴坐在中間的桌子旁，中餐擺在面前。傑克·布朗特坐在他的對面喝啤酒，穿著禮拜日的服裝，說話。一切都和過去一樣。過了一會兒，房間裡菸霧迷漫，聲音也愈來愈大了。比夫很警覺，任何聲音或動作都逃不過他的眼睛。

「我四處走，」布朗特說。他急切地把身子靠向對面，盯著啞巴的臉。「我總是四處走，努力告訴他們。他們笑。我不能讓他們理解任何事。不管我說什麼，我都不能讓他們看見真相。」

辛格點點頭，用餐布擦擦嘴。他的中餐已經冷了，因為他無法低頭吃飯，而他又不好意思打斷布朗特的談話。

在男人們更粗啞的聲音中，角子機邊兩個小孩的說話聲顯得高昂、清晰。米克正把五分錢幣放回到角子機裡。她的目光時常在中間的桌子打轉，但是啞巴的後背對著她，看不見她。

「辛格先生要了炸雞午餐，可是他一塊都還沒吃呢。」小男孩說。

米克慢慢搖下機器的槓桿。「別多管閒事。」

「妳老是到他的房間或者妳知道他可能在的地方。」

「我說過你給我閉嘴，巴伯爾·凱利。」

「妳是說過。」

米克搖晃著巴伯爾，搖得他牙齒咯咯作響，然後拽著他轉身向門口走去。「你回家睡覺。我早說過，白天我受夠你和拉爾夫了。我不想你晚上還和我混在一起，這個時間我應該是自由的。」

巴伯爾伸出他滿是汙垢的小手。「好吧，給我五分錢。」他把錢放進襯衫口袋，回家了。

比夫拉直外套，把頭髮向後梳理。他的領帶是純黑的，灰色外套袖子上有一塊他縫在上面的黑紗。他想走到角子機邊，和米克說話，但是有什麼東西阻止了他。他急劇地吸了口氣，喝下一杯水。收音機在播放一曲管弦樂舞曲，他卻不想聽。過去的十年中，所有的曲調都很相像，他分辨不出哪首是哪首。從一九二八年後，他就不再喜歡音樂了。在他年輕的時候，他彈過曼陀鈴，熟知每首流行歌的歌詞和旋律。

他把手指放在鼻子邊上，歪著腦袋。這一年米克長得太快了，馬上就要比他高了。米克穿著上學後每天都穿的紅毛衣和藍色百褶裙。褶子外翻出來，折邊鬆鬆垮垮地拖在她尖峭突出的膝蓋上。她處在這樣的年齡中——看起來更像一個早熟的男孩，而不像女孩子。在這一點上，為什麼最聰明的人都看不到這一點？所有的人天生都是雙性人。所以婚姻和婚床當然不是全部。證據？青春和老年。老年男人的聲音經常變得高而尖細，走路時挪著碎步。老年婦女有時變得肥胖，聲音粗厚，長出黑色的小鬍子。他甚至親自證明了它——他內心深處的一部分有時很渴望自己是個母親，希望米克和貝貝是他的孩子。比夫突然從收銀台邊轉過身去。

報紙亂七八糟。兩個星期他沒整理過一張報紙。他從櫃檯下面拾起一疊報紙。訓練有素的眼睛從報頭掃到報尾。明天他要檢查儲藏室裡的幾疊，看看能不能重新歸類。打些架子，用那些結實的運罐頭的箱子，做一些抽屜。從一九一八年十月二十七日起，按照時間順序排到現在。用文件夾和貼在上面的標籤標出歷史事件。分成三類——國際事件，從《停戰協議》開始，到後來的《慕尼黑協定》；第二是國內；第三是當地消息，從萊斯特鎮長在鎮俱樂部槍殺妻子到哈德遜工廠大火。過去二十年中發生的事都有目錄、摘要，不漏掉一樁。比夫摩擦著下巴，臉在手的後面放出靜靜的微笑。可是艾莉斯卻想讓他把報紙拉走，把儲藏室變成女士浴室。這就是她一直嘮叨要他做的事，但那次他成功地挫敗了她的企圖。只有那一次。

比夫安靜地沉入到面前報紙的消息中。他從容地讀著，注意力很集中，但出於習慣，他身體裡的另一個自我仍對周圍的一切保持警覺。傑克・布朗特還在說話，時不時地用拳頭敲擊桌子。啞巴啜飲著啤酒。米克繞著收音機不安地走，目光盯著客人。比夫讀了第一張報紙的每個字，在空白處做上注釋。

突然，他驚訝地抬起頭。他的嘴巴已經張開了，要打一個呵欠，中途又壓了回去。收音機跳到一首老歌，那是他和艾莉斯訂婚的時候。〈黃昏時只是一個小孩的禱告〉。一個星期天，他們坐著街車去老薩迪斯湖，還租了一艘划艇。太陽落山時，他彈奏曼陀鈴，她跟著唱歌。她戴著水手帽，他抱住她的腰她——艾莉斯——

捕撈失去的情感的天羅地網。比夫折上報紙，放回到櫃檯下面。他換著腳單腳站立。最後，他對著房間那頭的米克喊道：「妳沒在聽吧妳？」

米克關上收音機。「沒聽。今晚沒東西。」

他不要去想過去的那一切，他要把注意力放在別的事物上。身子向前靠著櫃檯，他觀察著一個顧客又一個顧客。最後他的目光落在了中間桌子邊的啞巴身上。他看見米克慢慢蹭到他面前，在他的邀請下坐下。辛格指了指菜單，女服務生為她拿來一杯可口可樂。沒有人，除了像啞巴這樣的怪人，與世隔絕的人，才會邀請一個妙齡少女坐在他和另一個男人一起喝酒的桌邊。布朗特和米克都盯著辛格。他們在說話，啞巴的表情隨著他的目光而變化。這很滑稽。原因——在他們身上還是在他身上？他非常安靜地坐著，兩手插在口袋裡，因為他不說話，這使他具有某種優越性。這傢伙在想什麼，明白了什麼？他知道什麼？

晚上有兩次，比夫想起身走到中間的桌子，最後都克制了自己。他們走了以後，他還在想啞巴身上有什麼東西——黎明時分，他躺在床上，腦子裡過了一遍遍問題和答案，卻都不太滿意。困惑在他心裡生了根在意識深困擾著他，讓他不安。一定有什麼錯了。

3

考普蘭德醫生和辛格先生交談過很多次。他真的不像別的白人。他是個聰明的男人，他能理解強烈的真正的使命，他理解的方式是其他白人所不能的。他傾聽的時候，臉部是溫柔的，是猶太式的，一個屬於被壓迫民族的人的理解力。有一次他帶著辛格一起去巡診。他帶辛格穿過寒冷狹窄的走道，充斥著灰塵、疾病和炸肥肉的味道。他請辛格看了一次成功的面部植皮手術，那是一個被嚴重燒傷的婦女。他治療了一個患梅毒的孩子，他指給辛格看：手掌心剝落的疹子，空洞透明的眼膜，傾斜的門牙。他們參觀了只有兩個房間的貧民窟，塞了十二個或十四個人。一間房裡，橘黃色的爐火奄奄一息地燃著，他們很無助，其中一個老人因為肺炎而喘不上氣。辛格先生走在他的後面看著，理解了。他塞給小孩子一些五分錢幣，因為他的安靜和得體，他沒像別的參觀者那樣打擾病人。

天氣刺骨的冷，是變幻莫測的氣候。鎮上爆發了流感，考普蘭德醫生白天黑夜地忙著。他駕著高高的道奇車穿越小鎮的黑人區，過去九年中他一直開著這輛車。為了不讓大風吹進來，他把魚膠材料做的窗簾扣在車窗上，脖子上緊緊地圍了條灰色的羊毛圍巾。這段時間，他沒有見鮑蒂婭、威廉姆或是赫保埃，但他經常想到他們。有一次他出門了，鮑蒂婭來看他，留了一張條子，借走了半袋麵粉。

一天晚上，他累極了，雖然還有幾個地方需要出診，他卻喝了熱牛奶，直接上床睡覺。他渾身發冷，發著高燒，一開始沒法入睡。剛要睡著時，一個聲音叫醒了他。他疲憊地爬起來，身上穿著法蘭絨睡衣，就去開門了。是鮑蒂婭。

「主耶穌救助我們，父親。」她說。

考普蘭德醫生打著寒戰，睡衣緊緊地裹在腰間。他伸出手，摀住喉嚨，看著她，等她說話。

「是我們家威利。他是個壞男孩，給自己惹了大麻煩。我們要做點事情。」

考普蘭德醫生從門廳走到屋裡，步子滯重。他在臥室停下來，找出浴衣、圍巾和拖鞋，回到廚房。鮑蒂婭在那兒等著他。廚房冷冰冰的，毫無生氣。

「好了。他幹了什麼？怎麼回事？」

「等一分鐘。我要理理腦子，把事情想個透才能說清。」

他弄皺了爐邊的幾張報紙，拾起幾根點火棒。

「我來點爐子，」鮑蒂婭說。「你就坐下來吧，等爐子熱了，我們弄杯咖啡喝。可能一切就不那麼糟糕了。」

「沒有咖啡了。我昨天喝完了最後一口。」

他說的時候，鮑蒂婭開始哭了。她狂暴地將報紙和木頭塞進爐子，用顫抖的手點燃它。「是這樣的，」她說。「威利和赫保埃今晚去了一個地方，沒什麼正事。你知道我是什麼感覺嗎，我總是要牢牢地看住我家威利和我家赫保埃。好吧，如果我在那裡，這樣的麻煩壓根不會有。但我在教堂參加婦女聚會，他們男孩坐不住了。他們就去了瑞芭夫人的『甜蜜快樂宮』。哦，父親，這一定是一個很壞的、邪惡的地方。他們弄了一個男人賣票——但他們也有一些大搖大擺的、流著壞血的、搔首弄姿的黑女孩，有那種紅緞子窗簾和——」

「女兒，」考普蘭德醫生焦躁地說。他把手壓在腦袋邊上。「我知道這地方。長話短說吧。」

「樂芙．鍾斯在那裡——她就是一個很壞的黑女孩。威利喝了酒，繞著她跳搖擺舞，才一眨眼他就和人打起來了。他和那個叫約翰巴格的男孩因為樂芙打了起來。他們肉搏了一會，然後這個約翰巴格掏出一把刀。我們家威利沒有刀，他大叫，在客廳跑。最後赫保埃給威利一把剃刀，他被逼到了牆角，幾乎把這個約翰巴格的腦袋割下來。」

考普蘭德醫生把圍巾拽緊了。「他死了嗎？」

「那男孩太壞了，他死不了。在醫院呢，但很快要出院，很快會來找麻煩。」

「威廉姆怎麼樣？」

「警察來了，把他關進了黑瑪利亞的拘留所。他還關在那兒。」

「他受傷了嗎？」

「哦，他眼睛打破了，屁股被砍掉了一小塊肉。但對他不是個事。我想不通的是他怎麼會和那個樂芙混到一起。她至少比我要黑十個等級，她是我見過最醜的黑鬼。她走路的姿勢就像兩腿中夾著雞蛋，生怕雞蛋打碎了。她還髒得很。而威利卻為她幹了這麼一件漂亮的事。」

考普蘭德醫生靠近了爐子，呻吟。他咳嗽，面部變得僵硬。他用紙巾摀住嘴，上面濺上了斑斑血跡。黝黑的臉上現出慘綠的蒼白。

「當然，赫保埃馬上就跑來告訴我。知道嗎，我家赫保埃和這些壞女孩一點關係沒有。他只是陪著威利。他太為威利難過了，一直坐在拘留所前面的馬路邊上。」火熱的淚水從鮑蒂婭臉上滾落。「你知道我們三個是怎麼過的。我們有自己的安排，以前從沒出過錯。甚至都沒為錢發過愁。赫保埃付房租，我買吃的，威利負責星期六晚上的活動。我們總是像三胞胎一樣。」

終於到了早晨。傳來工廠早班的哨聲。太陽出來了，照亮了掛在爐子上方牆上的潔淨的平底鍋。他們坐了很長時間，鮑蒂婭拽著耳墜，拽得耳垂火辣辣的，變成了紫紅色。考普蘭德醫生仍然用手捧著臉。

「我覺得，」鮑蒂婭最終說道。「如果我們能找些白人寫信幫幫威利，可能會有點用吧。我已經去找了布瑞農先生。他完全照我說的寫了。這事發生之後，布瑞農先生還在咖啡館呢，那麼晚了他還在。我就進去了，說了這件事。我把這封信帶回了家。我把它放在《聖經》裡，這樣就不會丟或弄髒了。」

「那封信怎麼說的？」

「布瑞農先生就是照我說的寫的。這封信說威利三年來一直為布瑞農先生工作。威利是一個出色的黑男孩，以前從沒惹過麻煩之類的話。信裡說，如果他是別的黑男孩，他是有很多機會偷咖啡館東西的，還有——」

「哼！」考普蘭德醫生說。「這些有什麼用。」

「我們總不能啥也不做吧。威利關在拘留所裡。我家威利，多可愛的男孩啊，就算他今晚做了壞事。我們總不能啥也不做吧。」

「我們只能這樣。沒有別的辦法。」

「噢，我可不幹。」

鮑蒂婭從椅子上站起來。她煩躁地環顧四周，像是在找什麼。然後，她突然走向大門。

「等一下，」考普蘭德醫生說。「妳去哪裡？」

「我去工作。我得保住我的工作。我得待在凱利夫人那，掙到每個星期的工錢。」

「我想去拘留所，」考普蘭德醫生說。「也許我能看看威廉姆。」

「上班路上我會經過拘留所。我還要打發赫保埃去上班——要不，他會一個上午都坐在那裡，為威利傷心。」

考普蘭德醫生匆匆穿好衣服，追上站在門廳的鮑蒂婭。他們走進秋天涼爽蔚藍的早晨。拘留所的人對他們態度粗暴，他們幾乎沒問出什麼。考普蘭德醫生隨後去諮詢了以前打過交道的一個律師。接下來的日子很漫長，充滿了焦慮。三個月後，對威廉姆的審判開庭了，他被定了使用致命武器襲擊罪，判了九個月的苦力，他立刻被送到本州北部的監獄服刑。

雖然強烈的真正的使命總在他心裡，可他沒有時間去想它了。他從一間房子走進另一間房子，工作沒有盡頭。大清早，他駕著汽車離開，十一點病人到他的診所。呼吸了戶外秋天清冽的空氣後，屋子裡汙濁的熱氣令他咳嗽。門廳裡的長凳上坐滿了耐心等著看病的黑人，有時甚至前廊和臥室也擠滿了人。白天一整天不用說了，經常是半個夜晚他都在工作。因為疲倦，有時他很想躺在地上，擊打拳頭、大哭。如果能休息，他會好起來。他有肺結核，一天量四次體溫，一個月拍一次X光。但他不能休息。因為有一件比他的疲勞更重要的事——這就是強烈的真正的使命。

他會想到這個使命，除了某些時候，經過日夜漫長的工作，他的腦子一片空白，這時他才會暫時忘記那個使命。可是隨後它會回來，他又開始煩躁不安，急於開始新的工作。但他經常張口結舌，聲音也是嘶啞的，不像以前那麼響亮了。他把這些話深深地灌進那些耐心的黑皮膚的病人耳裡，他們是他的同胞。

他經常和辛格先生談話。他和他談化學和宇宙之謎。關於無限小的精子和成熟的受精卵的分裂。關於複雜的百萬倍的細胞分裂。關於生物的神祕性和死亡的簡單性。他也和他說起種族問題。

「我的同胞，從大平原和深綠的叢林被帶到這裡，」有一次他對辛格先生說。「鍩著鎖鏈走向海岸的漫長旅途中，他們成千上萬地死去。只有強壯的活了下來。鎖在惡臭的船上，被運到這裡，又一批人死去。只有那些有意志的能吃苦的黑人能活下來。被鏈條鎖住，被毆打，在拍賣臺上被出售，這些強壯的人中最不強壯的又死去了。最終經過艱難的歲月，我的同胞中最強壯的站在這裡。他們的兒女，他們的孫輩，他們的重孫。」

「我來借東西，我來請你幫個忙。」鮑蒂婭說。

她穿過門廳，站在門口說這話時，考普蘭德醫生一個人在廚房裡。自從威廉姆被送進監獄，已經過去兩個星期了。鮑蒂婭變了。她的頭髮不再像以前一樣打上髮油梳得整整齊齊。她的眼球充血，像是喝了烈酒。她的臉頰下陷。她悲傷、蜜色的臉現在真像她的母親。

「你知道你家裡那些好看的白碟子和杯子吧？」

「妳可以拿走，不用還給我。」

「不，我只想借用。我還想請你幫個忙。」

「儘管說。」考普蘭德醫生說。

鮑蒂婭坐在她父親對面的桌子一頭。「我最好先解釋一下。昨天我收到口信，外祖父全家明天要來，和我們住一個晚上和半個星期天。他們為威利急得要命，外祖父覺得我們大家應該重新聚一聚。他也是對的。我真想再見見親人。自從威利走了，我可想家了。」

「妳可以拿走碟子，還有這裡其他有用的東西，」考普蘭德醫生說。「但是挺起胸膛，女兒。妳的姿勢不好。」

「這將是一個真正的團聚。你知道這是外祖父二十年來第一次住到鎮上。他這輩子只有兩次住在外面。他晚上總是有點緊張。夜裡，他老要起床喝水，看看孩子們是不是蓋好了被子，是不是一切正常。我有點擔心外祖父住在這裡會不會習慣。」

「我的任何東西如果妳需要的話——」

「當然是李．傑克遜帶他們來這裡，」鮑蒂婭說。「因為李．傑克遜，路上要花一天的時間。我估算他們要晚飯才能到。當然外祖父對李．傑克遜總是很耐心，他不會催他的。」

「我的天！那隻老騾子還活著？他應該整整十八歲了。」

「還要更老呢。外祖父用了他二十年了。他有那頭騾子這麼久了，他總說李．傑克遜就像是他的一個親人。他了解他，愛他，就像對自己的孫子孫女一樣。我還沒見過誰這麼明白動物的想法。他對所有能走能吃的東西都有挺深的感情。」

「二十年一直讓一頭騾子工作，好長啊。」

「沒錯。現在李．傑克遜老得厲害。但外祖父一定會照顧好他。他們在火熱的日頭下犁地時，李．傑克遜頭上戴著一頂大草帽，像祖父一樣——耳朵的地方剪了兩個洞。那頭騾子的草帽可真是個笑話，李．傑克遜要是犁地時沒那頂草帽就不肯挪屁股。」

考普蘭德醫生從架子上取下白色的瓷碟，用報紙包上。「妳有足夠的鍋子和煎鍋來煮這些人的飯嗎？」

「夠了，」鮑蒂婭說。「我不想太費神。外祖父，他自己就是周到先生——一家人來吃飯時，他總是帶了東西。我只需要足夠的麵粉、甘藍菜和兩磅重的上好鯉魚。」

「聽起來不錯。」

鮑蒂婭的黃手指緊張地扭在一起。「還有一件事沒對你說。一個驚喜。巴迪和漢密爾頓都要來。巴迪才從莫拜爾回來。他現在在農場幫忙。」

「我有五年沒見過卡爾．馬克思了。」

「這就是我想問你的事，」鮑蒂婭說。「你記得我進門時說的，我來借東西，來請你幫忙。」

考普蘭德醫生把手指的關節捏得喀喀響。「嗯。」

「我來是想看看你能不能明天來和我們聚一聚。除了威利，你的孩子都在。我覺得你應該加入我們。你要是能來，我會很高興。」

漢密爾頓、卡爾．馬克思和鮑蒂婭，以及威廉姆。考普蘭德醫生摘下眼鏡，手指按在眼皮上。一瞬間他清楚地看見了多年以前的四個孩子。他抬起頭，把眼鏡架在鼻子上。「謝謝妳，」他說。「我會去的。」

那天晚上，他獨自坐在黑暗的房間裡，守著火爐，回憶過去。他想到了童年。他的母親生下來就是奴隸，自由了以後她做了洗衣婦。他的父親是牧師，曾經和約翰．布朗有過交往。他們一個星期賺兩、三塊錢，存下一點錢，教他讀書。他十七歲時，他們送他去了北方，在他的鞋裡藏了十八塊錢。他在鐵匠鋪打過工，在旅館當過侍者。同時，他學習、閱讀、上學。他的父親死後，他的母親也沒活多久。經過十年的艱苦奮鬥，他成了醫生，他知道自己的使命，他又回到了南方。

他結婚了，有了家。他不停地走家串戶，宣講他的使命和真理。他的同胞絕望的生存讓他發狂，心裡產生了野蠻和邪惡的摧毀欲。有時他喝烈酒，以頭搶地。在他的內心，有一股狂野的暴力，有一次他抓起爐邊的火鉗，把他的妻子打倒在地上。她帶著漢密爾頓、卡爾．馬克思、威廉姆和鮑蒂婭回到了她父親的家。他的靈魂在掙扎，在與邪惡的黑暗戰鬥。但是戴茜不肯回到他的身邊。八年以後她死了，他的兒子也不再是小孩子了，他們不肯回到他的身邊。他也上了年紀，孤單地住在一間空房子裡。

第二天下午五點，他準時到了鮑蒂婭和赫保埃的住所。他們住在小鎮一個叫糖山的地方。房子只有一個門廊和兩個房間，是一所狹窄的棚屋。屋裡傳來嘈雜的說話聲。考普蘭德醫生不自然地走近房子，站在門口，手上拿著破舊的毛氊帽。

房間很擠，一開始誰也沒注意到他。他尋找卡爾．馬克思和漢密爾頓的臉。在他們旁邊是外祖父和坐在地上的兩個小孩。他一直盯著兒子們的臉，直到鮑蒂婭發現他站在門口。

「父親來了。」她說。

說話聲停止了。坐在椅子裡的外祖父轉過身。他很瘦，佝僂著，臉上有很多皺紋。他身上還是那件三十年前參加女兒婚禮時的那件衣服，是一件帶點綠的黑西裝。一條失去光澤的銅錶鏈穿過他的坎肩。卡爾．馬克思和漢密爾頓互相看看，又看了看地，最後才把目光轉向他們的父親。

「班尼迪克特．馬迪——」老人說。「很久了。真的很久了。」

「可不是嗎！」鮑蒂婭說。「這可是我們大家這麼多年來的第一次團聚。赫保埃，你去廚房拿把椅子。父親，這是巴迪和漢密爾頓。」

考普蘭德醫生和他的兒子們握手。他們都很高大、強壯和笨拙。在藍色的襯衫和工作褲下，他們的皮膚和鮑蒂婭是一樣的蜜褐色。他們不看他的眼睛，在他們的臉上既沒有愛，也沒有恨。

「有些人不能來，真可惜——薩拉姨媽和吉姆，還有別人，」赫保埃說。「但今天可真是大家的好日子。」

「馬車擠死了，」一個小孩說。「我們只好下車走了很久，因為馬車真是擠死了。」

外祖父用火柴棒挖耳朵。「總得有人留在家裡。」

鮑蒂婭緊張地舔著深色的薄嘴唇。「我在想我們家威利。他是任何派對和熱鬧場合的開心果。我總也忘不了我們家威利。」

房間裡一片表示同意的靜靜的低語。老人靠在椅背上，上下擺動他的頭。「鮑蒂婭，甜心，給我們讀一點《聖經》吧。困難的時候，上帝的話是很管用的。」

鮑蒂婭拿起屋子中間桌子上的《聖經》。「你想聽哪部分，外祖父？」

「它們都是神聖的主的福音。妳的眼睛落在哪頁上，就讀哪頁。」

鮑蒂婭念著〈路加福音〉。她讀得很慢，細長柔軟的手指跟著字走。房間是安靜的。考普蘭德醫生坐在人群的邊緣，把指關節捏得喀喀響，目光從一角漫遊到另一角。屋子很小，空氣凝滯，令人窒息。四面牆上亂七八糟地掛著日曆和雜誌上印刷粗糙的廣告。壁爐架上擺著一個花瓶，裡面是紅玫瑰紙花。爐火慢慢地燃燒，牆壁上是油燈搖曳的光影。鮑蒂婭朗讀的節奏如此之慢，她的話在考普蘭德醫生的耳朵裡睡著了。他昏昏欲睡。卡爾・馬克思四仰八叉躺在地上，和孩子們一起。漢密爾頓和赫保埃也打瞌睡了。只有老人似乎在琢磨話的意思。

鮑蒂婭讀完了這一章，合上書。

「我常常思考這個。」外祖父說。

屋子裡的人從瞌睡中醒來了。「什麼？」鮑蒂婭問。

「是這樣的。你們記得耶穌將死人復活，治癒病人的那些部分嗎？」

「我們當然記得，先生。」赫保埃恭敬地回答。

「一天裡很多次，當我犁地或幹活時，」外祖父緩慢地說，「我想過、推算過耶穌第二次降臨的時間。因為我太渴望了吧，我覺得它會發生在我活著的時候。我研究了很多次。我是這樣計畫的。我會帶著所有的孩子、孫兒、重孫、我的親戚和朋友站在耶穌面前。我對他說，『主耶穌，我們都是悲傷的黑人。』他就把神聖的手放在我的頭上，我們馬上變得像棉花一樣白。這是我在心裡想了很多很多次的計畫和推測。」

沉默降臨到這間屋子。考普蘭德醫生拽了一下袖口，清清嗓子。他的脈搏跳得太快了，喉嚨發緊。坐在房間的角落，他感到隔閡、憤怒和孤單。

「你們之中有沒有人收過天堂的信號？」外祖父問。

「我有，先生，」赫保埃說。「有一次我得了肺炎，我看見上帝的臉從火爐裡探出來，看著我。那是一張巨大的白人的臉，有白色的鬍鬚和藍色的眼睛。」

「我見過鬼。」一個小孩說——那個女孩。

「有一次我見到——」小男孩開始說話。

外祖父舉起手。「你們小孩子別吱聲。妳，塞莉亞——還有你，惠特曼——現在輪到你們聽而不是說，」他說。「只有一次我收到了真正的信號。是這樣的。那是去年夏天，很熱。我正挖豬圈邊那棵大橡樹樁子的殘根，我彎下腰，突然一動不能動，一種劇痛，在我的後腰發作了。我站直了身子，眼前發黑。我用手支著背，向天上望，突然看見了這個小小的天使。它是一個小小的白人小女孩——我看只有豌豆那麼大——長著黃頭髮，披著白袍子。在太陽周圍飛舞。後來我進屋開始禱告。我再次下田耕作前，整整研究了三天《聖經》。」

考普蘭德醫生體內又升起了熟悉的邪火。一些不成形的話竄到他的喉嚨口，他卻沒法說出來。他們會聽信這個老人說話，對有道理的話他們卻不肯聽。這些是我的同胞，他告誡自己——但是他失語了，這個想法現在沒法幫他。他緊張而陰沉地坐著。

「它是一件奇怪的事，」外祖父突然說。「班尼迪克特．馬迪，你是一個好醫生。為什麼我挖一會地，種一會地後，我的腰會這麼痛呢？為什麼這種痛令我擔心？」

「你今年多大了？」

「七八十吧。」

老人熱愛草藥和治療。過去他帶著全家來看戴茜時，會去檢查身體，抓些草藥和藥膏給一大家子人。戴茜離開他以後，老人再也沒有來過，他只得服用在報紙上做廣告的瀉藥和保腎丸，作為安慰。現在，這個老人正看著他，帶著膽怯的熱切。

「多喝水，」考普蘭德醫生說。「盡可能多休息。」

鮑蒂婭走進廚房準備晚餐。溫馨的氣味溢滿了房間。周圍是安靜、隨意的談話聲，但是考普蘭德醫生沒有聽，也沒有說話。他偶爾看看卡爾．馬克思或漢密爾頓。卡爾．馬克思在談論喬．路易士。漢密爾頓說的都是那次冰雹如何毀了莊稼。他們捕捉到父親的目光，咧嘴笑了，把腳在地板上來回拖。他一直盯著他們，眼中有憤怒的痛苦。

考普蘭德醫生牙關緊咬。他為他們想得太多了，為漢密爾頓、卡爾．馬克思、威廉姆和鮑蒂婭，關於他為他們準備的真正的使命；他們的臉觸動了他體內黑色的膨脹的情感。如果他一次就能把它說清，從遙遠的開始到今天這個晚上，這次宣告將會平息他內心尖銳的疼痛。但是他們不會聽，也不會理解。

他繃直身體，每一塊肌肉都僵硬而緊張。他沒有聽，也不看周圍的東西。他坐在角落，像一個又瞎又啞的人。很快，他們走到飯桌邊，老人做了飯前禱告。但是考普蘭德醫生卻不肯吃。赫保埃拿出一瓶一品脫量的杜松子酒，他們大笑，用嘴對著瓶子喝酒，一個個往下傳，他也拒絕喝。他僵硬而沉默地坐著，最後拾起帽子，沒有說一聲再見就離開了房間。如果他不能說出全部的冗長的真理，他將保持沉默。

整個夜晚，他都徹夜不眠，緊張地躺在床上。第二天是星期天。他出了幾次診，上午過了一半，他去拜訪辛格先生。這次造訪鈍化了他心中的孤獨感，當他說再見時，內心又一次獲得了平靜。

然而，當他邁出房間，這種平靜又離他而去。一件事發生了。他下樓時看見一個白人拎著一個大紙袋，他貼近扶手，好讓兩人都能過去。這個白人卻一步跨作兩步地向上爬，看都不看，他們狠狠地撞上了，考普蘭德醫生被撞得噁心，無法呼吸。

「上帝！我沒看見你。」

考普蘭德醫生死死地盯著他，卻沒有說話。他以前見過這個白人一次。他記得這個矮小的，野蠻的身軀，這雙巨大的、笨拙的手。帶著職業興趣，他觀察白人的臉，在他的眼裡他看到了奇怪的、固執的、孤僻的瘋狂表情。

「對不起。」白人說。

考普蘭德醫生把手放在扶手上，向下走去。

4

「他是誰？」傑克・布朗特問。「那個高瘦的黑人是誰，剛離開這裡的？」小房間很整潔。陽光照在桌上的一碗紫葡萄上。辛格坐著，椅子向後翹，手插在口袋裡，向窗外望去。

「我在樓梯上撞到他，他看了我一眼——哎呀，還從沒有人用這麼惡毒地瞪我呢。」

傑克把一袋淡啤酒放在桌上。他吃驚地意識到辛格並不知道他在房間裡。他走到窗子旁，碰了碰辛格的肩膀。

「我不是故意要撞他的。他沒理由這樣。」

傑克打著哆嗦。儘管陽光明亮，屋裡還是很冷。辛格抬起食指，走到門廳。回來時，他拎來一筐煤和引火棒。傑克看他跪在爐前。他靈巧地在膝蓋上折斷引火棒，把它們安放在下面的紙上。他有條不紊把煤加在上面。一開始，火沒有點著。火苗微弱地顫動，被一股黑色的濃煙悶住了。辛格用雙層的報紙蓋在爐柵上。氣流讓火燒著了。房間裡響起呼呼的燃燒聲。報紙在燃燒，被吸到爐子裡。一片橘黃色的火焰發出劈啪的響聲，填滿了爐柵。

早晨的第一桶淡啤酒醇香味美。傑克把自己的那份一飲而盡，用手背擦了擦嘴。

「有一個女士我很久以前就認識，」他說。「你有點讓我想到她——克拉拉小姐。她在德州有一個小農場。做胡桃糖賣到城裡。她長得很高，很壯，模樣挺標緻。穿著長長的、有很多口袋的毛衣，又大又重的鞋子，男式的帽子。我認識她時，她丈夫已經死了。但我後來漸漸明白了：如果不是認識了她，我永遠都不會知道。我可能會像成千上萬的其他人一樣，成為不知道的人。我可能只是一個牧師、一個棉紡工或推銷員。我的一生可能會浪費掉。」

傑克驚奇地搖頭。

「要明白我說的話，你得知道我以前幹了什麼。你看，我童年時住在加斯托尼亞城。我是一個X形腿的矮冬瓜，我太小了，沒法在工廠做事。我在保齡球館打工，負責把保齡球放好位置，管飯，卻沒工錢。後來我聽說在不遠的地方，一個聰明手快的男孩靠串菸葉一天能賺三十分錢。所以我去了，一天賺那三十分錢。當時我十歲。我離開了親人。我不寫信。他們很高興我走了。你明白是怎麼回事。而且，除了我姊姊，沒人識字。」

他在空中揮舞著手，好像要把什麼東西從臉上趕走。「我的意思是。我最初的信仰是耶穌。有一個傢伙和我在同一個工棚幹活。他有一個移動的聖堂，天天晚上布道。我去聽，獲得了信仰。每天我腦子裡都是耶穌。空閒時，我讀《聖經》，我禱告。一天晚上，我拿了把錘子，把手放在桌上。我很生氣，把釘子一點不留地釘進手心。我的手被釘在了桌子上。我看著它，手指在發抖，變成青紫色。」

傑克伸出手掌，指了指掌心坑坑窪窪、慘白的疤。

「我想當一名福音傳教士。我想去全國各地布道，招集培靈會。同時，我從一個地方搬到另一地方，快二十歲時我去了德州。我在離克拉拉小姐住處不遠的一個山核桃林幹活。我認識了她，有時晚上我去拜訪她。她和我談話。明白吧，我不是突然知道的。對所有的人來說，都不是這樣的。它是逐漸發生的。我開始讀書。我工作只是為了攢點錢，好讓自己能不工作一段時間，有時間學習。這就像是重生一樣。只有我們知道的人能明白它意味著什麼。我們睜開了眼睛，我們看見了。我們就像來自另一個國度的人。」

辛格表示同意。房間很舒適，有家的氣息。辛格從儲藏室裡拿出錫盒，裝著餅乾、水果和乳酪。他挑了一顆柳橙，慢慢地把皮剝掉。他把外面的白色的莖條撕掉，在陽光下柳橙是透明的。他把橙瓣分開，和傑克合吃一個柳橙。傑克一口吞下兩瓣，撲哧撲哧地把籽吐到火裡。辛格慢慢地吃自己的那部分，把籽整齊地放在一隻手掌裡。他們又開了兩袋啤酒。

「像我們這樣的人，在這個國家有多少呢？也許一萬，也許兩萬，也許更多。我去過很多地方，但我只遇過很少的我們。說說一個人真的**知道**。在他的眼裡，世界是它本來的面目，他會追溯到幾千年前，去思考它的演變。他觀察資本和權力的緩慢集聚，他看到了今天它們的顛峰期。美國在他的眼裡就是瘋人院。他看見人們為了生存如何打劫自己的兄弟。他看見飢餓的兒童和為了填飽肚子不得不每週工作六十小時的婦女。他看見該死的失業大軍，幾億美金和幾千公里荒蕪的土地。他看見戰爭即將爆發。他看見人們受了太多的苦而變得卑鄙、醜陋，他們身上有些東西在死去。但是他看見的最重要的事就是：世界的整個系統都建立在一個謊言之上。儘管這個謊言像照耀我們的太陽一樣顯而易見——那些不知道的人卻一直生活在其中，他們就是看不見真相。」

傑克額頭上的紅血管憤怒地鼓了出來。他抓起爐子上的煤筐，嘁哩匡啷地把煤塊連珠炮般地扔到火裡。他的腳失去了知覺，他狠狠地跺腳，跺得地板直抖動。

「我走遍了這個地方。我到處走。我說話。我努力對他們解釋。但這有什麼用？主啊！」

他凝視著火焰，酒後的紅暈和熱量加深了他臉上的血色。腳上的刺痛蔓延到腿部。他打起了盹，看見火焰的顏色：綠色、藍色、明黃色。「你是唯一的，」他像在說夢話。「唯一的。」

他不再是一個陌生人。現在他知道每個街道，每條小巷，散亂的貧民窟前的每一處籬笆。他還在「陽光南部」工作。秋天時，遊樂場從一個空地移到另一個空地，總是待在城市的邊緣，一直繞了小鎮一圈。地點在變，可是布景是一樣的——一片荒地，四周是一排排破敗的棚屋，離工廠、軋棉廠、裝瓶廠不遠。人也差不多，主要是工人和黑人。夜晚的遊樂場點起彩燈，顯得俗麗不堪。木馬跟著機械的音樂轉著圈子。秋千在飛舞，擲幣遊戲的圍欄處總是擠滿了人。有兩個小賣部，賣飲料、烤漢堡和棉花糖。

他最初來時是做技工，慢慢地他的工作內容擴大了。他粗啞的高聲叫喊穿過嘈雜的人群，他不停地從一個場地晃到另一個。他的額頭立著明晃晃的汗珠，他的鬍子被啤酒打濕了。星期六，他的工作是維持人群的秩序。他矮胖結實的身體用蠻力擠過人群。只有他的眼睛沒有身體其他部分的狂暴。緊皺的眉頭下，他大睜的眼睛呈現疏離和渙散的表情。

夜裡十二點到一點之間，他回到家。他住的房子被隔成四個房間，每個人的房租是一塊五十分錢。後面有一個廁所，門廊處有一個水龍頭。他的房間的牆和地板發出酸潮的氣味。黑乎乎的廉價蕾絲窗簾掛在窗上。他把自己一件好的西裝放在袋子裡，把工作褲掛在釘子上。房間裡沒有火，也沒有電。窗外的路燈投射進來，在屋內映出慘綠的光影。他只有讀書時，才點亮床邊的油燈。寒冷的屋子裡，燈油燃燒時發出嗆人的氣味，令人作嘔。

他在家的時候，不安地在地上走。他坐在凌亂的床邊，瘋狂地咬自己破裂骯髒的指甲尖。菸垢刺鼻的氣味在嘴裡盤旋。孤獨感如此強烈，以至於內心充滿了恐懼。通常他會存上一品脫私釀的劣質白酒。喝完劣質酒精，天亮時他會感到暖和和放鬆。早晨五點傳來工廠早班的哨聲。哨聲發出恍惚異樣的回聲，直到聲音散去以後，他才能入睡。

但是他經常不待在家裡。他走進狹窄無人的街道。黎明前幾個小時，天空是黑的，星星明亮奪目。有時工廠還在上班。從亮著黃光的廠房傳出機器的噪音。他守在工廠的門口，等待換早班。穿著毛衣和印花裙的年輕女孩從工廠走出來，走進黑暗的街道。男人們走出來，拎著飯桶。有些人下工回家之前，總是會去街車咖啡館喝點可口可樂或咖啡，傑克跟著他們。在喧鬧的廠房裡，他們能清清楚楚地聽見每一個字，可是下工後走出工廠的第一個小時，他們卻變成了聾子。

在街車裡，傑克喝加了威士忌的可口可樂。他說話。冬天的黎明是白色的，霧濛濛而寒冷。他帶著醉意的急切，注視著那些男人憔悴的黃臉。他經常被取笑，這時他會挺直矮小的身體，用生僻的詞譴責他們。握著杯子的手伸出小指，傲慢地拈著鬍鬚。如果還有人笑他，有時他會打一架。他狂暴地揮舞褐色的大拳頭，大聲地哭泣。

經過這樣的清晨，他輕鬆地返回到遊樂場。在人群中擠來擠去讓他感到放鬆。噪音，惡臭的人群，肩膀的肉體接觸安撫了他緊張的神經。

因為小鎮實行的「藍法」[1]，遊樂場在安息日關閉了。星期天，他早早地起床，從手提箱裡

1 殖民地初期新英格蘭六州的清教徒社團曾頒布一條藍色法規，禁止星期日售酒、飲酒、娛樂等。

取出他那件嗶嘰西裝。他走到主街。他進的第一個店是「紐約咖啡館」，買上一袋淡啤酒。然後他就去辛格家。儘管他認識鎮上的不少人，知道他們的名字或者臉，啞巴卻是他唯一的朋友。他們就在安靜的屋子裡打發時間，喝淡啤酒。他說話，話語自我繁殖，它們來自在街上或一個人在屋裡度過的黑暗清晨。話語成形了，終於可以被輕快地釋放出來。

爐火熄滅了。辛格正在桌邊自己和自己下棋玩。傑克睡著了。他緊張地顫抖了一下，醒了過來。他抬起頭轉向辛格。「嗯，」他說著，好像在回答一個突然的問題。「我們中有些人是共產主義者。但不是全部——。我自己，我不是共產黨員。因為首先，我只認識一個共產黨員。你遊蕩多少年可能也遇不上一個共產黨員。這裡也沒有一個機構，你可以走進去說你想加入——即使有，我也從沒聽說過。你也不可能跑到紐約去參加。我說了，我只認識一個共產黨員——他是一個骯髒卑鄙的戒酒主義者，他的呼吸發著臭氣。我們打過一架。不是因為我反對共產主義者。主要是因為我對史達林和俄國不以為然。我厭惡所有該死的國家和政府。即使這樣，可能我應該首先加入共產黨。這兩樣我都不太確定。你覺得呢？」

辛格皺了皺眉頭，陷入思考。他拿過銀鉛筆，在紙上寫下他不知道。

「但是，問題是，你看，在知道了以後我們不能只是安於現狀。我們要有行動。有些人瘋了。有太多的事要做，你不知道從哪兒開始。它讓你發瘋。即使是我——我幹過一些事，回頭看它們很不理智。有一次我自己創建了一個組織。我挑了二十個棉紡工，和他們交談，直到我以為他們**知道了**。我們的座右銘只有一個字：行動。哈！我們想發動起義——盡可能地製造最大的麻煩。我們的終極目標是自由——但真正的自由，偉大的自由，只有靠人類靈魂的正義感才能實現。我們的座右銘，『行動』，意味著將資本主義夷為平地。在憲章（我自己擬的）裡，有幾條條例規定了：一旦我們的任務完成，我們的座右銘就要實現從『行動』到『自由』的過渡。」

傑克把一根火柴頭弄尖，挖著惱人的牙洞。過了一會兒，他接著說：

「憲章寫完了，第一批追隨者也形成了——我搭便車到各地，組織我們團體的分會。三個月內，我回來了，你猜我發現了什麼？第一個英雄的行動是什麼？他們正義的憤怒壓倒了有計畫的行動，結果他們拋下我走到了前面？它是毀滅、謀殺，還是革命？」

傑克坐在椅子上，身子向前傾斜。停頓了一下，他憂鬱地說：

「我的朋友，他們從基金裡偷走了五十七塊三十分錢，買制服帽，吃免費的星期六晚餐。我撞見他們正坐在會議桌旁，擲著骰子，帽子戴在頭上，面前是火腿和一加侖的杜松子酒。」

傑克爆出一陣大笑，辛格也膽怯地笑了。過了一會兒，辛格臉上的笑容收緊了，消失了。傑克還在笑。額頭上的血管鼓出來，臉是暗紅色。他笑得太久了。

辛格抬頭看鐘，指了指時間——十二點半了。他從壁爐架上拿起手錶、銀鉛筆、紙箋、香菸和火柴，分放進口袋。是午飯的時間了。

但是傑克還在笑。他的笑聲裡有一種神經質的色彩。他在屋裡亂走，把口袋裡的硬幣弄得叮噹作響。他長而有力的手臂緊張而笨拙地擺動。他開始唸午餐的菜單。他唸菜名時，臉部出於對食物的熱情而變得很激烈。他每說一個字，都抬起上嘴唇，像一頭餓極了的野獸。

「帶滷汁的烤牛排、米飯、甘藍菜、白麵包，和一大塊蘋果派。我餓瘋了。噢，約翰尼，我聽見北方佬在靠近。說到吃的，我的朋友，我有沒有說起過克拉克・派特森先生，就是『陽光南部』遊樂場的老闆？他太胖了，都有二十年看不到自己的下半身了。他整天坐在拖車裡，一個人玩紙牌遊戲，抽大麻。他從附近的速食店叫外賣，每天的早飯——」

傑克向後退了一步，好讓辛格離開房間。和啞巴在一起走到門口時，傑克總是縮在後面。他總是跟著辛格，希望他來領路。他們下樓時，他還在緊張地滔滔不絕。他褐色的大眼睛始終盯著辛格。

下午是暖和而柔軟的。他們待在屋裡。傑克買了一夸脫的威士忌帶回家。他沒有說話，沉思地坐著，盯著床腳發呆。他時不時地彎下身，從地上的酒瓶裡倒酒。辛格坐在窗口的桌邊下西洋棋。傑克多多少少放鬆下來。他在邊上看他的朋友下棋，感覺到暖和的下午在靜靜流逝，逐漸融合到蒼茫的夜色裡。爐火在牆上搖曳著寂寞的黑影。

但是到了晚上，緊張感又回到他身上。辛格收起西洋棋子，他們面對面坐著。傑克的嘴唇因為緊張不規則地抽動，為了鎮定自己，他喝了口酒。不安和欲望又一次席捲而來。他喝乾威士忌，又開始對著辛格說話。話語在身體裡膨脹，從嘴裡噴湧而出。他從窗子走到床邊，又走回來——一遍又一遍。發酵的話語如洪水氾濫，他醉醺醺地對啞巴強調說：

「他們對我們幹的好事！他們把真理變成了謊言。他們把理想變得骯髒，變得邪惡。就說耶穌吧。他是我們中的一員。他知道。當他說富人進天堂比駱駝穿針眼還難時——見鬼他就是這麼想的。但是看看教會在兩千年中都對耶穌幹了什麼。他們是怎麼對待他的。為了自己邪惡的目的，他們歪曲了他說的每一個字。如果耶穌活在今天，他會被陷害，被關進監獄。耶穌是真正知道的人。我和耶穌會面對面地坐在桌子邊，我會看著他，他會看著我，我們都知道對方知道。我和耶穌和卡爾·馬克思會一起坐在桌子邊——」

「看看吧，看看關於我們的自由，都發生了什麼。革命女兒會和獨立戰爭戰士之間的差別，就像我和灑了香水的大肚子小獅子狗的差別一樣。關於自由，他們心口如一。他們為真正的革命而戰。他們戰鬥了，因此能有這樣一個國家，每個人都是自由平等的。哈！這意味著每個人在大自然面前都是平等的——有平等的機會。它不是說：百分之二十的人有權剝奪剩下的百分之八十的生存手段。它不是說：一個富人為了變得更富，可以榨乾一萬個窮人的血汗。它不是說：暴君有權將國家置於這種困境——無數的人為了一天三餐和睡覺的地方，會去幹任何事——欺騙、撒謊，砍掉他們的右臂。他們褻瀆了自由這個詞。你聽見嗎？對所有知道的人，他們把自由這個詞弄得像臭鼬一樣臭。」

傑克額頭的血管瘋狂地跳動。他的嘴痙攣地抽動。辛格警惕地坐直身子。傑克努力想說下去，話語噎在了喉嚨裡。一陣戰慄穿過他的身體。他在椅子上坐下，用手指壓住顫抖的嘴唇。然後沙啞地說：

「就是這樣，辛格。發瘋沒有用。我們能做的一切全都沒用。我覺得生活就是這樣。我們能做的就是四處宣揚真理。一旦有很多不知道的人知道了真理，就不再需要戰鬥了。我們唯一要做的事就是讓他們知道。只需要做這個。但是怎麼做？啊哈？」

火焰的影子舔著牆壁。幽暗朦朧的火的波浪升高了，屋子像在移動中。房間起起伏伏，失去了平衡。在孤獨中，傑克覺得自己正在下沉，緩慢地向下，波浪式地沉入陰暗的大海。在無助和恐懼中，他盡力睜開眼睛，烏黑和腥紅的波浪在他頭上飢餓地吼叫，除此之外，他什麼也看不見。最終，他終於看見了他要找的東西。啞巴的臉很模糊，很遙遠。傑克閉上了眼睛。

第二天早晨，他醒得很晚。辛格幾個小時前就不在了。桌上有麵包、乳酪、一顆柳橙、一壺咖啡。吃完早飯後，他該上工了。他憂鬱地穿過小鎮回家，頭低垂。他走到自己住的地段，走進一條窄窄的街道，一側是被煙熏黑的磚砌倉庫。它的牆上有什麼東西，模模糊糊地吸引了他。他正要往前走，突然停住了。有人用鮮豔的紅粉筆在牆上寫了一句話，字跡厚重，形狀古怪。

你應該吃強者的肉，喝大地之君主的血。

他讀了兩遍，急切地前後打量這條街。沒有人。他困惑地思考了幾分鐘，從口袋裡掏出一支粗粗的紅鉛筆，在這句話下仔細地寫下了：

請上面這句話的作者明天中午十二點來這裡和我碰頭。十一月二十九號，星期三。或後天。

第二天中午十二點，他在牆前等著。時不時不耐煩地走到街角，前後打量。沒有人來。一個小時後，他不得不去遊樂場上班了。

第三天他又在那裡等。

星期五下了一場綿長的冬雨。牆壁被打濕了，字跡模糊成一條，無法辨認。雨一直在下，灰暗、苦澀、寒冷。

5

「米克，」巴伯爾說。「我真覺得我們要被淹死了。」

沒錯，雨像是永遠都不會停的樣子。威爾斯太太用自己的車接送他們上學放學，每天下午他們都不得不待在前廊或屋子裡。她和巴伯爾玩「帕奇塞」[1]和「老處女」[2]，在起居室的小地毯上打彈珠。聖誕節快到了，巴伯爾聊著小主耶穌和希望聖誕老人送他的紅色自行車。雨滴落在窗玻璃上，一片銀白，天空是濕冷而灰暗的。河面漲得那麼高，一些工人不得不搬出他們的住所。

當雨看起來會沒完沒了地下下去時，卻突然停了。一天早晨醒來，燦爛的陽光照在頭上。下午，天氣幾乎和夏天一樣熱了。米克放學後很晚才回到家，巴伯爾、拉爾夫和斯伯爾瑞布斯在屋子前的人行道上。孩子們看上去很熱，黏糊糊的，他們的冬裝發出酸臭味。巴伯爾手上拿著彈弓，裝了一口袋石子。拉爾夫端坐在他的童車裡，帽子歪戴在頭上，有些煩躁。斯伯爾瑞布斯拿著一把新來福槍。天空是完美的藍色。

1 一種印度雙骰遊戲。
2 一種抽對子的撲克牌遊戲。

「我們等妳好久了，米克，」巴伯爾說。「妳去哪啦？」

她三步一跳地上了臺階，把毛衣朝衣帽架一扔。「在體育館練鋼琴。」

每天下午放學後，她都會留下來玩一個小時。體育館人很多，聲音嘈雜，因為有女籃隊在打籃球。今天球兩次砸到了她的頭上。但是不管有多麻煩，不管頭被砸多少次，能有機會坐在鋼琴前都是值得的。她組合著琴鍵，直到傳來她要的聲音。這比她想像中的要容易。兩三個小時後，她就琢磨出幾套低音區的和絃，能夠配上她右手彈的主旋律。現在她幾乎能彈出每首曲子。她也自己作曲了。這比僅僅是彈現成的要強多了。當她的手指獵取到那些美妙的新聲音，這真是她所體會到的最美妙的感覺。

她想學識譜。多蕾斯．布朗教了五年的音樂課。她省下午飯的錢，一個星期付給她五十分錢，請她給自己上課。這讓她整天都處於飢餓之中。多蕾斯彈了一些流暢的快曲——但她回答不出所有她想知道的答案。多蕾斯只教她不同的音階、大小調和絃、音符的作用等等，這些入門的規則。

米克砰地關上廚房爐子的門。「我們就吃這個？」

「甜心，我可給妳做不出更好的啦。」鮑蒂婭說。

只有玉米麵包和人造奶油。她一邊吃，一邊喝水來幫助下嚥。

「別吃得這麼急。沒人跟妳搶。」

孩子們還在屋前玩耍。巴伯爾把彈弓放進口袋，正擺弄那支來福槍。斯伯爾瑞布斯今年十歲，他的父親上個月死了，來福槍是他父親的。所有小點兒的孩子都愛擺弄它。每隔幾分鐘，巴伯爾都要把槍扛到肩上。他瞄準目標，發出響亮的「砰」。

「別亂動扳機，」斯伯爾瑞布斯說。「裡面有子彈。」

米克吃完了玉米麵包，看看四周，想做點什麼。哈里．米諾維茲坐在前廊的扶手上看報紙。她很高興見到他。她惡作劇地把手臂向上前伸，做了一個納粹歡呼的姿勢，大聲說：「嗨！」

但哈里沒把它當成玩笑。他走進門廳，關上大門。他很容易受傷。她感到抱歉，因為近來她和哈里成了十分要好的朋友。他們還是孩子時，就常和同一群孩子成堆玩，但最近三年他上了職業學校，而她還在念語法學校。他課餘還要打工。他突然間長大了，再也不和那些小孩一起在前後院玩鬧了。有時她能看見：他在臥室裡讀報紙，夜深時脫衣服上床。他是職業學校數學和歷史課上最聰明的學生。現在她也上了中學，他們經常在回家的路上相遇，一起走回家。他們選修了同一門機械課，有一次教師把他們分到一組，組裝發動機。他閱讀，每天都讀報。世界政治無時無刻不在他的腦子裡。他說話慢條斯理，當他非常嚴肅地談論一件事時，額頭上會冒汗。現在她把他氣瘋了。

「不知道哈里現在還有沒有金條。」斯伯爾瑞布斯說。

「什麼金條？」

「一個猶太男孩出生時，家人會在銀行為他存一塊金條。猶太人的習慣。」

「呸。你搞混了，」她說。「你想的是天主教徒吧。天主教徒在嬰兒出生時，會買一把手槍。總有一天，天主教徒會發動一場戰爭，殺掉他們之外的所有人。」

「我看修女可真滑稽，」斯伯爾瑞布斯說。「在街上遇到一個，總會嚇一跳。」

她坐在臺階上，把腦袋放在膝蓋上。她走進了「裡屋」。在她身上，被劃分出兩個地方——「裡屋」和「外屋」。學校、家和每天發生的事放在「外屋」。辛格先生兩個房間都有份。外國、她的計畫和音樂藏在「裡屋」。她腦子裡的音樂在那裡。還有那首交響樂。她一個人待在「裡屋」時，那天晚上派對之後聽到的音樂會回來。那首交響樂在腦子裡像一朵巨大的花，慢慢開放。有時，在白天，或者早晨一醒過來，那交響樂新的片段會突然響起。隨後她要走進「裡屋」，一遍又一遍地聽，努力把它拼進她以前記得的部分。「裡屋」是一個非常私密的地方。她可以站在人滿為患的房子中間，卻依然感覺自己一個人被鎖在裡面。

斯伯爾瑞布斯把他的髒手舉到她的眼前，因為她正盯著遠處若有所思。她打了他一下。

「修女是什麼？」巴伯爾問。

「信天主教的女士，」斯伯爾瑞布斯說。「信天主教的女士，穿著肥大的黑裙子，一直套到頭頂。」

她懶得和小孩子們玩了。她要去圖書館，看看《國家地理》雜誌上的圖片。世界上所有外國風景的圖片。法國巴黎。巨大的冰川。非洲的原始森林。

「小傢伙們看好拉爾夫，別讓他上街。」她說。

巴伯爾把巨大的來福槍扛在肩上。「給我帶本故事書回來。」

這孩子好像天生就會讀書。他才上二年級，卻喜歡自己讀故事書——從不要求別人讀給他聽。「這次想看什麼？」

「給我挑一些裡面有東西吃的故事。我尤其喜歡一本寫德國小孩的書，裡面說他們跑到森林裡去，來到女巫用各種各樣糖果造的房子。我喜歡裡面有東西吃的故事。」

「我幫你找一本。」米克說。

「但我對糖果有點煩了，」巴伯爾說。「幫我找找裡面有烤肉三明治的故事。如果找不到，牛仔男孩的故事也行。」

她正要走，突然停下了，眼睛瞪著。別的孩子也瞪著眼睛。他們全都靜靜地站著，看著貝貝·威爾森從街對面房子的臺階上走下來。

「貝貝真漂亮！」巴伯爾溫柔地說。

也許是因為連續下了幾個星期的雨，突然雨過天晴，陽光燦爛。也許是因為這樣的一個下午，他們的深色冬裝顯出不合時宜的醜陋。而貝貝穿得像個仙女，或是電影裡的人兒。她穿著去年社交晚會的裝扮——一件小小的粉紅薄紗裙，短而硬的裙襬張開著，粉紅的束腰，粉紅的舞鞋，還拎著一個粉紅的小手袋。黃色的頭髮，好一個粉人兒，白人兒，金人兒——那麼小，那麼潔淨，看著就讓人心疼。她矜持而款款地走過馬路，小臉卻不向他們的方向看。

「過來，」巴伯爾說。「讓我看看妳粉紅的小手袋——」

貝貝沿著路邊經過他們，頭扭向一邊。她打定主意不和他們說話。

人行道和馬路之前有一塊草地，貝貝站到上面時停了一秒鐘，緊接著翻了一個跟斗。

「別理她，」斯伯爾瑞布斯說。「她總愛表現自己。她要去布瑞農先生的咖啡館要糖吃。他是她姨丈，她吃糖不要錢。」

巴伯爾把來福槍的一頭靠在地上。這桿大槍對他來說太重了。他目送著貝貝沿著馬路走遠了，一邊拽著散亂的瀏海。「真是一個漂亮的粉紅小手袋。」他說。

「她媽媽老說她多有天才，」斯伯爾瑞布斯說。「她覺得自己能讓貝貝去演電影。」沒時間去翻閱《國家地理》了。晚飯差不多好了。拉爾夫開始大哭，她把他抱下童車，放到地上。現在是十二月。對像巴伯爾這麼大的孩子，夏天到現在，是很長的一段日子了。整個夏天，貝貝出門時都穿著那件粉紅的晚會裝，在馬路中央跳舞。開始的時候，孩子們圍在她身邊看她跳，很快他們就失去了興趣。巴伯爾最後變成了她唯一的觀眾。他會坐在馬路邊上，看見有車過來時，就衝她大叫。他已經看過一百遍貝貝跳的晚會舞——但是夏天已經過去三個月了，對他來說，就像是第一次表演。

「我真希望我能有一件禮服。」巴伯爾說。

「你想要什麼樣的？」

「一件真正酷的禮服。有各種顏色做的真正漂亮的傢伙。像蝴蝶。就是我想要的聖誕節禮物。還有一輛自行車。」

「好娘的。」斯伯爾瑞布斯說。

巴伯爾又把大槍扛到肩上，瞄準對面的房子。「如果我有一件禮服，我要穿著它跳來跳去。我要每天穿著去上學。」

米克坐在前面的臺階上，留意著拉爾夫。巴伯爾不像斯伯爾瑞布斯說的那樣女孩子氣。他只是喜歡漂亮的東西。她可不能讓老斯伯爾瑞布斯輕易得逞。

「一個人必須為他得到的每樣東西而戰鬥，」她慢慢地說。「我注意到很多次了，誰在家裡排行愈小，就會愈出色。小一點的孩子總是最強壯的。我很強壯，因為我上面有很多孩子。巴伯爾——他看上去身體弱，喜歡漂亮的東西，骨子裡他其實是很勇敢的。如果我說的沒錯的話，拉爾夫長大後肯定是一個真正強壯的傢伙。他現在只有十七個月大，我已經在他臉上看到能吃苦和強壯的跡象了。」

拉爾夫四處張望，因為知道有人在說他。斯伯爾瑞布斯坐在地上，拽掉拉爾夫的帽子，在他的眼前晃，逗弄他。

「行啦！」米克說。「如果你把他惹哭的話，你知道我會幹什麼。你最好小心一點。」一切都安靜了。太陽躲在屋頂的後面，西邊的天空是紫色和粉色。下一條街傳來小孩溜冰的聲音。巴伯爾靠在樹上，好像在夢想什麼。晚飯的香味從屋裡飄了出來，很快要吃飯了。

「看，」巴伯爾突然說。「貝貝又來了。她穿著那件粉紅衣，可真好看。」

貝貝朝他們慢慢地走來。她拿著一盒裡面有獎品的爆米花糖，正把手伸進盒子找獎品呢。她始終保持著矜持優雅的走路姿勢。你能看出她知道他們都在看她。

「來吧，貝貝——」她經過他們時，巴伯爾說。「讓我看看妳的粉紅小手袋，摸摸妳的粉紅衣。」

貝貝開始哼唱一首歌，不理會巴伯爾。她走過去，不讓巴伯爾碰她。她只是猛地低下頭，朝他微微一笑。

那桿大槍還扛在巴伯爾的肩上。他發出一聲響亮的「砰」，假裝射擊了。隨後他又對貝貝喊了一聲——用溫柔而悲傷的語氣，就像在叫一隻小貓咪。「來吧，貝貝——到這兒來，貝貝——」

他的動作太快，米克來不及阻止他了。傳來了一聲可怕的「砰」聲，她這才看見他的手扣在了扳機上。貝貝轟然倒在了人行道上。她像是被釘到了臺階上，不能移動，也不能叫喊。斯伯爾瑞布斯把手臂舉過頭頂。

只有巴伯爾還不知道發生了什麼。「起來呀，貝貝，」他大喊道。「我沒生妳的氣。」

這一切都是在瞬間發生的。他們三個人同時跑到了貝貝身邊。她彎曲的身體躺在骯髒的人行道上。裙子蓋在她的頭上，露出粉紅的短褲和白白的小腿。她的手張開了——一隻手上是糖果盒裡的獎品，另一隻手上是那只手袋。她頭上的絲帶和黃黃的捲髮上全是血。子彈擊中了她的頭部，她的臉撲在地上。

一秒鐘之內發生了這麼多。巴伯爾尖叫著扔掉了槍，跑了。米克雙手摀著臉，也在尖叫。來了很多人。她的爸爸第一個趕到。他把貝貝抱進屋裡。

「她死了，」斯伯爾瑞布斯說。「子彈穿過了她的眼睛。我看見了她的臉。」

米克在人行道上來來回回地走，她想問問貝貝是不是死了，卻一句話也說不出來。威爾森太太從她工作的美容院，沿著大街一路狂奔過來。她走進屋子，又走了出來。她在街上來來回回地走，哭著，把手上的戒指拽下來又套回去。救護車來了，醫生去看貝貝。米克跟著他。貝貝躺在前屋的床上。房子靜得像教堂。

貝貝躺在床上，像漂亮的小洋娃娃。除了身上的血，她看上去完好無損。醫生彎下腰，檢查她的頭部。檢查完畢，他們把貝貝用擔架抬到外面。威爾森太太和她的爸爸跟著上了救護車。

房子依然靜靜的。大家都忘了巴伯爾。他不見了。一個小時過去了。她的媽媽、海澤爾和埃塔，以及所有的房客聚在前屋。辛格先生站在門道。

過了很長時間，她的爸爸回家了。他說貝貝不會死，但她的頭蓋骨碎了。他問到巴伯爾。沒人知道他去了哪裡。外面很黑。他們在後院和大街上叫巴伯爾的名字。他們讓斯伯爾瑞布斯和別的男孩去找他。巴伯爾似乎根本不在附近。哈里跑到一所房子，他們覺得他可能在那裡。

她的爸爸在前廊踱步。「我從沒打過哪個孩子，」他不停地說。「我從不相信打孩子有用。但我只要一見到這小兔崽子，非痛揍他一頓不可。」

米克坐在扶手上，向黑暗的街道望去。「我能教訓巴伯爾。只要他一回來，我自己就能對付他。」

「妳出去找找他。妳比別人更能找到他。」

她爸爸一開口，她突然想到巴伯爾會在哪裡。後院有一棵大橡樹，夏天的時候，他們在那裡弄了一個樹屋。他們拖了一個大箱子，放在樹上。巴伯爾喜歡獨自坐在樹上的小屋裡。米克離開了聚在前廊的家人和房客，向後穿過小徑走到幽黑的後院。

她在樹幹邊上站了一分鐘。「巴伯爾——，」她小聲說。「是米克。」

他沒有回答，但她知道他在。她可以聞到他。她躍上最矮的樹杈，慢慢地向上爬。她確實被這孩子氣瘋了，一定要好好教訓他。她爬到樹屋又對他說話——還是沒有回答。她終於摸到了他。他縮在一角，雙腿在抖。他一直屏著呼吸，她摸到他時，他的哭聲和呼吸聲立刻爆發出來。

「我——我沒想把貝貝射倒。她那麼小，那麼好看——我只是忍不住要對她射擊。」

米克坐在樹屋的地上。「貝貝死了，」她說。「很多人在捉你呢。」

巴伯爾不哭了。他很安靜。

「你知道爸爸正在家裡做什麼嗎？」

她好像能聽見巴伯爾在聽。

「你知道華頓．勞埃斯吧——你在收音機裡聽過他。你知道辛．辛。嗯，我們的爸爸正在寫信給華頓．勞埃斯，等他們捉住了你，把你送到辛．辛時，求他能對你好一點兒。」

在黑暗中，這些話發出可怕的聲音，她的全身打一個寒戰。她感覺到巴伯爾在顫抖。

「那裡有小電椅——適合你的尺寸。他們打開電流，你就會像烤肉一樣。然後你就去了地獄。」

巴伯爾在角落裡縮成一團，沒有發出一點聲響。她越過箱子邊，爬下樹。「你最好待在這裡，警察守著院子呢。也許過幾天，我可以給你送一點吃的。」

米克靠在橡樹幹上。這些話會讓他吃不了兜著走。她總能制住他，她比其他人都更了解這孩子。有一次，大概是一兩年前了，他總愛在樹叢後面小便，手淫片刻。她很快就發現了這個祕密。每次被她揪住，她都狠狠地打他。三天後，他的毛病就治好了。以後，他再也不能像別的孩子一樣正常地小便——總是把手背到後面。她從小就得看顧他，她總能管教他。很快她就會回到樹屋，把他帶回家。這以後，他永遠不會想摸槍了。

房子裡仍是死一般的感覺。房客們都坐在前廊，既不說話，也不在椅子裡搖晃。她爸爸和媽媽在前屋。她爸爸喝著一瓶啤酒，走來走去。貝貝會好起來，所以焦慮並非由她而起。也沒人像是擔心巴伯爾的樣子。是別的事。

「巴伯爾那小子！」埃塔說。

「發生了這種事，我都不好意思出門了。」海澤爾說。

埃塔和海澤爾走進中間的屋子，關上門。比爾待在屋後自己的房間裡。米克不想和他們說話。她在前廳裡繞來繞去，一個人思考這件事。

她爸爸的腳步聲停止了。「是故意的，」他說。「不像是小孩子瞎擺弄槍，走火了。每個看見的人都說他是瞄準射擊的。」

「不知道威爾森太太什麼時候來找我們。」她媽媽說。

「我們有得瞧的，肯定！」

「我想是。」

太陽已經落山了，晚上像十一月一樣冷了。人們從前廊走進屋裡，坐在起居室——但沒人生火。米克的毛衣掛在衣帽架上，她把它穿上，佝著肩膀站著，想暖和一點。她想到巴伯爾正坐在寒冷漆黑的樹屋裡。他真的相信了她說的每句話。當然這是他應得的。他幾乎殺掉了貝貝。

「米克，妳想一想，巴伯爾有可能去哪裡？」她爸爸問。

「他就在附近，我猜。」

她爸爸手裡抓著空啤酒瓶走來走去。他像一個盲人一樣走著，臉上有汗。「可憐的孩子不敢回家了。如果我們能找到他，我會好受一點。我從沒碰過巴伯爾一個手指。他不應該怕我的。」

她要再等一個半小時。這一個半小時內他應該為他所做的事感到非常難過了。她總能管教巴伯爾這傢伙，讓他長記性。

過了一會兒，房子裡一陣騷動。她爸爸又打了一次電話到醫院，探問貝貝的情況。幾分鐘後威爾森太太回了電話。她說想和他們談談，她要去他們家。

她爸爸還在前屋裡像盲人一樣走來走去。他又喝了三瓶啤酒。「這事情這個樣子，她可以把我們告得連內褲都要賠掉。本來呢，她最多就是得到我們的房子，除去我們還沒有付完的貸款部分。但現在這事發生了，我們一點反駁的話也說不出來。」

米克突然想到一件事。也許他們真的會審判巴伯爾，把他送進少年監獄。也許威爾森太太會把他送到感化學校。也許他們真的會對巴伯爾做可怕的事。她想立刻跑到樹屋，和他坐在一起，對他說不要害怕。巴伯爾一直是這麼小，這麼纖弱，這麼聰明。誰想讓他離開這個家，她就會殺了他。她想親他咬他，因為她如此愛他。

但她不能錯過下面發生的任何事。威爾森太太幾分鐘後就會到，她一定要知道發生了什麼。然後她會跑出去告訴巴伯爾她的話全是謊言。他就會真正地吸取這次自找的大教訓。

十分錢計程車開近了人行道。大家都等在前廊，非常安靜、非常害怕。威爾森太太和布瑞農先生從計程車裡走出來。他們走上臺階時，她能聽見她爸爸緊張的磨牙聲。他們走進了前屋，她跟在後面，站在門口。埃塔、海澤爾和比爾以及房客們都沒進去。

「我來是想和你了結這件事。」威爾森太太說。

前屋顯得髒破不堪，她看見布瑞農先生注意到了屋裡的一切。拉爾夫玩的破舊的賽璐璐洋娃

娃、念珠和破爛散落在地上。她爸爸的工作檯上有啤酒，她爸媽床上的枕頭舊得發白。

威爾森太太不停地把手上的婚戒拽下來又套回去。她身邊的布瑞農先生很平靜。他蹺著二郎腿。他的下巴是青黑色的，看起來像電影裡的匪徒。他一直對她懷恨在心。和對別人不同，他總是用這種粗魯的語調和她說話。是不是因為他知道有一次她和巴伯爾從他的櫃檯上偷過一袋口香糖？她恨他。

「歸根結柢，」威爾森太太說。「你的孩子故意朝我的貝貝頭上射擊。」

米克走到屋子的中間。「不，他沒有，」她說。「我就在場。巴伯爾用那支槍瞄準過我、拉爾夫和周圍所有的東西。他只是偶然間對準了貝貝，他的手指滑了一下。我就在場。」

布瑞農先生搓了搓鼻子，悲傷地看著她。她真恨他。

「我知道你們是怎麼想的——所以我想開門見山。」

米克的媽媽把一串鑰匙弄得嘩嘩響，她的爸爸非常安靜地坐著，大手懸在膝蓋上。

「巴伯爾事先沒想到的，」米克說。「他只是——」

威爾森太太把戒指撥下來又套回去。「等等。我知道得一清二楚。我可以起訴，讓你們交出掙的每一個子兒。」

她的爸爸臉上沒有任何表情。「我告訴妳一件事，」他說。「我們賠不起多少。我們所有的家當是——」

「你聽我說，」威爾森太太說。「我來這裡，可沒帶上律師來起訴你。巴托羅謬——布瑞農先生——我們來之前討論過了，在關鍵的問題上，我們達成了一致。首先，我想公正誠實地解決這件事——其次，我不想讓貝貝的名字捲入非同小可的訴訟裡，她才這麼大。」

沒有聲音，房間裡所有的人都僵硬地坐在椅子上。只有布瑞農先生對著米克似笑非笑，她眯著眼睛，惡狠狠地回敬了他一眼。

威爾森太太很緊張，點菸時她的手在抖。「我可不想起訴你，或是做類似的事。我只想要公正。我並不要求你們補償貝貝經歷的一切痛苦，她一直在哭在喊，只有藥物才能讓她睡著。什麼也補償不了這些。我也不要求你們補償對她的事業和我們所制定計畫的損失。好幾個月，她都得戴繃帶。她不能在社交晚會上跳舞了——她的頭上也許還會禿一小塊。」

威爾森太太和她爸爸互相看了一眼，好像都被催眠了。接著威爾森太太伸手摸到了她的手袋，從裡面掏出一張紙。

「你們要賠的只是我們實際花的錢。貝貝在醫院的單人房和私人護士。這是手術室和醫生的帳單——就這一次，我希望立即把錢付給醫生。而且，他們把貝貝的頭髮剃光了，你要付我那次帶她去亞特蘭大做電燙髮的費用——等她頭髮長出來後她能再做一次。還有她的晚會服的錢以及雜七雜八的費用。一旦我搞清所有的款項，我會寫一個清單。我盡可能公正和誠實。我把清單交給你們時，你們要賠償全部的數目。」

她的媽媽把膝蓋上的裙子撫平，急促地呼吸了一下。「我覺得兒童病房比單人房強多了。米克得肺炎時——」

「我說單人房，就單人房。」

布瑞農先生伸出兩隻粗短的手，保持它們的平衡，好像它們是在天平上。「也許一兩天後貝貝可以搬進兩個孩子的雙人房。」

威爾森太太強硬地說。「你們聽到我的話了吧。是你們家小孩向我家貝貝開槍，她當然應該享受最好的條件，直到她傷好。」

「妳有權如此。」她爸爸說。「上帝知道我們一無所有——但也許我能應付過去。我明白妳沒有乘人之危，我很感激。我們會盡力而為。」

她想留下來聽他們說的每句話，但是巴伯爾在她腦子裡。她想到他正坐在黑暗寒冷的樹屋裡想著辛．辛，她心裡很不安。她走出屋子，穿過門廳向後門走去。風在吹，院子裡非常黑，只有從廚房窗子裡透出的黃光。她回頭看見鮑蒂婭坐在桌邊，瘦長的手捧著臉，很安靜。院子是荒涼的，風刮動了恍惚駭人的影子，在黑暗中悲鳴。

她站在橡樹下。她剛想攀上第一個樹杈時，一個可怕的想法攫住了她。她突然意識到巴伯爾不在了。她喊他，沒有回答。她像貓一樣爬得又輕又快。

「說話！巴伯爾！」

她不需要摸箱子就知道他不在裡面。為了確認，她進到箱子裡，摸遍了所有的角落。這孩子走了。一定是她前腳離開，他後腳就走了。現在可以確定他逃跑了，像巴伯爾這樣聰明的孩子，你不知道去哪裡找他。

她從樹上爬下來，跑回到前廊。威爾森太太正要離開，他們一起送她走向前廊的臺階。

「爸爸！」她說。「我們得為巴伯爾做點什麼。他跑了。我肯定他離開我們的街區了。我們大家都出去找他吧。」

沒人知道去哪裡找，從哪兒開始。她爸爸在大街上來來回回地走，檢查每一條小徑。布瑞農先生用電話給威爾森太太叫了一輛十分錢計程車，隨後留下來和他們一起找巴伯爾。辛格先生坐在前廊的扶手上，他是唯一保持鎮定的人。他們都在等米克想出尋找巴伯爾的最佳地點。但是小鎮這麼大，這孩子這麼聰明，她不知道怎麼辦。

也許他去了鮑蒂婭在糖山的住所。她走到廚房，鮑蒂婭正坐在桌旁，用手捧著臉。

「我突然想到他去了妳家。幫我們找他。」

「我怎麼沒想到呢！我打五分錢的賭，我嚇壞了的小巴伯爾一直待在我家。」

布瑞農先生借了一輛汽車。他、辛格先生、米克的爸爸和米克、鮑蒂婭進了車裡。沒有人知道巴伯爾在想什麼，除了她。沒人知道他真的是在逃命。

鮑蒂婭的住所漆黑一片，只有地板上斑駁的月光。他們一走進去，就知道兩個屋子都沒有人。鮑蒂婭點燃前面的燈。屋裡有股黑人的氣味，他們被牆上的剪貼畫、蕾絲桌布和床上的蕾絲枕頭包圍了。巴伯爾不在。

「巴伯爾來過，」鮑蒂婭突然說。「我能聞出有人來過。」

辛格先生在廚房餐桌上發現了一支鉛筆和一張紙。他迅速掃了一遍紙條，然後大家都看了。字跡飽滿而潦草，這個聰明的孩子只拼錯了一個字。紙條上寫著：

親愛的鮑蒂婭，

我去佛羅里達了。告訴大家。

他們站在四周，感到吃驚和惶惑。她爸爸檢查了一下門道，焦急地用大拇指摳鼻子。他們都準備上車，朝往南方的高速公路出發。

「等一等，」米克說。「雖然巴伯爾才七歲，可是也不會笨到告訴大家他要去哪裡，如果他真想跑。那個佛羅里達是一個圈套。」

「圈套？」她爸爸說。

「對。只有兩個地方，巴伯爾特別熟悉。一個是佛羅里達，另一個是亞特蘭大。我、巴伯爾和拉爾夫經常去亞特蘭大公路。他知道怎麼走，他一定去了那裡。他總是說等他有機會去亞特蘭大，他打算幹什麼之類的話。」

他們又走向外面的汽車。她正想爬到後座時，鮑蒂婭捏住了她的臂膀。「妳知道巴伯爾幹了什麼？」她低聲說。「別告訴別人，我的巴伯爾從我的梳妝台拿走了我的金耳墜。我想不到我的巴伯爾會對我做出這種事。」

布瑞農先生發動了汽車。他們開得很慢，沿路尋找巴伯爾，車子駛向了亞特蘭大公路。沒錯，在巴伯爾身上的確有一種強橫和卑劣的性格。他的行為方式和過去不一樣了。直到前一刻他還是一個安靜的小傢伙，從來沒做過真正卑劣的事。任何人被傷害了，都會令他羞愧和不安。到底為什麼，他能幹出今天所有這些事呢？

他們在亞特蘭大公路上開得很慢。經過了最後一排房屋，路兩旁變成了黑黝黝的田地和樹林。路上他們一直停車問有沒有人看見巴伯爾。「有沒有一個赤腳的小孩經過，穿著燈芯絨的燈籠褲？」可是他們已經開出十英里，沒有人看過他。強勁的冷風從車窗吹進來，夜色已深。

他們又開了一會兒，掉頭向小鎮駛去。他的爸爸和布瑞農想回去找所有二年級的學生，但她讓他們又掉了個頭，繼續在亞特蘭大公路上行駛。她一直在想自己對巴伯爾說過的話。關於貝貝死了、辛．辛和華頓．勞埃斯。關於適合他的尺寸的小電椅和地獄。在黑暗中，這些話聽起來十分可怕。

他們開得很慢，離開小鎮半里之外，突然間她看見了巴伯爾。車燈非常清楚地照出了他們前面的這個身影。很可笑。他走在路邊，伸出大拇指試圖攔車。鮑蒂婭的廚刀別在他的皮帶上，在寬廣而漆黑的大路上，他顯得那麼小，看起來只有五歲而不是七歲。

他們停了車，他跑過來準備上車。他看不見誰在裡面，他的臉上是熟悉的表情——斜著眼睛，他打彈珠在瞄準時總是這種表情。她爸爸揪住了他的衣領。他拳打腳踢反抗，隨後把廚刀握在了手裡。他們的爸爸及時把刀一把奪下來。他像一隻受困的小老虎一樣搏鬥，但最終他們還是把他弄進了車裡。回家的一路上，他們的爸爸一直把他抱在腿上，巴伯爾直挺挺地坐著，非常僵硬。

他們不得不把他拖到屋裡，所有的鄰居和房客都出來看熱鬧。他們把他拖進前屋，他進屋後退進角落，拳頭握得緊緊的，斜著眼睛一個個看過去，像是要和這整群人宣戰。

他們進屋後，他一句話也不說。最後突然大叫：「是米克幹的！我沒幹。是米克幹的！」

巴伯爾的叫聲不像他以前的叫喊，是聞所未聞的。脖子上的血管暴出，他的拳頭像小石頭一樣堅硬。

「你們抓不到我！沒人能抓到我！」他一直在喊。

米克搖晃他的肩膀。她告訴他她說的話都是瞎編的。最後他聽懂了她在說什麼，但是不肯閉嘴。好像沒有什麼能阻止他的尖叫。

「我恨所有的人！我恨所有的人！」

他們只是站在一旁。布瑞農先生搓搓鼻子，朝地上看。最後他悄悄地走了。辛格先生似乎是唯一明白這一切的人。也許是因為他聽不見那可怕的叫聲。他的臉仍然平靜，每當巴伯爾看他的臉，巴伯爾會變得安靜一些。辛格先生和別人都不一樣，遇到這樣的情況，如果別人能讓他來處理，事情一定會更好。他有更多的理性，他知道普通人不可能知道的東西。他只是看著巴伯爾，過了一會兒這孩子就安靜下來，他們的爸爸可以把他弄到床上睡覺了。

他把臉向下趴在床上，哭。長長的巨大的抽泣讓他渾身顫抖。他哭了一個小時，三個房間的人都無法入睡。比爾搬到了起居室的沙發上，米克跑到巴伯爾的床上。他不讓她碰他或是靠近他。他又哭了一個小時，還一邊打嗝，最後睡著了。

很長時間她都睡不著。在黑暗中，她緊緊地抱住他。她撫摸和親吻他的全身。他多麼柔軟，多麼纖細，他的身上有男孩鹹鹹的氣味。她心中的愛是如此強烈，她死死地抱著他，要把他輾碎，直到她的手臂發疼了。她同時想到了巴伯爾和音樂。好像她怎麼做，都配不上他的好。她不會再打他，甚至不會再逗他了。一整夜她都用臂膀抱著他的頭。早晨她醒來時，他已經不在了。

但是那晚過後，她並沒有多少機會逗他了——她或者其他人。他槍擊了貝貝後，再也不是以前的那個小巴伯爾了。他總是一言不發，不和任何人玩。大多數時候，他一個人坐在後院或蹲在儲煤室裡。聖誕節愈來愈近了。她真想要一台鋼琴，但很自然她不會說出來。她告訴大家她想要米老鼠手錶。他們問巴伯爾想要聖誕老人的什麼禮物時，他說他什麼也不想要。他藏起了自己的玻璃彈珠和折刀，不讓任何人碰他的故事書。

那晚以後，沒人再叫他巴伯爾了。附近的大孩子開始喊他「貝貝殺手」凱利。但他很少對別人說話，他對任何事彷彿都無動於衷。家人叫他的真名——喬治。起初米克還是叫他巴伯爾，她不想改變叫法。可是很奇怪，一個星期以後，她也像別人一樣自然地喊他喬治了。他變成了另一個孩子——喬治——總是一個人晃來晃去，像一個大得多的成年人，沒有人，甚至她，也不知道他到底在想什麼。

聖誕夜她和他睡在一起。他躺在黑暗中不說話。「別這麼古怪，」她對他說。「我們聊聊聰明人吧，聊聊荷蘭小孩聖誕節的玩法——把木鞋放在外面，而不是把襪子掛起來。」

喬治不回答。他睡著了。

早晨四點她起床了，把全家人都叫醒。他們的爸爸在前屋生了火，讓他們鑽進聖誕樹找禮物。喬治的禮物是一套印度服，拉爾夫的是橡皮娃娃。家裡其他的人都是一般的衣服。她仔細查看了襪子的每個角落，想找到米老鼠手錶，但是沒有。她的禮物是一雙褐色牛津鞋和一盒草莓糖。天還黑著呢，她和喬治跑到人行道上，砸開巴西堅果，放鞭炮，吃光了一盒雙層裝的草莓糖。天亮時，他們吃得都感到噁心了，也玩累了。她躺倒在沙發上，閉上眼睛，走進「裡屋」。

6

早晨八點，考普蘭德醫生坐在桌子前，就著窗外微弱的晨光，研究一疊文件。在他的旁邊，有一棵雪松，樹葉很厚，深綠色的葉子高高地伸到屋頂。自從他行醫的第一年，每年都在聖誕節辦一個年終派對，現在一切都準備就緒了。一排排長凳和椅子靠在前屋的牆邊。屋子裡彌漫著新烤的蛋糕和冒著熱氣的咖啡香甜的氣味。辦公室裡，鮑蒂婭和他並排坐在靠牆的長凳上，雙手捧著下巴，身體幾乎彎成兩折。

「父親，你早上五點就窩在桌子邊。你沒事不要起床。你應該等到派對開始再起床。」

考普蘭德醫生用舌頭潤了潤厚嘴唇。他腦子裡的事情太多，顧不上鮑蒂婭。她在一旁令他心煩。

終於，他不耐煩地對她說。「妳坐在那兒愁眉苦臉的做什麼？」

「我就是擔心，」她說。「首先，我擔心我們家威利。」

「威廉姆？」

「你看他每個星期天都給我寫信。星期一或星期二信就到了。但是上個星期他沒寫。當然我不是太著急。威利——他個性總是那麼好，那麼討人喜歡，我知道他會沒事的。他已經從監獄被轉到了鏈囚隊，要去亞特蘭大北邊的什麼地做苦役。兩個星期前他寫了這封信，說今天要參加教堂的一個活動，他要我給他寄一套衣服和他的紅領帶。」

「威廉姆就說了這麼多？」

「他信裡說這個B. F.梅森先生也在監獄。他還遇到了巴斯特・詹森——他是威利過去認識的一個男孩。威利要我一定要把口琴寄過去，他沒有口琴吹，感到很鬱悶。我全都送去了。加上一副跳棋和白奶油蛋糕。我想著過幾天能收到他的信。」

考普蘭德醫生的眼睛興奮地閃爍著，手足無措。「女兒，我們以後再討論吧。現在太晚了，我得打住。妳回廚房去，看看是不是都準備好了。」

鮑蒂婭站起身，努力讓臉看起來容光煥發。「你決定那個五塊錢的獎金了嗎？」

「我現在還不能判斷哪個是最好的。」他斟酌地說。

他的一個朋友，一個黑人藥劑師，每年拿出五塊錢，給寫出最佳命題作文的一名中學生作為獎勵。藥劑師讓考普蘭德醫生全權決定獲勝者，在聖誕派對上宣布。今年作文題目「我的野心：我如何讓黑人種族獲得更好的社會地位」。只有一篇文章值得真正的關注。但這篇文章太幼稚，太不明智了，如果把獎給它，可能有欠考慮。

考普蘭德醫生戴上眼鏡，集中精力又讀了一遍。

這就是我的野心。首先我想去塔斯克奇大學，但我不想成為像布克爾・華盛頓或卡佛博士那樣的人。當我完成學業後，我想當一名好律師，像為「斯考茨保羅男孩」辯護的律師那樣。我只接黑人訴白人的案子。每一天，我們的同胞在每個方面，以各種方式，被迫感覺到自己是劣等民族。並非如此。我們是一個正在上升的民族。我們不能長久地在白人的壓迫下流汗。我們不能總是勞而不獲。

我想像摩西一樣，帶領以色列的兒女逃離壓迫者的土地。我想建立一個「黑人領導和學者祕密組織」。所有的黑人都要在這些被選中的領導者的指導下組織起來，準備暴動。對我們民族的苦難有興趣的其他民族，願意看到美國分裂的民族，會幫助我們。所有的黑人都會組織起來，會有一場革命，黑人最終會占領密西西比東部和波托馬克河南部的所有領土。我會在「黑人領導和學者組織」的管理下，建立一個強大的國家。不發給任何白人簽證——如果他們進入國土，不會有任何法律權利。

我痛恨整個白人種族，我會奮鬥到底，直到黑人種族為他們所有的苦難復了仇。這就是我的野心。

考普蘭德醫生感到血管在沸騰。書桌上的鐘滴滴答答走得很響，噪聲讓他心煩意亂。他怎能把獎發給一個有如此瘋狂想法的男孩？他怎麼辦？

其他的文章一點實質內容沒有。年輕人不思考。他們只是寫了自己的野心，把命題的後半部都忽略了。只有一點是有意義的。二十五個人中有九個是這樣開頭的，「我不想成為奴僕。」接著他們寫到希望成為飛行員、職業拳擊手、牧師或是舞蹈家。有一個女孩唯一的夢想是對窮人友善。

這篇使他困擾的文章的作者叫藍斯．戴維斯。他翻到最後一頁的簽名之前，就已經知道了作者的身分。他和藍斯打過一些麻煩的交道。他的姊姊十一歲時出去做女僕，被主人強姦了，是一個人過中年的白人。大約一年後，他被叫去急診，治療藍斯。

考普蘭德醫生走到臥室裡的檔案櫃，裡面有他所有病人的資料。他抽出一張標著「丹．戴維斯太太及全家」的卡片，瀏覽注釋，直到找到藍斯的名字。時間是四年以前。關於他的紀錄是用墨水寫的，比別人的都詳細：「十三歲——已過發育期。未遂的自我閹割。性慾過於旺盛和甲狀腺亢進。兩次探病期間身體不痛卻大哭大鬧。滔滔不絕——喜歡說話，但有妄想狂。成長環境正常，除了一點例外。參看露茜．戴維斯——母親是洗衣婦。聰明，值得觀察和一切可能的協助。保持聯繫。收費：一元（？）」

「今年很難決定，」他對鮑蒂婭說。「但我想我得把獎頒給藍斯．戴維斯。」

「如果你已經決定了，那——我們說說這些禮物。」

派對要送的禮物都在廚房。雜貨和衣服的紙袋上附著紅色的聖誕卡。每個想來的人都獲得了邀請，但那些打算來的人已經在門廳桌上的訪客簿上寫下了名字（或是請朋友寫）。紙袋堆在地板上，大約有四十個左右，袋子的大小取決於收禮人的需要。有些禮物只是一小袋堅果或葡萄乾，另一些是重得抬不動的箱子。廚房堆滿了好東西。考普蘭德醫生站在門口，鼻翼因為驕傲而顫抖。

「我覺得你今年辦得不錯。大夥也都很不錯。」

「哼！」他說。「這還不到需要的百分之一。」

「看，你又來了，父親！我太清楚了，你其實高興得不得了。但你不想表現出來。你需要找碴發點牢騷。我們有三十六公升的豌豆、二十袋麵粉、大概十五磅的肋骨肉、鯉魚、六打雞蛋、足夠的燕麥粉，罐頭番茄和桃子。蘋果和兩打柳橙。還有衣服。兩個床墊和四床毛毯。好傢伙！」

「滄海一粟。」

鮑蒂婭指著角落上的一個大箱子。「這個——你打算怎麼處理？」箱子裡除了垃圾什麼都沒有——無頭的洋娃娃、髒了的蕾絲、一張兔子皮。考普蘭德醫生仔細查看了每一樣東西。「別扔。每樣東西都有用。這是拿不出更好東西的客人送來的。我以後能用上它們。」

「那你看看這些箱子和袋子吧，我好開始打包了。廚房裡快沒地方了。馬上他們就要進來吃茶點喝甜飲。我要把禮物放到後面的臺階和院子裡。」

早晨的太陽已經升起。這天將是晴朗而寒冷的。廚房裡發出各種各樣的香味。爐子上洗碗盆裡裝著咖啡豆，奶油蛋糕擺滿了碗櫃的一架。

「沒有一個是白人送的。都是黑人。」

「不，」考普蘭德醫生說。「不全對。辛格先生送來了十二塊錢的支票，讓我們買煤。今天我請了他。」

「神聖的耶穌！」鮑蒂婭說。「十二塊！」

「我覺得應該邀請他。他不像其他的白種人。」

「你說得對，」鮑蒂婭說。「可是我一直想著我家威利。我真希望他能來今天的派對。我真希望能收到他的信。我擺脫不了這個念頭。啊！我們不能聊天了，準備接待吧。派對要開始了。」

時間還充足。考普蘭德醫生認認真真地洗了澡，穿好衣服。他想過一遍大家抵達時他準備發表的話。但是期待和不安讓他無法集中思想。十點時，第一批客人到了，半個小時內所有的人都來了。

「聖誕快樂！」約翰．羅伯特說，這個郵差。他在擁擠的房間裡高興地轉，一隻肩膀高一隻肩膀低，用一塊白絲手帕擦臉。

「敬祝佳節！」

房子前面擠滿了人。客人們堵在了門口，在前廊和院子裡三五成群地站著。沒有推推搡搡或其他粗魯的行為，是一種有秩序的混亂。朋友們打著招呼，陌生人被相互介紹握手。孩子們和年輕人聚在一起，走到後面的廚房。

「聖誕禮物！」

考普蘭德醫生站在前屋中央的聖誕樹邊。他感到暈眩。他暈暈乎乎地握手，打招呼。有些禮物用絲帶精緻地包裝著，有些用報紙包著，塞進他的手中。他找不到地方安置它們。空氣變得很濃烈，聲音也愈來愈高。面孔在他四周旋轉，他一張臉也認不出了。終於他恢復了鎮定。把懷裡的禮物找了地方放下來。眩暈感減輕了，房間清晰了。他調整好眼鏡，開始看四周。

「聖誕快樂！聖誕快樂！」

馬歇爾．尼克斯，那個藥劑師，穿著長燕尾服，正在和他開垃圾車的女婿聊天。「極聖升天教堂」的牧師也來了。還有其他教堂的兩個執事。赫保埃穿著醒目的格子西裝，在人群裡自如地轉來轉去。健壯的花花公子們向身穿亮麗長裙的年輕女人鞠躬示意。有帶著孩子的母親，有鄭重其事的老人，朝花稍的手帕裡吐痰。房間暖和而吵鬧。

辛格先生站在門道。很多人盯著他看。考普蘭德醫生不記得自己是否招呼過他。啞巴一個人站著。他的臉有點像史賓諾沙的一幅畫像。一張猶太人的臉。看見他讓人高興。

門和窗子都開著。風吹過房間，火焰在咆哮。聲音靜了。座位坐滿了人，年輕人在地上坐成一排排。大廳、前廊甚至院子裡都是沉默的客人。到他講話的時間了——他要說什麼呢？恐慌讓他的喉嚨發緊。整個房間都在等待。約翰．羅伯茨作了一個手勢，所有的人都停止了說話。

「我的同胞們。」考普蘭德醫生茫然地說。他停頓了一下。突然話語又湧到了嘴邊。

「我們在這間房子裡一起慶祝聖誕，今年已經是第十九個年頭了。我們的同胞第一次聽說耶穌誕生時，那還是個黑暗的時代。我們的同胞在這裡的市政廣場被賣為奴隸。從那以後，我們一遍遍地聽說他的故事，講述他的故事，次數多得記不清了。因此，今天我們要講一個不同的故事。

一百二十年前，另一個人在那個被稱之為德國的國家誕生了——大西洋彼岸一個遙遠的國家。這個人就像耶穌一樣全知全能。但是他的思想不是關於天堂或來世的。他的使命是為了活著的人。為了那些工作，受苦，工作到死的勞苦大眾。為了那些洗衣工，廚子，摘棉花的人，那些在工廠滾燙的染缸邊工作的人。他的使命是為了我們大家，這個人叫卡爾．馬克思。

卡爾・馬克思是一個有智慧的人。他學習、工作，理解周圍的世界。他說這個世界分化成兩個階級——窮人和富人。每一個富人都有一千個窮人為他工作，讓他變得更富。他沒有把世界分成黑人、白人或是中國人——對卡爾・馬克思來說，屬於百萬窮人中的一員還是屬於極少數的富人階級比他的膚色更重要。卡爾・馬克思一生的使命是讓人人平等，平均財富，世界上不再有貧富分化，每個人都有份。這是卡爾・馬克思留給我們的戒條之一：『各盡所能，按需分配。』」

大廳有一隻皺巴巴發黃的手膽怯地舉著。「他是《聖經》裡的馬可嗎？」

考普蘭德醫生解釋。他拼出兩個名字，說明了出生日期。「還有問題嗎？我希望每個人都能自由地展開討論。」

「我猜馬克思先生是基督教會的人？」牧師問道。

「他相信人類靈魂的神聖性。」

「他是白人嗎？」

「是的。但他不認為自己是白人。他說，『全人類都是我的朋友。』他把自己看成是全人類的兄弟。」

考普蘭德醫生停頓了稍長的時間。他四周的面孔在等待。

「任何財產，我們在商店裡購買的任何產品的價值是什麼？它的價值只取決於一樣東西——那就是製造或是培植它所需要的勞動。為什麼一間磚房比一顆甘藍菜價格高？因為造一間磚房投入了很多人的勞動。人們要製磚和灰泥，為了地板的木條，人們要砍樹。有人使房屋的建造成為可能。有人要運送材料到建築工地。有人造手推車和卡車來運材料。最後是造房子的工人。一間磚房需要很多很多人的勞動——而我們中的任何人都可以在自己的後院種甘藍菜。磚房的價格遠遠超出了甘藍菜是因為它需要更多的勞動。所以一個人買房子時，他支付的是製造它的勞動力。但是誰賺到了錢——利潤？不是付出了勞動的許多人——而是支配他們的老闆們。如果你們更進一步地研究過，就會發現這些老闆上面還有老闆，他們上面還有更大的老闆——所以真正操縱所有這些創造財富的勞動的人，其實很少很少。現在清楚了嗎？」

「我們明白了！」

但是他們明白嗎？他從頭重複了一遍說過的話。這次有問題提出來了。

「但是造磚用的泥土不也要花錢嗎？租土地種莊稼不也要花錢嗎？」

「這個問題很好，」考普蘭德醫生說。「土地、泥土、樹木——這些東西都叫做天然資源。人類並不製造這些天然資源——人類只是開發它們，用於勞動中。因此任何人或集團有權擁有它們嗎？一個人怎麼能擁有土地、空間、陽光和雨水？對於這些東西，一個人怎麼能說『這是我的』而不許別人分享呢？因此馬克思說這些天然資源應該屬於每一個人，不應該被分成一小塊一小塊，而應當根據各盡所能的原則被所有人使用。比如說一個人死了，把騾子留給了他的四個兒子。兒子們不希望把騾子割成四塊，一人拿走一塊。他們會集體占有並且使用騾子。這就是馬克思說的所有天然資源應該被占有的方式——不是被一群富人而是被世界上一切勞動者集體來占有。

這間屋子裡的我們沒有私自財產。也許我們中的一兩個擁有自己住的房子，或者有一兩塊錢的積蓄——但我們有的只是生活必需品。我們所擁有的只有我們的身體。我們活著的一天，就要出賣身體。我們早晨去上工時，我們整天勞動時，就是在出賣身體。我們被迫隨時隨地為了任何目的以任何價格出賣身體。我們的收入僅夠保存勞動力，更長久地為了別人的利潤而勞動。今天我們沒有被擺在拍賣臺上，沒有站在市政廣場上被出售。但是我們被迫在我們活著的幾乎每一個小時，出賣我們的勞動力、我們的時間、我們的靈魂。我們從一種奴隸制中獲得解放，卻踏入了另一種奴隸制。這是自由嗎？我們自由了嗎？」

從前院裡傳來一聲低沉的喊聲。「這就是真理！」

「事情就是這樣的！」

「在這種奴隸制裡，我們並不孤單。世界上有成千上萬同樣的人，不論膚色，不論種族，不論信仰。我們必須記住這一點。我們的同胞中有很多人憎恨白人中的窮人，他們也恨我們。鎮上那些住在河邊的工人。他們和我們一樣飢寒交迫。這種憎恨是巨大的邪惡，善不能從中產生。我們必須記住卡爾．馬克思的話，根據他的教誨來認識真理。這種分配的不公正必須讓我們聯合起來，而不是分離我們。我們必須記住我們大家因為自己的勞動而創造了地球上有價值的東西。卡爾．馬克思所說的真理我們要時刻銘記在心。

但是我的同胞們！這間屋子裡的我們——我們黑人——我們還有一個只屬於我們自己的使命。我們心中有一個強烈的，真正的使命，如果我們失敗了，我們將萬劫不復。那麼讓我們看看，這個特殊使命的實質是什麼？」

考普蘭德醫生鬆了鬆衣領，他的喉嚨有窒息的感覺。他無法承受內心沉痛的愛。他看了看四周沉默的客人。他們在等待。院子裡和前廊上的人群也像屋裡的人一樣，專心而安靜地站著。一個耳聾的老人身子前傾，手攏在耳朵上。一個婦女用奶嘴哄著吵鬧的嬰兒。辛格先生站在走道上專心地聽。大多數年輕人坐在地板上。他們中就有藍斯・戴維斯。這個男孩的嘴唇緊張而蒼白。他用手臂緊緊地抱著膝蓋，年輕的臉有些陰鬱。房間裡所有的眼睛都在看，目光中閃著對真理的飢渴。

「今天我們要把五元的獎金頒給命題作文最出色的中學生，作文題目是『我的野心：我如何能讓黑人種族獲得更好的社會地位』。今年的獲獎者是藍斯・戴維斯。」考普蘭德醫生從口袋裡掏出一個信封。「顯而易見，這個獎的價值並不完全在於它的獎金——而在於它體現的神聖的信任和誠意。」

藍斯笨拙地站起來。陰鬱的嘴唇在顫抖。他鞠躬，領了獎。「希望我朗讀這篇文章嗎？」

「不，」考普蘭德醫生說。「但我希望這個星期你能來找我談一次。」

「好的，先生。」房間又安靜了。

「『我不想成為奴僕！』這是我在這些文章中一次又一次看到的願望。奴僕？我們中一千個人中只有一個被允許成為奴僕。我們沒有工作！我們沒有服務的機會！」

房間裡的笑聲不自然。

「靜一靜！我們這些勞動力，五個中有一個修路，或者是做環境清潔工，或在鋸木廠和農場工作。五個人中有一個找不到任何工作。但剩下的這五分之三呢，他們是我們同胞中的大多數。我們中的許多人為那些沒有能力給自己準備食物的人做飯。很多人一生都做花匠，為了一兩個人的快樂。我們中的許多人為豪宅的地板打上光滑可鑒的蠟。我們為那些懶得自己開車的富人們當司機。我們把一生浪費在各種各樣毫無意義的工作上。我們勞動，我們所有的勞動都是浪費。這是服務嗎？不，這是奴役。

我們勞動，我們所有的勞動都是浪費。我們沒有服務的機會。今天上午站在這裡的學生，你們代表了我們種族幸運的少數。我們同胞的大多數根本沒有上學的機會。幾十個年輕人中幾乎只有一個會寫自己的名字，如同你們這些幸運的少數。我們被剝奪了學習和智慧的尊嚴。

『各盡可能，按需分配。』我們大家都體驗過飢寒交迫的痛苦。這是極大的不公正。但是還有一種比它還要大的不公正——那就是被剝奪了各盡所能的工作權利。一輩子無用地勞動。被剝奪了服務的機會。被富人們奪去我們的頭腦和靈魂，遠遠比從我們的錢包裡搶錢更糟糕。

今天上午站在這裡的一些年輕人可能想當老師、護士或你們種族的領袖。但是你們中的大多數都被剝奪了機會。你們將不得不為了一個無用的目的而出賣自己，僅僅是為了活下去。你們將遭遇挫折和失敗。本應成為年輕的化學家，卻在摘棉花。本應成為年輕的作家，卻沒有機會識字。本應成為教師，卻成為拴在燙衣板上的奴隸。我們在政府裡沒有自己的代表。我們沒有選舉權。在這個偉大的國家裡，我們是所有人中最受壓迫的人。我們不能大聲說話。因為沒有機會使用舌頭，它在我們的嘴裡腐爛。我們的內心變得空洞，失去了為使命奮鬥的力量。

黑人同胞們！我們身上具有人類精神和靈魂的所有財富。我們獻出了最珍貴的禮物。我們的付出卻被報以嘲笑和蔑視。我們的禮物被踐踏在泥漿裡，變成垃圾。我們不得不無用地勞動，比動物還要不值錢。黑人們！我們必須站起來，重新團結一致！我們必須獲得自由！」

房間裡一陣低語。歇斯底里的情緒在高漲。考普蘭德醫生說不出話來，握緊了拳頭。他感到自己膨脹成巨人那麼大。他心中的愛使胸膛變成了發電機，他想喊叫，讓他的聲音能夠傳遍小鎮。他想跪在地上，用驚人的聲音叫喊。房間裡充滿了悲歎和叫喊。

「救救我們！」

「偉大的主！引導我們走出死亡的曠野吧！」

「哈利路亞！救救我們，主！」

他努力控制自己。他努力，最終找回了自制。他壓住了內心深處的叫喊，找到了真正而有力的聲音。

「請注意！」他喊道。「我們必須自己救自己。但不是通過悲痛的禱告。不是通過無所事事和烈酒。不是通過服從和謙卑。而是通過自尊。通過尊嚴。通過成為強健的人。我們必須為了我們真正的使命而積聚力量。」

他突然停下來，將身體挺得非常直。「每年的這個時候，我們會用自己小小的方式來展示卡爾·馬克思的第一個戒條。今天聚會的每一個人都事先帶來了某種禮物。為了減輕他人的貧困，你們中的許多人都放棄了自己的舒適。你們中的每一個人都各盡了所能，卻不曾考慮你們得到的回報。我們很自然地和別人分享一切。我們一直明白給予的人比得到的人更有福。卡爾·馬克思的話永遠銘記在我們心中：『各盡所能，按需分配。』」

考普蘭德醫生沉默了許久，好像說完了。然後他又說道：

「我們的使命是充滿力量和尊嚴地走過蒙受恥辱的日子。我們要有強大的自尊，因為我們知道人類精神和靈魂的價值。我們必須教導我們的孩子。我們必須犧牲，他們才能獲得學習和智慧的尊嚴。為了未來。總有一天我們身上的財富不會再被投以嘲笑和蔑視。總有一天我們會被允許服務。總有一天，我們的勞動不再是浪費。我們的使命就是用力量和信仰等待這一天的到來。」

他說完了。有人鼓掌，有人在地板上和外頭堅硬的冬日地面上跺腳。滾熱的濃咖啡的香氣從廚房飄了過來。約翰・羅伯茨負責發放禮物，叫著卡片上的名字。鮑蒂婭把咖啡用長把勺從洗碗盆裡舀出來，馬歇爾・尼克斯負責分發蛋糕塊。考普蘭德醫生在客人中轉來轉去，身邊總圍著一小群人。

有人碰了碰他的手肘：「你的巴迪就是隨了他的名字吧？」他說是的。藍斯・戴維斯跟著他問問題；他對所有的問題都回答是。快樂讓他感覺像喝醉了一樣。向他的同胞傳道授業解惑——讓他們明白。這是最好的事。說出真理，被傾聽。

「今天的派對，我們真的很高興。」

他站在門廳裡與客人道別。一遍遍地握手。他重重地靠在牆上，只有眼睛在動，因為他很累。

「我非常感激。」

辛格先生是最後一個走的。他真是一個好人。他是一個有智慧和有真正知識的白人。他身上沒有一絲卑鄙的傲慢。所有的人都走了，他是唯一留下來的。他等著，似乎在等他最後說一句什麼。

考普蘭德醫生用手捏住喉嚨，因為他的嗓子很痛。「教師，」他沙啞地說。「這是我們最迫切的需求。領袖。團結和引導我們的人。」

慶祝活動過後，房間現出赤裸和破敗的面目。房子冷。鮑蒂婭在廚房裡洗杯子。聖誕樹上銀色的雪花在地板上留下了被踩的痕跡，兩個裝飾物已經破了。

他很累，但是快樂和興奮令他無法安靜。從臥室開始一間間收拾屋子。檔案櫃最上面有一張快要掉出的卡片——藍斯．戴維斯的病歷。他想對他說的話開始有了眉目，他很難受，因為無法現在就把它們說出來。這個男孩陰鬱的臉充滿了情感，他無法把它從腦子裡驅走。他打開檔案櫃上面的抽屜，重新放好那張卡片，A，B，C——他的大拇指緊張地翻過這些字母。他的視線停在了他自己的名字上：考普蘭德．班尼迪克特．馬迪。

文件夾裡有幾張肺部的X光片和簡短的病歷。他把X光片舉到光下。左上部的肺有一處明顯的像星星一樣的鈣化點。向下有一大塊陰影，它沿著右肺向上伸展成兩倍。考普蘭德醫生很快將X光片放回到文件夾。他為自己寫的簡短病歷還在手中。字跡大而潦亂，幾乎無法辨認。「一九二〇——鈣化。淋巴腺——淋巴管門有明顯的加厚。病灶得到了控制——功能恢復。一九三七——病灶再次活躍——X光片顯示——」他認不清字跡。一開始根本無法辨認，後來他清楚地辨認出了，卻不明白是什麼意思。最底下有四個字：「預後不定。」

熟悉的黑色的狂野情感又回到了他身上。他彎下身，用力打開檔案櫃最下面的抽屜。一堆雜亂的信。來自「黑人進步協會」的信函。一封來自戴茜的發黃的信。漢密爾頓找他要一塊五毛錢的便條。他在找什麼呢？他的雙手在抽屜裡翻找，最後僵硬地站起身。

時間浪費了。一個小時沒有了。

鮑蒂婭在廚桌邊削馬鈴薯。她頹然地坐著，表情悲傷。

「抬頭挺胸，」他生氣地說。「別悶悶不樂的。妳不是悶悶不樂就是興高采烈，真讓我受不了。」

「我只是在想威利，」她說。「信還有三天就要到了。但他沒理由讓我這麼擔心。他不是那種男孩。我感覺很奇怪。」

「耐心點，女兒。」

「我想我也只能這樣吧。」

「我得出去看幾個病人了，等會兒就回來。」

「好的。」

「一切都會好的。」他說。

在正午明亮而寒冷的陽光下，他的大部分快樂都無影無蹤了。病人的疾病時不時地占據了他的腦海。膿腫的腎。脊髓腦膜炎。鮑特的病。他抬起汽車後座上的曲柄。通常他會喊路過的黑人幫他用曲柄發動引擎。他的同胞總是很高興地提供幫助和服務。但今天他自己調整了曲柄，讓它有力地轉了起來。他用外套袖口擦了擦臉上的汗，匆忙坐到方向盤前上路了。

他今天的話有多少能被理解呢？有多少是有價值的呢？他回憶自己的用詞，它們彷彿褪色了，失去了力量。剩下沒有說出的話壓在他的心口，愈來愈重。它們飄浮到他的嘴唇，令人煩躁不安。受難同胞不斷膨脹的面孔在他眼前打轉。他沿著馬路緩慢地開車，心臟因為憤怒和焦慮的愛而暈眩。

7

小鎮多年以來從沒遇到過這樣寒冷的冬天。窗玻璃結了霜，屋頂一片銀白。冬天的下午發出灰濛濛的檸檬色的光，影子是微藍的。街道上的小水坑結了一層薄冰，據說聖誕節的第二天，離小鎮北部僅十英里處下了小雪。

辛格變了。他經常出去散很長時間的步，安東尼帕羅斯走後的最初幾個月內他常常這樣。他的散步綿延數里路，小鎮的四面八方他都走遍了。他穿過河邊稠密的住宅區，自從今年冬天工廠進入蕭條期後，這裡比過去更骯髒了。很多人的眼中流露陰鬱的孤獨。現在人們不得不閒待著，你能感覺到他們身上有某種焦慮。新的信仰突然熱烈地蔓延開來。有一個染布工忽然聲稱一種偉大神聖的力量支配了他。他說傳播主的一套新戒條是他的職責。這個年輕人設了一個臨時神堂，很多人每天晚上都來這裡，在地板上打滾，互相搖晃身體，因為他們相信他們與某種超人的力量在一起。還有謀殺。一個吃不飽飯的女人認為工頭剋扣了她的工時，她把刀扎進那個工頭的喉頭。最陰沉的街道之一，有一家黑人搬到了它的盡頭，引起了極度的抗議，房子被燒，這個黑人被鄰居們毆打。但這些都只是插曲。真正的變化不大。掛在嘴上的罷工從來也沒能實施，因為他們不能團結起來。一切都和從前一樣。即使在最冷的夜晚，「陽光南部」遊樂場依然開放。人們做夢、打架、睡覺，都和以前一樣。出於習慣，他們不去多想，省得陷入明天未知的黑暗中。

辛格走過黑人聚集的街區，它們分散在小鎮四處，散發出難聞的氣味。這裡有更多的欒子和暴力。巷子裡往往飄蕩著杜松子酒強烈的香氣。溫暖、催人欲睡的爐火染紅了窗子。幾乎每天晚上教堂都有堂會。褐色的草坪上點綴著舒適的小屋——辛格也走過這裡。這裡的孩子更健康，對陌生人更友好。他走過富人區，雄偉的老式房屋，有白色的圓柱和鍛鐵編的繁複的籬笆。他走過高大的磚房，汽車停在車道上，喇叭揿得很響，煙囪裡慷慨地冒出一縷縷濃煙。他走向從小鎮通向雜貨鋪的馬路盡頭，農民們星期六晚上聚在雜貨鋪，圍坐在火爐邊。他經常漫步在四個主要商業區，那裡燈火通明，然後穿過商業區後面荒蕪黑暗的巷子。小鎮的每一個角落，辛格都清清楚楚。他看過幾千扇被燈火照亮的窗戶。冬天的夜晚是美麗的。天空是清冷的蔚藍色，星星十分明亮。

散步時，他經常被人叫住聊天。各式各樣的人都認識了他。如果和他說話的是陌生人，他就掏出卡片，說明他為什麼沉默。整個小鎮都知道了他。他散步時肩膀挺得很直，雙手總是插在口袋裡。他灰色的眼睛彷彿把周圍的一切盡收眼底，他的臉上永遠是那種平靜的表情——幾乎是極度智慧或極度悲哀的人獨有的表情。任何人想和他說話，他都會愉快地停下腳步。因為他只是漫無目的地散步。

現在鎮上開始流傳關於啞巴的各種謠言。過去和安東尼帕羅斯一起時，他們經常走在上下班的路上，除此之外的時間兩個人總是關在房間裡。沒人注意過他們——即使有人多看他們幾眼，也是因為那個胖希臘人。過去的那個辛格是被人遺忘的。

關於啞巴的謠言多種多樣。猶太人說他是猶太人。主街上的商人說他曾經繼承一大筆遺產，是個有錢人。在一個被打壓的紡織協會裡，人們交頭接耳說啞巴是工聯大會的組織者。一個孤獨的土耳其人，多年前流浪到小鎮，軟弱無力地和家人縮在賣亞麻的小店裡——他對妻子充滿激情地聲稱啞巴是土耳其人。他說啞巴聽得懂他的土耳其語。他說這話時，聲音變得很熱烈；他也忘了和孩子們逗嘴；他腦子裡全是計畫和行動。一個農村的老人說啞巴來自離他家不遠的地方，啞巴的父親經營全郡最好的菸草園。關於他，有這些流言。

安東尼帕羅斯！辛格的心裡永遠有夥伴的記憶。晚上他閉上眼睛，希臘人的臉就在黑暗中——圓圓油油的，帶著智慧和溫柔的笑意。在夢中，他們總是在一起。

他的夥伴已經走了一年多了。這一年感覺既不長也不短。它只是脫離了正常的時間感——就像一個人喝醉了或是半夢半醒。每一個小時的背後，都有他的夥伴。他的周圍在發生變化，他和安東尼帕羅斯一起隱祕的生活也在變，在延續。一開始的幾個月，他總想著安東尼帕羅斯被帶走前那幾個可怕的星期——他生病後的麻煩，他被抓走，他艱難地阻止夥伴的怪念頭。他想到過去他和安東尼帕羅斯不開心的時刻。他多次想到很久以前的一個場景。

他們並不是沒有其他朋友。有時他們會和別的啞巴見面——十年中他們和三個啞巴很熟悉。但總有變故發生。其中一個在相識一星期後就搬到了另一個州。另一個結婚了，生了六個孩子，不再用手交談。夥伴走後，辛格經常想起的是他們和第三個人的關係。

這個啞巴的叫卡爾。他是一個膚色菜黃的年輕工人。他的眼珠是淡黃色，他的牙齒脆薄透明，看上去也是淡黃色。藍色的工作褲無精打采地懸在他骨瘦如柴的小身子上，看起來像藍黃碎布拼的洋娃娃。

他們請他吃晚飯，讓他先去安東尼帕羅斯的店鋪等著。他們倆到時，希臘人還在忙著。他正在店後頭的廚房製作牛奶焦糖。金黃的牛奶糖在長長的大理石桌面上泛著光澤。空氣裡洋溢著濃厚的香甜氣味。安東尼帕羅斯很喜歡卡爾看他——他用刀滑過熱呼呼的糖果，把它們切成小塊。他遞給新朋友沾在油膩的刀刃上的一小塊牛奶糖。他想取悅於人時，總是表演一個小把戲。他指了指爐子上沸騰的糖漿缸，搧了搧臉，斜眯著眼睛表明它有多燙。然後他把手浸入冷水，再猛插到沸騰的糖漿裡，迅速地把手放回到冷水。他的眼珠鼓出來，舌頭翻捲，好像承受了很大的痛苦。他扭緊自己的手，單腿在地上跳著，房子被他震得直抖。突然他笑了，伸出手表明這是一個玩笑，用手拍拍卡爾的肩膀。

這是一個黯淡的冬夜。他們挽著手臂走在路上，呼吸在冷空氣中結成哈氣。辛格走在中間，有兩次他把他們扔在人行道上，自己進商店買東西。卡爾和安東尼帕羅斯拎著大包小包，辛格緊緊地挽著他們的手臂，回家的一路上他都在笑。他們的屋子很舒適，他在房間快活地走動，一邊和卡爾聊天。吃過晚飯後，他們兩個人說話，安東尼帕羅斯在邊上看，露出緩慢的笑容。胖希臘人經常蹣跚到儲藏室旁，倒上杜松子酒。卡爾坐在窗邊，安東尼帕羅斯把酒杯推搡到他面前時，他才肯喝，一小口一小口莊重地咽下去。辛格不記得夥伴以前對陌生人這麼熱情過，他高興地設想卡爾以後經常來看他們的情形。

午夜過後，發生了一件事，把過節一樣的派對毀了。安東尼帕羅斯有一次從儲藏室出來，臉上帶著憤怒的神情。他坐在床上，開始不停地瞪著他們的新朋友，眼神裡有冒犯和強烈的厭惡。辛格拼命說話，想掩飾這奇怪的舉止，但希臘人不肯放棄。卡爾蜷縮在椅子裡，摸索著瘦骨嶙峋的膝蓋，被胖希臘人的鬼臉弄迷糊了。他臉紅了，膽怯地咽著酒。辛格再也不能視而不見了，他終於開口問安東尼帕羅斯是不是胃痛或者心情不好，問他想不想去睡覺。安東尼帕羅斯搖頭。他指著卡爾，做他知道的所有下流動作。他臉上的憎惡之情十分可怕，讓人看不下去。卡爾嚇得縮成一團。胖希臘人咬牙切齒地從椅子上站起來。卡爾慌忙拿起他的帽子，跑了。辛格跟著他下樓。他不知道如何對這個陌生人解釋夥伴的行為。卡爾站在樓下的門廊上，像霜打的茄子，尖尖的帽子遮住了臉。他們最後握了握手，卡爾離開了。

安東尼帕羅斯告訴他，趁他們不注意時，他們的客人跑進儲藏室，喝光了所有的杜松子酒。辛格說破了嘴也無法說服安東尼帕羅斯是他自己把酒喝光了。胖希臘人坐在床上，他的圓臉烏雲密布，一副責怪的表情。大滴的淚珠慢慢地流到內衣領上，無法安慰他。他終於睡著了，辛格卻在黑暗中久久不能入睡。他們再也沒有見過卡爾。

幾年以後，安東尼帕羅斯開始從壁爐架上的花瓶裡拿走房租，把錢都花在了角子機上。夏天的午後，安東尼帕羅斯光著身子下樓拿報紙。暑氣把他折磨壞了。他們分期付款買了一台冰箱，安東尼帕羅斯會一直吸著冰塊，睡覺時甚至讓冰塊化在床上。安東尼帕羅斯喝醉時，當著他的面把一碗通心粉扔了。

最初的幾個星期，這些不快的記憶穿過他的思緒，就像地毯裡的爛線。後來這些記憶消失了。所有不愉快的時刻都被遺忘了。一年的時光在流逝，他對夥伴的懷念不斷加深，一個只有他一個人了解的安東尼帕羅斯在他心中扎下了根。

這就是他的夥伴，他可以對他說出內心的一切。這就是那個安東尼帕羅斯，沒有人知道他有多聰明，除了他。一年過去了，他的夥伴在他腦子裡占據得更滿了，他的臉從黑暗中顯現，沉重而微妙。他對夥伴的記憶變了，他想不起任何錯誤和愚蠢的事——只有聰明的和好的。

他看見安東尼帕羅斯坐在他面前的大椅子裡。他平靜地坐著，一動不動。他瘋狂的面容令人費解。他的嘴角狡黠地微笑。他的眼睛深不可測。他注視著對他說的話。他聰明地領會了。

這就是總在他腦海裡的安東尼帕羅斯。這就是他的夥伴，他想告訴他發生的一切。這一年中發生的事。他被留在了陌生的國度。一個人。他睜開了眼睛，周圍有許多事他不能理解。他感到困惑。

他觀察他們的口形。

我們黑人需要一個機會最終得到自由。而自由只是奉獻的權利。我們想服務，想分享，想工作，消費我們應得的回報。但你是我遇到的唯一的白人，能意識到我的同胞們迫切的需要。

你知道嗎，辛格先生？我心裡每時每刻都有這個音樂。我會成為一個真正的音樂家。也許現在我什麼也不懂，但等我二十歲時我會懂。知道嗎，辛格先生？到時候我想去有雪的國外旅行。

我們把這瓶酒喝完吧。我要一小瓶。因為我們在考慮自由的問題。這個詞像蠕蟲一樣鑽在我腦子裡。是？不是？多大程度？多小程度？這個詞召喚的是強盜、偷竊和狡詐。我們會自由的，最聰明的人將有能力奴役他人。但是！但是這個詞還有另一個含義。在所有的詞中它是最危險的。我們知道的人必須警惕。這個詞讓我們感覺良好——事實上它是一個偉大的幻想。正是利用了這個幻想，騙子們為我們編織了最醜陋的網。

最後的一個人揉揉鼻子。他並不常來，話也不多。他提問。

七個多月以來，這四個人常來他的房間。他們從不一起來——總是單獨一人。他永遠都是在門口親切地笑著歡迎他們。對安東尼帕羅斯的渴望始終如影隨形——一如夥伴走後的前幾個月一樣——和誰在一起都比一個人長期獨處要強。這就像多年前他向安東尼帕羅斯保證（甚至寫下了保證書，把它貼在床頭的牆上）——他保證要戒一個月的菸、酒和肉。開始的幾天，非常難受。他靜不下來。他老去果品店找安東尼帕羅斯，查里斯·派克見到他就很不耐煩。他完成手上的雕刻工作後，跑到店鋪的前面，與錶匠和售貨小姐待在一起，或者逛到冷飲機那兒喝上一杯可口可樂。那些日子和任何陌生人在一起，都比一個人總想著渴望的菸、酒和肉強。

起初他一點都不懂這四個人。他們說、說——時光在走，他們也愈說愈多。他熟悉了他們的口形，他們說的每個字都能明白了。又過了一陣子，不用他們開口他就知道他們會說什麼，因為永遠是同樣的意思。

他的手折磨著他。它們不肯休息。它們在夢中抽搐，有時他醒來發現它們正在眼前打著夢話的手語。他不想看自己的手，也不願去想它們。褐色的雙手修長強健。過去他細心地護理它們。冬天他抹上油防止龜裂，他隨時磨掉角質層，齊著手指頭銼平指甲。他喜歡洗手和護理它們。現在他只是一天用刷子粗粗刷兩次，重新把手插回到口袋裡。

他在房間裡走來走去，會把指關節捏得喀喀響，猛地拽疼手指。他會用一隻拳頭擊打另一隻手掌。有時他一個人時想到安東尼帕羅斯，不知不覺他的手就打出了手語。等他明白過來，他就像一個大聲自言自語的人忽然發現一旁有人一樣，感覺自己簡直就像做了什麼壞事。羞愧和悲傷混雜在一起，他將雙手併到身後。但它們仍然不讓他安寧。

辛格站在他和安東尼帕羅斯住所前的馬路上。傍晚灰濛濛的。西邊有一道道淡黃色和淡玫瑰色條紋。在灰濛濛的天空下，一隻亂蓬蓬的冬雀「表演」著牠的飛行動作，最後落在了人字屋頂上。街道是荒涼的。

他的目光落到了二樓右邊的一個窗戶上。這是他們的前屋，後面是安東尼帕羅斯用來做三餐的大廚房。透過窗內的燈光，他看見一個女人在房間裡來來回回穿行。她在燈光下顯得大而模糊，身上繫著圍裙。一個男人坐著，手裡拿著晚報。一個孩子手拿麵包，走到窗子旁，把鼻子壓在玻璃上。辛格看見房間布置仍和以前一樣——安東尼帕羅斯睡的大床和他自己睡的折疊床，鼓鼓囊囊的大沙發和折疊椅。被打破的糖缽用來做菸灰缸，漏雨在天花板上的濕印，牆角放洗衣物的箱子。像這樣的傍晚，廚房裡往往不會有燈光，只有大煤油爐的幾個灶發出的火光。安東尼帕羅斯總是把油芯調小，探到灶裡才能看見參差不齊的金黃和藍色的火苗。房間是溫暖的，充滿晚飯的香氣。安東尼帕羅斯用他的木勺品嘗每道菜，他們一起喝紅酒。爐火照在爐前的亞麻油氈上，閃著明亮的映射——五個小金燈籠。乳白色的黃昏，光線愈來愈暗，這些小燈籠愈來愈清晰，當夜晚終於來臨後，它們鮮明地燃燒了。那時晚飯已經好了，他們打開燈，把椅子拉近飯桌。

辛格低頭看黑乎乎的大門。他想到他們清晨一起出門，晚上一起回家。有一塊路面損壞了，安東尼帕羅斯絆了一跤，傷了肘部。有一個郵箱，供電公司的帳單每個月都寄到那裡。夥伴手臂溫暖的感覺停留在他的手指上。

現在街道很黑了。他又一次抬頭看那扇窗，他看見陌生的女人、男人和孩子圍坐在一起。空虛感席捲了他的全身。一切都失去了。安東尼帕羅斯走了；他不在這裡了，這裡不是回憶他的地方。安東尼帕羅斯的記憶在別處。他閉上眼睛，盡量去回想瘋人院和安東尼帕羅斯今晚睡的房間。他記起了狹窄的白床，角落裡玩紙牌遊戲的老人。他緊閉雙眼，但是房間的樣子沒有變得清晰。他內心感到深深的空虛，過了一會兒，他再次抬頭看那扇窗，然後沿著他們無數次一起走過的人行道蹓去。

這是星期六的晚上。主街上有很多人。冷得發抖的黑人穿著工作褲，在十分錢商店窗前徘徊。一家家在電影院售票處前排隊，年輕男孩和女孩盯著外面貼的海報。車流很危險，他等了很久才過了馬路。

他路過那家果品店，看得到窗內漂亮的水果——香蕉、柳橙、酪梨、鮮豔的小金橘，甚至還有一些鳳梨。查里斯．派克在裡面招呼一位顧客。他覺得查里斯．派克的臉很醜陋。有幾次查里斯．派克不在時，他進過店鋪，逗留了好一會兒。他還走到後面安東尼帕羅斯製糖的廚房。查里斯．派克在時，他從來不會進去。自從安東尼帕羅斯坐車離開的那天起，他們兩人都小心地回避對方。他們在路上碰到時，總是掉過頭，不點頭示意。他想送夥伴他最愛的土波羅蜜時，會通過郵件從查里斯．派克那裡訂購，省得見到他。

辛格站在窗前，注視夥伴的表哥接待一群顧客。星期六晚上生意總是不錯的。安東尼帕羅斯有時要做到晚上十點。巨大的自動爆米花機離門口很近。一個店員把一份玉米粒倒進機器，玉米粒像巨大的雪花一樣在裡面翻騰。店鋪的氣味溫暖而熟悉。地板上有踩爛的花生殼。

辛格沿著街道向前走。為了不被撞到，他小心地穿過擁擠的人流。因為過節，街上掛著紅紅綠綠的電燈。人們三五成群地站著，爆出大笑，互相擁抱。年輕的父親照料肩膀上冷壞了的哭鬧的嬰兒。街角有一個救世軍的女孩，頭戴紅藍色的童帽，叮叮地搖晃鈴鐺，她看看辛格，讓他感覺非得投一個硬幣在她身旁的小罐裡。還有黑人和白人乞丐，伸出帽子或粗糙的雙手。霓虹燈廣告在行人臉上投下橘黃的光。

他走到一個角落，八月的一個下午，他和安東尼帕羅斯曾在這裡遇到一條瘋狗。他經過陸海軍店，安東尼帕羅斯每個發薪日都來這裡拍照。他現在口袋裡就帶著不少照片。他轉向西邊，向河走去。他們有一次野餐，去了橋的對面，在對岸的野地上用餐。

辛格沿著主街走了大約一個小時。在人群中他看起來是唯一形單影隻的人。他掏出手錶，轉向自己的住處。也許今晚有人會來看他。他希望如此。

他給安東尼帕羅斯寄了一大箱子聖誕禮物。他送了四個人每人一份禮物，還送了禮物給凱利太太。他為大家買了一台收音機，放在窗前的桌上。考普蘭德醫生沒注意到它。比夫·布瑞農一眼就看到了它，疑惑地揚揚眉頭。傑克·布朗特在時總開著收音機，調在同一個頻道上。他說話時，扯著嗓子像是要蓋過音樂，額頭的血管鼓出來。米克·凱利看到收音機時，有點不知所措。

她的臉紅了，一個勁地問是不是真是他的，她是不是可以聽。她調了好幾分鐘，終於找到了她想聽的頻道。她身子前傾坐在椅子裡，雙手搭著膝蓋上，張大嘴巴，太陽穴上的脈搏激烈地跳動。她把她聽到的一切照單全收。她坐了一個下午，對他微笑時，她的眼眶濕潤了，她用拳頭擦了擦眼睛。她問他，她能不能偶爾在他上班時過來聽收音機，他點頭同意。接下來的幾天，他一開門就會看見她守在收音機旁。她的手掠過弄亂了的短髮，臉上有他從未見過的表情。

聖誕後不久的一個晚上，這四個人碰巧同時來找他。以前沒有過。辛格在屋子裡忙個不停，用飲料款待他們，微笑著，盡了最大的殷勤想讓客人們感到自在。但是不對勁。

考普蘭德醫生不肯坐下來。他站在走道上，帽子拿在手中，對其他人冷淡地點點頭。他們看著他，似乎奇怪他為什麼會在這裡。傑克．布朗特打開帶來的啤酒，襯衫的前胸濺上了泡沫。米克．凱利在聽收音機放的音樂。比夫．布瑞農坐在床上，蹺著二郎腿，目光掃過眼前的幾個人，然後眯上眼睛，定住了。

辛格有些困惑。他們每個人過去總有那麼多話要說。而現在他們碰到一起，卻都沉默了。他們進來時，他預感到會發生什麼。他模模糊糊地希望不要再發生什麼了。但屋子裡只有緊張的氣氛。他緊張地打著手語，好像要把空氣中看不見的東西拽出來，再綁到一起。

傑克．布朗特站在考普蘭德醫生旁邊。「我見過你。我們以前撞過一次——在外面的臺階上。」

考普蘭德醫生一字一頓地回答，彷彿他的話是用剪刀精確地剪出來的。「我不記得我們見過面。」他說。他僵硬的身體看起來在縮小。他向後一直退到門檻外。

比夫·布瑞農鎮定地抽菸。屋子裡漫過薄薄的菸霧。他轉向米克，他看她時，他的臉紅了。他半閉上眼睛，一瞬間他的臉又變得毫無血色了。「妳現在生意如何？」

「什麼生意？」米克警覺地問。

「就是生活中的事啊，」他說。「功課——之類的。」

「過得去，我想。」她說。

每個人都有些期待地看著辛格。他很迷茫。他遞給他們飲料，一邊微笑。

傑克用手掌擦嘴。他放棄了與考普蘭德醫生交談的努力，坐到床上，挨著比夫。「你知道在工廠附近的牆和籬笆上寫字的那個人嗎？用紅粉筆寫下血淋淋的警告。」

「不知道，」比夫說。「什麼血淋淋的警告？」

「主要是抄《舊約》的。我好奇很久了。」

每個人基本上都是在和啞巴交談。他們的想法在他身上交會，就像車輪的輻條聚集在軸心。

「天冷得不正常，」比夫最終說道。「有一天我查看記載，發現一九一九年氣溫降到華氏十度。今天早晨只有十六度，是自那年寒冬以來最冷的一年。」

「今天早晨儲煤室屋簷掛了冰柱了。」米克說。

「上星期我們收入很少，發不出工資了。」傑克說。

他們又議論了一會兒天氣。每個人都盼著別人離開。他們情不自禁地同時站起身，離開了房間。考普蘭德醫生走在最前面，其他人立刻尾隨他走出去。他們離開後，辛格獨自站在房間裡，因為他無法理解，不如忘記。那天晚上，他決定給安東尼帕羅斯寫信。

安東尼帕羅斯不識字，但這並不妨礙辛格給他寫信。他一直清楚夥伴看不懂白紙黑字，但隨著時間的流逝，他開始想像也許他錯了，也許安東尼帕羅斯識字，卻對所有的人都隱瞞了這一點。再說，也許瘋人院有識字的聾啞人，可以把信讀給他聽。他想了好幾個寫信的理由，每當他困惑或悲傷時，就非常想寫信給夥伴。但寫完以後，他從沒寄出過。他每個星期都剪下晨報和晚報上的連環漫畫，寄給夥伴。每月寄一張郵政匯票。他寫給安東尼帕羅斯的長信在衣服口袋裡愈積愈多，直到他把它們毀掉。

四個人走後，辛格套上暖和的灰外套，戴上灰毛氈帽，走出家門。他習慣在店鋪寫信。而且，他答應明天一早要交貨，他想馬上完成，省得耽誤。夜晚是凜冽的，有霜凍。一輪滿月掛在天空，周圍鑲著金邊。星光閃閃的天空下有黑色的屋頂。他邊走邊想信的開頭，等他到了店鋪門口，第一句話還沒想清楚。他用鑰匙打開門，走進黑暗的店鋪，打開前面的燈。

他的工作地點在店鋪的最後面。一塊布簾將他與店鋪的其他部分隔開，像是一個小小的私人空間。他的工作檯和椅子邊有：角落上一個沉重的保險櫃，一個洗手間——帶著一面微微發綠的鏡子；放滿箱子和舊鐘的貨架。辛格升高工作檯，從毛氈盒裡取出明天要交給顧客的銀唱片。儘管店鋪很冷，他脫掉了外套，捲起襯衫的藍條袖口，以便利索地幹活。

他在唱片中間的花押字母上花了很長時間。他小心專注地用刻刀在銀上走筆。幹活時，他的目光裡透出難以理解的灼人的飢渴表情。他在想著給夥伴安東尼帕羅斯的信。手上的工作完成時已經過了午夜。他收起唱片，額頭激動地滲出汗來。他清理了工作檯，開始寫信。他喜歡筆在紙上寫字的感覺。他小心翼翼地寫字，好像這張紙是銀器。

我唯一的朋友：

我從我們的雜誌上看到社團今年要在梅崗開會。到時會有人發言，還有四道菜的盛宴。我在想像它。記得吧，我們一直計畫要參加一次會議，但從沒去過。我現在多希望我們去過。我希望我們能參加這次大會，我想像過它會是什麼樣子。當然沒有你，我是不會去的。他們來自很多州，他們帶著一肚子真心話和長久的夢想。教堂裡還會有專門的禮拜儀式。有競賽活動，勝者能得到金牌。我寫信告訴你，我想像這一切。我既想，又沒有想。我的手靜止的時間太長了，想不起它究竟是什麼樣。我想像這次大會時，就覺得所有的來賓都像你，我的朋友。

有一天我站在我們的家門前。現在它住著別人。你還記得前面的大橡樹嗎？樹枝被剪短了，為了不影響電話線，樹死了。樹枝爛了，樹幹中間有一個空洞。我店裡的貓（你過去常常撫摸的那隻）吃了有毒的東西，死了。很讓人傷心。

辛格把筆支在紙上。他緊張地直挺挺地坐了良久，沒有接著寫下去。他站起來，點了一根菸。房間很冷，空氣裡有一股酸臭的味道——煤油、拭銀劑和菸草混和的氣味。他穿上外套和圍巾，猶豫地寫下去。

你記得我去看你時對你說過的那四個人吧。我為你畫過像：那個黑人，年輕女孩，長小鬍子的人，「紐約咖啡館」的老闆。我想告訴你一些關於他們的事，但我不知道怎麼說。

他們都是忙人。他們太忙了，你很難想像他們。我不是說他們沒日沒夜地工作，而是說他們腦子裡裝著很多事，讓他們無法休息。他們來我的房間，和我說話，我簡直不能理解一個人可以這樣不知疲倦地動嘴皮子。（但「紐約咖啡館」的老闆不同——他不像其他人。他長著濃黑的落腮鬍，每天要刮兩次。他有一把電動剃鬍刀。他觀察。其他人都有憎恨的東西。他們也都有除了吃喝睡和交友以外更喜歡的東西。這就是他們總是這麼忙的原因。）

長小鬍子的人，我想，不太正常。有時他說話非常清楚，像我多年前學校的老師。有時，他說話古怪，我聽不懂。有時他穿著正常的西裝，下次見他時，他身上黑黑臭臭的，全是汙垢，穿著幹活時的工作褲。他揮舞拳頭，說一些不堪入耳的醉話，我不想說給你聽。他覺得我和他擁有一個共同的祕密，我卻不知道它是什麼。讓我告訴你一些難以置信的事。他能喝掉三品脫的「幸福日子」威士忌，然後站在那裡說啊說，不肯上床。你不會相信，但這是真的。

我從女孩母親那裡租了房間，一個月十六元。這女孩過去喜歡穿男孩的短褲，但現在她穿藍色的裙子和一件罩衫。她還不算是年輕女士呢。我喜歡她來找我。我為他們買了收音機，她現在老來我這裡。她喜歡音樂。我希望知道她聽的是什麼。她知道我是聾子，卻認為我懂音樂。

黑人有肺結核，但這裡沒有他能去的好醫院，因為他是黑人。他是醫生，他比我認識的任何人都勤奮。他說話一點都不像黑人。我覺得別的黑人的話不太容易懂，舌頭總是不到位。這個黑人有時讓我害怕。他的眼睛又熱又亮。他請我去一個派對，我去了。他有很多書。但他沒有一本偵探書。他不喝酒，不吃肉，不看電影。

唷，自由和掠奪者。唷，資本和民主黨，長著小鬍子的醜男人說。他接著自相矛盾地說，自由是最偉大的理想。我只要有一個機會，寫下我心中的曲子，我會成為音樂家。我要有一個機會，這個女孩說。我們沒有服務的機會，這個黑人醫生說。這是我的同胞們神聖的需要。啊哈，「紐約咖啡館」的老闆說。他是一個喜歡思考的人。

這就是他們來我房間時說話的方式。他們心裡的那些話讓他們不得安寧，所以他們總是很忙。你可能會認為他們在一起時，會像這週參加梅崗大會的社團的人。但不是這樣的。今天他們同時到我房間裡來了。他們坐在那兒，就像來自不同城市的人。他們甚至很無禮，你知道我總說，無禮，不顧及別人的感受是不對的。就是這樣的。我不明白，所以給你寫信，因為我覺得你會明白。我有奇怪的感覺。我想關於他們我寫得已經夠多了，我知道你煩了。我也是。

已經過去五個月二十一天了。這些日子我一直過著沒有你的孤單生活。我唯一能想像的是，我可以再和你在一起的時刻。如果我不能很快去看你，我不知如何是好。

辛格趴到工作檯上休息。木板的氣息和抵在臉上的光滑感覺讓他回到了學校的日子。他的眼睛閉上了，感到不舒服。他腦子裡只有安東尼帕羅斯的臉，對夥伴的渴望是如此尖銳，他不得不屏住了呼吸。過了一會兒，辛格坐直身子，伸手去拿筆。

我為你訂的聖誕禮物沒有及時寄到。我希望它馬上就能到。我相信你會喜歡它，會很開心。我總是想到我們一起的時候，我記得一切。我懷念你過去常做的食物。「紐約咖啡館」比過去糟糕多了。前不久我發現湯裡有一隻熟蒼蠅。牠混在蔬菜和麵條裡，像黑字一樣。但這不算什麼。我是這樣需要你，我孤獨得受不了。很快我會再去看你。我的假期還要等六個多月呢，但我可以提前一點。我想我只能這樣。我不應該孤單，不應該沒有你——我的知音。

永遠的，

約翰・辛格

他回到家已經是淩晨兩點多了。大而擁擠的房子一片漆黑，他小心摸索著上了三段樓梯，沒有摔倒。他掏出口袋裡隨身攜帶的卡片、手錶和圓珠筆。他細心地疊好衣服，放在椅背上。灰色的法蘭絨睡衣暖和柔軟。他把被單拉到下巴，馬上就睡著了。

黑暗的睡眠中，夢開始了。暗黃色的燈籠點亮了一段石階。安東尼帕羅斯跪在石階的最上面。他光著身子，笨拙地摸著舉在頭頂的一個東西，凝視它，好像在做禱告。他自己跪在臺階的中間。他光著身子，感到冷，他無法把視線從安東尼帕羅斯和他頭上的東西移走。在他身後的地面上，他感覺到他們：長小鬍子的人，那個女孩，黑人和剩下的那個人。他們赤裸地跪在地上，他感覺到他們在看他。在他們身後，是無數黑暗中跪著的人。他的手像巨大的風車，他心醉神迷地盯著安東尼帕羅斯舉著的無名之物。黑暗中，黃色的燈籠在黑暗中晃來晃去，除此之外，一切都靜止不動。突然間一陣騷動。騷亂中，臺階塌了，他感到自己在墜落。他驚醒了。清晨的光線染白了窗戶。他感到恐慌。

過去這麼久了，他的夥伴可能發生了什麼事。因為安東尼帕羅斯不寫信，所以他無從得知。也許夥伴摔傷了。他急於再見到他，不管付出什麼代價——馬上。

那天早晨，他在郵局信箱裡發現一張通知說包裹到了。這是他訂的遲到的聖誕禮物。這件禮物很棒。他用兩年多的分期付款買的。禮物是一個私人用的電影放映機，裡面有半打安東尼帕羅斯喜歡的《米老鼠》和《大力水手》喜劇片。

那天早晨，辛格最後一個到了店鋪。他交給珠寶商老闆一封正式的請假信——請星期五和星期六兩天假。雖然那星期手頭有四個婚禮，珠寶商還是點頭同意了。

事先他沒告訴任何人這次旅行。離開那天，他在門上釘了一張條子，說他要出差幾天。他是晚上出發的。冬天的黎明露出微紅的端倪，火車到站了。

下午，離探視時間還有一會兒，他出發向瘋人院走去。他雙手拎著電影放映機的機身和為夥伴買的一籃水果。他直接走向上次探視過的安東尼帕羅斯的病房。

走廊、大門，一排排床，都還像他記憶中的那樣。他站在門口，焦急地尋找他的夥伴。但他一眼看到：所有的椅子都坐著人，卻沒有安東尼帕羅斯。

辛格放下行李，在他的卡片底部寫下，「斯皮諾思．安東尼帕羅斯在哪裡？」一個護士走進房間，他把卡片遞給她。她沒看明白。她搖搖頭，聳了聳肩。他走到外面的走廊上，把卡片遞給遇到的每一個人。沒人知道。他陷入巨大的恐懼中，居然開始打手勢。最後他遇到一位穿白衣的實習醫生。他扯了扯他的手肘，給他卡片。實習醫生仔細地看了一遍，領他走過幾個大廳。他們來到了一個小房間，一個年輕女人坐在桌子邊，前面是一堆文件。她讀了卡片，隨後在抽屜裡查找檔案。

緊張和恐懼的淚水湧上了辛格的眼睛。年輕女人在便箋簿上認真地寫著，他忍不住扭過身，想馬上看看都寫了什麼。

安東尼帕羅斯先生被轉到醫務室了。他得了腎炎。我會請人為你帶路。

經過走廊時，他停了一下，拾起放在病房門口的行李。水果籃被偷走了，其他的箱子沒動。他跟著實習醫生走出大樓，穿過一片草地到了醫務室。

安東尼帕羅斯！他們到達病房時，他一眼就看到了他。他的床在屋子中間，他靠著枕頭坐在床上。他穿著大紅晨衣和綠綢睡褲，戴著綠松石戒指。他的皮膚是暗黃色的，目光迷離，眼睛烏黑。太陽穴處的黑頭髮上蘸了銀粉。他在編織。他的胖手指慢慢地擺弄著長長的象牙針。一開始他沒有看見他的朋友。辛格站到他面前時，他安詳地笑了，沒有絲毫的驚訝，伸出戴著寶石的手。

以前從未體驗過的羞澀和拘謹的感覺占據了辛格。他在床邊坐下，十指交叉放在床罩邊緣。他的視線不肯離開夥伴的臉半步，他死一樣的蒼白。夥伴衣服的鮮麗令他很吃驚。這些衣服是他陸陸續續寄給他的，他沒想過把它們一起穿上會是什麼樣子。安東尼帕羅斯比他記憶中胖了。絲綢睡褲下能看出肚子上肉乎乎的褶皺。白色枕頭上，他的腦袋巨大無比。臉上平靜的表情是這樣深不可測，好像並沒意識到辛格在他身邊。

辛格膽怯地抬起手，開始說話。熟練有力的手指用飽含愛意的精確打出手勢。他說起一個人度過的寒冷漫長的冬天。他談起舊事，死去的貓，店鋪，他住的地方。每個停頓處，安東尼帕羅斯都寬厚地點點頭。他說到那四個人以及他們長久的逗留。夥伴的眼睛濕潤烏黑，他在裡面看見了自己小小的長方形影子，這影子他已經看過上千次。辛格的臉重又有了溫暖的血色，他的手加快了速度。他詳細地描繪那個黑人、長著一抖一抖的小鬍子的人和那個女孩。他的手勢愈打愈快。安東尼帕羅斯慢吞吞、莊重地點頭。辛格急切地靠近他，深長地呼吸，眼睛裡是閃亮的淚水。

突然安東尼帕羅斯用肥肥的食指在空氣中緩慢地劃了個圈。他向辛格劃過來，戳戳朋友的肚子。胖希臘人笑容滿面，伸出粉紅的胖舌頭。辛格大笑，用瘋狂的速度打著手語。他的肩膀笑得顫抖，腦袋向後仰著。他為什麼大笑，他不知道。安東尼帕羅斯轉動眼珠。辛格繼續狂暴地笑著，直到笑岔了氣，手也在抖。他抓住夥伴的手臂，拼命想讓自己平靜下來。他的笑聲漸漸變得低而痛苦，像是打嗝。

安東尼帕羅斯先鎮定下來。他的小胖腳弄散了床腳的罩單。他的笑容消失了，他不屑地踢著毯子。辛格趕緊去整理，但安東尼帕羅斯皺了皺眉，向走過病房的護士莊嚴地豎起食指。她把床鋪成他喜歡的樣子後，胖希臘人刻意地低著頭，他的姿勢更像做禮拜時的祝福，而不只是簡單的點頭表示謝意。然後他把腦袋莊重地轉向他的朋友。

辛格說話時，感覺不到時間的流逝。護士給安東尼帕羅斯拿來放在托盤上的晚飯，他才意識到天已晚了。病房裡的燈亮了，窗外幾乎已經全黑了。別的病人面前也有晚飯的托盤。他們放下了手中的活（有的人編籃子，有的人做點皮革工或編織），他們都在無精打采地吃飯。除了安東尼帕羅斯，所有的人看上去都病懨懨，面無血色。他們中的大多數人都需要理理髮，他們穿著破破爛爛的灰睡衣，背部裂開了細長的口子。他們驚訝地望著這兩個啞巴。

安東尼帕羅斯揭開蓋子，仔細地檢查飯菜。有魚和蔬菜。他用手拿起魚，把它舉到燈光下，仔仔細細地檢查了一遍。他有滋有味地吃了起來。他邊吃邊用手指著房間裡各式各樣的人。他指著角落上的一個男人，做了一個要嘔吐的鬼臉。那個男人向他咆哮。他指著一個年輕男孩，向他微笑點頭，揮揮他的胖手。辛格太高興了，來不及有尷尬的感覺。他從地上拾起行李，把它們放在床上，想轉移夥伴的注意力。安東尼帕羅斯拆掉包裝，但那台機器一點也沒引起他的興趣。他接著吃晚飯。

辛格遞給護士一張紙條，解釋這台電影機。她叫來了一名實習醫生，他們又叫來了一名醫生。他們三個一邊商量，一邊好奇地看著辛格。病人們知道了電影機這件事，都興奮地用手肘支著下巴。只有安東尼帕羅斯無動於衷。

辛格事先已經演練過這台機器。他把螢幕升高，這樣其他的病人也能看到。他開始擺弄放映機和膠片。護士把晚飯托盤端出去，病房裡的燈關上了。一齣《米老鼠》喜劇在螢幕上閃現。

辛格看著夥伴。起初安東尼帕羅斯很吃驚。為了看得更清楚，他把身子用力地挺高，如果不是護士制止了他，他幾乎要從床上躍起來。他的臉上放出燦爛的笑容。辛格看見其他病人互相喊叫和大笑。護士和助理員也從大廳進來，病房一片喧鬧。《米老鼠》放完後，辛格換了《大力水手》。這個片子放完後，他覺得第一次的娛樂足夠長了。他打開燈，病房重新安靜下來。實習醫生把機器放到安東尼帕羅斯的床下時，他看見夥伴的目光狡猾地掃過病房，他要確信每個人都明白機器是他的。

辛格又開始打手語了。他知道他很快就得離開了，但他腦子裡積蓄的想法實在太多，沒法在短時間內說完。他用極快的速度說著。病房裡有一個老人，頭因為中風而抖，顫顫巍巍地拔弄眉毛。他妒忌這個老人，因為他能天天和安東尼帕羅斯在一起。如果有機會，辛格會開心地和他互換位置。

夥伴在胸前摸索找東西。那是他總戴著的小小的銅十字架。髒兮兮的繩子換成了紅絲帶。辛格想到那個夢，他把它告訴了夥伴。匆忙中他的手勢有時含糊不清，他不得不擺擺手，從頭再來。安東尼帕羅斯烏黑、懶洋洋的眼睛在注視他。身著鮮豔華貴的服裝，他一動不動，像傳說中某個智慧的國王。

負責病房的實習醫生准許辛格多待一個小時。最後他伸出多毛的細手腕，給辛格看手錶。病人們準備睡了。辛格的手「結巴」了。他抓住夥伴的手臂，專注地望進他的眼睛，正像過去每天早晨上班前分手時的目光。最終辛格後退著走出房間。站在門口，他打了一個傷心的再見手語，然後攥緊拳頭。

在每一個有月光照耀的一月的夜晚，只要有時間，辛格繼續在小鎮街道上散步。關於他的流言愈來愈離奇。一個黑人老婦告訴無數的人說他知道死魂回到人世的方式。一個計件工聲稱他曾和啞巴在州裡別處的一個工廠工作過——他講的故事很神奇。富人們覺得他是富人，窮人們覺得他是和他們一樣的窮人。因為沒有辦法證明這些謠言是假的，它們變得精彩絕倫而且非常真實。每個人都根據自己對辛格的願望來描述這個啞巴。

8

為什麼？

這個問題總是不知不覺地流過比夫的身體，像血管裡的血。他想到人、物體與思想，問號就產生了。午夜，漆黑的早晨，中午。希特勒和關於戰爭的謠言。豬里脊肉的價格和啤酒稅。他尤其沉迷於啞巴之謎。比如，為什麼辛格坐火車離開，而當被問及去了哪裡時，卻假裝聽不懂這個問題。為什麼每個人都堅持認為啞巴正是他們心中希望的那個人——而極有可能它完全是一個奇怪的誤會。辛格每天來這裡三次，坐在中間的那張桌子。放在他前面的是什麼，他就吃什麼——除了甘藍菜和牡蠣。在喧鬧嘈雜的聲音中，只有他是沉默的。他最喜歡吃一種爛爛的綠色小扁豆，他把它們整齊地堆在叉子尖上。然後將餅乾浸在它們的滷汁裡。

比夫也想到了死亡。一個奇怪的事發生了。一天他在浴室的儲藏室翻找東西時，發現了一瓶「佛羅里達」花露水，他給露茜婭送去艾莉斯的化妝品時，把它遺漏了。他沉思著把香水瓶握在手中。她已經死了四個月了——每個月都是這麼漫長和無所事事，度月如年。他極少想到她。

比夫撥掉瓶塞。他光著上身站在鏡子前，在烏黑多毛的腋窩處灑了一點香水。氣味讓他僵硬了。他用一種非常隱晦的目光注視鏡中的自己，一動不動。他被香水喚起的記憶擊中了，不是因為記憶的清晰，而是因為它們匯總了漫長的歲月，是一個完全的整體。比夫搓搓鼻子，斜眼看自己。死亡的邊界。他能感覺到和她在一起的每時每刻。現在他們在一起的生活是完整的，只要過去的歲月可以完整。比夫突然轉過臉去。

臥室都收拾乾淨了。現在完全是他的了。此前它是黏糊糊、亂糟糟、毫無生氣的。總有襪子和有洞的粉紅色人造纖維燈籠褲，掛在橫穿房間的晾衣繩上。鐵床已經剝落了，生了鏽，配著骯髒的蕾絲枕頭。從樓下竄上一隻骨瘦如柴的貓，弓著背，哀怨地蹭著汙水桶。

他把這一切都改變了。他用鐵床換了一張兩用長沙發。地板上有一塊厚厚的紅地毯，他買了一塊漂亮的中國藍布，掛在一面牆上，蓋住裂縫愈來愈大的牆面。他將壁爐拆了，用松木鋪在上面。壁爐架上是貝貝的一張小照片和一個身著天鵝絨、手握球的小男孩的彩畫。角落上的玻璃櫃裡放著他收藏的珍奇——蝴蝶標本、一支古箭頭、一塊人形奇石。兩用沙發上有藍絲綢墊子，他借了露茜婭的縫紉機，縫製深紅色的窗簾。他愛這個房間。它既奢侈又穩重。桌上有日本小寶塔，一陣過堂風吹過，塔上的玻璃垂飾發出奇怪的音樂般的聲響。

這間屋裡沒有什麼能讓他想起她。但他經常撥掉「佛羅里達」花露水的瓶塞，用瓶塞碰觸耳垂或是手腕。氣味滲入慢慢的沉思中。過去的時間感附著在他身上了。記憶幾乎以建築的秩序自我構造。在存放紀念物的盒子裡，他偶然看見了他們婚前的老照片。艾莉斯坐在雛菊地裡。與他在河上泛舟的艾莉斯。紀念物裡還有一支他母親的骨製大髮夾。他小時候喜歡看母親梳頭和盤起長長的黑髮。他常想髮夾弧度模仿的是女人的體形，他有時會把它們當成洋娃娃來玩。那時他有一個雪茄盒，裡面放著各種小雜物。他熱愛漂亮棉布的手感和顏色，他會坐在餐桌底下，和他的小玩意玩上幾小時。但他六歲時母親把小玩意拿走了。她是高大強壯的女人，有男人一樣的責任感。她最愛的是他。即使是現在他有時還會夢見她。她的磨舊了的金婚戒一直戴在他的手指上。

和「佛羅里達」花露水一起，他在儲藏室裡還發現了一瓶艾莉斯過去常用的檸檬洗髮水。有一天他自己也用了用。檸檬令他夾雜白髮的深黑色頭髮變得蓬鬆和厚密。他喜歡。他扔掉了以前用的防禿油，定期使用檸檬水。他曾經嘲笑艾莉斯的某些怪念頭現在變成他自己的了。為什麼？

每天早晨，樓下的那個黑男孩路易斯會給他端來一杯咖啡，讓他在床上喝。他經常靠著枕頭坐一個小時才下床穿衣。他點上一支雪茄，觀察陽光射在牆上的圖案。他陷入了沉思中，食指在長而歪的腳趾頭間遊走。他回憶。

從中午到清晨五點，他一直在樓下工作。星期天則是一整天。生意在虧損。有很多生意不好的時候。但吃飯時間，這個地方通常坐滿了人，他每天守在收銀台後面，能看見上百張熟悉的面孔。

「你總站著，都在想什麼？」傑克·布朗特問他。「你像德國的猶太人。」

「我有八分之一的猶太血統，」比夫說。「我母親的祖父是阿姆斯特丹的猶太人。但我其他的親戚都是蘇格蘭人和愛爾蘭人混合的後裔。」

這是星期天的早晨。顧客懶洋洋地坐在桌旁，有菸味和翻報紙的嘩嘩聲。一些男人坐在角落的隔間裡擲骰子，但這種玩樂很安靜。

「辛格去哪了？」比夫問。「早上你打算去找他嗎？」

布朗特的臉色變暗了，很鬱悶。他把頭向前探了探。他們吵架啦？——可一個啞巴怎麼吵架？不，以前發生過這樣的事。布朗特有時在這裡待上片刻，他的舉止像是在和自己爭論什麼。但很快他會離開——他總是這樣——他們兩個會一起進來，布朗特一邊說話。

「你小日子過得真舒服。只要站在收銀台後面。只要兩手攤開站在那裡。」

比夫沒介意他的話。他用手肘支著身子，眯縫著眼睛。「我們好好談談吧。你到底想要什麼？」

布朗特把手砸向櫃檯。他的手溫暖、多肉、粗糙。「啤酒。一小袋花生醬夾心乳酪餅乾。」

「我不是指這個，」比夫說。「但我們回頭再說吧。」

這個男人是個謎。他總在變。他仍然瘋狂豪飲，但他並沒像其他男人那樣被酒精摧垮。他的眼圈總是紅的，他有一個習慣，一緊張時就驚慌地扭頭向後看。他的腦袋在細長的脖子上巨大而沉重。他是那種傢伙：小孩子喜歡取笑他、狗也要咬上兩口。當他被人笑話時，他就像傷口上被撒了一把鹽——聲調變得粗魯和高亢，像個小丑。而且他時刻都懷疑別人在笑他。

比夫慎重地搖搖頭。「嗨，」他說。「你為什麼死死地待在那個遊樂場？你可以找到更好的工作。我可以讓你在這裡做兼職。」

「偉大的基督！即使你把這該死的整個地方給我，我也不願守在那個收銀箱後面。」

他就是這樣。令人不快。他從來交不到朋友，甚至無法和人相處。

「別胡說八道了，」比夫說。「嚴肅一點。」

一個顧客來給了張支票，比夫找給他零錢。這地方依然很安靜。布朗特騷動不安。比夫感覺到他要走。他想留住他。他從櫃檯後的架子上取下兩支A—I雪茄，遞給布朗特一支。他小心翼翼地放棄了一個又一個問題，最終問道：

「如果你能選擇你想生活的時代，你會選哪一個？」布朗特用寬大潮濕的舌頭舔舔鬍子。「如果你必須在做一個呆板的人和不再發問的人之間選擇，你會選哪個？」

「這很清楚啊，」比夫堅持說。「你好好想想。」

他把腦袋歪向一邊，視線越過長鼻子向下看去。他喜歡聽人聊這個話題。他選的是古希臘。腳穿涼鞋在藍色愛琴海邊散步。寬鬆的袍子環繞在腰間。孩童。大理石浴室和神廟裡的冥思苦想。

「也許和印加人在一起。祕魯。」

比夫審視著他，彷彿要剝光他的衣服。他看見布朗特被太陽晒成了深深的紅褐色，他的臉光滑無毛，前臂上戴著一只鑲有金子和寶石的手鐲。他閉上眼睛時，這個男人是一個英俊的印加人。但他睜眼重新看他時，這個畫面消失了。是因為和他臉不相配的緊張的鬍鬚，他抽動肩膀的姿勢，細脖子上的喉結，膨口袋一樣的褲子。不僅僅是因為這些。

「也許一七七五年左右吧。」

「那是一個生活的好時代。」比夫表示認同。

布朗特不自在的蹭著腳。他的臉陰沉，很不開心的樣子。他要走了。比夫敏捷地留住他。

「告訴我——你到底為什麼來到這個鎮？」他馬上意識到這個問題不太技巧，對自己感到失望。可這個男人是如何降落到這個地方的，真是非常奇怪。

「這是我所不知道的上帝的真理。」

他們靜靜地站了一會兒，兩個人都倚在櫃檯上。角落的骰子遊戲已經結束了。第一份晚餐——特價菜長島鴨，送到了A＆P店經理的桌上。收音機被調到教堂布道和搖擺樂的頻道之間。

布朗特突然湊近了身子，嗅比夫的臉。

「香水？」

「刮鬍水。」比夫鎮定地說。

他沒法再留住布朗特了。這傢伙要走了。晚些時候他會和辛格一起出現。總是如此。他想引布朗特說出一切，這樣他就能弄清某些對於他的疑問。但布朗特幾乎從不真正地說什麼——除了對啞巴。這是最奇怪的一件事。

「多謝你的雪茄，」布朗特說。「再見。」

「再見。」

比夫看著布朗特邁著搖晃的水手步，向大門走去。然後他開始了眼前的工作，他檢查了櫥窗裡的展示品。一天的菜單貼在玻璃上，附有花色配菜的特價晚餐擺在那裡用來吸引客人。看上去真糟糕。真骯髒。鴨子上的滷汁流進了酸果調味汁裡，一隻蒼蠅叮在甜點上。

「嗨，路易斯！」他嚷道。「把這東西從窗子裡拿走。把那個紅瓷碗和水果拿來。」

他以對色彩和圖案的敏感排放了水果。最後完成的造型讓他很高興。他去了廚房，和廚師談了談。他揭開罐子的蓋，嗅了嗅裡面的食物，卻對此沒有興趣。艾莉斯過去總是這樣做。他卻不喜歡。他一看見油膩的洗滌槽底下泛著剩飯菜的殘渣，嗅覺就變得更靈敏。他寫下翌日的菜單和預訂餐。他很高興能離開廚房，重新站到收銀台後。

露茜婭和貝貝過來吃禮拜日午餐。這小孩沒過去那麼漂亮了。頭上還戴著繃帶，醫生說要到下個月才能拆掉。紗布占據了原來黃捲髮的位置，使她的腦袋看上去光禿禿的。

「向比夫姨丈問好，甜心。」露茜婭提醒她。

貝貝煩躁地昂頭表示不以為然。「向比夫姨丈問好。」她無禮地說。

露茜婭想替她脫掉禮拜日外套時，貝貝開始鬧了。「妳給我聽話，」露茜婭不停地說。「妳要脫掉它，不然我們出門後妳就得肺炎了。妳給我聽話。」

比夫控制了局面。他用一顆軟糖球來安撫貝貝，把她的外套從肩膀上鬆了下來。在和露茜婭的搏鬥中，她的裙子已經走樣了。他整理她的衣服，使過肩在胸部對齊。他重新繫好她的腰帶，用手指將蝴蝶結捏成最合適的形狀。隨後他拍了拍貝貝嬌小的後背。「我們今天有草莓霜淇淋。」他說。

「巴托羅謬，你會是很好的母親。」

「謝謝，」比夫說。「這是讚美我。」

「我們剛才去了主日學校和教堂。貝貝，給比夫姨丈念念剛學的《聖經》上的句子。」

這孩子畏縮不前，噘著嘴。「耶穌哭了，」她終於開口道。這幾個詞裡帶著嘲弄的語氣，使它聽起來挺可怕。

「想去找路易斯嗎？」比夫問。「他在後面的廚房。」

「我想找威利。我想聽威利吹口琴。」

「嗨，貝貝，妳就自己和自己玩吧，」露茜婭不耐煩地說。「妳很清楚威利不在。威利被關進監獄了。」

「那路易斯呢，」比夫說。「他也會吹口琴。叫他幫妳準備好霜淇淋，再給妳吹首曲子。」

貝貝向廚房走去，拖著一隻腳。露茜婭把帽子放在櫃檯上。她的眼睛裡有淚水。「你知道我總這樣說：如果一個小孩總是被弄得乾乾淨淨和漂漂亮亮，被照顧得很好，這孩子就會很可人，很聰明。如果一個孩子又髒又醜，你就不能指望太多了。我想說的是，貝貝對自己沒了頭髮，對自己頭上的繃帶，感到很羞恥，所以讓她什麼也不想做了。她不學習說話的措詞——她什麼也不幹了。她感覺糟透了，我簡直管不了她。」

「如果妳對她不是這麼大驚小怪，她會一切正常。」

他終於把她們安頓到靠窗的一個隔間裡。露茜婭面前是特價菜，而貝貝的則是切得很細的雞胸肉，小麥糊和胡蘿蔔。她玩著自己的食物，把牛奶濺到了她小小的連身裙上。他一直陪她們坐著，直到生意高峰開始了。他不得不走來走去，才能應付過來。

人們在吃。嘴巴大張，食物塞進去。它是什麼？不久前他讀到一句話。生活只不過是吸納、補養和再生產。這地方很擠。收音機裡放的是搖擺樂。

然後，他等的兩個人來了。辛格先進了門，穿著考究的禮拜日西服，挺拔而優雅。布朗特緊跟著他。他們走路的樣子讓他感覺異樣。他們坐在桌子邊，布朗特說話，興致勃勃地吃東西，而辛格禮貌地看著。吃完飯後，他們在收銀台前停了幾分鐘。他們出門時，他又一次注意到他們走在一起的樣子，說不出什麼讓他思忖著向自己發問。是什麼呢？埋藏在深處的記憶突然打開了，這讓他吃驚。那個聾啞的胖痴呆兒，以前辛格有時和他一起走在上班的路上。那個幫查里斯·派克做糖果的邋遢的希臘人。那個總走在前面的希臘人，辛格跟在他後面。因為他們從不來這裡，所以他很少注意過他們。但為什麼他以前沒有想到呢？他一直琢磨思量著啞巴，卻忽略了這一點。看見了風景的全部，卻漏掉了三隻跳華爾滋的大象。但它到底重不重要呢？

比夫眯縫著眼睛。辛格的過去並不重要。重要的是布朗特和米克尊他為「自產」的上帝的方式。因為他是一個啞巴，他們能把希望他具有的品格都強加在他身上。是的。但這樣奇怪的事是如何發生的呢？為什麼？

一個獨臂人進來了，比夫請他喝了一杯威士忌。但他不想和任何人說話。星期日午餐是家庭聚會。平時的晚上獨自飲酒的男人，星期天帶著他們的妻子和孩子來了。放在後面的高腳椅常常不夠用。現在是兩點半，桌子雖然都坐滿了，午飯卻差不多結束了。比夫已經站了四個小時，累了。他過去常常站上十四或十六個小時也毫無感覺。而如今他在變老。很大程度上。不用懷疑。也許成熟這個詞更合適。不是變老——當然不是——還沒有呢。聲浪在他的耳邊漲起又退了潮。成熟。他的眼睛刺痛，彷彿體內的高度興奮讓每樣東西都顯得過分的明亮刺眼。

他對一個女服務生喊道：「妳來頂我一下，好嗎？我要出門。」

因為是星期天，街上空蕩蕩的。太陽清澈耀眼，卻沒有熱度。比夫收緊衣領。一個人站在街道上，他感到有些不合時宜。河邊吹來了冷風。他應該回去，待在他應該待的餐館裡。他沒理由去他正要去的地方。過去的四個星期天，他都這樣。他在可能看見米克的街區散步。而這件事總歸有些不對頭。是的。不對。

他在她家對面的人行道上慢慢地走。上個星期天，她坐在前面的臺階上看連環漫畫。今天他迅速地向那幢房子掃了一眼，卻發現她不在。比夫將氈帽邊向下歪了歪，蓋住眼睛。她過一會兒可能會來。星期天她經常在晚飯後來咖啡館喝上一杯熱可可，然後在辛格的桌邊停留片刻。星期天她的穿著和平時不一樣，平時她總穿著藍裙子和毛衣。她的禮拜日服裝是酒紅色的綢裙，配有暗黑的蕾絲衣領。有一次她穿上了長襪——上面有些脫絲了。他總想為她準備些什麼，給她。不僅僅是聖代或甜點——而是一種真正的東西。這就是他所有要的——給她什麼。比夫的嘴發麻。他沒做錯什麼，但內心深處卻有奇怪的罪惡感。為什麼？所有男人身上黑暗的罪惡感，說不清道不明，無法給一個名字。

回家的路上，比夫發現一枚一分錢硬幣躺在街溝的垃圾裡，隱約可見。他敏捷地拾起它，用手帕擦乾淨，放進他隨身攜帶的黑錢包。他回到餐館時，已經四點了。生意蕭條。餐館裡一個顧客的影子都沒有。

五點左右，生意開始恢復了。最近他僱的一個做兼職的男孩早早地來了。他叫哈里·米諾維茲。他和米克及貝貝住在同一個街區。十一個應徵者回覆了報紙上的廣告，但哈里看來是最合適的人選。以他的年紀來說，他很成熟，而且整潔。比夫在面試交談時，注意到了他的牙齒。牙齒永遠是很好的標誌。他的牙齒大、非常乾淨和潔白。哈里戴眼鏡，不過這不妨礙工作。他的母親為街上的一家裁縫店打工，每星期掙十塊錢，哈里是獨生子。

「嗯，」比夫說。「你和我在一起有一個星期了，哈里。你感覺會喜歡這工作嗎？」

「當然，先生。我當然喜歡。」

比夫轉動手上的戒指。「讓我想想。你放學是什麼時候？」

「三點，先生。」

「好的，你有幾個小時學習和娛樂的時間。這裡是從六點到十點。這樣你有足夠的睡眠時間嗎？」

「足夠。我不需要那麼多睡覺時間。」

「孩子，你的年紀需要九個半小時的睡眠。純粹的有益健康的睡眠。」

他突然感到不好意思。也許哈里會覺得這不關他的事。無論如何，都不是他的事。他轉過臉，想到了另外一件事。

「你上職業學校？」

哈里點頭，用襯衫袖子擦眼鏡。

「讓我想想。我認識不少那裡的男孩和女孩。埃爾瓦．理查——我認識他父親。麥琪．亨利。還有一個叫米克．凱利的孩子——」他感到耳朵著了火。他知道自己是一個傻瓜。他想轉身走掉，但他卻只是站在那裡，微笑，用大拇指按自己的鼻子。「你認識她？」他怯聲問道。

「當然，我是她的鄰居。但我是三年級，她是新生。」

比夫將這可憐的信息牢牢地存在腦子裡，以便獨自一人時再盡情地回想。「這時間顧客不會很多，」他倉促地說。「我把餐館交給你。你現在已經知道如何做了。你只要觀察客人喝酒，記住他們喝了多少，這樣你不必問他們或依賴於他們自己報的數。找零時慢慢來，隨時看看周圍的情況。」

比夫把自己關在樓下的房間裡。這是他放文件的地方。房間只有一個小窗戶，窗外是一條小路。冷空氣散發著霉味。厚厚的一疊疊報紙堆到了天花板上。自製的文件櫃遮住了一面牆。靠近門的地方有一把老式搖椅，一張小桌子，上面放著一把大剪刀，一本字典和一個曼陀鈴。因為堆滿了報紙，無論向哪個方向都跨不出兩步。比夫坐在椅子裡搖著，懶洋洋地撥弄曼陀鈴的琴弦。他閉上眼睛，開始用悲哀的聲音唱歌了：

我去了動物園。
那裡有鳥和野獸，
月光下一隻老狒狒
正在梳金棕色的毛。

他以弦樂部的和聲結束，最後的聲音在冷空氣中顫抖著，歸於沉默。

收養幾個小孩。一個男孩，一個女孩。三四歲左右，這樣他們就會感覺他是真正的父親。他們的爸爸。我們的父親。小女孩，像米克小時候（或者貝貝？）。圓臉頰，灰眼珠，亞麻色的頭髮。他想為她做的衣服——粉紅的雙縐童衣，過肩和袖口上有精緻的刺繡。短絲襪和白色的鹿皮鞋。冬天時，是一件小小的紅天鵝絨外套、帽子和皮手籠。男孩皮膚黝黑，黑頭髮。小男孩走在他身後，模仿他的動作。夏天，他們三個人去海灣邊的小屋，他給孩子們穿上防晒服，小心地帶著他們走入碧綠的淺波浪裡。等他老了，他們則像鮮花一樣盛開。我們的父親。他們帶著問題來找他，他回答。

為什麼不呢？

比夫拾起曼陀鈴。「塔姆——踢——踢姆——踢——踢，踢——踢，彩妝洋娃娃的婚禮。」曼陀鈴模擬著迭句。他從頭到尾把歌詞唱了一遍，一邊用腳打拍子。然後他彈了「凱——凱——凱——凱蒂」和「愛的甜蜜舊曲」。這些曲子就像「佛羅里達」花露水一樣勾起了他的回憶。每一件事。第一年他很幸福，她好像也很幸福。然後，三個月內床塌了兩次，他們跟著掉在地上。他不知道她的腦子裡總在想著如何攢下五分或十分錢。他和芮歐或其他女孩，在她的床上。基普、瑪德琳和蘿。然後突然沒有了。他不能和任何女人躺在一起。聖母瑪利亞！所以從一開始起一切似乎都消失了。

露茜婭總能理解這一切。她知道艾莉斯這樣的女人。也許她也了解他。露茜婭勸他們離婚。她盡了所有努力幫他們平息糾紛。

比夫疼得縮了縮。他的手從曼陀鈴琴弦上鬆開，樂聲戛然而止。他緊繃繃地坐在椅子裡。然後他突然輕輕地對自己笑了。是什麼使他想到這些？啊，神聖神聖的主！那是他二十九歲的生日，露茜婭叫他看完牙後去她的公寓。他期待著一個小小的紀念品——一盤草莓餡餅或一件漂亮襯衫。她在門口迎接他，還沒等他進門就蒙住了他的眼睛。她說她馬上就來。在無聲的房間裡，他傾聽她的腳步聲，等她到了廚房後，他放了一個屁。他站在房間裡，眼睛蒙著，放屁。然後他立刻恐慌地意識到房間裡還有別人。一陣竊笑傳來，接著驚雷般的笑聲震耳欲聾。露茜婭回來了，把蒙眼布鬆開。她手中的淺盤上是焦糖蛋糕。房間裡全是人。勒瑞奧，一群人，當然還有艾莉斯。他真想鑽到地縫裡去。他站在那兒，無處藏身，滿面通紅。他們拿他開心，之後的那個小時，他就像母親去世時一樣痛苦。那天晚上，他喝了一夸脫的威士忌。後來又連喝了幾星期——聖母瑪利亞！

比夫冷笑。在曼陀鈴上撥了幾個弦，開始唱一曲歡快的牛仔歌。他的聲音是圓潤的男高音，邊唱邊閉上眼睛。房間幾乎全黑了。潮濕的空氣刺骨地冷，他的腿因為風濕而疼痛。

最後他放好曼陀鈴，在黑暗中慢慢地搖。死亡。有時他甚至能感覺到它就在屋子裡，就在身邊。他在椅子裡來回地搖。他明白什麼？什麼也不明白。他向哪裡去？哪裡也不。他想要什麼？求知？什麼？一個意義。為什麼？一個謎。

破碎的畫面像弄亂的拼圖片一樣躺在他的腦子裡。艾莉斯在浴室裡打肥皂。墨索里尼的面孔。米克推著童車。櫥窗裡的烤火雞。布朗特的嘴。辛格的臉。他感覺自己在等待。房間完全黑了。他能聽見路易斯在廚房裡唱歌。

比夫站起身，按住椅子的扶手，讓它停止搖動。他打開門，外面的大廳溫暖明亮。他想到米克也許會來。他正了正衣服，把頭髮向後抹平。暖意和活力重新回到他體內。餐廳一片喧鬧。一巡酒和禮拜日晚餐開始了。他對年輕的哈里親切地微笑，站到收銀台後。他的目光像套索一樣掃視屋子。這地方很擁擠，噪音嗡嗡作響。櫥窗裡的水果盤擺得又高貴又藝術。他注視著門口，繼續用訓練有素的目光掃視室內。他警覺和專注地等待。辛格終於來了，用銀鉛筆寫下他只想要湯和威士忌，因為他感冒了。但米克沒有來。

9

她手頭幾乎連五美分的零用錢都沒有。他們就是這麼窮。錢是最主要的。任何時候，都是錢、錢、錢。他們為貝貝．威爾森的單人房和私人護士付了一大堆錢。但這僅僅是其中的一項。付完一項另一項馬上接踵而來。他們欠了兩百塊錢的帳，要馬上還。他們失去了房子。銀行收回了貸款，他們的父親從銀行只要回一百塊錢。然後他又從銀行借了五十元，辛格先生也在借條上簽了擔保。後來他們不得不為每個月的房租發愁，而不是稅。他們和工廠的夥計一樣窮了。只是沒人能看不起他們。

比爾在一個裝瓶廠上班，一個星期賺十塊錢。海澤爾在美容院當助手，一星期賺八塊錢。埃塔在電影院賣票，一星期賺五塊錢。每個人交出工資的一半作伙食費。房子有六個房客，每人五塊錢的租金。還有辛格先生，他總是非常準時地交房租。加上他們的父親籌到的，一個月差不多能有二百塊——用這些錢他們必須餵好六個房客和整個家，付房租，支付家具的分期付款。

喬治和她不再有午飯錢了。她不得不停了音樂課。鮑蒂婭留下中午的剩飯，讓她和喬治放學後回家吃。他們總在廚房裡吃飯。比爾、海澤爾或埃塔和房客一起吃還是在廚房吃，取決於有多少食物。廚房裡的早餐有粗燕麥粉、奶油、肋骨肉和咖啡。晚餐是同樣的東西，加上餐廳裡能剩下的任何吃的。大孩子們不得不在廚房裡吃飯時，就滿肚子不高興。有時她和喬治會整整餓上兩三天。

但這都發生在「外屋」。和音樂、外國以及她的計畫無關。冬天是冷的。窗玻璃結了霜。晚上起居室的火劈劈啪啪作響，暖洋洋的。一家人和房客都坐在火邊，這樣她可以獨自待在中間的臥室裡。她穿兩件毛衣和比爾穿小了的燈芯絨褲。興奮讓她溫暖。她拿出床底下的祕盒，坐在地上工作。

大盒子裡有她在政府開辦的免費藝術課上畫的畫。她把它們從比爾房間裡拿出來了。盒子裡還有她爸爸送給她的三本偵探書、一個帶鏡子的小粉盒、一盒手錶零件、一條水晶項鏈、一把錘子以及幾本筆記本。一個本子頂部用紅蠟筆標著——私密。請勿入內。私密——用線拴著。

整個冬天她在這個本子上作曲。她晚上不再做功課，這樣她就有更多的時間花在音樂上。她通常只是寫一些短的旋律——沒有歌詞的歌，甚至連低音符都沒有。它們很短。但即使曲子只有半頁長，她也給它們取了名，在下面寫上她名字的縮寫。這本子裡沒有一首是真正的樂曲或是真正的作品。它們只是她想記下來的腦子裡的歌。她根據它們帶給她的聯想給這些歌命名——「非洲」、「激戰」和「暴風雪」。

她不能完全把腦子裡的曲子記下來。她只能把它縮成一些音符；否則她就亂了，進行不下去。關於譜曲，她所知太少。但也許等她很快學會如何記下這些簡單的旋律，她就能完全譜出腦子裡的樂曲。

一月時，她開始寫一首非常精彩的曲子，叫「我要什麼，我不知道」。它是一首美妙絕倫的歌——舒緩而溫柔。起初她著手寫一首相配的詩，卻想不出能配上音樂的主題。第三行中她也想不出與「什麼」押韻的詞。這首新歌讓她感到既悲傷又幸福和激動。像這樣美妙的樂曲是很難譜出來的。任何曲子都難寫。她在兩分鐘內哼出的歌，需要整整一個星期的工作才能在筆記本上成形——在她琢磨出音階、節拍和每個音符之後。

她必須使勁集中注意力，反反復復地唱它。她的聲音總是嘶啞的。她爸爸說這是因為她小時候哭得太凶。她在拉爾夫那個年紀時，她爸爸每天夜裡都得起來抱著她走啊走。他老是說，唯一能讓她閉嘴的是，一邊搗儲煤室的氣窗，一邊唱「頌南方」。

她趴在冰冷的地上，思考。以後——當她二十歲時——她會成為世界著名的偉大作曲家。她會有完整的一個交響樂隊，親自指揮所有自己的作品。她會站在舞臺上，面對一大群聽眾。指揮樂隊時，她要穿真正的男式晚禮服或者飾有水晶的紅裙子。舞臺的布幕是紅色的天鵝絨，上面印有M. K.的燙金字樣。辛格先生會在那兒，結束後他們一起到外面吃炸雞。他會崇拜她，把她當成最好的朋友。喬治將去舞臺獻上大花環。會在紐約或是國外的某個城市。名人會對她指指點點——卡羅爾．龍巴德、阿托羅．托斯卡尼尼和艾德米羅．拜。

她可以隨時演奏貝多芬的交響樂。她秋天聽到的這首曲子裡，有一種奇怪的東西。這曲交響樂存在了她的身體裡，而且慢慢地生長。原因是這樣：整個交響樂在她頭腦裡。不可能不這樣。她聽見了每個音符，而且在她的記憶深處，整個曲子完好無損地存留著，和最初聽到時的一模一樣。但她沒法把它完全哼出來。只能等待，等待新的片段突然湧現。等著它像春天的橡樹葉在枝頭上慢慢成長。

在「裡屋」裡，除了音樂，還有辛格先生。每天下午她在體育館一彈完鋼琴，就會沿著主街走到他工作的店鋪。從前面的窗戶她看不見辛格先生。他在店鋪的後面工作，被簾子遮住。但她望著他每天工作的地方，看見了他認識的人。然後每天晚上她待在前廊等他回家。有時她跟著他上樓。她坐在床上，看著他放好帽子，解開領扣，梳頭。出於某種原因，他們似乎共同守護著一個祕密。又好像他們等待著告訴對方從未被說出的話。

他是「裡屋」裡唯一的人。很久以前還有別人。她回想在他來之前的狀態。她想起了六年級時一個叫塞萊斯特的女孩。這女孩長著金色的直髮，翹鼻子和雀斑。她穿一件紅色羊毛連衫褲，外加白色的罩衫。走路是內八字。她每天帶一顆柳橙在課間休息時吃，一個藍色的錫盒裝著午餐。其他孩子會在課間休息時把食物狼吞虎嚥地吃掉——回頭他們就餓了——而塞萊斯特從不。她把三明治的硬皮剝掉，只吃中間柔軟的部分。她總帶一顆煮得很老的塞了餡的雞蛋，把它捧在手中，用人拇指壓蛋黃，留下她的指印。

塞萊斯特從不和她說話，她從不和塞萊斯特說話。儘管這是她最想做的。晚上她躺在床上睡不著，想到塞萊斯特。她會設想她們是最好的朋友，設想塞萊斯特和她一起回家、吃晚飯、過夜。但這從未發生過。她對塞萊斯特的感覺讓她無法鼓足勇氣走上前和她交朋友，她對她無法像對別人那樣。一年後塞萊斯特搬到了小鎮的另一個區，轉了學。

後來就是一個叫巴克的男孩。他強壯，臉上長著痘痘。八點半列隊行軍時，她站在他旁邊，他身上的氣味很難聞——感覺他的褲子需要晾一晾。巴克有一次「俯衝」著用頭撞向校長，被勒令停學。他大笑時會抬起上嘴唇，全身顫抖。她對他的感覺和對塞萊斯特是一樣的。隨後是為感恩節摸彩會賣票的一個女人。還有愛格琳小姐，七年級的老師。還有電影中的卡羅爾・龍巴德。所有這些人。

但辛格先生卻不一樣。她對他的感覺是慢慢產生的，她回想不起它是如何發生的。其他人都很平庸，但辛格先生不是。見到他的第一天，他按響門鈴詢問房間，她深深地看了他很久。她打開門，看了他遞給她的卡片。然後她去叫媽媽，她走進後面的廚房，告訴鮑蒂婭和巴伯爾他的事。她跟著他和媽媽上了樓，看他把墊子放到床上，看他捲起窗簾，確認它沒有損壞。他搬來的那天，她坐在前廊的扶手上，看他從十分錢計程車裡走出來，拎著手提箱和棋盤。後來她聽他重重地在屋裡走來走去，她想像他。其他的感覺漸漸地來了。所以現在他們之間有了這種祕密的情感。她對他說過的話比過去對任何人說的都多。如果他也能說的話，他會告訴她很多事。他就像是某種偉大的老師，只是因為他是啞巴，他不能上課。晚上睡覺時她設想自己是孤兒，和辛格先生住在一起——只有他們兩個，住在國外的一幢房子裡，那裡冬天會下雪。也許在瑞士的一個小鎮，四周是高大的冰川和山巒。所有的屋頂都有岩石，陡峭尖聳。也許是在法國，人們從商店裡買了麵包，不包上就直接帶回家。也許是在灰色的冰洋邊的挪威。

早晨她第一個想到的就是他。還有音樂。穿衣服時，她想著今天能在哪兒見到他。她灑上埃塔的香水或一滴香草精，如果她在大廳遇見他，她會聞起來香噴噴的。她故意很晚才去學校，為了能看到他下樓去上班。下午和晚上如果他在，她從不離開家。

每一件她新了解到的他的事都是重要的。他將牙刷和牙膏放在桌上的玻璃杯裡。原本她把牙刷放在浴室的架子上，現在她也把牙刷放在玻璃杯裡了。他不喜歡甘藍菜，這是為布瑞農先生打工的哈里告訴她的。現在她也不吃甘藍菜了。了解到一些新事物時，或者當她對他說話，他用銀鉛筆寫了幾個詞時，她會走到一邊，一個人久久地琢磨思量。和他在一起時，她主要的念頭是存下一切，以便日後可以重新回味，永遠記住。

但「裡屋」裡的音樂和辛格先生並不是一切。很多事情發生在「外屋」。她從樓梯上摔下來，摔破了一顆門牙。米娜小姐的英語課給了她兩次很低的分。她在空地上丟失了二十五分錢，她和喬治找了三天也沒找到。

這件事發生了：

一天下午她正在後面的臺階上復習英文準備考試。哈里則在籬笆的那邊砍柴，她向他叫喊。他過來了，用圖解法和她講了幾個句子。牛角框眼鏡後面，他的眼珠轉得很快。他對她講解了英語過後，站起身，手在短夾克衫口袋裡伸進伸出。哈里總是充滿活力，還有點神經質，他每分鐘都必須要說點什麼或做點什麼。

「妳看，如今世界上只有兩件事。」他說。

他喜歡讓人吃驚，有時她不知如何回答他。

「這是真理，如今我們眼前只有兩件事。」

「什麼？」

「好戰的民主黨或法西斯主義。」

「你不喜歡共和黨嗎？」

「呸，」哈里說。「我說的可不是這意思。」

一個下午，他詳細地解釋了什麼是法西斯分子。他說納粹如何讓猶太小男孩趴在地上啃草。他說他是如何計畫暗殺希特勒的。他有一個周密的計畫。他說在法西斯主義裡沒有任何正義和自由可言。他說報紙上是蓄意的謊言，人們不知道世界上正在發生的事。納粹很可怕——每個人都知道。她和他一起研究如何殺死希特勒。如果有四五個人合謀會更好，一個人一旦失手，剩下的人依然可以把他幹掉。即使他們都死了，也會成為英雄。做一個英雄和做一個偉大的音樂家是同一回事。

「非此即彼。儘管我不相信戰爭，但我願意為我眼中的正義而戰。」

「我也是，」她說。「我願意和法西斯主義作戰。我可以穿成男孩那樣，沒人能看出來。剪短頭髮，任何事。」

那是冬天一個明亮的下午。天空藍得發綠，在它之下，後院的橡樹枝顯得黑而光禿。太陽是溫暖的。天氣讓她精力充沛。音樂在頭腦裡。為了做點什麼，她撿起一支長三吋的釘子，幾下重重地敲進臺階裡。她們的爸爸聽到錘子的聲音，穿著浴袍跑出來，站了一會兒。樹下有兩支鋸木架，小拉爾夫忙著把石頭放在一個架子上，又挪到另一個。來來回回。他張著雙手，保持平衡。他弓著腿，尿布拖到了膝蓋。喬治在打彈珠。他該剪頭了，臉顯得瘦長。他已經長出了一些小小的恆齒——但它們又小又藍，像剛吃了黑莓。他為彈珠畫了一條基線，趴在地上，向第一個洞瞄準。他們的爸爸抱著拉爾夫回到了自己的工作檯邊。過了一會兒，喬治一個人跑進了那條小路。自從他射中了貝貝，他就不和任何人玩了。

「我得走了，」哈里說。「我六點前要工作。」

「你在那個咖啡館感覺還好嗎？有沒有免費吃的好東西？」

「當然。各式各樣的傢伙來那裡。比我以前所有的工作都好。薪水多。」

「我恨布瑞農先生，」米克說。真的，儘管他從沒對她說過不好的話，但他總是用一種粗魯可笑的方式說話。他想必早就知道她和喬治偷過一盒口香糖。為什麼他會問她的生意怎麼樣——上次他在樓上辛格的房間這樣問過她。也許他以為他們經常偷東西。他們沒有。他們當然沒有。他們只從十分錢商店偷過一小套水彩。還有一支五分錢的削鉛筆刀。

「我受不了布瑞農先生。」

「他挺好，」哈里說。「有時他是一個十分奇怪的人，但他脾氣不壞。當你了解他的時候。」

「我想過一件事，」米克說。「男孩在那方面比女孩有優勢。我指男孩通常可以找到不需要休學的兼職工作，還有時間做別的。女孩就不成。如果女孩想工作，她就必須休學做全職。我當然希望像你一樣找到每星期賺幾塊大洋的工作，但根本不可能。」

哈里坐在臺階上，鬆開鞋帶。他拽斷了一條。「一個咖啡館的客人叫布朗特先生。傑克·布朗特先生。我喜歡聽他說話。他喝啤酒時說的話讓我學到很多。他給了我一些新思想。」

「我很熟悉他。他每個星期天都來我家。」

哈里鬆開鞋帶，把斷了的鞋帶拽成一樣長，重新打了個結。「聽著，」——他在短夾克上緊張地擦了擦眼鏡——「妳不必對他說起我剛才的話。我是說他可能不記得我。他不和我說話。他只對辛格先生說話。他會覺得可笑，如果妳——妳知道我的意思。」

「好。」她明白他的言外之意，他被布朗特先生迷住了，她知道他的感覺。「我不會說。」黑暗來了。乳白的月亮掛在藍色的天空，空氣是冷的。她能聽見拉爾夫、喬治和鮑蒂婭在廚房裡。爐火給廚房的窗子染上了溫暖的橙黃，傳來了燒煙和晚餐的氣味。

「妳知道有一件事我從沒告訴過任何人，」他說。「我自己都不願意面對它。」

「什麼？」

「妳記得妳第一次看報紙和思考文章時的情況嗎？」

「當然。」

「我過去是一個法西斯分子。我過去認為我是。是這樣。妳知道那些圖片，在歐洲我們這麼大的人行軍，唱歌、步調一致。我過去以為這很棒。所有的人都互相宣誓忠誠，而且有一個領導。他們都有同樣的理想，步調一致地行軍。我沒怎麼想過發生在猶太少數民族身上的事，因為我不願意去想。因為那時我不願意像猶太人那樣想。妳看，我不知道。我只是看到照片，讀了照片下面的話，而我不懂。我從不知道它是一件多麼可怕的事。我覺得我是法西斯分子。當然後來我發現不是那樣的。」

他批評自己時，聲音顯得痛苦，不斷地從男人變成男孩的嗓音。

「嗯，那時你沒意識到——」她說。

「它是可怕的犯罪。道德錯誤。」

這就是他的方式。每件事都非白即黑——沒有中間道路。二十歲以下的年輕人不能碰啤酒或白酒，不能抽菸。考試作弊是可怕的罪，抄作業卻不是。女孩塗口紅或穿露背裝是道德錯誤。購買帶有德國或日本商標的商品是可怕的罪，即使它只值五分錢。

她回想起小時候的哈里。有一回，他的眼睛對起來了，而且對眼對了一年。他坐在前面的臺階上，雙手放在膝蓋中間，觀察一切。非常安靜、目光斜視。在語法學校他跳了兩級，十一歲時就準備上職業學校了。但在職業學校時，他們讀到《艾凡赫》裡的猶太人時，其他的孩子都轉過去看他。他跑回家，哭。他的母親讓他休學了。他停了整整一年學業。他長高了，變得很胖。每次她爬上籬笆，都會看見他在廚房給自己弄東西吃。他們兩人都在街區玩耍，有時他們摔跤。她小時候喜歡和男孩子打架——真正的戰鬥，但卻是在遊戲。她使用了柔道和拳擊的混和術。有時他把她撂倒，有時是她。哈里對任何人都不會很粗魯。小孩子弄壞玩具後會來找他，他總是耐心地修理。他能修任何東西。街區的女士們請他修壞了的電燈或縫紉機。十三歲時，他回到了職業學校，開始努力學習。他送報紙，星期六工作，閱讀。很長時間她極少看見他——直到那次她舉行的派對之後。他變化很大。

「像這樣，」哈里說。「過去我一直對自己有大的野心。一個偉大的工程師、偉大的醫生或律師。但現在我不那樣想了。我想的全是現在世界上發生的事。法西斯主義和發生在歐洲的可怕的事——另一方面是民主黨。我的意思是我無法把精力花在我理想的生活上，因為我對別的東西想得太多。每天晚上我都夢想殺掉希特勒。我在夜裡醒來，口乾舌燥，對什麼感到很害怕——我不知道是什麼。」

她看著哈里的臉，一種深沉嚴肅的情感讓她悲傷。他的頭髮搭在額頭。他的上嘴唇又薄又緊，但下嘴唇是厚的，顫抖。哈里看上去不到十五歲。冷風伴隨黑暗而來。風在街區的橡樹叢裡放聲歌唱，將百葉窗掀到牆面。馬路一頭威爾斯太太在叫薩克回家。天色已晚，這加重了她內心深處的悲哀。我想要有一台鋼琴——我想上音樂課，她告訴自己。她看著哈里，他把細指頭絞成各種形狀。他身上有男孩子溫暖的氣息。

是什麼讓她突然有了那樣的舉動？也許是因為對孩童時代的回憶。也許是因為悲傷讓她感覺異樣。總之突然間她推了一下哈里，幾乎把他撞下臺階。「你奶奶是婊子養的。」她對他大叫。然後她跑了。這是街區孩子們想挑起戰爭時常說的話。哈里站直身子，露出驚訝的表情。他扶了扶鼻子上的眼鏡，看了她一下，就跑到後面的小路上了。

冷空氣使她像力士參孫一樣強壯。在她笑時產生了短而急促的回音。她用肩膀撞哈里，他捉住了她。他們狠狠地扭打在一起，歡快地笑。她是最高的，但他的雙手很有勁。他打得不夠賣力，被她弄翻在地上。他突然停止了動作，她也停止了。他的呼吸溫熱地停留在她的脖子上，他靜靜的。坐在他身上，她感覺到他的肋骨抵著自己的膝蓋，他的呼吸很重。他們同時站起來，不再笑了。小路異常安靜。他們穿過黑暗的後院，不知為什麼她覺得好笑。沒有什麼可笑的，但突然間就這樣了。她輕輕地推了他一下，他也回敬了一下。她又笑了，感覺正常了。

「再見。」哈里說。他長大了，不能再去爬籬笆了，所以他跑過旁邊的小路，回到了他家的門口。

「天哪，這麼熱！」她說。「我要悶死了。」

鮑蒂婭在爐子上熱她的晚飯。拉爾夫在他的高腳椅托盤上敲著勺子。喬治的小髒手上拿著一片麵包，攪和粗燕麥粥，他的眼睛斜睨著，有一種遙遠的神情。她拿了些雞胸肉、滷汁、粗燕麥粥和葡萄乾，混在一起放到碟子上。她大口大口地吃著。粗燕麥粥全吃光了，她還覺得肚子沒有填飽。

她整天都想著辛格先生，一吃完晚飯她就跑上了樓。她走到三樓時，看見他的門開著，屋子是黑的。這讓她感到空虛。

她在樓下沒法安心地復習英文考試。彷彿她太強壯了，沒辦法和別人一樣安坐在椅子裡。彷彿她能撞倒房子所有的牆，然後像巨人一樣大踏步地走過大街。

最終她從床底下拖出她的祕盒。她趴在地上，翻看筆記本。現在大概有二十首歌了，但她並不太滿意。如果她能寫一首交響樂！為一個樂團而寫——你怎麼寫呢？有時幾個樂器奏的是同一個音符，所以這譜子必須設計得很大才行。她在一張大試卷紙上畫了五條線——每條線之間間隔一英寸。她在音符下寫上樂器的名字，比如這是小提琴、大提琴或笛子的音符。如果它們是共同的一個音符，她就在這些樂器外面畫一個圈。她在紙的上面用大字寫著：交響樂。大字下又寫上大寫字母「米克．凱利」。她卻無法繼續下去了。

要是她能上音樂課！

要是她能有一架真正的鋼琴！

過了很久，她才開始工作。旋律在她腦子裡，但她不知如何記下它們。這簡直是世界上最難的把戲。她一直在想，直到埃塔和海澤爾進屋上床，她們說，已經十一點了，關燈。

10

鮑蒂婭等威廉姆的信已經有六個星期了。每天晚上她都去找考普蘭德醫生，問同樣的問題：「有人收過威利的信嗎？」每天晚上他都不得不告訴她，他沒有威利的任何消息。最後她不再問這個問題了。她走進大廳，只是看著他，不說話。她喝酒。她的罩衫半扣不扣的，鞋帶也鬆了。

二月來了。天氣變暖了，隨後就熱了。太陽炫目地照耀大地。鳥兒在光禿禿的樹上歌唱，孩子們光著腳和大膀子在室外玩耍。夜晚如同盛夏一樣灼熱。而後過了些天，冬天又光顧了小鎮。溫和的天空陰沉了。寒冷的雨落著，空氣變得陰濕和刺骨的冷。小鎮上的黑人受盡了折磨。燃料已經用光了，每個人都在為取暖而掙扎。流行性肺炎在潮濕狹窄的街道上蔓延開來，一個星期以來，考普蘭德醫生只能時不時地穿著衣服打個盹。威廉姆還是沒有消息。鮑蒂婭寫過四封信，考普蘭德醫生也寫過兩次。

一天中的大多數時間，他沒有時間多想。但偶爾他會找個機會在家裡休息一會兒。他會在廚房的火爐邊喝一壺咖啡，極度的不安控制了他。他的五個病人死了。其中之一就是奧古斯特斯·班尼迪克特·馬迪·路易士，那個聾啞小孩。他被邀請去這孩子的葬禮發言，但他的規矩是從不參加葬禮，所以他沒有接受邀請。五個病人的死亡並不是因為他的疏忽。而是因為長年的物質匱乏。玉米麵包、醃豬肉和糖汁，四五個人擠在一個屋子裡。死於貧困。他思考這些，喝咖啡提神。他經常用手撐住下巴，因為近來疲勞時，他脖子上輕微的神經震顫會令他不規律地點頭。

二月的最後一個星期，鮑蒂婭來了。剛剛清晨六點，他正坐在廚房的爐火邊，熱一鍋牛奶作早餐。她醉得一塌糊塗。他聞見杜松子酒刺鼻的甜味，鼻孔因為噁心而張大了。他不看她，忙著弄早餐。他把麵包弄彎放進碗裡，在上面倒入熱牛奶。他準備咖啡，擺好飯桌。

等他在早餐前坐下，他才嚴厲地看看鮑蒂婭。「吃過早飯了嗎？」

「我不想吃。」她說。

「妳必須吃早餐。如果妳今天打算上班幹活。」

「我不上班。」

他感到一陣恐懼。他不再想問她什麼了。他盯著牛奶碗，用勺子喝奶，拿勺子的手在抖。吃完飯，他看著她頭頂的牆。「妳啞巴了？」

「我會告訴你的。你會聽到的。等我能說出來時，我就告訴你。」

鮑蒂婭一動不動地坐在椅子裡，眼珠緩慢地從一個牆角移到另一個。雙臂無力地下垂，雙腿鬆弛地絞在一起。視線避開她時，他突然有一種危險的輕鬆和自由感，他知道很快它就會被震碎，所以這種感覺更加強烈了。他撥弄了一下爐火，暖暖手。然後捲了一根菸。整齊的廚房一塵不染。牆上的長柄平底鍋在爐火的映照下發出亮光，每一個平底鍋後都有一個圓圓的陰影。

「是威利。」

「我知道。」他小心地在手掌間搓菸捲。他心不在焉地環顧四周，目光裡對剛才的美味仍然戀戀不捨。

「我對你說過巴斯特．詹森，他和威利一起坐牢。我們以前認識他的。他昨天被送回家了。」

「是嗎？」

「巴斯特終身殘疾了。」

他的頭抖動。他用手壓住下巴來平衡自己，但一意孤行的顫抖很難控制。

「昨天晚上，這些朋友來我家，告訴我巴斯特回家了，要和我說威利的事。我一路跑過去，他這樣說。」

「嗯。」

「他們有三個人。威利、巴斯特和另一個男孩。他們是朋友。然後就出事了。」鮑蒂婭停頓了一下。她用舌頭舔濕手指，又用手指潤了潤乾燥的嘴唇。「事情和那個白人看守老是欺負他們有關。一天他們在公路勞動時，巴斯特粗魯地頂嘴，然後另一個男孩試圖跑進樹林裡。他們帶走了他們三個。他們把他們三個全帶到營地，把他們關進冰窟。」

他又說了一遍「嗯」。但他的頭抖動，這個字聽起來像喉嚨裡發出的哮喘聲。

「大約六個星期以前，」鮑蒂婭說。「你記得那段時間的寒流吧。他們把威利和男孩們關進冰窟一樣的屋子。」

鮑蒂婭的聲音低沉，詞與詞之間沒有停頓，臉上的悲痛也沒有絲毫的減弱。它就像一首低沉的歌。她說話，他聽不懂。到達他耳裡的聲音很清晰，卻不具形狀和意義。彷彿他的腦袋是船頭，聲音是敲打在上面的水花，又流走了。他感到要向後看，為了找到已經被說出的話。

「……他們的腳腫得不像話，他們躺在那兒，在地上滾，大喊大叫。沒有人來。他們喊了三天三夜，沒有人來。」

「我聾了，」考普蘭德醫生說。「我聽不明白。」

「他們把我們家威利和其他男孩扔進冰窟。天花板上垂下一根繩子。他們脫了鞋，把光腳綁在繩子上。威利和男孩們躺在地上，腳在空中。他們的腳腫得不像話，在地上滾，大喊大叫。屋子裡冰冷，他們的腳凍成了冰。他們的腳腫得不像話，喊了三夜三天。沒有人來。」

考普蘭德醫生用手抵住頭，但持續的顫抖無法停下來。「我聽不見妳的話。」

「他們終於來接他們。他們立刻把威利和男孩們送到病房，他們的腿腫了，凍成了冰。壞疽。他們鋸掉我們家威利的雙腳。巴斯特·詹森失去了一隻腳，另一個男孩沒什麼事。但我們家威利——終身殘廢了。兩隻腳都被鋸掉了。」

話說完了，鮑蒂婭湊近了，用頭撞桌面。她沒有哭，也沒有悲吟，只是一次次地將頭向難擦的桌面撞去。碗和勺子格格作響，他把它們拿到洗碗池。話在腦子裡支離破碎，但他不想組合它們。他燙了燙碗勺，洗乾淨擦碗布。他從地板拾起一樣東西，又放在了別處。

「殘廢？」他問。「威廉姆？」

鮑蒂婭用頭撞桌面，撞擊聲有著慢鼓點的節奏，他的心跳也變成了同樣的節奏。話語悄悄地復活，有了意義，他明白了。

「他們什麼時候送他回家？」

鮑蒂婭把腦袋垂在臂膀上。「巴斯特不知道。他們很快就把他們分送到三個地方。他們把巴斯特送到另一個營地。他想反正威利只要再服幾個月刑期，可能很快就能回家了。」

他們喝咖啡，坐了很久，凝視對方的眼睛。杯子和他的牙齒打架。她把咖啡倒入淺碟，濺出的咖啡流到了大腿。

「威廉姆——」考普蘭德醫生說。他叫這名字時，牙齒深深地咬住了舌頭，下巴費勁地運動。他們坐了很長時間。鮑蒂婭握著他的手。早晨微弱的光將窗子染成灰白。外面還在下雨。

「如果我要上班的話，最好現在就走。」鮑蒂婭說。

他跟著她走過大廳，在衣帽架旁停住，穿上外套和圍巾。打開門，一股濕冷的風竄進來。赫保埃坐在路邊的石頭上，頭頂蓋著濕報紙。人行道邊有一排籬笆。鮑蒂婭倚著籬笆邊走路。考普蘭德醫生跟在她後面，有幾步之遙，他也用手扶著籬笆欄板以平衡身體。赫保埃慢吞吞地跟在後面。

他等待著黑暗的可怕的憤怒，像等待走出暗夜的野獸。但是它沒有來。他的腸子像灌了鉛，他走得很慢，一路靠在籬笆和房屋濕冷的牆壁上。向最深處下沉，直到下面再也沒有深淵。他觸到了絕望的堅實底層，在那裡安心了。

在這裡，他熟悉某種強烈而神聖的快樂。被壓迫的笑聲，在鞭子下，黑奴對著他憤怒的靈魂歌唱。現在歌就在他的體內——它並不是音樂，只是一種歌唱的感覺。安寧的重量，被水浸透了的重量，壓迫他的四肢，惟有強大的真正的使命能推著他走。為什麼他要前行？為什麼他不在最深的恥辱盡頭休憩，獲得片刻的滿足？

但他向前走。

「伯伯，」米克說。「你覺得喝點熱咖啡會讓你好一點嗎？」

考普蘭德醫生望著她的臉，但沒有反應。他們穿過小鎮，最後來到凱利家後面的小路。鮑蒂婭先走進去，他跟在後面。赫保埃待在外面的臺階上。米克和她的兩個弟弟已經在廚房裡了。鮑蒂婭講了威廉姆的事。考普蘭德醫生並不在聽，但她的聲音有一種節奏——開始、中間、結束。她說完後又從頭再說一遍。別人也進來聽。

考普蘭德醫生坐在角落裡的凳子上。他的外套和圍巾在火爐邊的椅背上冒著熱氣。他把帽子放在膝蓋上，長長的黑色的手指緊張地摸索破舊的帽沿。黃色的手心出了很多汗，他時不時用手帕去擦。他的頭在顫抖，所有的肌肉都因為想阻止顫抖而變得僵硬。

辛格先生進來了。考普蘭德醫生仰起臉對著他。「聽說了嗎？」他問。辛格先生點頭。他的眼裡沒有恐懼、憐憫或仇恨。在所有知道這件事的人當中，只有他的眼睛沒有這些表情。因為只有他理解這件事。

米克低聲問鮑蒂婭，「妳父親叫什麼？」

「他叫班尼迪克特·馬迪·考普蘭德。」

米克湊到考普蘭德醫生身邊，對著他大喊，彷彿他是聾子。「班尼迪克特，你不覺得喝點熱咖啡會讓你好一點嗎？」

考普蘭德醫生受驚了。

「別大呼小叫，」鮑蒂婭說。「他的聽力和妳一樣好。」

「哦，」米克說。她倒掉壺裡的咖啡渣，把咖啡重新放到爐子上煮。啞巴還待在門道裡。考普蘭德醫生還盯著他的臉。「聽說了嗎？」

「那些監獄的看守會受到什麼處罰？」米克問。

「甜心，我不知道，」鮑蒂婭說。「我不知道。」

「我要做點什麼。我一定要做點什麼。」

「我們做什麼都沒用。我們最好閉嘴。」

「對他們就應該像他們對待威利和其他男孩一樣。要更壞。我多想集合一些人，親自殺掉那些人。」

「這不是基督徒應該說的話，」鮑蒂婭說。「我們只需要安心地等待，我們知道他們會被撒旦用草扠剁成碎片，在油鍋裡煎，永無止境。」

「反正威利還可以吹口琴。」

「雙腳鋸了，這可是他唯一能做的。」

房子裡充滿了嘈雜聲和騷動。廚房上面的房間有人在移動家具。餐廳裡擠滿了房客。凱利太太在早餐桌和廚房間來來回回地穿梭。凱利先生穿著寬大的褲子和浴袍晃來晃去。凱利家的孩子們在廚房裡貪婪地吃。門砰砰響，房子處處都是說話聲。

米克遞給考普蘭德醫生一杯摻了稀牛奶的咖啡。牛奶給咖啡塗上了一層淡藍的光澤。咖啡濺到了托盤，他先用手帕擦乾托盤和杯沿。他根本就不想喝咖啡。

「真希望我能殺掉他們。」米克說。

房子靜了。餐廳裡的人上班去了。米克和喬治上學了，嬰兒被關在前面的一個屋子裡。凱利太太在頭上包了一塊頭巾，拿著掃把上樓。

啞巴仍然站在門道。考普蘭德醫生抬頭凝視他的臉。「你聽說了嗎？」他又問了一遍。他沒能發出聲音——它們窒息在喉嚨裡——但他的眼睛說出了這句話。然後啞巴離開了。只剩下考普蘭德醫生和鮑蒂婭。他在角落的凳子上坐了一會兒。最後站起來要走。

「你坐回去，父親。我們今天上午待在一起吧。我給你煎條魚、做蛋糕，還有馬鈴薯，你在這裡吃中飯。你待在這裡，我想給你好好做一頓熱飯。」

「你知道我要出診。」

「就今天一次。求你了，父親。我覺得自己要崩潰了。再說，我不想要你一個人在街上遊蕩。」

他猶豫了，摸了摸衣領。很潮濕。「女兒，對不起。你知道我要出診。」

鮑蒂婭把他的圍巾放在火爐上烘烤，直到羊毛熱了。她幫他繫好外套扣子，將衣領翻好。他清清喉嚨，把痰吐到一張紙片裡，他的口袋裡隨時裝著一些紙片。然後在爐子裡燒掉紙片。他走出門停住，和臺階上的赫保埃說話。他讓赫保埃陪鮑蒂婭，如果他能請假的話。

空氣冷得刺骨。濛濛細雨從低暗的天空不慌不忙地墜落。雨滲進垃圾桶，小路上散發著潮濕的垃圾難聞的氣味。他一邊走，一邊靠在籬笆上平衡身體，烏黑的眼睛始終盯著地面。

他去看了所有必須要看的病人。然後他回到自己的診所，從中午十二點一直工作到下午二點。隨後坐到書桌邊，雙拳緊握。在那個事上糾纏是沒用的。

他希望永遠都不要再看見一張人臉。而同時他也無法一個人坐在空蕩蕩的房間裡。他穿上外套，又走進濕冷的街道。他口袋裡裝著要送到藥房的幾張處方。但他不想和馬歇爾・尼克斯說話。他走進藥房，把處方放在櫃檯上。藥劑師放下手中正在秤的藥粉，伸出兩隻手。他的厚嘴唇無聲地嚅動了片刻，才鎮定自若地開口。

「醫生，」他莊重地說。「你知道，我和我的同事們以及我的社團和教會成員——我們都深知你的悲哀，我們想向你表示最深切的同情。」

考普蘭德醫生倉促地轉身離去，一句話也沒說。這太不值一提了。需要更多的東西。強烈的真正的使命感，對正義的追求。他僵硬地走向主街，雙臂緊緊地貼在身體兩側。他沉思，卻一無所獲。他想不出小鎮上有一個有權力的、既勇敢又公正的白人。他想到他熟悉的每一個律師、法官、政府官員——想到這些白人，令他內心感到痛苦。最終他決定去找高等法院的法官。到法院時，他毫不猶豫地走了進去，決心下午和法官談談。

寬大的前廳空蕩蕩的，只有幾個閒人在通向兩側辦公室的走道上晃悠。他不知道法官的辦公室在哪裡，他在大樓裡逡巡，查看門上的牌子。他最後走到一處狹窄的通道。走廊的中間站著三個正在聊天的白人，把路擋住了。他貼著牆根想擠過去，但一個白人轉身攔住他。

「你有事嗎？」

「麻煩你告訴我法官的辦公室在哪？」

這個白人聳了聳大拇指，指向通道的盡頭。考普蘭德醫生認出他是副警長。他們見過幾次，但副警長並不記得他。對黑人來說，所有白人長得都差不多，但黑人會費心辨認他們。另一方面，對白人來說，所有黑人長得都差不多，但白人通常不會費心記住一張黑人的臉。所以這個白人會說，「你有事嗎，尊敬的牧師先生？」

這個熟悉的奚落的稱呼激怒了他。「我不是牧師，」他說。「我是外科醫生，一名醫師。我叫班尼迪克特·馬迪·考普蘭德，我有急事要馬上見到法官。」

副警長像別的白人一樣，因為他一字一頓的話讓醫生發狂。「是嗎？」他嘲笑著問，對他的朋友眨眼。「那我就是副警長。我叫威爾森先生，我告訴你法官很忙。以後再來吧。」

「我一定要見法官，」考普蘭德醫生說。「我等他。」

通道的入口處有一張長凳，他坐下了。三個白人接著聊天，但他知道副警長在觀察他。他決心不走。半個多小時過去了。幾個白人在走廊上隨意地走來走去。他知道副警長在看他，他拘謹地坐著，雙手插在膝蓋間。他的感覺告訴他應該離開，等警長不在時再回來。和這種人打交道時，他一直都非常謹慎。但現在內心某種力量讓他不能退縮。

「過來，你！」副警長終於說話了。

他的頭顫抖，起身時站不太穩。「嗯？」

「你說想見法官幹什麼來著？」

「我沒說，」考普蘭德醫生說。「我只說我找他有急事。」

「你站都站不直。你喝酒了吧，是不是？我聞到你的呼吸了。」

「胡說，」考普蘭德醫生慢慢地說。「我沒有——」

副警長朝他臉上打了一拳。他向牆邊跌去。兩個白人抓住他的手臂，把他拖下樓梯，拖到一樓。他沒有反抗。

「這真是國家的麻煩，」副警長說。「像他這樣該死的自負的黑鬼。」

他沒有說話，順從了他們的行為。他等待著那可怕的憤怒，他感覺到它在體內升起。憤怒讓他虛弱，他絆倒了。他們把他推進囚車，兩個看守跟著他。他們把他帶到警察局，隨後又送到了拘留所。他們一走進拘留所，憤怒的力量才降臨了。他突然掙脫了他們。他被包圍在牆角。他們用棒子打他的腦袋和肩膀。光榮的力量在他體內，搏鬥時他可以聽見自己大笑的聲音。他又哭又笑。他瘋狂地踢。他揮舞拳頭，甚至用頭撞他們。他很快就被抓住了，不能動彈。他們沿著大廳一步步地拖著他。牢房的門開了。後面有人踢他的腹股，他跪在了地上。

逼仄的囚房裡有另外五個犯人——三個黑人，兩個白人。其中的一個白人上了年紀，喝醉了。他坐在地上，撓癢。另一個白人是個男孩，不到十五歲。三個黑人都是年輕人。考普蘭德醫生躺在鋪位上，看他們的臉，認出了其中的一個人。

「你怎麼會在這裡？」這個年輕人問。「你不是考普蘭德醫生嗎？」

他回答是。

「我叫戴瑞·懷特。去年你幫我姊姊割了扁桃腺。」

冰冷的牢房透著一股腐爛的氣味。裝滿尿的桶子在角落裡。蟑螂在牆上爬。他閉上眼睛，似乎立刻就睡過去了，等他再次抬起頭，小小的鐵窗黑了，大廳裡明亮的火在燃燒。四個空的錫盤放在地上。晚餐——甘藍菜和玉米麵包放在他的身邊。

他在鋪位上坐起身，劇烈地打了幾個噴嚏。呼吸時，痰在胸膛裡呼嚕嚕響。過了一會，那個年輕的白人男孩也開始打噴嚏。考普蘭德醫生沒有紙片了，不得不用口袋裡的筆記本。白人男孩靠近角落裡的尿桶，或者只是任由鼻涕流到襯衫前面。他的眼睛張大了，輪廓清晰的臉頰紅了。他蜷縮在鋪位邊，呻吟。

不久他們被帶到外面的盥洗室，回來後準備睡覺。四個鋪位卻有六個犯人。那個老人躺在地上打呼嚕。戴瑞和另一個男孩合睡一個鋪位。

時間漫長。大廳裡的火光灼痛他的眼睛，牢房裡的氣味令每一寸呼吸不暢。他冷。牙齒冷得打架，巨大的寒冷讓他顫抖。他坐著，用毯子裹緊全身，來回搖擺。有兩次他走過去給那個白人男孩蓋被子，男孩說著夢話，手臂伸在外面。他搖晃身子，用手捧著腦袋，從喉嚨處發出唱歌般的悲鳴。他無法去想威廉姆。他甚至無法思考強烈的真正的使命，並從中獲得力量。他只能感覺到自身的悲慘。

然後熱浪回來了。暖意在體內蔓延。他躺下，似乎沉入到了一個溫暖的紅色的地方，充滿了舒適的感覺。

第二天早晨太陽出來了。南方古怪的冬天走到了盡頭。考普蘭德醫生被釋放了。一小群人在拘留所外面等待。辛格先生在。鮑蒂婭、赫保埃和馬歇爾．尼克斯也來了。他們的臉龐有些模糊，他無法看清它們。太陽非常耀眼。

「父親，你不知道這對我們家威利毫無幫助嗎？到白人的法院那裡晃悠？我們最好是閉嘴和等待。」

她響亮的聲音在他疲憊的耳邊回響。他們鑽進十分錢計程車。到家後，他把臉貼在清新的白枕頭上。

11

米克整夜都不能睡覺。埃塔病了，她不得不睡在起居室。沙發太窄太短。她做了關於威利的噩夢。鮑蒂婭是一個月以前告訴她這件事的——但她還忘不掉。夜裡她做過兩次這樣的噩夢，醒來時人在地上，額頭上撞出一個包。早晨六點她聽見比爾去廚房給自己弄早餐。天亮了，但窗簾拉著，屋子是半黑的。在起居室裡醒過來，她有些不習慣。她不喜歡。被單在身上扭作一團，一半在沙發上，一半在地上。枕頭在屋子的中央。她爬起來，打開對著大廳的門。樓梯上沒有人。她穿著睡衣跑到後面的房間。

「挪過去一點，喬治。」

這個孩子躺在床的正中央。夜晚是溫暖的，他像松鴉一樣赤條條的。拳頭緊握，即使是在睡夢中他的眼睛也斜眯著，好像在思考一件很難弄明白的事。他的嘴巴張開，枕頭上濕了一小塊。她推他。

「等等——」他在夢中說。

「往你那邊挪一點。」

「等等——先讓我做完這個夢——這個——」

她把他硬推到他的那邊，緊貼著他躺下。她睜開眼時已經遲了，陽光射進後窗。喬治不在了。她聽見院子裡孩子們的說話聲以及水流的聲音。埃塔和海澤爾在中間的屋子說話。她穿上衣服，突然有了一個主意。她貼著門仔細聽，但聽不清她們在說什麼。她猛地把門打開，想嚇她們一跳。

他們在看一本電影雜誌。埃塔還在床上。她的手半捣著一個演員的照片。「從這邊上面看，妳不覺得他像那個男孩嗎？那個從前和——」

「今天早晨感覺怎麼樣，埃塔？」米克問。她朝床底下看了看，她的祕盒好好地躺在原來的位置。

「妳操心的事可真多。」埃塔說。

「妳沒必要挑事吧。」

埃塔的臉消瘦了。她的胃痛得可怕，她的卵巢有病變。這和身體虛弱有關。醫生說必須馬上切除她的卵巢。他們的父親說他們得等等再說。沒錢了。

「妳到底希望我怎麼表現才好？」米克說。「我禮貌地問妳問題，妳卻對我不耐煩。我覺得我應該為妳難過，因為妳病了，但妳卻不准我表現得禮貌些。我當然氣壞啦。」她把瀏海向後捋，仔細地照鏡子。「好傢伙！看看我的大包！我打賭我的頭破了。昨天晚上我摔下來兩次，看來我撞到沙發邊的桌子。我沒辦法在起居室睡覺。沙發把我擠死了，我無法躺在上面。」

「別大呼小叫，行嗎？」海澤爾說。

米克跪在地上，拽出那只大盒子。她認真地檢查綁在周圍的繩子。「說，妳們倆有沒有誰動過它？」

「見鬼！」埃塔說。「我們動妳的垃圾做什麼？」

「妳最好別動。要是誰膽敢動我的私物，我會殺了他。」

「妳聽好了，」海澤爾說。「米克．凱利，我認為妳是我見過最自私的人。妳對任何人都不關心除了——」

「哼，狗屁！」她砰地甩上門。她恨她們倆。這事想來很可怕，但她說的是事實。

她的爸爸和鮑蒂婭在廚房。他穿著浴袍，正在喝咖啡。他的眼裡充滿血絲，咖啡杯碰到托盤發出聲響。他繞著餐桌走個不停。

「幾點了？辛格先生走了嗎？」

「他走了，甜心，」鮑蒂婭說。「都快十點了。」

「十點！天吶！我從來沒這麼晚起。」

「妳搬來搬去的那個大帽盒裡裝了什麼？」

米克把手伸進爐子，拿出半打餅乾。「妳不問我，我就不會說謊。一個四處打探隱私的人會遭報應。」

「要是還有一點牛奶的話，我想用它來泡碎麵包，」她的爸爸說。「萬聖鬼湯。這對我的胃有好處。」

米克切開餅乾，在裡面夾了幾塊炸雞胸。她坐到後面的臺階上吃早餐。早晨溫暖明亮。斯伯爾瑞伯斯和薩克正和喬治在後院玩耍。薩克穿著他的防晒衣，另外兩個孩子身上只有短褲。他們用水管澆對方。水流在陽光下閃閃發亮。風吹起水花，霧一樣，在霧中有彩虹的色彩。一排衣服在風中飄動——白被單、拉爾夫的藍衣服、紅罩衫和睡衣——濕漉、乾淨、飄揚出不同的形狀。天氣像夏天。毛茸茸的小黃蜂繞著小路籬笆上的忍冬嗡嗡叫。

「看我把它舉到頭頂！」喬治大喊。「看看水是怎麼流下來的。」

她渾身都是勁，坐臥不安。喬治在麵粉袋裡裝了些土，把它吊在樹杈上當拳擊沙袋。她開始擊打它。砰！砰！她隨著音樂的節奏擊打它，音樂是她醒來時腦子裡的歌。喬治在土裡混進了一塊尖利的石子，弄傷了她的指關節。

「啊！你把水噴到我耳朵裡啦。我的耳膜破了，我聽不見了。」

「給我。讓我射。」

水花飄到她的臉上，有一次孩子們把水管對著她的腿。她擔心盒子會濕，於是抱著它穿過小路來到前廊。哈里正坐在他家的臺階上讀報。她打開盒子，取出筆記本，但很難集中精力思索她想寫下來的歌。哈里朝她的方向看過來，她無法思考。

最近她和哈里聊了許多事。他們幾乎每天都一起從學校走回家。他們談論上帝。有時她半夜醒來，為他們談論過的話題而戰慄。哈里是泛神論者。這是一種信仰，和浸禮會、天主教或猶太教一樣。哈里相信人死了被埋以後會變成植物、火、土、雲和水。在你最後成為世界的一部分之前，需要上千年的時間。他說這比單單成為一個天使強。再說，它總比什麼都不是強。

哈里把報紙扔到他家的大廳，走過來了。「熱得像夏天，」他說。「現在還只是三月。」

「是啊，我希望我們可以去游泳。」

「如果有地方游，我們可以去。」

「哪裡會有地方？除了鄉村俱樂部的游泳池。」

「我真想做點什麼——離開、去某個地方。」

「我也是，」她說。「等等！我知道一個地方。它在郊區，十五英里以外。樹林裡有一條又深又寬的小河。夏天的時候，女童子軍在那裡紮營。去年威爾斯太太帶我、喬治、派特和薩克去那裡游過一次泳。」

「如果妳想去，我找兩輛自行車，我們明天去。一個月中有一個星期天我放假。」

「我們騎車去，在那裡野餐。」米克說。

「好。我借自行車。」

他上班的時間到了。她看著他沿街走去。他甩著手臂。街道中間有一棵月桂樹，樹枝低垂。他小跑著跳起來，抓住樹枝引體向上。一種幸福的感覺捲過她，因為真的，他們是真正的好朋友。而且他很英俊。明天她要借海澤爾的藍項鏈，穿上絲綢裙。中餐他們會帶果醬三明治和奈哈蘇打水。也許哈里會帶稀奇古怪的東西，因為他們家吃的是道地的猶太食品。她一直看著他，直到他拐了彎。真的，他已經出落成了一個非常好看的傢伙。

野外的哈里和坐在臺階上讀報、思考希特勒的哈里是兩個人。他們一早就出發了。他借的自行車是男式的——前面有條橫梁。他們把午餐和游泳衣捆在擋泥板上，九點鐘前出發了。早晨很炎熱，是個大太陽天。一個小時內他們就遠遠地出了鎮子，騎上了一條紅泥路。田野色澤明亮，綠油油的，松樹強烈的氣息飄浮在空氣中。哈里激動地說話。暖風吹到他們的臉上。她口乾舌燥，肚子餓了。

「看見那邊山上的房子嗎？我們停下來弄點水喝吧？」

「不好，最好等等。井水會讓妳得傷寒。」

「我已經得過傷寒了。我得過肺炎，摔斷過腿，腳感染過。」

「我記得。」

「是啊，」米克說。「我和比爾得傷寒熱時，待在前屋，派特・威爾斯跑過人行道，捏著鼻子向窗口看。比爾可尷尬啦。我的頭髮掉光了，我當時是禿頭。」

「我打賭我們至少走出小鎮十英里了。我們騎了一個半小時——而且騎得很快。」

「我渴死了，」米克說。「也餓死了。你午餐袋子裡有什麼吃的？」

「冷豬肝布丁、雞肉沙拉三明治和餡餅。」

「很棒的野餐。」她對自己帶的東西感到羞愧。「我帶了兩顆煮得很老的雞蛋——裡面塞了餡——加上兩小袋鹽和胡椒。三明治——黑莓果醬加奶油的那種。每樣都用油紙包著。還有紙巾。」

「我沒打算讓妳帶東西的，」哈里說。「我母親準備了兩個人的午餐。是我請妳出來的嘛。我們馬上就去商店買點冷飲。」

他們又騎了半個小時，才到了加油站的商店。哈里支起自行車，她先進了商店。猛然從明亮的戶外走進去，商店內部顯得黑乎乎的。貨架上堆著雞胸肉片、油桶、麵粉袋。櫃檯上放著黏糊糊的散裝大糖罐，蒼蠅在上面嗡嗡飛。

「有什麼飲料？」哈里問。

店員開始報名字。米克打開冰櫃，看看裡面。手在冰水裡的感覺很不錯。「我想要巧克力奈哈蘇打水。你們有嗎？」

「跟她一樣，」哈里說。「要兩份。」

「不，等一下。這裡有冰啤酒。我要一瓶啤酒，如果你請得起的話。」

哈里也給自己要了一瓶。他認為二十歲以下的人喝啤酒是有罪的——也許他突然想跟著玩，湊個興。喝了第一口後，他做了一個痛苦的鬼臉。他們坐在商店前面的臺階上。米克的腿累壞了，腿上的肌肉在跳。她用手擦擦瓶頸，吞下冰涼的一大口。馬路對面是一塊空曠的大草坪，越過草坪是一排松樹林。松樹有各種各樣的綠色——從明亮的黃綠色到綠得發烏。天空是熱烈的藍色。

「我喜歡啤酒，」她說。「我以前常常把麵包泡在爸爸剩下的酒裡。我喝酒時，喜歡一邊舔手上的鹽。這是我喝過的第二瓶屬於我自己的酒。」

「第一口挺酸的。後來味道就好了。」

店員說離小鎮有十二英里。他們還有四英里多的路要走。哈里付了錢，他們又走到了日頭下。哈里大聲說話，他一直無緣無故地大笑。

「天，啤酒和陽光讓我頭暈。但我感覺可真好。」他說。

「我等不及了，我想馬上游泳。」

路面上有沙子，他們必須使足力氣踩腳踏板，否則自行車就會停下來。哈里的襯衫被汗水打濕了，貼在後背上。他一直在說話。路面變成了紅泥土，沙地被甩在後面。她心裡有一首緩慢的黑人歌——一首鮑蒂婭的哥哥用口琴吹過的歌。她跟著歌的節拍踩腳板前進。

他們終於到了她尋找的地方。「就是它！看那個標誌寫著『私人領地』？我們必須翻過那個倒刺鐵絲網，然後走那條路——看！」

樹林很安靜。光滑的松針覆蓋地面。他們只用了幾分鐘就到了小河邊。湍急的河水是褐色的。寒冷。只有靜靜的水聲和松林上方微風的長吟。彷彿幽深寂靜的樹林讓他們膽怯了，他們輕輕地沿著河岸行走。

「很美吧？」

哈里笑了。「為什麼小聲說話？聽我的！」他用手摀住嘴，發出長長的印第安式的吶喊，回聲傳到他們耳邊。「來吧。跳進水裡，涼快涼快。」

「你餓嗎？」

「好吧。我們先吃東西。現在先吃一半，等我們上岸後再吃另一半。」

她拆開果醬三明治的包裝。吃完後，哈里細心地把廢紙捲成球，塞進樹洞。然後他脫掉短褲，走到小徑上。她在樹叢後頭脫掉衣服，困難地套上海澤爾的泳衣。泳衣太小了，勒疼了她的大腿根。

「妳好了沒有？」哈里喊道。

她聽到濺起的水聲，她走到岸邊時，哈里已經在游了。「先別跳，我看看有沒有樹樁或水淺的地方，」他說。她愣愣地望著他的腦袋在水中一起一伏。再說啦，她從沒想過要跳水。她甚至都不太會游泳呢。她從小到大只游過幾次——一般都帶著泳圈或者遠離沒過頭頂的地方。但告訴哈里這個，有點小家子氣。她感到尷尬，突然編了一個謊話：

「我再也不跳水了。我以前總跳，從很高的地方跳。但有一次我的頭撞裂了，所以我再也不能跳水了。」她想了一分鐘。「我跳的是前屈體兩周。我浮上來時水裡全是血。但我不管它，接著做各種游泳花式動作。那些人對著我喊叫。我這時才發現水裡的血是從哪裡來的。後來我再也游不好了。」

哈里爬上岸。「老天！我沒聽說過這件事。」

她本想添油加醋，讓這個故事更有可信度，可她卻只是看著哈里。他的皮膚是淺褐色的，水花讓他的皮膚閃閃發亮。他的胸部和腿部可以看見毛髮。身上只有一條緊繃繃的游泳褲，他看起來完全是赤條條的。除去了眼鏡，他臉顯得更加寬闊和英俊了。他的眼睛又濕又藍。他望著她，剎那間好像兩人都不好意思了。

「水有十英尺深，除了河對岸，那兒水淺。」

「我們游吧。我打賭冷水感覺應該不錯。」

她不害怕。這種感覺正像淪陷在高高的樹頂，除了盡可能地爬下來，沒有別的辦法——一種死一般的平靜。她沿著河岸蹭下去，到了冰冷的水中。她抓緊樹根，直到傷了手，才開始游起來。她嗆了一口水，沉下去，但她沒有停止，沒有丟臉。她游到了對岸，腳可以觸到水底。現在她感覺好了。她用拳頭啪啪地擊水，大聲地胡亂叫嚷，以製造回聲。

裡。

「看這裡！」

哈里搖晃著攀上一棵細高的小樹。樹幹柔軟，他爬到頂部時，小樹被他拽彎了腰。他掉進水裡。

「我也來！看我的！」

「那是棵小樹苗。」

她和街區的其他孩子一樣，是爬樹的好手。她依樣畫葫蘆地做了一遍他的動作，啪地一聲跌進水裡。她也能游泳了。現在她游得還不錯。

他們玩一種遊戲「你叫我做什麼，我就做什麼」，沿著河岸奔跑，跳進冰冷褐色的水裡。他們叫喊、跳躍、爬樹。他們玩了差不多兩個小時。現在他們站在岸上，互相望著對方，看起來沒什麼新鮮的玩意了。她突然說：

「你裸泳過嗎？」

樹林很寂靜，他一時間沒有回答。他冷。他的乳頭變硬變紫了。他的嘴唇發烏，牙齒打架。

她一下子興奮了，順口說了一句。「如果你裸泳，我也裸。你敢不敢？」

「我——我沒有。」

哈里把深黑潮濕的瀏海順到後面。「好。」

他們都脫掉了泳衣。哈里後背對著她。他動作笨拙，耳根發紅。隨後他們轉過身面向對方。

也許他們站了有半個小時——也許不超過一分鐘。

哈里從樹上扯下一片樹葉，揉碎了。「我們還是穿上衣服吧。」

整個野餐他們兩個人都不說一句話。他們把午餐鋪在地上。哈里把每樣東西都分成兩份。夏季的午後炎熱得令人昏昏欲睡。除了潺潺的流水和鳥鳴，幽深的樹林裡一片寂靜。哈里拿起帶餡的煮雞蛋，用大拇指壓壓蛋黃。這個動作讓她想起了什麼？她聽見自己的呼吸聲。

他從她的肩膀往上看。「聽我說。我覺得妳這麼美，米克。我以前從來沒這樣想過。我不是說我以前認為妳醜——我只是想說——」

她向水中扔了一個松果。「如果想天黑前到家，我們也許該出發了。」

「不，」他說。「我們躺下吧。就一分鐘。」

他拿了幾捧松針、樹葉和灰苔蘚。她吮吸膝蓋，觀察他。她的拳頭攥得緊緊的，好像渾身都繃緊了。

「我們睡覺吧，回程的路上才有精神。」

他們躺在鬆軟的床上，抬頭望著天空下暗綠的松林。一隻小鳥唱著一首清澈而哀傷的歌，是她以前從未聽過的。一個像雙簧管吹出的高音——接著降了五度，又揚升上去。這首歌是哀傷的，像無言的問題。

「我愛那隻小鳥，」哈里說。「我覺得牠是燕雀。」

「我希望我們是在海邊。躺在海灘上，看遠處水面的輪船。有一年夏天，你去過海灘——到底是怎麼樣的？」

他的聲音粗而低。「嗯——有海浪。有時是藍的，有時是綠的，燦爛的陽光下，波浪像鏡子。沙灘上你可以撿到一些小貝殼。就像我們裝在雪茄盒裡帶回去的那種。水面上有白色的海鷗。我們在墨西哥灣，涼爽的海風一直在吹，根本不像這裡能把人烤焦。總是——」

「雪，」米克說。「我想看雪。像電影裡潔白清冷的雪堆。暴風雪。整個冬天，清冷的雪片輕柔地墜落，雪一直下啊下。像阿拉斯加的雪。」

他們同時轉過身，貼得很近。她感覺到他在顫抖，她的拳頭綳得要裂開了。「噢，上帝。」他重複著這一句話。她的頭則似乎被擰掉了，扔到了遠處。她的眼睛直直地瞪著刺目的陽光，腦子裡在想事情。接著就這樣發生了。

就是這樣。

他們沿著路邊慢慢地推車。哈里低著頭、佝著肩。塵土飛揚的路面映著他們長而黑的影子，天近黃昏。

「聽我說。」他說。

「嗯。」

「我們必須把事情搞清楚。我們必須。妳清楚嗎——哪怕是一點點？」

「我不知道。我想我不知道。」

「聽我說。我們必須做點什麼。我們坐下來說。」

他們放下自行車，坐在路邊的溝旁。他們離得很遠。黃昏的太陽照在頭頂，周圍布滿褐色易碎的螞蟻窩。

「我們必須把這件事搞清楚。」哈里說。

他哭了。他呆呆地坐著，淚珠從白白的臉上滾落。她無法去想讓他哭的那件事。一隻螞蟻叮她的腳踝，她用指頭捏住牠，仔細地盯著牠看。

「是這樣，」他說。「我還沒吻過女孩呢。」

「我也是。從沒吻過男孩，除了我的家人。」

「我以前一直想的是——吻某個特定的女孩。過去我在學校裡暗暗計畫，晚上做這樣的夢。然後她和我約會。我能看出她想讓我吻她。在黑暗中我只是看著她，卻不能吻她。這就是我的想像——吻她——機會來的時候我卻不能。」

她用手指在地上挖了個洞，埋葬了死螞蟻。

「全是我的錯。不管妳如何看待通姦，它都是罪過。而且妳比我小兩歲，還只是個孩子。」

「不，我不是。我不是小孩子了。但現在我真希望我是。」

「聽我說。如果妳覺得我們應該結婚，我們就結——祕密地或者用其他方式。」

米克搖搖頭。「我不喜歡。我不會和任何男孩結婚。」

「我也不會。我知道怎麼回事。我不是說說而已——是真的。」

他的臉嚇著了她。他的鼻翼在顫抖，下嘴唇咬得血跡斑斑。他的眼睛明亮、濕潤、憂愁。他的臉比她印象中的任何一張臉都要蒼白。她轉過臉去。要是他閉上嘴，情況會好得多。她慢慢地環顧四周——溝壑裡紅白條狀的黏土，破的威士忌酒瓶，對面松樹上有一個招聘縣警的告示。她想靜靜地坐下去，什麼也不想，不說一句話。

「我要離開小鎮了。我是個好技工，可以在其他地方找到工作。如果我待在家裡，母親就能在我眼裡看到這一切。」

「告訴我。你看著我，能看出有什麼不同嗎？」

哈里盯著她的臉看了很久，點頭表示能看出不同。他接著說：

「還有最後一件事。一兩個月後我會把地址寄給妳，妳一定要寫信給我，告訴我妳沒事。」

「什麼意思？」她慢吞吞地問。

他解釋說，「妳只需要寫兩個字『沒事』，我就明白了。」

他們接著推車往回走。影子在地上拖得很長，巨人一般。哈里身子彎得像個老乞丐，不停地用袖子擦鼻子。太陽沉沒在樹林後的前一刻，每件事物都蒙上了金黃的亮光；接著身前的影子在路面上消失了。她感覺很蒼老，彷彿身體裡有什麼東西沉甸甸的。現在她是成年人了，不因她自己的意志而有所變。

他們走了十六英里，回到了家裡黑暗的小路邊。她能看見他們家廚房黃色的燈光。哈里家是黑的——他的母親還沒有到家。她在一條小街上的裁縫鋪工作。有時星期天也上班。透過窗戶，你可以看到她在後面的縫紉機邊埋頭幹活，或者把長長的針穿進厚重的布料。你看她時，她從不抬頭。晚上她給自己和哈里做了這些道地的飯菜。

「聽我說——」他說。

她在黑暗中等待，但他並沒有繼續。他們握手後，哈里沿著房子之間的漆黑小路遠去。走到人行道時他拐了彎，回頭望望。一道光打在他的臉上，蒼白而嚴厲。然後他不見了。

「有這樣一個謎語。」喬治說。
「我在聽。」
「兩個印第安人走在山路上。前面那個人是後面那個人的兒子，但後面那個人卻不是他的父親。他們是什麼關係？」
「我想想。他的繼父。」
喬治朝鮑蒂婭咧嘴樂，露出藍色的小方牙。
「那就是他的叔叔。」
「你猜不到吧。是他的母親。這裡面的機關是，妳沒把印第安人往女人的方向想。」
她站在屋外，觀察他們。走廊像給廚房安上了畫框，裡面是溫馨整潔的家的景象。只有水池邊的燈亮著，屋內有影子。比爾和海澤爾在桌邊玩二十一點遊戲，用火柴代替錢幣。海澤爾胖胖的粉指頭擺弄著辮子；比爾吸著臉頰，非常嚴肅地發紙牌。鮑蒂婭在水池邊，用一塊乾淨的格子巾擦碗。她看上去很瘦，皮膚是金黃色的，抹了髮油的黑髮梳得整齊光滑。拉爾夫安靜地坐在地上，喬治正在試穿一件小鎧甲——聖誕節用過的金銀箔做的。
「再來一個謎語，鮑蒂婭。如果時鐘的指標指在兩點半上——」
她進了屋子。她原本指望他們看見她時，會後退站成一圈，注視她。但他們只是瞟了她一眼。她在桌邊坐下，等著。
「總是等到大家都吃完飯後，妳才野回來。我簡直沒有喘口氣的時間。」
沒人注意她。她吃了一大盤甘藍菜和鮭魚，最後吃了些奶凍甜食。她在想她的媽媽。門開了，她媽媽走進來告訴鮑蒂婭，布朗小姐說她在自己房間裡發現了臭蟲。去倒點汽油。

「別像那樣皺眉頭，米克。妳到了應該打扮的年紀啦，盡量弄得好看些。省省吧——我和妳說話時別老是愛插嘴——我讓妳幫拉爾夫好好用海綿擦洗身子，在他睡覺前。好好洗洗他的鼻子和耳朵。」

拉爾夫鬆軟的頭髮黏了些燕麥粥。她用洗碗布把它擦掉，在水池裡洗他的臉和手。比爾和海澤爾玩完了遊戲。比爾收拾火柴時，長指甲刮到了桌面。喬治把拉爾夫抱上床。廚房裡只剩下她和鮑蒂婭兩人。

「嘿！看看我。有沒有什麼不一樣的地方？」

「我當然發現了，甜心。」

鮑蒂婭戴上她的紅帽子，換鞋。

「哦——？」

「你只要弄一點奶油抹在臉上。妳的鼻子脫皮得厲害。他們說奶油治晒傷最棒。」

她一個人站在黑暗的後院，用指甲剝掉一片片的橡樹皮。這樣，幾乎更糟。如果他們看看她，發現了什麼，也許她會感覺好一些。如果他們知道。

她的爸爸從後面的臺階叫她。「米克！噢，米克！」

「在，先生。」

「電話。」

喬治湊過來，想一起聽，但她把他推開了。米諾維茲太太的聲音很響，很激動的樣子。

「我家哈里現在應該在家啊。妳知道他去哪啦？」
「不知道，夫人。」
「他說你們倆要騎自行車出去。他現在會在哪裡呢？妳知道他在哪裡嗎？」
「不知道，夫人。」米克又說了一遍。

12

天又熱起來了，「陽光南部」遊樂場總是擠滿了人。三月的風靜止下來。樹上長出密密的褐綠葉子。藍色的天空萬里無雲，太陽的照射愈發強烈。空氣是悶熱的。傑克·布朗特恨這種鬼天氣。他暈暈乎乎地想著近在眼前的燃燒的長夏。他感覺不舒服。最近，他經常頭痛。他長胖了，鼓出一個小小的啤酒肚。他不得不鬆開褲子最上面的扣子。他知道這是酒精導致的發胖，但他依然喝酒。酒精能緩解他的頭痛。他只要喝一小杯，頭痛就會好一些。如今一杯酒和一夸脫對他來說都是一樣的。並不是這口酒帶給他快感——而是第一口酒調動了這幾個月滲透在血管裡的所有酒精。一勺啤酒就能緩和頭部的悸動，而一夸脫的威士忌也不能讓他醉倒。

他完全戒酒了。好幾天只喝水和柳橙汁。頭部的痛像腦裡有蠕蟲在爬。漫長的下午和晚上，他疲乏地工作。他失眠了，努力使自己把書看進去也是極大的痛苦。房間裡潮濕酸臭的氣味令他抓狂。他躺在床上，翻來覆去，最終入睡時，天已亮了。

一個夢糾纏了他。四個月前，他第一次做這個夢。他在恐懼中醒來——但奇怪的是他從不記得夢的內容。睜開眼睛時，只有夢的感覺。每次醒來時的恐懼感都驚人的相似，他毫不懷疑這些夢是相同的。他習慣了做夢，酒後怪誕的噩夢讓他墜入瘋子混亂的國度，但往往早晨的光線驚碎了噩夢的影響，他忘了它們。

這個空白、鬼祟的夢卻大不一樣。他驚醒，卻什麼也想不起來。醒來之後，被恐嚇的感覺久久地盤旋。後來有一天早晨，他帶著熟悉的恐懼醒來，卻模糊地記起了他身後的黑暗。他正在一群人中行走，他的懷裡抱著一件東西。這是唯一他能確定的。他偷東西了？或者他正試圖保住什麼財產？這些人是不是在追捕他？他覺得不是。他愈研究，這個簡單的夢就愈難以理解。再後來，這個夢有一陣子沒有出現了。

他遇到了去年十一月用粉筆在牆上寫字的那個人。他們見面的第一天，那個老人就像一個邪惡的天才一樣，牢牢地黏上了他。他叫西姆斯，在人行道上布道。寒冷的冬天，他縮在屋裡，春天來了，他整天都在外面的大街上。鬆軟的白髮亂蓬蓬地搭在脖子上，他總拎著一個絲製的女用大手袋，裝滿粉筆和耶穌的廣告。他的眼睛亮亮的，閃著瘋狂的光。西姆斯試圖讓他改變信仰。

「苦難的孩子，我在汝的呼吸裡聞到了啤酒罪惡的臭味。你抽菸。假如主允許我們抽菸，他會在《聖經》裡寫上。汝的眉頭上寫著撒旦的印記。懺悔吧。讓我指給你那光。」

傑克的眼珠上翻，在空中做了一個緩慢的虔誠的動作。然後他張開油跡斑斑的手。「我只讓你看，」他低聲地以表演的聲調說。西姆斯低頭看他手掌上的傷疤。傑克湊過去，對他耳語：「還有一處印記。你知道的那個印記。因為它們是天生的胎記。」

西姆斯退到籬笆邊。他女人氣地拾起額頭上一綹銀髮，把它抹到後面。他的舌頭緊張地舔著嘴角。傑克大笑。

「褻瀆！」西姆斯尖叫。「上帝會抓住你的。你和你的那夥人。上帝會記住瀆神者。上帝眷顧我。上帝眷顧所有的人，但他最眷顧我。就像他眷顧摩西一樣。上帝在夜裡對我說話。上帝會抓住你的。」

他把西姆斯帶到附近的便利商店，要了可口可樂和奶油花生薄脆餅乾。西姆斯又開始對他說教了。他出發去遊樂場，西姆斯小跑著跟在他後面。

「今晚七點到這個街角來。耶穌有專門給你的聖言。」

四月最初的幾天，起風了，卻很暖和。白雲在藍天上游曳。風裡飄過河水的氣味和小鎮遠處田野清新的氣息。遊樂場每天從下午四點起開始擁擠，一直到午夜。這些人很粗野。新的春天來了，他嗅到了蟄伏的麻煩。

一天晚上，他正在弄秋千的機械設備，突然被一陣憤怒的說話聲打斷了。他連忙擠過人群，看見旋轉木馬售票處旁一個白人女孩正在和一個黑人女孩打架。他使勁把她們扯開，但她們還是掙脫了撲向對方。人群分成兩派，鬧哄哄的。白人女孩是羅鍋。手上緊緊攥著一個東西。

「我可看見你啦，」黑人女孩嚷道。「還有，我能打掉妳背上的羅鍋。」

「閉嘴，妳這個黑鬼！」

「最不要臉的下等人。我付了錢，我有權騎。白人，讓她把票還給我。」

「黑母狗！」

傑克看看這個，望望那個。人群圍得更緊了。嘰嘰咕咕地各種意見都有。

「我看見露芮的票掉到地上，我看到這個白人女士把票撿起來。這是真相。」一個黑人男孩說。

「黑鬼不許碰白人女孩——」

「你別再推我。即使你是白皮膚，我也會還手的。」

傑克粗暴地擠進人群最密集的地方。「好啦！」他大喊道。「走吧——別吵啦！每一個該死的。」看到他的大拳頭，人們無精打采地散去。傑克轉向兩個女孩。

「是這樣的，」黑人女孩說。「這裡沒幾個人像我這樣，我保證我就是這樣的一個，每週做到星期五晚上好存下個五十美分。這星期我多熨了兩倍的工作量。我付了整整五分錢，買了她手上的那張票。現在我要騎木馬。」

傑克很快就解決了糾紛。他讓那個羅鍋留著手上那張有爭議的票，又給了黑人女孩一張票。那天晚上沒有再發生其他爭吵。但傑克警惕地在人群裡逡巡。他感到憂慮和不安。

除了他自己，遊樂場還有另外五名雇工——兩個男人負責秋千和收票，三個女孩在售票處。這不包括派特森。遊樂場老闆大多數時間都在拖車裡，一個人玩紙牌。他的目光空洞，瞳孔萎縮，頸部的皮膚鬆垮垮地垂成黃褶子。過去的這幾個月裡，傑克加了兩次薪。午夜，他要向派特森彙報工作，把晚上的營業收入交給他。有時他走進拖車好幾分鐘後，派特森才注意到他；他盯著撲克牌，隱入到恍惚之中。拖車裡散發著食物和大麻濃重的臭味。派特森把手放在肚子上，彷彿在保護它。他查帳總是非常細膩。

傑克和另外兩個技工有過一次口角。這兩個人原來都是一家工廠的落紗工。一開始，他想和他們交談，幫助他們看見真相。有一次他邀請他們去撞球間喝酒。但他們太愚鈍了，他無法幫助他們。不久以後，他無意中聽到了他們的談話，引發了這場麻煩。那是星期天的凌晨，大概兩點鐘的樣子，他正在和派特森對帳。等他走出拖車，遊樂場空了。月亮明晃晃。他正想著辛格和這一天的假。他經過秋千時，聽到有人在說他的名字。兩個技工幹完了活，正在一起抽菸。傑克聽著。

「如果說我有比黑鬼更討厭的人，那就是共產黨。」

「他要笑死我了。我才不在意他。看他大搖大擺走路的樣子。我從沒見過這麼矮的矮冬瓜。他有多高，你估計？」

「大概五英尺吧。但他覺得他非得告訴每個人那麼些事。他應該待在監獄裡。那才是他的地方。紅色布爾什維克。」

「他就是逗死我了。我每次看他，忍不住要樂。」

「他沒必要對我擺出神氣的樣子。」

傑克注視著他們向韋弗斯小巷走去。他的第一反應是衝過去，擋住他們，但某種東西讓他畏縮不前。他默默地生了幾天氣。一天晚上下班後，他跟著兩個男人走過幾條馬路，他們轉彎時，他橫在他們前面。

「我聽見了，」他上氣不接下氣地說。「我碰巧聽到你們上週六晚上說的每個字。是的，我是共產黨。至少我認為我是。但你們是什麼？」他們站在街燈下。這兩個男人向後退去。這個街區很荒涼。「你們兩個臉色蒼白的、直腸萎縮的、得佝僂病的小老鼠！我伸出手就能掐住你們的細脖子——一隻手一個。管我是不是矮冬瓜，我能把你們放倒在人行道上，到時人們得用鐵鍬把你們鏟起來。」

這兩個男人互相看了看，被嚇住了，想往前走。但傑克不讓他們過去。他倒著走，跟著他們，臉上有憤怒的嘲諷。

「我要說的就是：以後你們只要想對我的身高、體重、口音、舉止或意識形態做出評價時，我建議你們隨時來找我。最後一項我也不會找藉口回避，我奉陪到底——萬一你們不知道。我們可以一起討論。」

之後的日子傑克就用憤怒的蔑視對待這兩個男人。他們在背後譏笑他。一天下午，他發現秋千器械被人故意毀壞了，他不得不加班三個小時來修理它。他總覺得有人在嘲笑他。每次他聽到女孩們嘰嘰喳喳，他都挺直身子，毫不顧忌地對著自己大笑，彷彿想到了某個私密的笑話。

溫暖的西南風從墨西哥灣吹來，帶來了濃郁的春天的氣息。白天變長了，太陽是耀眼的。懶洋洋的暖意讓他壓抑。他又開始喝酒了。一下班，他就回家，躺倒在床上。有時他不脫衣服，死一般地在床上一待就是十二、三個小時。幾個月前的不安感彷彿消失了，這種不安曾讓他低泣和咬自己的指甲。但在他的沉惰下面，傑克感覺到了熟悉的緊張。在他所有去過的地方當中，小鎮是最孤獨的。或者說，如果沒有辛格，它就是最孤獨的。只有他和辛格知道真理。他知道，但不能讓不知道的人看見這一點。它像是與黑暗、炎熱和空氣中的臭味作戰。他憂鬱地望向窗外。角落上被煙熏黑了的矮樹長出了膽汁綠的新葉。天空總是深而堅硬的藍色。流過小鎮這一帶的惡臭的河水，滋養了蚊子，牠們在房間裡嗡嗚。

他被叮了個包。每天早晨，他把硫磺和豬油混在一起，抹在身體上。他把自己撓疼了，看起來癢永遠也止不住。一天晚上他終於爆發了。他獨坐了很久很久。他喝了杜松子酒和威士忌，醉得厲害。差不多是清晨。他把身子探出窗口，看著漆黑沉默的街道。他想到了周圍所有的人。睡眠中的。不知道的人。突然他高聲地叫喊起來：「這就是真理！你們這些雜種一無所知。你們不知道。你們不知道！」

一條街憤怒地醒來。燈亮了，睡意朦朧的詛咒撲向他。房子裡的男人瘋狂地搖撼他的門。對面街上窯子裡的姑娘從窗戶探出腦袋。

「你們這些愚蠢愚蠢愚蠢愚蠢的雜種。你們這些愚蠢愚蠢愚蠢愚蠢——」

「閉嘴！閉嘴！」

大廳裡的人撞他的門：「你這隻醉公牛！等我們把你修理掉，你會死得很難看的。」

「外面有幾個人？」傑克咆哮。他「砰」地將一個空酒瓶砸到窗欞上。「上啊，所有的人。一個人上啊，所有的人上啊。我一次可以搞定三個人。」

「沒錯，甜心。」一個妓女叫道。

門被撞開了。傑克從窗口跳下去，跑過小路。「咿噢！咿噢！」他醉醺醺地喊。他光著腳和上身。一個小時後，他跌跌撞撞地闖進辛格的房間。他四仰八叉地躺在地上，大笑著睡過去。

四月的一個早晨，他發現了一個被謀殺的男人屍體。一個年輕的黑人。傑克在離遊樂場三十碼的陰溝裡發現了他。黑人的喉嚨被割開了，他的腦袋向後滾動成一個古怪的角度。太陽熱辣辣地照在他圓睜的空洞眼睛上，蒼蠅在胸口的乾血上空盤旋。死者握著一根紅纓棒，像在遊樂場漢堡攤裡賣的那種。傑克鬱悶地低頭看了一會兒屍體。隨後他叫了警察。沒有發現線索。兩天後死者的家人在陳屍所認領了屍體。

「陽光南部」時常有打架和爭吵。有時兩個朋友手挽手，笑著，喝著，來到遊樂場——而在他們離開之前卻氣呼呼地扭打成一團。傑克總是保持警覺。在遊樂場炫麗的熱鬧氣氛、明亮的燈光和懶洋洋的笑聲深處，他觸到了某種陰鬱和危險的氣息。

在這些茫然和混亂的日子裡，西姆斯不停地走。這個老人總是帶著臨時講壇和一本《聖經》，站在一群人中間布道。他談到基督的第二次降臨。他說末日審判將在一九五一年十月二日。他會指著某些酒鬼，用粗啞疲憊的聲音對著他們尖叫。他激動得滿是口水，因此他的話發出了濕潤和汩汩的水聲。一旦他站在人群中、搭起他的講壇，就沒有任何論據可以動搖他。他送了傑克一本《基甸聖經》作為禮物，告訴他每天晚上跪著禱告一個小時，把遞給他的每一杯啤酒或每根香菸都扔到遠處。

他們為了牆壁或籬笆爭吵。傑克也開始在口袋裡裝上了粉筆。他寫簡短的句子。他盡量修飾它們的用詞，以使路人可能駐足，深思它們的意義。因此一個路人會好奇。因此一個路人會思考。他也寫了迷你小冊子，在街上散發。

如果不是因為辛格，傑克知道自己早就離開這個小鎮。只有星期天和他的朋友在一起時，他才感到安寧。有時他們一起出去散步或者下棋——但更多的時候他們一天都靜靜地待在辛格的房間裡。他想說話時，辛格總是很專心。他憂鬱地坐上一天時，啞巴了解他的感覺，不會感到吃驚。對他來說，現在似乎只有辛格可以幫助他。

一個星期天，他爬樓梯時看見辛格的門開著。房間是空的。他一個人坐了兩個多小時。終於聽到辛格上樓的腳步聲。

「我正在納悶你呢。你去哪裡了？」

辛格笑了。他用手帕撣撣帽子上的灰，把它放到一邊。然後他小心地從口袋裡掏出銀鉛筆，俯在壁爐架上寫便條。

「什麼意思？」傑克讀了啞巴的字後問。「誰的腿被鋸掉了？」

辛格拿回便條，添了幾句話。

「哈！」傑克說。「這不奇怪。」

他思索著這個便條，然後把它揉在手裡。過去一個月的無力感消失了，他感到緊張和不安。

「哈！」他又說了一遍。

辛格裝了一壺咖啡，取出棋盤。傑克把便條撕成碎片，用兩隻汗津津的手掌搓著。

「但我們可以做點什麼，」過了半晌他說，「你知道嗎？」

辛格不確定地點點頭。

「我想去看這個男孩，聽聽全部的故事。什麼時候你能帶我去？」

辛格思索，然後在紙上寫下「今晚」。

傑克用手摀住嘴，開始在屋子裡煩躁地走動。「我們可以做點事。」

13

傑克和辛格在前廊等著。他們按響門鈴，黑暗的房子裡卻沒有鈴聲。傑克不耐煩地敲門，把鼻子抵在紗門上向裡望。辛格木愣地站在他的身旁，笑著，臉頰上有兩處紅暈，因為他們剛剛一起喝過一瓶杜松子酒。夜晚靜悄悄的，一片漆黑。傑克望見大廳裡射過一道柔和的黃光。鮑蒂婭給他們開了門。

「但願你們沒有等得太久。來了好多夥伴，我們覺得應該把門鈴直接關掉。先生，把帽子給我——父親病得很重。」

傑克跟在辛格後面，笨重地踮著腳走過寒傖狹窄的大廳，在廚房門口他倉促地停下。屋子又熱又擠。火苗在小柴爐裡燃燒，窗子關得緊緊的。菸味裡混著黑人特有的氣味。火焰是屋裡唯一的光。剛才在大廳裡聽到的低語聲沉默了。

「兩個白人先生來探望父親的病情，」鮑蒂婭說。「我想也許他能見你們，但我最好先進去看看，幫他準備一下。」

傑克摸摸厚厚的下嘴唇。鼻尖處有網狀的印記，是他貼在紗門上留下的。「不，」他說。「我是來找你哥哥的。」

屋裡的黑人站了起來。辛格示意他們重新坐下。兩個花白頭髮的老人坐在火爐邊的長凳上。四肢鬆弛的一個黑白混血兒懶懶地靠在窗邊。角落上的行軍床上有一個無腿的男孩，褲子捲起，別在粗短的大腿根下。

「晚安。」傑克笨拙地說。「你叫考普蘭德？」

這個男孩把手放在殘肢上，縮到牆邊。「我叫威利。」

「甜心，別擔心，」鮑蒂婭說。「這是辛格先生，你聽父親提過的。另一個白人先生是布朗特先生，辛格先生很好的朋友。他們是善意的，來問問我們的麻煩。」她轉向傑克，指指屋子裡另外三個人。「靠在窗邊的那個男孩也是我的哥哥。叫巴迪。爐邊的是我父親的兩個好友，馬歇爾·尼克斯先生和約翰·羅伯茨先生。我覺得讓你們知道屋子裡的人都是誰，是個好主意。」

「謝謝，」傑克說。他又轉向威利。「我只想讓你對我說說這個事，我好把它弄清楚。」

「是這樣，」威利說。「我覺得腳還在痛。我腳趾痛死了。我腳上的痛在我的腳應該在的地方，如果它們還在我的腿——腿——上。不是在我的腳現在的地方。這很難理解。我的腳一直痛死了。我不知道它們在哪裡。他們從來沒有把我的腳還給我。它們在離這裡一百英——英里的什——什麼地方。」

「我想知道這件事是如何發生的。」傑克說。

威利不自在地抬頭看他的妹妹。「我記不太——清楚了。」

「你記得清，甜心。你和我們說過無數次了。」

「嗯——」男孩的聲音膽怯而沉悶。「我們都在路上，那個巴斯特對看守說了什麼。那白——白人拿出棍子對著他。另一個男孩想跑。我跟著他跑。發生得太快了，我記不清楚怎麼回事。他們後來就把我們帶回到營地，然後——」

「我知道後來的事，」傑克說。「告訴我另外兩個男孩的名字和地址。告訴我看守的名字。」

「聽我說，白人。我感覺你想給我找麻煩。」

「麻煩！」傑克粗魯地說。「以上帝的名義，你覺得自己現在是什麼情況？」

「我們都冷靜一點，」鮑蒂婭緊張地說。「是這樣的，布朗特先生。他們在威利服刑期滿前把他放了。但他們也暗示他不要——我相信你明白我們的意思。威利當然嚇壞了。我們當然要小心——因為我們最好這樣。我們已經有太多的麻煩。」

「那些看守怎麼樣了？」

「那些白——白人被開除了。他們告訴我的。」

「你的朋友現在在哪裡？」

「什麼朋友？」

「咦，另外那兩個男孩。」

「他們不——不是我的朋友，」威利說。「我們三個鬧翻了。」

「什麼意思？」

鮑蒂婭拽著耳墜，她的耳垂像橡皮一樣拉長了。「威利是說，你懂吧，這三天他們痛得要命，就開始吵架。威利再也不想見到他們。這是父親和威利爭吵過的事。這個巴斯特——」

「巴斯特裝了木腿，」窗邊的男孩說。「我今天在街上看見他了。」

「這個巴斯特沒有親人，父親讓他搬來和我們一起住。父親想把這些男孩都集中在一起。我真不知道，他怎麼覺得我們能養得起他們。」

「這不是好主意。再說我們從來不是非常好的朋友。」威利用他健壯的黑手撫摸殘肢。「我只想知道我的腳——腳在哪裡。這是我最著急的事。醫生從沒把它們還給我。我真希望我知道它們在哪裡。」

傑克用迷茫的醉眼環顧四周。每樣東西看起來都模糊不清，十分陌生。廚房裡的熱氣讓他眩暈，聲音在耳朵裡回響。煙霧嗆得他透不過氣。天花板上的燈亮著，但為了減弱亮度，燈泡被包在報紙裡，所以屋子裡的光主要來自熱爐子縫隙裡的火焰。周圍所有黑面孔上都閃著紅光。他感到不安和孤單。辛格離開了屋子，去看鮑蒂婭的父親。傑克希望他回來，可以一起離開，他尷尬地走到對面，坐在了長凳上，在馬歇爾·尼克斯和約翰·羅伯茨之間。

「鮑蒂婭的父親在哪？」他問。

「考普蘭德醫生在前屋，先生。」羅伯茨說。

「他是醫生？」

「是的，先生。他是醫師。」

外面的臺階傳來拖遝的腳步聲，後門開了。暖和新鮮的風令滯重的空氣輕快多了。一開始走進來一個穿亞麻西裝和鍍金鞋的高個子男孩，抱著一個紙袋。跟在後面的是一個年紀約十七歲的男孩。

「嗨，赫保埃。嗨，藍斯，」威利說。「你們給我帶了什麼？」

赫保埃誇張地向傑克鞠了個躬，把兩個果醬罐裝的酒放在桌上。藍斯在它們旁邊擺上一只鋪了乾淨白餐巾的碟子。

「酒是社團送的，」赫保埃說。「藍斯的母親還送了些桃子鬆餅。」

「醫生怎麼樣了，鮑蒂婭小姐？」藍斯問。

「甜心，這些日子他病得厲害。他身體很強壯，這讓我擔心。一個像他這樣的病人變得很強壯是壞兆頭。」鮑蒂婭轉向傑克。「你不覺得是壞兆頭嗎，布朗特先生？」

傑克迷茫地盯著她。「我不知道。」

藍斯陰鬱地掃了傑克一眼，拉下穿小了的襯衫袖口。「請向醫生致上我們全家的問候。」

「我們非常感謝，」鮑蒂婭說。「前幾天父親還提到你呢。他有一本書想給你。等一分鐘，我拿給你，再把碟子洗乾淨，還給你母親。她還送東西給我們，真是太客氣了。」

馬歇爾．尼克斯靠近傑克，彷彿想和他交談。這個老人穿著細條紋褲子和晨禮服，扣眼處插著一朵花。他清清嗓子說：「很抱歉，先生——但不可避免，我們無意聽到了你和威廉姆談話的一部分，關於他現在的麻煩。**理所當然地**我們已經研究出最好的辦法。」

「你是他的親戚或是他教堂的牧師嗎？」

「不，我是藥劑師。你左邊的約翰．羅伯茨在政府的郵局工作。」

「郵差。」約翰．羅伯茨重複說。

「請允許我——」馬歇爾．尼克斯從口袋裡掏出黃絲綢手帕，小心翼翼地擤鼻涕。「我們自然全面地討論了這個問題。毫無疑問，作為美國這個自由國家的黑人種族的成員，我們願意為了發展和睦的關係而盡我們的努力。」

「我們總是希望做正確的事。」約翰．羅伯茨說。

「我們應該小心地努力，不要損害已經建立的和睦關係。透過循序漸進的方式，更好的情況會來到的。」

傑克望望這個，看看那個。「我不太明白你的話。」熱氣要將他窒息了。他想離開。彷彿有一層薄霧黏在他的眼球上，周圍所有的面孔都是模糊的。

威利在屋子另一頭吹口琴。巴迪和赫保埃在聽。曲子是陰鬱而哀傷的。結束後威利在襯衫前面蹭了蹭他的口琴。「我餓極了，渴極了，口水把旋律弄濕了。我真想試試一些低音連奏的爵士。喝點好酒是唯一能使——使我忘記痛苦的辦法。如果我能知道我的腳——腳在哪裡，能每天喝上一杯杜松子，我就不會這麼難受了。」

「別抱怨了，甜心。你會有的，」鮑蒂婭說。「布朗特先生，用點桃子鬆餅和酒嗎？」

「謝謝，」傑克說。「很樂意。」

鮑蒂婭快速地鋪上桌布，放好碟子和叉子。她倒了滿滿一大杯酒。「你請隨意。如果你不介意，我要招呼其他人了。」

果醬罐一口一口地傳下去。赫保埃把罐子遞給威利之前，借了鮑蒂婭的口紅，在罐上劃了一條紅線，作為酒的邊界。有咯咯的說話和笑聲。傑克吃完了鬆餅，拿著酒杯回到兩個老人中間。自釀的酒像白蘭地一樣醇厚和濃烈。威利開始吹一支低而憂鬱的曲子。鮑蒂婭捏得自己的手指啪啪響，拖著腳在屋裡轉。

傑克轉向馬歇爾・尼克斯。「你說鮑蒂婭的父親是醫生？」

「是的，先生。是的，確實。一個熟練的醫生。」

「他怎麼了？」

這兩個黑人警惕地互相對視。

「他出了事故。」約翰・羅伯茨說。

「什麼事故？」

「壞事故。悲慘的事故。」

馬歇爾・尼克斯疊上又展開他的絲綢手帕。「我們剛才說過，重要的是，不要損害這些和睦關係，而是要盡量真誠地用一切辦法來促進它。我們作為黑人種族的一員，必須盡可能努力來提升我們的公民。那邊屋子裡的醫生盡了一切努力。但有時我覺得他沒有完全認識到不同種族和處境的某些特點。」

傑克不耐煩地大口吞下最後一口酒。「看在基督的份上，夥計，別繞彎子啦，我完全聽不懂你的話。」

馬歇爾・尼克斯和約翰・羅伯茨交換了一下受傷的眼神。屋內另一頭的威利仍在吹曲子。他的嘴唇在口琴的方孔上蠕動，像肥胖的收攏的毛毛蟲。他的肩膀寬闊強壯。大腿的殘肢隨著音樂晃動。赫保埃跳舞，巴迪和鮑蒂婭拍手打節奏。

傑克站起來，馬上就意識到他醉了。他踉踉蹌蹌，為自己辯解似的掃視四周，但似乎沒有人注意他。「辛格在哪？」他口齒不清地問鮑蒂婭。

音樂停了。「咦，布朗特先生，我以為你知道他走了。你坐在桌邊吃桃子鬆餅時，他到了門口，伸出手上的錶，示意他要離開。而你直直地看著他，搖搖頭。我以為你知道。」

「也許我在想別的事。」他轉向威利，生氣地對他說：「我甚至還沒能告訴你我來這裡的目的。我來這裡可不是為了要你做什麼。我想的是——我想的僅僅是這個。你和其他的男孩將為發生的事作證，我來說說為什麼。**為什麼**是唯一重要的事——而不是**是什麼**。我本應推著手推車，帶著你四處走，你本應說出你的故事，然後我本應說說**為什麼**。也許這本應有點意義。也許它——」

他感到他們在笑他。困惑使他忘了他想說的話。屋子裡全是陌生的黑面孔，空氣滯重得無法呼吸。他看見對面的門，踉蹌地向它走去。他到了一個黑暗的儲藏室，有藥的味道。他的手擰著另一支門把。

他站在了一間小小的白屋的門檻上，屋裡只有一張鐵床，一個櫥櫃和兩把椅子。床上躺那個可怕的黑人，正是他曾在辛格家樓梯上遇到的。在白色僵硬的枕頭上，他的臉顯得非常黑。黑眼睛因為仇恨火辣辣的，但厚厚的、發藍的嘴唇卻是鎮靜的。他的臉像黑面具般沒有表情，除了每次呼吸時鼻翼緩慢舒張的顫動。

「滾出去。」黑人說。

「等等——」傑克無助地說。「你為什麼這樣說？」

「這是我的家。」

傑克的視線無法從黑人可怕的臉上挪開。「但是為什麼？」

「你是白人和陌生人。」

傑克沒有走。他笨重而小心地走向一把白色的直背椅，坐下。黑人的手在床罩上挪動。他的黑眼睛激烈地閃爍。傑克觀察他。他們兩人在等待著什麼。房間裡有一種共謀的緊張感，也像爆炸前的死寂。

午夜過後很久了。春天的早晨，黑壓壓的暖空氣攪動了房間裡層層的藍煙。地上有皺巴巴的紙團和半空的杜松子酒瓶。床罩上有散亂的灰塵。考普蘭德醫生的腦袋緊緊地擠在枕頭上。他脫掉了晨衣，白棉睡衣的袖口捲到了肘部。傑克坐在椅子裡，身子向前探。他的領帶鬆了，襯衫領被汗水打蔫了。這幾個小時，他們進行了耗人的長談。現在暫停下來。

「所以時候到了——」傑克開口。

但考普蘭德醫生打斷了他。「現在也許我們必須——」他沙啞地低語。他們停頓了。兩個人都凝視對方，等著。「請原諒。」考普蘭德醫生說。

「對不起，」傑克說。「請繼續。」

「不，你接著說。」

「嗯——」傑克說。「我不想說剛才要說的話了。關於南方，我們會有一個最終的結論。被束縛的南方。被浪費的南方。被奴役的南方。」

「還有黑人。」

為了鎮定自己，傑克拾起身邊地上的酒瓶，長長地喝了一大口灼熱的酒。過後，他慢吞地走向櫥櫃，拿起一個便宜的微型世界地球儀，它是用來作紙鎮的。他把它放在手裡慢慢地轉動。「我能說的就是這個：這個世界充滿了卑鄙和邪惡。哈！這個地球有四分之三的地方在戰爭或壓迫中。騙子和惡魔糾集在一起，而**知道**的人卻是孤立的，手無寸鐵。但是！但是，如果你讓我指出這個地球儀上最不開化的地區，我會指這裡——」

「看清楚一點，」考普蘭德醫生說。「你指到海洋了。」

傑克又轉動地球儀，把鈍鈍的髒拇指按在精心選擇的一處。「這裡。這十三個州。我知道我在說什麼。我讀書，四處走。我去過所有這十三個該死的州。我在每個州都工作過。我為什麼這樣想？我們生活在世界上最富有的國家。有大量的東西，卻不能勻出一口給貧困的男人、女人和小孩。除此之外，我們的國家建立在本應是偉大和真切的原則之上——自由、平等、人權。哈！可是這個開端帶來了什麼？有上億資產的公司——成千上萬的人卻沒飯吃。這裡的十三個州對人類的剝削到了這種地步——你真應該親眼去看看。我一生中看到的事會讓人發瘋。至少有三分之一的南方人，他們的生活絕不比歐洲任何一個法西斯國家最貧困的農民強。農場裡佃農的年平均工資只有七十三塊錢。請注意，這是平均工資！用穀物交租的佃農每人從三十五塊到九十塊不等。而一年三十五塊意味著一整天的工作只值十分錢。處處都有癩皮症、鉤蟲病和貧血症。還有活生生的饑荒。但是！」傑克用骯髒的拳頭關節蹭嘴唇。額頭上立著汗珠。「但是！」他重複道。「那些還只是你能看得見摸得著的邪惡。還有更糟的東西。我指的是向人們隱瞞真理的方式。他們原本獲知的那些事使他們看不到真相。有毒的謊言。不允許他們知道真相。」

「還有黑人，」考普蘭德醫生說。「要想明白我們的情況你必須——」

傑克粗野地打斷他。「誰擁有南方？北方的公司擁有整個南方的四分之三。他們說老乳牛在四處吃草——在南方、西部、北方和東部。但她只在一個地方擠奶。脹滿奶時，她的老乳頭卻只在一個地方晃悠。她在各處吃草，在紐約擠奶。奪走我們的棉紡廠，我們的紙漿廠，我們的馬具廠，我們的床墊廠。北方擁有它們。而這是怎麼回事？」傑克的鬍子氣憤地抖動。「這有一個例子。事情發生的地點，根據美國工業偉大的父權體系而建的一個工廠村。產權遙領制。村裡有一個巨型磚廠和大約四五百個貧民窟。這些房子簡直不是人住的。而且，首先這些房子就是當貧民窟來建造的。這些貧民窟只有兩個或三個房間加上一個廁所——遠遠不如造牲口棚時的考量。還不如造豬圈花的心思多。因為在這種制度下，豬是有價值的，而人卻沒有。從骨瘦如柴的小工人身上，你可做不成豬排或香腸。如今，你只能賣掉人的一半。可一隻豬——」

「等等！」考普蘭德醫生說。「你離題了。再說，你沒注意到黑人這個非常獨立的問題。我都插不上嘴。這些我們都經歷過，不把我們黑人考慮進去，你不可能看清整體的情況。」

「回到我們的工廠村，」傑克說。「能找到工作的時候，一個年輕的棉紡工開始一週掙八塊或十塊錢的體面收入。他結婚了。生了第一個小孩後，女人也必須在工廠上班。他們都有工作時，加在一起的工資是一週十八塊。哈！他們拿出四分之一來租工廠提供的棚屋。他們在公司的商店買食品和衣服。每一樣東西商店都多收了錢。有了三四個小孩後，他們被牽制住了，就好像套上了鐵鍊。這就是奴隸制的全部原理。可是這裡，在美國，我們說自己是自由的。可笑的是，這個想法被牢牢地灌進了所有人的腦袋瓜裡，那些用穀物交租的佃農、棉紡工，等等，他們真的相信啦。但它充斥了一大堆該死的謊言，好讓他們不會知道真相。」

「只有一個出路——」考普蘭德醫生說。

「兩條路。只有兩條。曾有一段時期，這個國家在擴張。每個人都認為自己有機會。哈！但它已經過去了——永遠地過去了。不到一百個公司吞吃了這一切，只留下點殘羹剩飯。這些企業已經吸乾了人們的血，熬乾了人們的骨髓。擴張的舊時光已經過去了。資本主義民主的整套機制是——爛掉的和腐敗的。前面只剩下兩條路。一是：法西斯主義。二是：最革命和最永恆的改良。」

「還有黑人。別忘了黑人。對於我和我的同胞來說，南方現在就是法西斯主義，而且一直都是。」

「是的。」

「納粹剝奪了猶太人的法律、經濟和文化生活。這裡，黑人也一直被剝奪了這些。如果說在德國發生的對錢物成批和戲劇化的搶劫，並沒有發生在這裡，那不過是因為黑人從一開始就沒有致富的機會。」

「這就是那個機制。」傑克說。

「猶太人和黑人，」考普蘭德醫生痛苦地說。「我們同胞的歷史將和猶太人漫長的歷史相提並論——只會更血腥，更野蠻。像一種海鷗。如果你捉住一隻，在牠的腿上纏住一根細紅繩，剩下的鳥會把牠啄死。」

考普蘭德醫生取下眼鏡，在斷裂的鉸鏈處重新綁了綁金屬絲。然後把鏡片在睡衣上擦了擦。

他的手因為焦慮而顫抖。「辛格先生是猶太人。」

「不是，這你可錯了。」

「我相信他是的。這個名字，辛格。第一眼看見他，我就認出了他的種族。從他的眼睛。而且，他這樣對我說過。」

「咦，他不可能說過，」傑克堅持道。「他可是純得不能再純的盎格魯—薩克遜人。愛爾蘭和盎格魯—薩克遜。」

「但是——」

「我確定。絕對的。」

「好吧，」考普蘭德醫生說。「我們別吵了。」

外面黑壓壓的空氣涼下來了，屋裡有了點涼意。幾乎是黎明了。清晨的天空是絲綢般的深藍色，月亮從銀白變成了純白。一片寂靜。屋外的黑暗中，只有一隻春鳥清澈孤獨地鳴叫。儘管從窗外吹進了微風，屋裡的空氣還是難聞和悶滯的。有一種既緊張又筋疲力盡的感覺。考普蘭德醫生從枕頭上探起身子。他的眼睛充血，雙手揪住床罩。睡衣的領口滑到了瘦骨嶙峋的肩膀。傑克的腳後跟搭在椅子的橫槓上，巨大的雙手交叉放在膝蓋間，一種等待和孩子氣的姿態。他的眼睛下方有深深的黑眼圈，頭髮亂七八糟。他們對視，等待。沉默拉得愈長，他們之間緊張的氣氛就愈嚴重。

考普蘭德醫生終於清清嗓子說：「我相信你來這裡不會沒有目的。我確信我們整個晚上討論這些話題，不是毫無目的的。我們談了一切，除了最關鍵的話題——出路。一定要做些什麼。」

他們仍然看著對方，等待。兩個人的臉上都露出期待的表情。考普蘭德醫生靠著枕頭坐得筆直。傑克一隻手撐著下巴，身體前傾。沉默在繼續。然後他們遲疑地同時開了口。

「對不起，」傑克說。「你說。」

「不，你說。你先說的。」

「說吧。」

「哼！」考普蘭德醫生說。「你接著說。」

傑克用迷濛神祕的目光盯著他。「是這樣。這是我的看法。對人們來說，唯一的出路是要**知道**。一旦他們知道了真相，他們就不會再被壓迫。只要有一半的人知道真相，整個戰爭就勝利了。」

「是的，只要他們明白了社會運作的機制。可是你打算如何告訴他們？」

「聽我說，」傑克說。「想想連環信。如果一個人把信寄給十個人，這十個人中的每一個都再寄給十個人——明白了？」他結巴了。「不是說我來寫信，但就是這個概念。我只是四處宣講。如果在一個小鎮，我只要能把真相告訴給十個不知道的人，我就感覺做了一件好事。懂嗎？」

考普蘭德醫生驚訝地看著傑克。然後他哼著鼻子說：「別天真了！你不可能只是四處宣講。連環信，真是的！知道的人和不知道的人！」

傑克的嘴唇顫抖了，立刻憤怒地皺著眉說：「好啊。你有什麼主意呢？」

「我首先要說，在這個問題上我過去多多少少像你一樣。可是如今我明白這種態度是天大的錯誤。半個世紀以來我都以為耐心是明智的。」

「我沒說要耐心。」

「在野蠻面前，我是謹慎的。在不公正面前，我保持平靜。為了虛擬的整體，我犧牲了眼前的事物。我相信舌頭而不是拳頭。我告訴人們，耐心和對人類靈魂的信仰是抵抗壓迫的盔甲。我現在知道我錯得多麼離譜。我曾是我自己和我的同胞的叛徒。那一切都是胡說。現在是行動，立刻行動的時候了。以牙還牙，以眼還眼。」

「可是如何？」傑克問。「如何？」

「咦，藉由出去做事情。藉由集合群眾，讓他們示威。」

「哈！最後一句話出賣了你──『讓他們示威。』讓他們對自己不**知道**的事情示威，有什麼用？你這是從屁眼裡在給豬填東西。」

「我討厭這麼粗俗的用詞。」考普蘭德醫生一本正經地說。

「看在基督的份上！我不在乎你討不討厭。」

考普蘭德醫生舉起手。「我們都別激動，」他說。「讓我們努力達成共識。」

「我同意。我不想和你打架。」

他們沉默了。考普蘭德醫生的目光從天花板的一角移向另一角。他潤了好幾次嘴唇想說話，但每次話都只成形了一半，在嘴巴裡發不出聲來。最後他說道：「我給你的建議是這樣。別試圖單打獨鬥。」

「但是──」

「**但是**，別但是，」考普蘭德醫生教訓說。「對於一個人而言最致命的，就是試圖單打獨鬥。」

考普蘭德醫生將睡衣領拉到皮包骨的肩膀上面，把它在喉嚨處收緊。「你相信我的同胞為自己的人權所進行的鬥爭嗎？」

「我明白你的意思。」

醫生的激動和溫和沙啞的問題，突然讓傑克熱淚盈眶。一股急速膨脹的愛的衝動，令他一把抓住床罩上乾瘦的黑手，迅速地握住它。「當然。」他說。

「我們極度的窘困？」

「是的。」

「缺乏公正？令人痛苦的不平等？」

考普蘭德醫生咳嗽，將痰吐到枕頭下的方紙片裡。「我有一個計畫。非常簡單和核心的計畫。我只想集中在一個目標上。今年八月，我打算帶領本縣一千多名黑人去遊行。去華盛頓遊行。我們大家凝結成一個堅固的身體。你看看那邊櫥櫃，裡面有一疊我這星期寫的信，我會親自送信。」考普蘭德醫生的手在窄床的邊上緊張地上下滑動。「你還記得我剛才說的話嗎？你要記住我給你的唯一的建議是：別試圖單打獨鬥。」

「我明白。」傑克說。

「一旦開始這個事業，你必須義無反顧。這是首要的。你的工作永無止境。你必須毫不吝惜地奉獻你的全部，不要指望個人的回報，沒有休息的時間，也別指望能有。」

「為了南方黑人的權利。」

「南方和我們這個縣。要不一切，要不全無。不是對，就是錯。」

考普蘭德醫生靠回到枕頭上。只有他的眼睛是活的。它們在他的臉上像紅木炭一樣燃燒。他的顴骨因為發燒呈現出可怖的紫色。傑克沉著臉，把拳頭節壓在柔軟、寬大和顫抖的嘴唇上。他的臉漲紅了。早晨第一縷微弱的光射了進來。吊在天花板下的電燈泡在黎明時分醜陋刺目地亮著。

傑克站起來，僵硬地站在床腳邊。他斷然地說：「不。這絕對不是正確的方向。我百分百地確定它不是。首先，你們根本出不了鎮。他們會驅散你們，藉口說它對公共健康是一個威脅——或者某個莫須有的理由。他們會逮捕你，不會有任何好結果。即使奇蹟發生，你們到了華盛頓，也是於事無補。唉呀，這想法整個是瘋狂的。」

痰聲在考普蘭德醫生喉嚨口尖利地作響。他的聲音刺耳。「既然你這麼快就嘲笑和譴責，那你自己有什麼好主意呢？」

「我沒嘲笑，」傑克說。「我只是認為你的計畫瘋了。今晚我到這裡來，帶來了一個好得多的主意。我希望你的兒子，威利以及另外兩個男孩，希望他們坐在手推車裡，讓我推著到處走。他們將告訴人們發生的事，然後我來說為什麼。換句話說，我要發表一篇辯證資本主義優劣的演講——揭示它所有的謊言。我會解釋，每個人都會明白為什麼這些男孩的腿被鋸掉了，我要使每個看見他們的人都**知道**。」

「呸！呸兩次！」考普蘭德醫生暴怒了。「我覺得你根本沒腦子。它簡直不值一笑。我還從沒機會親耳聽到這樣的胡說八道。」

在痛苦的失望和憤怒中，他們盯著對方。外面的街道傳來手推車的咯吱聲。傑克咽咽口水，咬嘴唇。「哈！」他終於發出了聲音。「你是唯一瘋了的人。你做的每件事都恰恰是倒退。在資本主義制度下解決黑人問題的唯一辦法是：閹割每一個黑人，這些州一千五百萬的黑人。」

「這就是掩藏在你關於公正的豪言壯語下的好主意。」

「我不是說應該這樣做。我的意思僅僅是你只見樹木，不見森林。」傑克艱難地字斟句酌。「工作要從根柢上開始。破舊立新。為這個世界創造一整套新的模式。第一次把人變成社會動物，生活在有序和可控制的社會裡，不再被迫為了生存而變得不公正。在一個社會傳統裡——」

考普蘭德醫生諷刺地鼓掌。「好極了，」他說。「可是織布前你總得摘棉花吧。你和你瘋狂的『不作為』理論能——」

「閉嘴！你和你的一千個黑人同胞是不是流浪到那個叫華盛頓的臭陰溝裡，有誰會在意？它能帶來什麼變化？當我們整個社會建立在黑暗的謊言上時，這一小撮人有什麼意義——一千個人、黑人、白人、好人或壞人？」

「一切！」考普蘭德醫生氣喘吁吁地說。「一切！一切！」

「狗屁！」

「在這個地球上，在公正面前，我們中最卑鄙最邪惡的靈魂卻是更值錢，相對於——」

「噢，見鬼去吧！」傑克說。「傻蛋！」

「褻瀆！」考普蘭德醫生尖叫。「可恥的褻瀆！」

傑克搖動床的鐵欄杆。額頭上的血管快要爆裂了，他的臉氣得發烏。「目光短淺的死腦筋。」

「白人——」考普蘭德醫生說不出話來。他掙扎，但發不出聲。最終他擠出了一句噎住的低語：「惡魔。」

窗外迎來了黃燦燦的早晨。考普蘭德醫生的頭跌回到枕頭上。他的脖子要擰斷的樣子，嘴上有帶血的唾沫印。傑克又看了醫生一眼，然後，劇烈地哭泣，倉促地衝出房間。

14

現在她無法待在「裡屋」了。任何時候，她身邊必須得有一個人。每分鐘都要做點什麼。如果一個人的時候，她就數數。她數了起居室壁紙上的所有玫瑰。她算出了整個房子的體積。她數了後院的每株草片，灌木叢裡每片樹葉。如果她的腦子不被數字占據的話，可怕的恐懼感會占據她。五月的這些下午，她從學校走回家，在路上，突然間她必須飛快地想些事情。一件好事——非常好。也許她會想到一個急促的爵士樂短句。或者冰箱裡等著她的一碗果凍。或者躲在儲煤室後面抽一根菸。也許她會提前很長時間設想她去北方看雪的日子，甚至去國外哪個地方旅行。但關於這些好事的想法不會持續太久。果凍五分鐘後就沒了，菸也抽完了。後面還有什麼呢？而且她的頭腦裡數字自身在組合。雪、外國是很久很久以後的事。還有什麼呢？

只有辛格先生。他走到哪裡，她就想跟到哪裡。早晨她注視他走下前面的臺階去上班，她跟在他後面，隔了半條馬路。每天下午一放學，她在他的店鋪附近的轉角徘徊。四點鐘，他出門去買可口可樂。她注視他走到街對面，走進雜貨店，又走出來。她跟著他從商店回家，有時甚至跟著他散步。她總是遠遠地跟在後面。他並不知道。

她會上樓去他的房間。她先擦洗乾淨她的臉和手，在衣服前面灑些香草精。現在她一星期只去看他兩次，因為不想讓他對她感到厭煩。她開門時，多數時候他總是坐在那個古怪漂亮的棋盤前。然後她就和他在一起了。

「辛格先生，你有沒有在冬天下雪的地方住過？」

他把椅子斜靠在身後的牆邊，點點頭。

「在別的國家嗎——國外？」

他又點頭說是，用銀鉛筆在便箋簿上寫字。他去過加拿大的安大略——與底特律隔河相望。加拿大在很北很北的地方，白雪一直堆到屋頂。那裡是著名的五胞胎[1]和聖羅倫斯河的所在地。人們在街上跑來跑去，用法語和對方交談。在非常北的地方，有縱深的密林和白色的圓頂冰屋。

「在加拿大時，你有沒有到外面去弄一點新鮮的雪，和著奶油還有糖一起吃？我曾在書上看過，這樣吃很棒。」

他把頭扭向一邊，因為他沒有聽明白。她不能再重複了，因為突然間它顯得很愚蠢。她就看著他，等待。他的腦袋在身後的牆上映出大大的黑影子。電風扇令混濁的熱氣冷卻了。靜悄悄的。彷彿他們都在等著告訴對方以前從沒說過的事。她要說的事非常可怕，令人害怕。而他要說的卻如此真誠，它會讓一切都歸於圓滿。也許它既不能說出來，也不能寫出來。也許他要用別的方式讓她明白。這是她對他的感覺。

「我只是想問你關於加拿大的事——但它沒什麼意思，辛格先生。」

樓下家人的房間裡有太多的煩心事。埃塔仍然病得很重，和另外兩個人擠在一張床上，她無法入睡。窗簾拉下來，黑乎乎的屋子裡散發著病人的怪味。埃塔的工作丟了，這意味著一個星期少了八塊錢的收入，還不算上看病的錢。有一天，拉爾夫在廚房裡亂轉，碰到熱火爐，燒傷了。手上的繃帶讓他發癢，整天都必須有人看著他，以防他抓破水泡。喬治過生日時他們買了一輛小小的紅色自行車，帶著鈴鐺，把手上有一只小筐。家裡每個人都出了錢。埃塔丟了工作後他們付不起錢了。拖欠了分期付款的兩個帳期之後，商店派人來取走了自行車。喬治看著那傢伙沿著門廊將車子推走，經過喬治時，喬治朝後擋板踹了一腳，跑進儲煤室，關上門。

永遠是錢，錢，錢。他們欠著雜貨店的錢，他們欠著家具最後的分期款。現在他們失去了這幢房子，他們又欠著那裡的錢。房子裡的六個房間一般都有房客，但沒人按時交過房租。

有一段時間，他的爸爸每天都出去找另一份工作。他沒法再做木匠活了，只要離地超過十英尺，他就會極度緊張。他應徵了很多工作，但沒人僱他。最後他想出了一個主意。

「做廣告，米克，」他說。「我得出一個結論：現在我的鐘錶修理生意最關鍵的是廣告。我必須推銷我自己。我必須出去告訴人們我會修錶，修得又好又便宜。妳記住我的話。我要壯大這個生意，用我的餘生讓這個家過上好日子。就藉由廣告。」

他拿一些錫紙和紅顏料回家。之後的一個星期他忙得一塌糊塗。在他眼裡，這真是太他媽好的一個點子了。前屋的地上全是廣告。他趴在地上，認認真真地寫每個字母。他一邊工作，一邊晃著腦袋吹口哨。幾個月以來，他從沒這樣開心和高興過。時不時地，他穿上自己體面的西裝，去附近喝一杯啤酒，讓自己平靜下來。一開始的廣告是這樣：

1 當時加拿大一個婦女生了罕見的五胞胎，成為一大新聞和景觀。

威爾伯·凱利
鐘錶修理
質優價廉

「米克，我要它們一下子就能吸引目光。不管在哪裡看到，它們都會鶴立雞群。」她幫他，他給了她三個五分硬幣。開始的時候，這些廣告還不錯，後來他過於用心，結果反而弄糟了。他想添油加醋──在邊角、頂部和底端。在完成之前，廣告上充滿了各種裝飾如「價格便宜」、「立刻過來」和「給我任何一支錶，我能讓它走」。

「你在廣告上寫太多，人家反而什麼也看不見了。」她告訴他。

他又拿一些錫紙回家，把設計工作全交給了她。她弄得非常樸素，只有巨大的印刷字母和一只鐘。很快他就有了整整一堆廣告。一個朋友開車將他送到野外，他把它們釘在樹上和籬笆樁上。在街道的兩頭，他釘了一個標誌：一支黑手指向他們家。在前門釘上了另一個標誌。

做完廣告後的那天，他坐在前屋裡等待，穿上乾淨的襯衫，打上領帶。什麼也沒有。那個珠寶商送來了幾個鐘，是他自己商店超額的工作，父親的價格是他的一半。這就是一切。他勉強接受了現實。之後，他再也沒出去找過工作，但每分鐘他一定得在家裡忙上忙下。他拆下門，給鉸鏈上油──不管需不需要。他替鮑蒂婭混人造奶油，擦樓上的地板。他設計了一個奇妙的裝置，可以把冰箱裡的水透過廚房的窗子排出去。他為拉爾夫雕了一些美麗的字母方塊玩具，還發明了一個小小的穿針器。他精耕細作地修理那些數量有限的手錶。

米克仍然跟著辛格先生。其實她不想。在他不知情的情況下，跟蹤他的行為似乎哪裡不對頭。有兩三天她蹺課了。在他上班的路上，她跟在他後面，然後在他工作的店鋪附近的轉角晃上一整天。他去布瑞農那裡吃午飯時，她也跟著去了咖啡館，花五分錢買一袋花生米。晚上，她跟著他進行漆黑漫長的散步。她走在街道的另一邊，離他一條馬路那麼遠。他停下來，她也停下來——他走得很快時，她小跑著跟住他。只要她能看見他，在他附近，她就非常幸福。但有時那種奇怪的感覺會來，她知道自己正在做一件錯事。所以她盡可能在家裡忙個不停。

在這方面，她和她的爸爸很相似，他們手頭總得有事才行。房子裡和街區發生的事，她全都不會錯過。斯伯爾瑞布斯的姊姊在電影院夜晚抽彩活動中，贏了五十塊錢。貝貝・威爾森取下了頭上的繃帶，她的頭髮剪得像男孩子一樣短。她不能在今年的晚會上跳舞，而當她母親帶她去看晚會時，一支舞曲中間，貝貝開始叫喊，瞎胡鬧。他們不得不把她拖出歌劇院。在人行道上，威爾森太太不得不揍她，讓她聽話。威爾森太太也哭了。喬治恨貝貝。她經過房子時，他捏著鼻子，塞住耳朵。派特・威爾斯從家裡跑了，失蹤了三個星期。他回來時，打著赤腳，飢腸轆轆。他吹牛說他是如何走了一路，去了紐奧良。

因為埃塔的緣故，米克依然睡在起居室。短沙發太窄了，以至於她要在學校的自習室補眠。每隔一個晚上，比爾和她交換位置，她和喬治睡在一起。終於他們可以幸運地休整一段時間。樓上一個房客搬走了。一個星期過去了，沒人理會報紙上的招租廣告。他們的媽媽告訴比爾他可以搬到樓上的空房間。比爾很高興有一個遠離家人完全屬於自己的地方。她就搬進去和喬治住在一起。他睡覺時像一隻暖洋洋的小貓，輕輕地呼吸。

晚上的時光又回來了，卻和上個夏天有所不同，那時她獨自走在黑暗裡，聽音樂，想計畫。現在的夜晚不一樣。她清醒地躺在床上。奇怪的恐懼感來了。彷彿是天花板正在緩慢地向她臉上壓下來。如果房子倒掉，會怎麼樣？有一次他們的爸爸說整幢房子都應該被宣判死刑。他是不是說也許某個晚上他們睡著時，牆壁會裂開，房子會坍塌？他們埋在水泥、碎玻璃，和稀巴爛的家具裡？他們不能動，也不能呼吸？她清醒地躺著，肌肉僵硬。夜裡傳來吱吱嘎嘎的聲響。是有人在走路嗎——除了她，還有一個人也醒著——辛格先生？

她從沒想到哈里。她已經下決心忘記他，她也真把他忘了。他寫信說他在伯明罕找了一份在汽車修理鋪的工作。她回了一封明信片說「沒事」，正如他們原來計畫的。他每星期給他母親寄三塊錢。他們一起去樹林的日子，好像已經是十分遙遠的回憶了。

白天，她在「外屋」忙著。但是晚上，她一個人在黑暗中，數數不夠用了。她需要某個人。她奮力讓喬治保持清醒。「我們別睡，在夜裡說話，多有趣啊。我們說一下話吧。」

他睡意朦朧地答了一句。

「看窗外的星星。很難想像每一顆小星星都像地球這麼大。」

「他們是怎麼知道的？」

「他們就是知道。他們有測量技術。那是科學。」

「我不相信。」

她想慫恿他進行一場辯論，這樣他就會興奮得一直清醒。但他只是由著她說，好像沒什麼反應。過了一會他說：

「看，米克！妳看見那個樹枝了嗎？它像不像移民到美國的清教徒，躺在地上，手上握著槍？」

「真像。一點不假。看看那邊的辦公桌上。那只瓶子像不像戴著帽子的可笑的人？」

「不，」喬治說。「我覺得一點都不像。」

她從地上的水杯裡喝了一口。「我們玩個遊戲吧——名字遊戲。你可以當『鬼』抓人，如果你願意。你願意當什麼就當什麼。你可以任選。」

他把小小的拳頭放到臉上，安靜均勻地呼吸，他睡著了。

「等等，喬治！」她說。「會很好玩的。我是一個以M字母開頭的人，猜猜我是誰。」

喬治歎氣，他的聲音很累。「你是哈波．馬克思？」

「不，我沒演過電影。」

「我猜不到。」

「你一定知道。我以M字母開頭，住在義大利。你應該能猜到。」

喬治向自己那邊翻了個身，縮成一個球。他沒有回答。

「我的名字以M開頭，但有時別人叫我另一個名字，以D開頭。在義大利。你能猜到的。」

房間安靜漆黑，喬治睡著了。她擰他，揪他的耳朵。他呻吟，卻沒有醒。她貼近他，把臉貼在他熱呼呼的赤裸的小肩膀上。他會睡上一整夜，而她在旁邊做十進位算數。

樓上的辛格先生是不是也醒著呢？天花板的吱嘎聲，是不是因為他在悄悄地走動，喝著冰柳橙汁，研究擺在桌上的西洋棋子？他有沒有過她這樣的恐懼感呢？不。他從不會做一件錯事。他從不做壞事，他的心在夜晚時分是安寧的。但同時他也會理解。

如果她能告訴他這些，會感到好多了。她想過如何開口。辛格先生——我認識一個女孩，和我年紀差不多——辛格先生，我不知道你能不能理解這樣一件事——辛格先生。辛格先生。她一遍遍念他的名字。她愛他，勝過愛家中的任何人，甚至勝過愛喬治和她的爸爸。這是一種不同的愛。她過去從未有過這種情感。

早晨，她和喬治一起穿衣和說話。有時她非常想靠近喬治。他長高了，蒼白，消瘦。他柔軟發紅的頭髮參差不齊地趴在小耳朵上。他銳利的眼睛總是斜睨，因此臉上有一種扭曲的表情。他的恆齒長出來了，藍色的，營養不良的樣子，他長乳牙時也是這樣。他的下巴是歪的，因為他養成了舔疼痛的新牙的習慣。

「聽著，喬治，」她說。「你愛我嗎？」

「當然。我挺愛妳的。」

這是放假前最後一星期的早晨，天氣炎熱，陽光燦爛。喬治穿好衣服，坐在地上做算術題。他的小髒手緊緊地握著鉛筆，不停地弄斷鉛筆頭。他做完功課後，她抱住他的肩膀，深深地望進他的眼睛。「我指的是很多愛。很多很多。」

「饒了我吧。我當然愛妳。妳不是我姊姊嗎？」

「我知道。但假設我不是你的姊姊。你還會愛我嗎？」

喬治向後退，躲開她。他沒有襯衫穿了，身上是一件髒髒的毛線套頭衫。他的手腕很細，能看見青色的血管。毛線衫的袖子拽得很長，鬆鬆地搭著，這使他的手看起來非常小。

「如果妳不是我姊姊，那我可能不認識妳。所以我也不可能愛妳。」

「但如果你認識我，而我不是你姊姊。」

「但妳怎麼知道我會認識妳呢？妳無法證明它。」

「好吧，只是想如果是這樣，假裝這樣。」

「我想我會喜歡妳吧。但我要說妳不能證明——」

「**證明！**這個詞長在你腦子裡了。**證明或騙術**。每樣事不是騙術，就是需要被證明的。我真受不了你，喬治．凱利。我恨你。」

「可以。那我也不喜歡妳了。」

他爬到床底下，摸索什麼。

「你在那裡找什麼？你最好別碰我的東西。如果我發現你瞎弄我的祕盒，我會揪著你的腦袋往牆上撞，撞得頭破血流。我會的。我會把你的腦漿踩爛。」喬治從床底下爬出來，拿著一本拼寫課本。他小小的髒爪子伸到床墊的破洞裡，那裡藏著他的彈珠。沒什麼能驚動他。他不慌不忙地挑了三顆褐色的瑪瑙球，放到身邊。「啊哦，呸，米克。」他回敬她說。喬治太小，太難對付。沒道理去愛他。他對事物的了解比她要少得多。

學校放假了，她通過了每門課——有的是A＋，有的是勉強及格。白天長而炎熱。她終於又能努力研究音樂了。她開始寫幾首小提琴和鋼琴曲。她寫歌。音樂永遠在她腦子裡。她聽辛格的收音機，在房子裡遊蕩，想著剛才聽過的節目。

「米克哪裡不舒服？」鮑蒂婭問。「她變得這麼不愛說話，到底為什麼？她轉來轉去，不說一句話。她甚至不像過去那麼貪吃了。最近她變成了正常的女士。」

似乎她在以某種方式等待——但她並不知道自己在等什麼。太陽耀眼地灼燒街面，白花花的熱。白天她研究音樂或者和孩子們混在一起。還有等待。有時她快快地掃視周圍，那種恐慌又來了。六月下旬，發生了一件突然的事，它如此重要，以至於改變了一切。

那天晚上，他們都跑到外面的門廊上。黃昏的光線模糊、柔和。晚飯差不多好了，甘藍菜的氣味從大廳飄到他們鼻子裡。所有的人都在，除了海澤爾和埃塔，海澤爾還沒有下班，埃塔病在床上。他們的爸爸靠在椅子裡，他穿短襪的腳搭在扶手上。比爾坐在臺階上，和孩子們一起。他們的媽媽坐在秋千上，用報紙搧風。街對面，有一個街區新來的女孩沿著人行道溜冰，腳上是四輪溜冰鞋。路燈正亮起來，遠處一個男人在喊誰的名字。

然後海澤爾到家了。她的高跟鞋在臺階上發出「得得」聲，她懶洋洋地靠在扶手上。在半黑的夜色中，她用手摸著後面的辮子，胖胖鬆軟的手顯得非常蒼白。「我真希望埃塔能工作，」她說。「今天我發現了這樣一份工作。」

「什麼工作？」他們的爸爸問。「是我能做的嗎，或者只是女孩的工作？」

「是女孩的工作。烏爾沃斯的一個員工下星期結婚。」

「十分錢商店——」米克說。

「妳感興趣？」

這個問題讓她吃了一驚。她正想著前天在那裡買的一袋冬青糖。她感到燥熱和緊張。她把瀏海捋到上面，數起了剛亮起來的幾顆星星。

他們的爸爸把香菸扔到人行道。「不，」他說。「我們不希望米克在她這樣的年紀負擔太多。讓她自如地長大吧。不管怎麼說，讓她完好地長大。」

「我同意，」海澤爾說。「我確實覺得讓米克做專職工作是錯誤的。我認為它不對。」比爾把拉爾夫從他大腿上放下來，在臺階上蹭著他的腳。「任何人在十六歲之前都不應該工作。米克還有兩年，她應該讀完職業學校——如果我們能應付的話。」

「即使我們不得不放棄這幢房子，搬到工廠區，」他們的媽媽說。「我寧願讓米克留在家裡一段時間。」

一瞬間她曾害怕他們會逼她做這份工作。她會說她要離家出走。但他們的態度讓她很感動。她感到興奮。他們都在談論她——而且用一種善意的方式。她為一開始的恐懼而羞恥。突然間，她愛所有的家人，她的喉嚨感到緊澀。

「工資是多少？」她問。

「十塊。」

「十塊一星期？」

「當然，」海澤爾說。「你不會以為一個月才十塊吧？」

「鮑蒂婭還沒賺這麼多呢。」

「哦，黑人——」海澤爾說。

米克用拳頭摩擦頭頂。「這是一大筆錢。很合算。」

「沒必要笑開懷，」比爾說。「我也賺這麼多。」

米克的舌頭發乾。她把舌頭在嘴裡潤了潤，弄點唾液才能說話。「一星期十塊意味著可以買十五隻炸雞。或者五雙鞋或五件裙子。或者分期付款買收音機。」她想到了鋼琴，但沒有大聲說出來。

「它能幫我們度過難關，」他們的媽媽說。「但同時我寧願讓米克留在家裡一段時間。唉，當埃塔——」

「等等！」她有一種興奮和不顧一切的感覺。「我想要這個工作。我能做好它。我知道我能。」

「聽聽小米克的。」比爾說。

他們的爸爸用火柴棍剔牙，從扶手上抽下他的腳。「現在，我們別急著決定。我希望米克好好想一想。她不工作的話，無論如何我們也能應付。我想馬上把修錶的價格上漲百分之六十——」

「我忘了一點，」海澤爾說。「我想那裡每年還有聖誕節的獎金。」

米克皺眉。「但我不想那時還工作。我想上學。我只想在假期上班，然後回到學校。」

「當然。」海澤爾馬上說。

「但明天我和妳一起去，如果他們要我，我就上班。」

巨大的憂慮和緊張似乎遠離了一家人。黑暗中他們開始大笑，聊天。他們的爸爸用火柴棍和手帕給喬治變了一個魔術。他又給了這孩子五角錢，讓他去附近的便利商店買晚飯後喝的可口可樂。大廳裡傳來的甘藍菜的味道越發濃重，豬排正煎著。鮑蒂婭叫了。房客已經等在桌前了。米克在餐廳吃飯。她盤子裡的甘藍菜葉蔫答答地發黃，她不想吃。她伸手拿麵包，碰翻了桌上的一大罐冰茶。

後來她一個人留在前廊，等辛格先生回家。她絕望地想見到他。一個小時前的興奮退潮了，她內心厭惡到極點。她就要去十分錢商店工作，她不想去。她好像掉進了某個陷阱裡。這個工作不會僅僅是暑期的事——而是很長的時間，長到她可以預見。一旦他們習慣了這筆收入，就無法再回到原來的狀態。事情往往是這樣的。她站在黑暗中，緊緊地握著扶手。時間過去了很久，辛格先生還沒有回來。十一點鐘，她走到外面去找他。但是，突然間她在黑夜裡有些害怕，她跑回了家。

早晨，她非常仔細地洗漱和穿衣。海澤爾和埃塔借給她衣服穿，講究地打扮她。她穿上了海澤爾的綠絲綢裙、綠色的帽子、高跟鞋和長絲襪。她們給她的臉打上胭脂，抹了口紅，拔了眉毛。她們打扮完畢後，她看起來至少有十六歲。

現在已經沒有退路了。她真的長大了，是賺自己生活費的時候了。但如果她去找她的爸爸，告訴他自己的感覺，他會讓她再等一年的。而海澤爾、埃塔、比爾和他們的媽媽，即使是現在也還是會說她可以不去。可是她不能這樣做。她不能丟這樣的臉。她上樓去找辛格先生。她脫口而出：

「聽我說——我想我得到了這份工作。你覺得怎麼樣？你覺得它是好主意嗎？你覺得現在休學工作可以嗎？你覺得它好嗎？」

他起初沒聽明白。他的灰眼睛半閉著，站在那裡，雙手深深地插入口袋。依然是那種熟悉的感覺——他們在等待對方說出過去從未說過的話。現在她要說的事並不重要。而他要告訴她的將是對的——如果他說這個工作聽起來不錯，她會感覺好一點。她慢慢地重複了一遍，等待。

「你覺得它好嗎？」

辛格先生考慮著。然後他點頭說是。

她得到了工作。經理把她和海澤爾帶到後面一個小辦公室會談。後來她卻想不起來經理的樣子或者他說過的話。但她被僱用了，離開後她在路上買了十分錢的巧克力，為喬治買了一小套黏土模型。六月五日，她就要開始上班了。她在辛格先生的珠寶店窗前站了很久，然後就在附近的街角徘徊。

15

又到了辛格去看安東尼帕羅斯的時間了。是一次漫長的旅行。儘管兩地相距不到兩百英里，但火車路線蜿蜒曲折，繞了很大的彎，而且夜裡在某些車站要停好幾個小時。辛格在下午離開小鎮，火車上待整整一夜，第二天早晨才能到。和以前一樣，他提前很久做好準備。他計畫這次要和他的夥伴一起度過滿滿一星期。他把衣服送到洗衣店，帽子用模具定形，行李袋也收拾好了。他帶去的禮物包在彩色薄紗紙裡——還有一個用玻璃紙包裝的奢華的水果籃，一簍剛運來的草莓。早晨他出發之前打掃了房間。他在冰箱裡發現了一點剩餘的鵝肝，把它拿到小路上餵街區的貓。他在門上貼了和上次一樣的便條，說他要出差幾天。他悠閒地做著這些準備工作，顴骨上有兩塊明顯的紅暈。

終於，出發的時間近在眼前。他站在月臺上，拎著大包小包和禮物，他注視著火車駛進車站的鐵軌。他在硬座車廂找了一個座位，把行李放在頭頂的行李架上。車廂很擠，多數是母親和孩子。綠色的絨座散發著汙濁的氣味。車窗髒得很，扔到一對新婚夫婦頭上的米粒散落在地上[1]。辛格對鄰座的旅伴禮貌地微笑，靠在座位上。他閉上眼睛。睫毛在他深陷的臉頰上形成了黑色弧形的流蘇。他的右手在口袋裡緊張地移動。

有那麼一會兒，他的思緒停留在漸行漸遠的小鎮上。他看見米克、考普蘭德醫生、傑克．布朗特和比夫．布瑞農。他們的面孔從黑暗中跳出來，湧進他的腦海，他感到透不過氣。他想到了布朗特和那個黑人之間的爭吵。他對這次爭吵的實質實在弄不清楚——他們兩個有好幾次都在背後激烈尖刻地譴責另一個人。他依次同意了兩個人。雖然他並不知道他們想要他同意什麼。還有米克——她的臉熱切，她說了很多他絲毫不能理解的話。此外是「紐約咖啡館」的比夫．布瑞農。布瑞農，發烏的鐵一樣的下巴和他警覺的目光。還有在街上跟著他的陌生人，出於無法解釋的原因，非要拉著他說話。亞麻織品店的土耳其人，在他眼前猛然地揮手，絮絮叨叨，舌頭發音的形狀是辛格過去想像不到的。某個工頭和一個黑人老太太。主街上的一個商人和一個小流氓——引誘士兵，為河邊的妓院拉皮條。辛格不安地扭動肩膀。火車平穩從容地震顫前行。他的頭耷拉在肩上，他睡了一小會兒。

重新睜開眼睛時，小鎮已經遠遠地拋在了身後。小鎮被遺忘了。骯髒的窗子外面，是一塊燦爛的盛夏的田野。強烈的古銅色的光線斜射在長著新棉的綠田上。有大塊大塊的菸草地，這些綠色植物密密麻麻，像恐怖的叢林雜草。桃園裡繁茂的果實壓彎了樹枝。有綿延的牧場和成片疲軟的荒地——只有生命力更頑強的野草可以生長。火車穿過深綠的松林，地面鋪著光滑的松針，樹頂向上伸展到天空，聖潔高大。再向前，到了小鎮以南很遠的地方，是一處柏樹沼澤地——多節的樹根蜿蜒進惡臭的水裡，水裡有從樹枝蔓生的爛糟糟的灰苔蘚，熱帶荷花盛開在黑暗和陰鬱中。火車鑽出了黑暗，回到了太陽和深藍天空下的曠野中。

辛格嚴肅而膽怯地坐著，他的臉完全扭向了窗外。綿延的視野和鮮亮的天然色調令他眼花繚亂。多姿多彩的風景，這種豐富的生機和色彩，在某種程度上和他的夥伴聯繫在一起了。他時刻想著安東尼帕羅斯。團聚的狂喜窒息了他。他的鼻子塞住了，他微微張嘴，呼吸短而急促。

安東尼帕羅斯見到他會很高興。他會喜歡新鮮的水果和禮物。他現在應該離開病房了，可以出去看電影，然後去上次吃晚餐的飯店。辛格給安東尼帕羅斯寫了許多信，但沒有寄出。他腦子裡全是他的夥伴。

自從他上次見到他，有半年的時間了，既不是太長，也不是太短。每一個醒著的時刻背後，總有夥伴的存在。這種和安東尼帕羅斯隱祕的交流，發展變化成一種血肉的結合。有時他帶著敬畏和謙卑想著安東尼帕羅斯，有時帶著驕傲——永遠懷著不挑剔的愛，不受意志所控制。他做夢時，夥伴的臉總在眼前，粗大而溫柔。他醒著的時候，他們永遠都在一起。

夏天的晚上來得很遲。太陽落在參差不齊的樹叢後，天空變白了。黃昏的光線慵懶而柔和。一輪銀白的滿月。紫色的低雲匍匐在地平線上。大地、樹木、樸素的鄉村屋宅，全都慢慢暗下去。夏天溫和的閃電不時地劃過天空。辛格貪婪地注視著這一切，直到夜幕降臨。這時他可以看見車窗裡自己的臉。

孩子們在車廂走道上搖晃著跑動，手裡拿著濕淋淋的水杯。穿工作褲的一個老人，坐在辛格的對面，時不時地喝幾口裝在可口可樂瓶裡的威士忌。喝酒間歇，他小心地用紙卷塞住瓶口。右手邊的小女孩用一隻黏手的紅棒棒糖梳頭。有人打開了裝著食物的鞋盒般的容器，有人從餐車端

1 當時婚禮上的一種風俗。

了餐盤進來。辛格沒有吃。他靠在座位上，隨意地觀察周圍的人與事。車廂終於平靜下來。孩子們躺在寬大的絨座裡睡覺，男人和女人靠著枕頭蜷縮身子，以盡可能舒服的方式休息。

辛格沒有睡。他把臉緊緊地貼在窗玻璃上，盡力觀察夜色。濃重的黑暗有天鵝絨般的柔滑。有時出現一小塊月光，有時路邊窗子裡搖曳著燈籠光。從月亮的方向他判斷火車從向南的軌道轉到了向東。他的渴望如此強烈，他的鼻子塞得無法呼吸，他的臉頰緋紅。漫長的夜行中，多數時間他都坐著，臉緊緊地貼在冰涼漆黑的窗玻璃上。

火車晚點一個多小時，他們到達時，夏天燦爛的早晨已經生機勃勃地啟動了。辛格立刻去了他提前預訂的飯店，非常好的飯店。他打開行李，把要給安東尼帕羅斯的禮物放在床上。他在服務生給他的菜單上挑了一頓豪華早餐——烤藍鱈魚、玉米粥、法式吐司和熱黑咖啡。吃完早餐後，他只穿著內衣在電風扇前休息。中午時，他開始穿衣梳洗。他洗了個澡，刮了鬍子，擺開嶄新的亞麻襯衫和最好的縐紋薄西裝。醫院的探視時間是三點鐘。這是星期二，七月十八日。

他先去瘋人院的病房裡找安東尼帕羅斯，也就是他上次生病時住的地方。但一到房間門口，他就發現夥伴並不在那裡。他沿著走廊摸到上次被帶去的辦公室。他事先已經在隨身攜帶的卡片上寫好了問題。桌子後面的人也不是上次見到的同一個人。他是一個年輕人，幾乎還是個孩子，有一張沒有發育成熟的稚嫩的臉和蓬鬆的直髮。辛格遞給他那張卡片，靜靜地站著，手臂上大包小包的，全身的重量壓在了腳跟上。

年輕人搖搖頭。他伏在桌子上，在紙簿上潦草地寫了幾個字。辛格讀完以後，立刻面無血色。他盯著紙條看了很久，眼睛斜視，垂著頭。紙上說安東尼帕羅斯死了。

回飯店的路上，他小心翼翼地怕把帶去的水果壓壞了。他把行李拿到樓上的房間，然後晃悠到樓下的大廳。在棕櫚樹盆栽的後面是一個角子機。他塞了一個五分錢幣，他想拉動搖桿卻發現機器堵塞了。他在這件事上小題大做。他為難服務生，怒氣衝衝地演示剛才發生的事。他的臉死一樣的蒼白，他發狂到這樣的程度，淚珠順著鼻梁滾落。他瘋狂地揮舞雙手，甚至用細長優雅的鞋跺了一次絨地毯。他的分幣被還回來以後，他還是不滿意，他堅持要立刻退房。他把東西裝進行李袋，不得不使很大的力氣才把它合上。因為除了他帶來的東西外，他還拿走了三塊毛巾、兩塊肥皂、一支筆、一瓶墨水、一卷衛生紙，和一本《聖經》。他付了帳，走到火車站，把行李存在寄放處。火車晚上九點才出發，他有一下午的空閒時間。

這個鎮比他住的小鎮要小。商業街交叉成十字。商店土裡土氣的，那些展示的櫥窗有一半是馬具和飼料袋。辛格無精打采地走在人行道上。他的喉嚨發腫，不能吞嚥。為了減輕窒悶的感覺，他去一家雜貨店買了杯飲料。他在理髮店待了一會，又去十分錢商店買了點小東西。他不正眼看人，腦袋向一邊傾垮著，像一隻生病的動物。

下午快過去時，一件奇怪的事發生了。辛格正沿著馬路邊上有一搭無一搭地慢慢走著。天上烏雲密布，空氣潮濕。辛格沒有抬頭，但他經過小鎮的撞球室時，眼角瞥見了一景，令他心裡一亂。他走過撞球室，然後在路的中間停住。他無精打采地掉頭順原路走回，站到撞球室敞開的門口。裡面有三個啞巴，他們正打著手語聊天。他們三個都沒穿外套。他們戴著圓頂硬禮帽和鮮豔的領帶。每個人的左手都拿著一杯啤酒。他們三個有點像親兄弟。

辛格走進去。一時間他難以把手從口袋裡抽出來。隨後他笨拙地做了一個打招呼的手勢。有人拍了拍他的肩膀。有人遞給他一杯冷飲。他們圍在周圍，問話時手指就像手槍射擊一樣。

他告訴他們自己的名字和居住的小鎮名以後，再也想不出關於自己還有什麼可說的。他問他們是否認識斯皮諾思．安東尼帕羅斯。他們不認識他。辛格站著，雙手鬆鬆地下垂。他的腦袋依然歪向一邊，目光斜視。他毫無力氣，全身發冷，所以三個戴圓頂硬禮帽的啞巴都用奇怪的眼光看他。過了一會兒，他們自顧自地聊天，不理會他了。他們付完幾巡酒錢準備離開時，沒有請他加入他們裡頭的意思。

儘管辛格時間充裕地在街上晃了半天，他卻幾乎錯過了火車。他不清楚這是怎麼回事，也不知道他是如何把時間打發掉的。火車開動的兩分鐘前，他才趕到車站。他勉強來得及把行李拖上車，找了個座位。車廂幾乎是空的。他安頓好以後，打開草莓籃，極其小心地挑揀它們。草莓個頭碩大，有胡桃那麼大，完全熟透了。鮮豔的水果頂部上的綠葉，像一簇簇小小的花束。辛格把一顆草莓放進嘴裡，果汁有怡人和自然的香甜，但隱隱地能嘗到一絲腐敗的氣味。他吃到味覺麻木才停嘴，把果籃重新包起來，放到頭上的行李架上。午夜到了，他放下窗簾，躺在座位裡。他縮成一個球，用外套蒙住臉和頭。他一直這樣躺了十二個小時，半睡不睡地陷入恍惚之中。車到站時，列車員不得不把他搖醒。

辛格把行李放在車站大廳中間，然後走向工作的店鋪。他無力地扭了一下頭，和珠寶店老闆打招呼。走出店鋪後，他的口袋裡多了件沉甸甸的傢伙。他低頭沿著街道閒蕩了片刻，直射的耀眼陽光和潮濕的悶熱令他感到壓抑。他腫著眼泡，頂著頭痛，回到了自己的房間。休息後，他喝了杯冰咖啡，抽了根菸。洗完菸灰缸和杯子，他從口袋裡掏出一把手槍，向胸膛開了一槍。

第三章

1

一九三九年八月二十一日早晨

「別催我，」考普蘭德醫生說。「隨便我吧。行行好，讓我安靜地坐一會兒。」

「父親，我們不想催你。但我們該走了。」

考普蘭德醫生固執坐在椅子裡搖著，他的灰披巾緊緊地裹在肩上。早晨溫暖而清新，但爐子裡仍燃著小小的柴火。廚房裡幾乎什麼家具也沒有了，只剩下他坐的椅子。其他房間也空了。大多數家具都被搬到了鮑蒂婭家，剩下的也被綁在了外面的汽車上。一切都準備好了，除了他的心。他怎麼能這樣離開？在這樣的時刻離開？——他的心裡，既沒有開始也沒有結束，既沒有真理也沒有使命。他用手撐住顫抖的腦袋，繼續搖晃著嘎吱作響的椅子。

緊閉的門外，他聽見他們的聲音：

「我使了渾身解數。可是他決心一直坐在那裡，直到他自己情願離開。」

「巴迪和我包好了瓷盤和——」

「我們應該在露水蒸發以前出發，」老人說。「要不然，天黑時我們可能還在路上。」

他們的聲音小了下來，腳步聲在空蕩的大廳回響，他聽不見他們的聲音了。他身邊的地上有一只杯子和托盤。他從爐子上的咖啡壺裡倒滿杯子。他一邊搖，一邊喝咖啡，同時用熱氣暖手。這絕不可能是結束。他的內心響起另一些沉默的聲音。耶穌和約翰·布朗的聲音。偉大的史賓諾莎的聲音，卡爾·馬克思的聲音。所有那些鬥爭過的人們的召喚，向那些被賦予繼承他們事業的使命的人們的召喚。還有死者的聲音。啞巴辛格的聲音，一個正直的有同情心的白人。弱者和強者的聲音。他的同胞綿長的叫喊，在力量和能力方面，他的同胞始終在成長。他的回答在嘴唇上震顫——這些話絕對是一切人類痛苦的根源——所以他幾乎大聲地叫了出來：「萬能的主！宇宙最大的力量！我做了那些我本不應該做的事，而應該做的卻沒有做。因此這不可能是結束。」

他最初是和他的愛人一起搬進這房子的。戴茜穿著婚紗，戴著白色蕾絲頭紗。她的皮膚是美麗的深蜜色，她的笑聲是甜美的。晚上他把自己關在明亮的房間裡，獨自讀書。他曾試圖沉思，強迫自己讀書。但有戴茜在身邊，他體內強烈的欲望不會隨著讀書而消逝。有時他不得不向這些情感屈服，隨後又咬緊嘴唇，一整夜讀書思考。然後有了漢密爾頓、卡爾·馬克思、威廉姆和鮑蒂婭。都失去了。一個也不剩。

還有瑪迪本和班妮·邁易；還有班妮迪恩·瑪達恩和馬迪·考普蘭德。那些依隨他名字的人。還有那些他曾戒勉過的人。但在許許多多的他們當中，哪一個可以讓自己放心地把使命交給他？

他始終強烈地明白自己的使命。他知道他工作的目的，他的內心深處非常確信，因為他了解眼前的每一天。他會拎著包遍訪每家每戶，和他們談論一切，耐心地解釋。當晚上來到，他會開心，因為他知道這一天沒有白過。即使沒有戴茜、漢密爾頓、卡爾·馬克思、威廉姆和鮑蒂婭在身邊，他也可以一個人坐在火爐邊，為此而喜悅。他會喝上一罐蕪菁葉汁，吃一塊烤玉米麵包。因為這一天過得好，他有一種深深的滿足感。

這樣滿足的時刻有無數次。可是它們的意義何在？所有的這些歲月裡，他想不出一樣工作有永恆的價值。

過了一會兒，門廳的門開了，鮑蒂婭走了進來。「我尋思，必須像孩子一樣幫你穿衣服了，」她說。「這是你的鞋子和襪子。讓我脫掉你的拖鞋，換上它們。我們必須馬上離開這裡。」

「妳為什麼要這樣對我？」他痛苦地問。

「我怎麼對你了？」

「妳很清楚我不想走。妳在我身體不好，不能做決定時，強迫我同意。我想待在我一直待的地方，妳知道的。」

「聽聽你愚蠢的胡鬧吧！」鮑蒂婭生氣地說。「你發了這麼多牢騷，我煩透了。你發火、抱怨，我真為你羞愧。」

「哼！想說什麼就說吧。妳飛到我的面前，就像一隻蚊子。我知道我想要什麼，我不想被妳纏著做錯事。」

鮑蒂婭脫掉他的拖鞋，展開一捲乾淨的黑棉襪。「父親，我們別爭了。我們已經做了我們所知最好的事。離開這裡，搬去和外祖父、漢密爾頓和巴迪住在一起，絕對是最好的計畫。他們會好好照顧你的，你會好起來的。」

「不，我不，」考普蘭德醫生說。「我在這裡也能康復。我知道。」
「你指望誰來付房租？你覺得我們能養活你？你覺得誰能在這裡照顧你？」
「我一直能應付，現在也能。」
「你只是想抬槓。」
「哼！妳飛到我的面前，就像一隻蚊子。我才不理妳。」
「我忙著幫你穿鞋子和襪子，你卻這樣和我說話，真好啊。」
「對不起。原諒我吧，女兒。」
「當然，你是要對不起，」她說。「當然，我們都對不起。我們受不了爭吵。再說，只要你在農場安頓下來，你會喜歡它的。他們有我見過的最漂亮的蔬菜園。想到它我就要流口水。還有雞、兩隻種母豬和十八棵桃樹。你會愛死那裡的。我真希望我自己能有機會去那裡。」
「我也這樣想。」
「你為什麼這麼難過？」
「我只是覺得自己失敗了。」他說。
「失敗？怎麼說？」
「我不知道。別管我了，女兒。就讓我安靜地坐一會兒。」
「好吧。但我們馬上就得離開了。」
他不想說話。他想靜靜地坐在椅子裡搖，直到內心的秩序重新回到身上。他的頭顫抖，後背疼痛。

「我好希望，」鮑蒂婭說。「我好希望我死的時候，有很多人為我悲傷，就像辛格先生那樣。我好想知道我會不會有像他那樣悲傷的葬禮，會不會有很多人——」

「別說啦！」考普蘭德醫生粗暴地說。「妳話真多。」

但是那個白人的死的確在他的內心投下了悲傷的陰影。除了辛格，他還沒有對其他白人那樣談過話，他信任他。而他的自殺之謎讓他困惑和無助。這種悲哀既沒有開始也沒有終結，也無法理解。他的思緒總是回到這個白人身上——他不傲慢或者輕蔑，他是公正的。當逝者依然活在生者的心中時，這死去的人難道真的死了嗎？但他不能再思考這一切了。他現在必須把這想法狠狠地推開。

因為他需要的是自律。過去一個月裡，那種黑暗的可怕的情緒又出現了，來和他的靈魂搏鬥。有一種仇恨，讓他很多天都沉入死亡之域。在和布朗特先生——午夜的來訪者——吵架後，他心裡聚集了殺氣騰騰的黑暗。但他現在已經無法清楚地回憶起那些爭吵的起因。而當他看到威利的殘肢時，另一種憤怒又升起了。愛恨的交織——對同胞的愛和對同胞的壓迫者的恨——讓他筋疲力盡，心煩意亂。

「女兒，」他說。「把手錶和外套給我。我要走了。」

他撐著椅子扶手站起身。地板距離他的臉似乎很遠很遠，長期臥床後他的雙腿軟綿綿的。有一刻他覺得自己要摔倒了。他暈眩地穿過光禿禿的房間，靠在門道的一側。他咳嗽，從口袋裡掏出一張紙片、摀住嘴。

「給你外套，」鮑蒂婭說。「可是外面熱得要死，你不需要它。」

他最後一次走過這空蕩蕩的房子。百葉窗合上了，黑暗的房間裡有灰塵的氣味。他靠在門廳的牆上休息，然後走到外面。早晨明亮暖和。前一天晚上和這天清晨很多朋友來道別——而此時只有家人聚在前廊。馬車和汽車都在外面的街道上停著。

「噢，班尼迪克特・馬迪，」老人說。「我猜開始幾天你會有點想家的。但不會太久。」

「我沒有家了。我想什麼家？」

鮑蒂婭緊張地潤潤嘴唇，說：「只要他身體好了，隨時都可以回來。巴迪很樂意開車帶他進城。巴迪就喜歡開車。」

東西都裝上了汽車。一箱箱的書被綁在踏腳板上。後座塞了兩把椅子和檔案櫃。他的辦公桌四腳朝天地綁在最上面。汽車沉甸甸的，而馬車幾乎是空的。騾子耐心地立著，一塊磚頭拴在韁繩處。

「卡爾・馬克思，」考普蘭德醫生說。「睜大眼睛。檢查一下房子，看看有沒有什麼東西遺漏了。把放在地上的杯子和搖椅給我拿來。」

「我們上路吧。我急著在晚飯前趕到家。」漢密爾頓說。

他們終於要出發了。赫保埃用曲柄發動汽車，卡爾・馬克思坐在方向盤前，鮑蒂婭、赫保埃和威廉姆擠在後座上。

「父親，不如你坐在赫保埃的腿上。我想總比和我們以及家具擠在一起要舒服些。」

「不，太擠了。我寧願坐馬車。」

「你不習慣坐馬車的，」卡爾・馬克思說。「一路顛得不得了，路上要走整整一天呢。」

「沒關係。我坐過很多次馬車。」

「叫漢密爾頓坐過來。我打賭他願意坐汽車。」

外祖父前一天就駕車進城了。他們帶了一車農產品、桃子、甘藍菜和蘿蔔，讓漢密爾頓拿到城裡賣。除了一袋桃子，其他的都賣掉了。

「好吧，班尼迪克特．馬迪，我願意你和我一起回家。」老人說。

考普蘭德醫生爬到馬車後面。他很疲倦，骨頭像是灌了鉛。他的頭在顫抖，感到一陣突然的噁心，他平躺在簡陋的車倉板上。

「真高興你回來，」外祖父說。「你知道我一直深深地尊敬學者。深深地尊敬。如果一個人是學者，我就能忽視和忘記他的很多事。你這樣的學者能再次回到我們身邊，我高興極了。」

馬車的車輪發出吱嘎聲。他們在路上。「我很快就會回來，」考普蘭德醫生說。「一兩個月後我就會回來。」

「漢密爾頓真是個好學者。我覺得他有點像你。他幫我記帳，他看報。威特曼，我想也會是個學者。現在他能讀《聖經》給我聽了，還會做算術。雖然他還是個小孩子。我一直深深地尊敬學者。」

他的後背隨著行進的馬車顛簸。他抬頭看頭上的樹枝。看不見樹蔭時，他用手帕遮住臉，讓眼睛躲過陽光。這不可能是結束。他總能感覺到內心強烈的真正的使命。四十年來，他的使命就是他的生活，而他的生活也是他的使命。但是一切都還等著去做，一切都沒有完成。

「是的，班尼迪克特．馬迪，我真高興你又和我們在一起了。我一直等著問你，我覺得右腳很奇怪，不知怎麼回事。我的右腳感覺怪怪的，像是睡著了。我服了『六六六』，抹了些藥膏。但願你能幫我找到一個好方子。」

「我盡力而為。」

「是的，真高興身邊有你。親戚們都應該住在一起——有血緣關係的和有婚姻關係的親人。我們大家應該一起努力，互相幫助。有一天我們能在來世得到回報。」

「哼！」考普蘭德醫生悲傷地說。「我相信現世的公正。」

「你說你相信什麼？你嗓子太沙啞了，我聽不清。」

「相信對我們的公正。對我們黑人的公正。」

「有道理。」

他感覺到內心裡的火焰，他無法平靜。他想坐起來，大聲說話——他努力想抬起身子，卻渾身無力。心裡的話愈長愈大，不肯沉默。但老人不再聽了，沒有人聽他說話。

「駕，李·傑克遜。駕，甜心。收起你的腿，別東戳西蹭的。我們有很長的路咧。」

2

下午

傑克笨拙而瘋狂地奔跑。他穿過韋弗斯小巷，插到一條小路上，翻過籬笆，繼續向前跑。他的胃感到噁心，喉間有嘔吐的氣息。一隻狂吠的狗一直跟著他，他終於和牠拉開足夠的距離，用一塊石子威脅牠。他的眼睛因為恐懼睜得圓大，用手摀住張大的嘴。

上帝！這就是結局。騷動。暴亂。為了自己和每個人打架。被碎瓶子割傷的血紅的頭顱和眼睛。上帝！喧囂聲之上還有旋轉木馬呼哧呼哧的音樂聲。掉在地上的漢堡、棉花糖和尖叫的小孩子們。這裡面全都有他。與灰塵和陽光盲目地作戰。關節處尖利的咬痕。還有笑聲。上帝！還有這種感覺：他的體內釋放出不肯停息的瘋狂、強烈的節奏。隨後是死死地盯住死去的黑色面孔，一無所知。甚至不知道他是否殺了人。但是等一下。上帝！沒人能阻止它。

傑克慢了下來，緊張地扭頭向後看。小巷空無一人。他吐了，用襯衫袖口擦擦嘴和額頭。他休息了一分鐘，感覺稍微好一點。他已經跑了八條街，儘管他挑了捷徑，還是跑了大約半英里。暈眩散去，在所有那些狂野的感覺裡，他可以記住一些事情了。他又跑了起來，這次卻是平穩的慢跑。

沒人能阻止它。整個夏天，他像滅火一樣撲滅了它們。除了它，只有它。沒人能阻止這場戰鬥。它像是從虛無中產生，熊熊燃燒。他一直在弄秋千的機械，中間停下來倒了杯水。他經過場地時，發現一個白人男孩和一個黑人正在繞著對方走。他們都醉了。那天下午，人群中有一半的人都喝醉了，因為這是星期六，而一星期工廠都是全天候運轉。高溫和陽光令人噁心，空氣中有濃重的臭味。

他看見這兩個「打手」正在逼近對方。他知道這不是開始。長久以來，他已預感到一場大的戰鬥要來了。可笑的是，他居然有時間想到這些。他站在那裡，觀看了五秒左右，然後擠進人群。在如此之短的時間內，他想到了很多事。他想到了辛格。他想到了那些悶熱的夏日午後，那些黑色的炎熱的夜晚，那些被他化解的鬥毆事件，那些被他壓制的爭吵。

接著，他看見陽光下小刀的閃光。他用肩擠開人群，跳上拿刀的黑人的後背。這個男人和他一起倒下，同時跌到地上。黑人的汗味混合著重重的灰塵，撲進他的肺。有人踩他的腿，踢他的腦袋。等到他重新站起來時，這場戰鬥已經發展成集體鬥毆。黑人們在和白人們打，白人們和黑鬼們打。他看得很清楚，每分每秒。挑起戰爭的白人男孩像是頭兒。他是一群經常來遊樂場的小混混的頭。他們年紀在十六歲上下，穿著白帆布褲子和時髦的人造絲T恤。黑人們拼命反擊。有些人用上了剃刀。

他開始大叫：秩序！救命！警察！但這就像面對決堤的水壩喊叫。他聽見了耳朵裡一個可怕的聲音——可怕是因為它是人發出的，卻不是語言。這個聲音漲成了震耳欲聾的咆哮。他的腦袋被擊中了。他看不清周圍發生的一切。他只能看見眼睛、嘴和拳頭——瘋狂的眼睛，半閉的眼睛，濕潤而鬆弛的嘴巴，握緊的拳頭——黑色的和白色的。他從一隻手裡奪過刀，抓住了一隻高舉的拳頭。灰塵和陽光蒙住了他的眼睛，他腦子裡的念頭就是離開這裡，找到電話求助。

但他身陷其中。他不知道自己是何時加入戰鬥的。他用拳頭出擊，感覺到了潮濕的嘴上黏糊糊的柔軟。他閉著眼睛低著頭打架。一陣瘋狂的聲音從他的喉嚨發出。他使出了吃奶的力氣打鬥，頭向前衝鋒，像一頭公牛。他的腦子裡響著一些無意義的話，他在大笑。他看不見自己到底打了誰，也不知道誰在打他。但他知道鬥毆的陣容變了，現在每個人都在為他們自己打架。

突然間，結束了。他跌了一跤，向後倒去。他被打昏了，也許過了一分鐘或者遠遠更長的時間後，他才睜開眼睛。一些醉鬼們還在打，但兩個警察正在迅速地驅散他們。他看見了絆倒他的東西。他半躺在一個黑人男孩的身上。他只掃了一眼，就知道他已經死了。他脖子的一側有一條刀口，但看不清為什麼死得如此之快。他知道這張臉，卻想不起來是誰。男孩的嘴大張著，眼睛也驚訝地睜著。地上亂丟著廢紙、碎瓶子和踩得稀爛的漢堡。一隻旋轉木馬的頭折斷了，一個售貨亭也被毀了。他坐了起來。他看見了警察，在驚恐中他開始狂奔。現在他們肯定追不上他了。

前面只剩下四條街，他就要安全了。恐懼讓他難以呼吸，他氣喘吁吁。他握緊拳頭，低下頭。接著他突然放慢腳步，停了下來。主街附近的小巷裡只有他一個人。一邊是房子的牆壁，他頹然地靠在上面喘氣，額頭上緊張的血管火燒火燎的。在混亂中，他穿過小鎮一路狂奔，目標是他朋友的房間。而辛格已經死了。他放聲大哭。他哭得很響，鼻涕流下來，打濕了鬍子。

一面牆，一段樓梯，前方的一條路。灼燒的太陽壓在身上，有千鈞重。他掉頭沿著原路折回，但這次走得很慢，一邊用油膩的袖口擦拭汗濕的臉。他無法抑制嘴唇的顫抖，咬緊嘴唇，直到咬出了血腥味。

在下一條街的轉角處，他碰到了西姆斯。這個怪老頭正坐在箱子上，他的《聖經》放在膝蓋上。他身後是高高的木籬笆，上面用紫色的粉筆寫著：

他為了救你而死

請聽關於愛和仁慈的故事

每晚七點十五分

街道無人。傑克想走到對面的人行道上，西姆斯抓住了他的臂膀。

「都來吧，汝等憂鬱痛苦之人。跪在他的聖足之下，摒棄汝之罪孽。他為了救你而死。你何故要走，布朗特兄弟？」

「回家大便，」傑克說。「我要大便。我們的救世主對此有意見嗎？」

「罪人！主會記住你所有的罪行。就在今晚，主有話要對你說。」

「主有沒有記住我上星期給你的一塊錢呢？」

「耶穌今晚七點一刻有話要對你說。你最好準時到場，聆聽他的聖言。」

傑克舔舔鬍子。「每天晚上你都有一大堆聽眾，我沒辦法擠到前面聽清楚。」

「褻慢的人自有他的去處。另外，我收到了信號，很快救世主會讓我替他蓋一幢房子。就在十八大道和第六街的轉角處。一所聖堂，大得足夠容下五百人。到那時你們這些褻慢的人就瞧著吧。主在我的面前擺好桌子，當著我的敵人的面。他在我頭上塗了聖油。我的杯子——」

「今晚我可以幫你弄一些人過來。」傑克說。

「怎麼弄？」

「把你漂亮的彩色粉筆給我。我保證會來一大群人。」

「我看過你的標語了，」西姆斯說。「『工人們！美國是世界上最富有的國家，但我們之中有三分之一人卻在挨餓。我們何時團結起來，要求我們應得的那一份？』——諸如此類。你的標語太偏激了。我不讓你用我的粉筆。」

「我沒打算寫標語。」

西姆斯撫摸《聖經》的紙頁，警覺地等待著。

「我會給你招來好大一群人。在兩頭的人行道上，都給你畫上一些好看的脫光的婊子。全是彩色的，還用箭頭指路。可人的、豐滿的、光屁股的——」

「巴比倫人！」這老人尖叫道。「索多瑪之子！上帝會記住這個。」

傑克走到馬路對面的人行道上，往他的住所走去。「再會，兄弟。」

「罪人，」老人嚷著。「七點一刻整你回到這裡吧。聽聽耶穌的聖言，它會給你信仰。得到拯救。」

辛格死了。他剛聽說辛格自殺的消息時，感到的並不是悲傷——而是憤怒。他站在牆前。他記得曾對辛格說過的所有心裡話。他死了，他感覺它們也不見了。辛格為什麼要自殺？也許他瘋了。但不管怎樣，他死了，死了，死了。再也看不見他，觸摸不到他，不能對他說話了。他們一起消磨過多少時光的房間，也已經租給了一個女孩——一個打字員。他不能再去那個地方了。他孤單一人。一面牆，一段樓梯，一條大道。

傑克鎖上身後的門。他餓了，可是屋裡沒東西吃。他渴了，桌邊的水壺裡只剩下幾滴熱水。床鋪沒有整理，地板上堆積著毛茸茸的灰塵。屋子裡到處都是紙片，他最近寫了很多傳單，在小鎮散發。他無精打采地掃了一眼其中的一張：「『紡織工人組織』是你最好的朋友」。有些傳單只有一句話，有些就長多了。有一張是整整一頁紙的宣言，標題名為：「我們的民主與法西斯主義的相似性」。

有一個月的時間，他忙著這項工作，上班的時候打草稿，在「紐約咖啡館」用打字機打出來，還要打出副本，再親自出去散發。他沒日沒夜地工作。但是有誰會讀呢？它們有什麼用？對一個個體來說，這個鎮子太大了。而現在他就要走了。

可是這一次要去哪裡呢？他想到了一些城市名字——孟菲斯、威明頓、加斯托尼亞、紐奧良。他會去一個地方的。但他不會走出南方。熟悉的騷動和欲望又來找他了。這次卻不一樣。他不再渴望開放的空間和自由——恰恰相反。他記得那個黑人考普蘭德對他說過的話，「別試圖單打獨鬥。」有時這是最好的選擇。

傑克把床挪到屋子的另一頭。原來床底下的位置有一只手提箱、一堆書和髒衣服。他不耐煩地收拾它們。老黑人的臉浮現在腦海，他們說過的某些話又在耳際響起了。考普蘭德是瘋子。他是狂熱的，和他講道理，簡直令人抓狂。那天晚上，他們感覺到的可怕的憤怒是很難理喻的。考普蘭德**知道**。那些知道的人就像一小撮赤手空拳的士兵，站在全副武裝的大部隊前。他們都做了什麼？他們只是互相爭吵。考普蘭德錯了——對——他瘋了。可是不管怎麼說，他們可以在某些方面合作。如果他們沒有說過那麼多話就好了。他想去找他。他突然產生了強烈的衝動——趕快去找他。也許這才是最好的事。也許這是一個信號，他等了如此之久的那一隻手。

他等不及洗掉臉上和手上的汙垢，綁好手提箱就出門了。屋外的空氣是悶熱的，街道上有一股難聞的氣味。烏雲聚集。空氣紋絲不動，城區一家工廠冒出的煙，筆直連貫地升上天空。傑克踉蹌地走著，手提箱不停地撞著膝蓋。他時不時地扭頭看背後。考普蘭德住在小鎮的另一頭，他得快些走。天空烏雲密布，黑夜來臨前一場夏季的大暴雨將如期而至。

他來到考普蘭德的住處，發現百葉窗全合上了。他走到後面，從廢棄的廚房窗子向裡看。一股失落讓他感到空虛和絕望，他的手出汗了，心砰砰亂跳。他跑到左手邊的一幢房子，沒有人。只能去凱利家問問鮑蒂婭。

他實在不想再靠近那幢房子。看到前廳裡的衣帽架，看到他爬過無數次的長長的樓梯，這些都將讓他無法忍受。他慢慢地踱回到小鎮的這一頭，沿著小路走近凱利家。他進了後門。鮑蒂婭在廚房，小男孩和她在一起。

「不，先生，布朗特先生，」鮑蒂婭說。「我知道你是辛格先生的好朋友，你知道父親是怎麼看他的。我們今天早晨把父親送到鄉下了，我覺得完全沒必要告訴你他住哪裡。你別介意我說實話，我不想繞圈子。」

「妳沒必要繞圈子，」傑克說。「到底是怎麼回事？」

「上次你來看過我們後，父親病得很重，我們都覺得他要死了。我們花了好長時間，他才能勉強坐起來。他現在恢復得還可以。他待在目前的地方，他的身體會好得多。不管你懂不懂，他最近對白人厭惡得很，非常容易煩躁。再說啦，既然你不介意我說實話，我問你，你到底想從父親身上得到什麼？」

「沒什麼，」傑克說。「妳什麼也不懂。」

「我們黑人像任何人一樣有感情。我保證，布朗特先生。父親只是個生病的黑老頭，他已經有一大堆麻煩事了。我們必須照顧他。他不想見你——我知道。」

重新走到馬路上，他看見雲彩已經變成了憤怒的深紫色。凝滯的空氣中有暴風雨的氣息。人行道邊樹葉的鮮綠偷偷地滲進了空氣中，街面上浮著奇怪的綠光。一切都是如此安靜，傑克停下來嗅了嗅空氣，環顧四周。他把手提箱塞到臂膀下，向主街上的遮棚跑去。但他跑得不夠快。一聲刺耳的雷鳴傳來，天忽然冷了。碩大的銀白的雨點落在路面，嘶嘶作響。排山倒海的雨水打下來，他看不清路。當他到「紐約咖啡館」時，衣服濕透了，裹在身上；鞋子灌了水，吱吱響。

布瑞農放下報紙，手肘支在櫃檯上。「噢，真不可思議啊。我預感到暴雨後你立刻就會來這裡。我用腳趾頭都能想到你會來，而且你會來不及躲雨。」他用大拇指按住鼻子，鼻子變得又白又平。「還有一只手提箱？」

「看上去像，」傑克說。「摸上去也像。如果你相信手提箱的真實性，我打賭這是一只手提箱，沒錯。」

「你別光站著啊。上樓去吧，把你的衣服給我脫下來。路易斯會用熱熨斗把它們燙平。」

傑克坐在後面隔間的桌子旁，雙手捧著頭。「不，謝謝。我只想休息一下，喘口氣。」

「你的嘴都發紫了。你看上去筋疲力竭。」

「我挺好。我只需要吃點晚飯。」

「晚飯要半小時後才有。」布瑞農耐心地說。

「剩飯也行啊。直接放到盤子裡吧，用不著熱。」

內心的空虛感發作了。他既不想向後看，也不想向前看。兩支胖礅礅的短手指在桌面上遊走。距離第一次坐在這張桌子旁，已經一年多了。他和過去相比有什麼進步呢？沒有。除了交過一個朋友又失去了他，什麼也沒有發生。他給了辛格一切，而這個男人自殺了。他四面楚歌。如今他只能自己擺脫這個局面，重新開始。一想到這裡，他就驚恐萬分。他累了。頭靠著牆，腳放在身邊的椅子上。

「給你，」布瑞農說。「這應該有點用。」

他放下一杯熱飲和一盤雞肉派。飲料有一股濃厚的甜香。傑克吸了吸熱氣，閉上眼睛。「裡面放了什麼？」

「用檸檬皮搓方糖，滾燙的水加上蘭姆酒。這飲料不錯。」

「我應該付你多少？」

「我一下子說不出來。你走之前我會算出來的。」

傑克深深地喝了一大口熱托地酒，吞下前在嘴裡漱了一圈。「你永遠拿不到錢的，」他說。「我沒錢給你——即使我有錢，我也很可能不會給你。」

「好吧，我逼過你嗎？我給過你帳單，讓你付過帳嗎？」

「沒有，」傑克說。「你一直是個講理的人。在我眼裡，你是真正高尚的傢伙——這是，我的個人看法。」

布瑞農坐在桌子對面。他在想一件事。一邊用手將鹽瓶罐滑來滑去，一邊不停地捋平頭髮。人們能聞到他身上的香水味，藍條紋襯衫乾淨清新。袖子捲上來，用老式的藍色吊袖帶固定住。

他終於遲疑地清清嗓子，說：「就在你來之前，我正在看下午的報紙。今天你那裡有不少麻煩吧。」

「是的。報紙怎麼說？」

「等一下。我去拿報紙。」布瑞農從櫃檯上取來報紙，靠在隔間的隔板上。「頭版上說，位於某某處的『陽光南部』遊樂場爆發了大規模的騷亂。兩個黑人被刀砍成了重傷。另有三人是輕傷，被送到鎮醫院治療。死者為吉米．麥西和藍斯．戴維斯。傷者為約翰．哈姆林，白人，來自中山城；威瑞斯．威爾森，黑人，等等。原文：『一些人被逮捕。據說騷亂的原因是工運煽動，騷亂場所發現了反動傳單。即將有更多的逮捕行動。』布瑞農喀嗒喀嗒地咬合牙齒。「報紙的排版一天比一天糟。『反動』的第二個音節印成了『u』，『逮捕』只有一個『r』[1]。」

「他們很聰明，沒錯，」傑克嘲諷地說。「『原因是工運煽動。』真有一套啊。」

「不管怎麼說，整件事很不幸。」

傑克用手摀住正在咀嚼的嘴，低頭看著空盤子。

「你現在打算怎麼辦？」

1　反動的英文是「subversive」，逮捕的英文是「arrest」。

「我要走了。今天下午就離開。」

布瑞農在掌心上磨指甲。「哦，當然沒必要這樣——不過也許這樣也好。為什麼這麼衝動呢？今天下午就走，沒必要吧。」

「我就想。」

「我不覺得你應該重新開始。你為什麼不同時聽聽我的意見呢？我自己——我是保守主義者，自然認為你太偏激了。但同時我願意知道事物的每一面。其實，我希望你能好起來。為什麼不去能遇到和你差不多的人的地方呢？然後安頓下來？」

傑克煩躁地把盤子推開。「我不知道去哪裡。別煩我啦。我累。」

布瑞農聳聳肩，走回到櫃檯。

他累極了。熱蘭姆酒和雨猛烈的聲音令他昏昏欲睡，他在隔間裡安全地坐著，吃完一頓好飯，感覺好些了。如果他願意，可以靠著打個小盹。他頭暈腦脹，像灌了鉛，閉上眼睛更舒服些。但是，他只能睡一小會，他必須馬上離開。

「雨還會下多久？」

布瑞農的聲音裡帶有一股催眠的效果。「你無法預料——一場熱帶的大暴雨。有可能一下子就停了——或者——變小了，整個晚上都下不停。」

傑克趴在手臂上。雨聲像滾滾的海浪。他聽見鐘錶的滴答；遠處傳來盤子乒乒乓乓的聲響。他的手漸漸地鬆弛了。它們在桌上攤開，掌心向上。

布瑞農搖晃他的肩膀，看著他的臉。在他腦裡有一個可怕的夢。「醒醒，」布瑞農說。「你做噩夢了。我來看看這裡，卻看見你的嘴張著，你在呻吟，腳在地上蹭。我從沒見過類似的情景。」

夢還壓迫著他。他感覺到了熟悉的恐懼，它總是在醒來時如期而至。他推開布瑞農，站起身。「你沒必要說我做噩夢了。我自己記得很清楚。我做過十五次這樣的夢。」

他現在確實想起來了。每隔一陣子，他就會忘記做過的夢。他走在一大群人中間——像遊樂場的人群。但是周圍的人像是來自東方。太陽亮得可怕，人們半裸著身體。他們不說話，動作遲緩，臉上有飢餓的表情。沒有聲音，只有太陽，只有沉默的一群人。他走在他們中間，抱著一只有蓋的大籃子。他要把籃子帶到某處，卻找不到放它的地方。夢裡彌漫著一種驚人的恐怖感——在人群裡走啊走，就是不知道怎麼扔下那抱了許久的包袱。

「是什麼？」布瑞農問。「魔鬼在追你嗎？」

傑克站起來，走向櫃檯後頭的鏡子。他的臉很髒，汗津津的。眼睛下有黑眼圈。他在水龍頭下弄濕手帕，擦臉。他掏出小梳子，細心地梳理鬍子。

「這夢沒什麼。你去睡一覺，就明白它是怎樣的噩夢了。」時鐘指向五點半。雨差不多停了。傑克拾起手提箱，走向大門。「再會。也許我會給你寄明信片。」

「等等，」布瑞農說。「你現在不能走。還有一點雨呢。」

「只是從遮棚流下來的。我最好在天黑前離開小鎮。」

「等一等。你有錢嗎？能撐一個星期？」

「我不需要錢。我早就破產了。」

布瑞農準備好了一個信封，裡面有二十塊錢。傑克看了看錢的正反面，放進口袋。「上帝才知道你想幹什麼。你再也不會聞到它們了。謝謝你啦。我不會忘記的。」

「好運。給我寫信。」

「再見。」

「再見。」

門在他身後關上了。他回頭向街道盡頭望去，布瑞農正在人行道上目送他。他走到火車鐵軌邊。兩邊是一排排破敗的裡頭只有兩間房間的棚屋。狹窄的後院有腐臭的廁所，破破爛爛、被熏黑了的衣服晾成幾排。兩英里內，沒有一處是舒適、寬敞和乾淨的，甚至連大地本身都是骯髒的，都是被遺棄的。偶爾有幾處曾經的菜地，但只剩下幾株枯萎的甘藍葉，幾棵得了黑穗病的不結果的無花果樹。小孩子在汙穢中擠作一團，更小的孩子一絲不掛。貧困的景象是如此殘酷和絕望，傑克大吼一聲，握緊了拳頭。

他走到小鎮的邊境，轉到高速公路上。車輛從身邊駛過。他的肩膀太寬了，他的手臂太長了。他太強壯太醜陋了，沒有人願意搭載他。也許很快會有一輛卡車停下來。黃昏的太陽又伸出了腦袋。陽光晒在潮濕的路面，水氣揮發在空中。傑克不慌不忙地走著。他一走出小鎮，一股新的能量就湧向他。這是一次飛翔還是猛攻？無論如何，他在前進。這一切都會重新開始。前方的路通向北部偏西。但他不會走得太遠。他不會離開南方。這是很確定的。他心中有希望，也許他的旅程軌跡很快就會呈現。

3
晚上

有什麼用呢？這是她想知道的答案。到底有什麼用呢？她做過的一切計畫，她的音樂。這一切的結果無非是這個陷阱——去商店，回家睡覺，再去商店。辛格先生從前工作的店鋪前面有一只鐘，它指向了七點。她要下班了。每次需要加班老闆總讓她留下來。因為她比別的女孩腿力更好，工作更賣力。

大雨過後，天空出現蒼白寂靜的藍色。夜幕降臨了。路燈已經點亮。汽車喇叭聲在街道上響起，報童高聲叫賣報紙的頭條新聞。她不想回家。如果她現在就回家，準是躺到床上放聲大哭。她累壞了的時候就是這樣。如果她去「紐約咖啡館」吃點冰淇淋，那感覺就好了。抽菸，獨自待個片刻。

咖啡館的前部很擁擠，所以她去了最後面的隔間。她的後腰和腮幫子累慘了。他們的口號是「時刻準備服務，保持微笑。」她一走出商店，就不得不長久地皺眉蹙額，讓臉部重新變得自然。她的耳朵也累。她摘下綠色的耳墜，揉捏耳垂。一星期前，她買了這對耳墜——還有一只銀手鐲。起初她在廚具部工作，現在調到了珠寶飾品部。

「晚安，米克。」布瑞農先生說。他用餐巾擦拭水杯的底部，放回到桌上。

「我想要巧克力聖代和一杯五分錢的生啤酒。」

「一起嗎？」他放下菜單，用戴著女式戒指的小拇指點著菜單。「看——這裡有很好的烤雞和燉小牛肉。和我一起吃晚飯嗎？」

「不用了，謝謝。我只想要聖代和啤酒。都要很涼的。」

米克撥開前額上的頭髮。她張著嘴，兩頰顯得凹陷。有兩件事她始終無法相信。辛格自殺了，已經不在了。她長大了，不得不去烏爾沃斯商店上班。

是她發現了他。他們起初以為是汽車引擎的回火聲，直到第二天才知道發生了什麼。她進屋聽收音機。血流了一脖子，她的爸爸進來把她推出了房間。她跑到暗處，用拳頭打自己。第二天晚上他躺在起居室的棺材裡。殯儀工給他打了胭紅，塗了唇膏，想讓他看上去更自然。但是他的樣子根本不自然。他就是一具屍體。鮮花的氣味之外，有如此的氣息，這令她無法在房間裡待下去。不過，那些日子裡她堅持工作。她包好物品，遞給櫃檯前面的顧客，把錢放進錢櫃。她該吃時吃，該喝時喝。開始時，她晚上還會睡不著覺。現在她該睡時睡。

米克斜過身子，這樣就可以蹺起二郎腿了。她的絲襪脫絲了。去上班時就已經開始破了，她在上面吐了點口水。後來絲愈脫愈狠，她在底部黏了一小塊口香糖。但不管用。她要回家縫襪子。簡直不知道她能拿絲襪怎麼辦。她總是很快地穿壞它們。她可不會像普通女孩那樣，她不穿棉襪。

她不應該來這裡。她的鞋底完全磨壞了。她本應省下二十分錢，補上新的前掌。如果她一直穿著有洞的鞋，會發生什麼呢？腳上會起水泡。她只好用燒熱的針挑水泡。她不得不請病假，然後被解僱。接下來會發生什麼呢？

「給你，」布瑞農先生說。「我還從沒見過誰同時點這兩樣東西。」

他把聖代和啤酒擺到桌上。她假裝清潔指甲，如果她看他的話，他就會開始說話了。他對她沒有芥蒂了，他一定已經忘了那盒口香糖的事。現在他總是想和她說話。她卻想安靜地一個人待著。聖代不錯，滿滿地蓋著巧克力、堅果和草莓。啤酒讓她放鬆。吃完冰淇淋後，啤酒有可口的苦味，讓她有了醉意。除了音樂，啤酒是最好的。

可是如今她腦子裡沒有音樂了。這可笑得很。好像她被關到了「裡屋」的外面。有時一小首快曲會來了又走了——但她再也沒有進過有音樂的「裡屋」，那是過去的事了。她太緊張了吧。也許是工作把她的精力和時間全帶走了。烏爾沃斯商店和學校可不一樣。她過去放學回家時，總是感覺良好，準備投入音樂創作中。現在她總是累。回到家後，就是吃晚飯、上床、吃早飯、又去上班。兩個月前她在日記本上創作的一首歌還沒有完成。她也想待在「裡屋」，但是不知道怎麼辦。「裡屋」像是被鎖在了離她很遠的某處。一件難以理解的事。

米克用大拇指推了推斷裂的門牙。她擁有了辛格先生的收音機。所有的分期付款都沒付清，現在由她來付了。擁有一樣屬於他的東西，這感覺真好。也許不久後的一天，她能存下一筆錢，買一架二手鋼琴。比如說一星期兩塊錢。她不允許任何人碰她的私人鋼琴——只有喬治，也許她會教喬治彈幾首小曲子。她會把它放在後屋，每天晚上都彈奏。星期日一整天。但是想想吧，萬一有一個星期她無法付款，他們就會拿走它，就像拿走那輛紅色的小自行車一樣？想想吧，她不許他們這麼做。想想吧，她把鋼琴藏在地下室。或者在大門口等著他們，然後打一架。她會把這兩個男人打到趴下，打得他們鼻青臉腫，昏倒在大廳的地上。

米克皺了皺眉，拳頭使勁地來回搓著額頭。事情就是這樣。她彷彿是一直處於瘋狂的狀態。不是小孩子一時的興頭，很快就過去了——是另一種瘋狂。只是根本沒有什麼事值得發瘋。除了商店。但商店也沒有求她去工作。所以根本沒有什麼事值得發瘋。她像是被騙了。只是沒有人欺騙她。沒有人可以讓她洩憤。但她就是有這種感覺。被騙了。

也許鋼琴會實現的，不會出現波折。也許她很快會得到一個機會。如果不是這樣，所有的一切都有什麼用呢——她對音樂的感受，她在「裡屋」裡做的計畫。如果一件事有意義，就一定有用。它也是，它也是，它也是，它也是。它是有用的。

沒錯！

沒問題！

有用。

4 夜

一切都寧靜了。比夫擦乾臉和手。微風吹來，桌上日本小寶塔的垂飾叮叮噹噹地響。他剛打了個盹，醒來後抽了根他夜間抽的雪茄。他想到了布朗特，不知道他現在是不是走遠了。浴室的架子上放著一瓶「佛羅里達」花露水，他拿瓶塞在太陽穴處點了點。他吹口哨，是一首老歌，走下狹窄的樓梯，旋律在他身後留下斷斷續續的回聲。

路易斯應該在櫃檯後值班了。但他偷懶了，咖啡館裡沒有人。大門對著空蕩的大街敞開著。牆上的鐘指向十一點四十三分。收音機開著，裡面在說希特勒在但澤製造的危機。他走到後面的廚房，發現路易斯在椅子上睡著了。這男孩把鞋脫了，褲子扣子也解開了。他的腦袋搭掛在胸前。襯衫上長長的口水印說明他已經睡了好一會兒。他的手臂直直地垂在兩邊，真奇怪他竟然沒有一頭栽到地上。他睡得很熟，沒必要叫醒他。深夜將無人造訪。

比夫躡手躡腳地走到廚房一頭的架子，上面放著一籃茶橄欖和滿滿兩水罐的百日菊。他把花兒拿到餐館的前部，拿走了櫥窗裡蒙著玻璃紙的大淺盤——晚上的特價菜。他受夠了食物。夏季的鮮花之窗——這多好啊。他閉著眼睛想像如何擺放。一層茶橄欖鋪在底下，清爽爽、綠油油。

紅色的陶盆裝滿鮮豔的百日菊。不需要別的了。他開始仔細地擺弄櫥窗。其中有一株畸形的花，一朵百日菊有六瓣古銅色的花瓣和兩瓣紅色花瓣。他審視這枝珍品，把它放到一旁，打算收藏起來。櫥窗弄好了，他站在馬路上，打量自己的手工作品。粗拙的花莖彎成最合適的角度，顯得安閒而自然。電燈光壞了事，然而當太陽出來時，這個陳列會達到最佳效果。十足的藝術。

漆黑的天空被星星點亮，彷彿垂到了地面。他沿著人行道晃蕩，中間有一次停下來，用足側將一塊柳橙皮踢到街溝裡。下一條街的盡頭，兩個男人一動不動、手挽手地站著，從遠處看人影小小的。看不到其他人了。他的店是街上唯一開著門、屋內有亮光的店鋪。

為什麼呢？當小鎮其他的咖啡館都關門時，為什麼他要通宵營業呢？經常有人這樣問他，他卻無法用語言回答。不是為了錢。偶爾一群人會進來買啤酒和炒蛋，花上五塊十塊的。但這種情況極少。多數時候都是散客，點得很少，坐得很久。有些夜晚，十二點到五點之間沒有一個顧客。沒有進帳——想當然耳。

可是夜裡他是絕不會歇業的——只要他沒有關門大吉。夜裡正是時候。有一些白天永遠不可能遇到的人。有些人一星期固定會來幾次。另一些人只來過一次，喝一杯可口可樂，就永遠地消失了。

比夫雙臂交叉在胸前，走得更慢了。街燈投射出的弧光圈裡，他黑色的影子彎成了弧度。夜晚安寧的寂靜沉落在他身上。這是休息與沉思的時間。或許這就是他為什麼待在樓下，不肯睡覺的原因。他最後匆匆掃了一眼空寂的街道，走進房間。

收音機還在說危機。天花板上的吊扇發出呼呼的風聲，令人神清氣爽。廚房裡傳出路易斯的呼嚕。他突然想到了可憐的威利，決定最近找個日子送他一夸脫的威士忌。他開始玩報紙上的填字遊戲。中心有一張用來猜謎的女人像。他認出了她，在開始的空格處填上蒙娜麗莎。第一個直行是乞丐的同義詞，以m打頭，有九個字母。Mendicant。第二橫排是「遠遠地挪開」的同義詞，以e開頭的六個字母單字。Elapse？他大聲地念出字母的組合。Eloign。他卻沒有興致了。世上的謎語已經夠了，不少這一個。他折好報紙，收了起來。以後再來猜吧。

他審視著想收藏的百日菊。他把它放在掌心，對著燈光，發現這朵花終究不是什麼珍奇的品種。不值得收藏。他扯下柔軟鮮豔的花瓣，最後的一片因愛而開放。但是誰？他現在正愛著誰？沒有人。任何一個體面的人——任何一個從街上走來，進屋坐上一小時，喝點飲料的人。但是沒有人。他曾經知道他的愛，它們全結束了。艾莉斯、瑪德琳和基普。結束了。讓他也許變好了，也許變壞了。好還是壞？不管你怎麼看它。

還有米克。最近的幾個月裡一直奇怪地占據他的心的人。這個愛也結束了嗎？是的。結束了。傍晚時分，米克會進來要一杯冷飲或是聖代。她長大了。她的粗魯和孩子氣幾乎不見了。取而代之的是，她身上有了難以言喻的纖細氣質和女人味。耳墜、晃動的手鐲，她蹺二郎腿的新姿勢，把裙邊拽到膝蓋下的新動作。他注視她，內心產生的只是一種溫柔。舊的情感已經死去。這種愛奇異地開放了一年。他問過自己千百次，卻找不到答案。此時，就像夏季的花朵在秋天凋落一樣，它也結束了。一個也沒有了。

比夫用食指拍打鼻子。收音機裡傳出外語的聲音。他分不清這聲音是德文、法文還是西班牙文。但聽起來感覺災難就要降臨。這令他極度緊張。他關上收音機，這片不受干擾的寂靜更深了。他能感覺到外面的夜。孤獨感攫住了他，他的呼吸加快了。給露茜婭打電話、和貝貝說話，實在是太晚了。他也不指望在這個時間點進來一個客人。他走到門口，巡視街道。空空蕩蕩，一片黑暗。

「路易斯！」他叫道。「你醒了嗎，路易斯？」

沒有回答。他把手肘支在櫃檯上，兩隻手捧著頭。他來回地晃動長了濃黑鬍碴的下巴，眉頭慢慢地皺成一團。

這個謎。這個問題在他心裡扎下了根，讓他不得安寧。辛格之謎，還有其他的謎。自從開始到現在已經一年多了。自從布朗特第一次在這裡痛飲和第一次見到辛格，一年多的時間過去了。自從米克開始尾隨著辛格進進出出。現在辛格已經死了埋了一個月了。謎還在他心裡，他無法平靜。關於這一切，有一種不自然的氣息——像一個醜陋的玩笑。他一想到它，就會感到不安和無名的恐懼。

他安排了葬禮。他們把辛格相關的一切都交給他了。辛格的後事亂七八糟。需要為他每件財產付分期付款的錢，他人壽保險的受益人已經死亡。剩下的錢只夠埋葬他。葬禮在中午舉行。站在空闊潮濕的墓地，陽光帶著凶猛的熱度撲向所有人。花兒打了捲，被烈日烤成了褐色。米克哭得如此傷心，哽噎得透不過氣，她的父親連忙拍她的後背。布朗特怒氣衝衝地瞪著墓地。小鎮的黑人醫生，和那個可憐的威利有點親戚關係的人，站在人群的外圍，一個人嗚咽地在悲泣。來了一些陌生人，沒有人見過或聽說過他們。上帝才知道他們從哪裡來，為什麼來。

屋內的寂靜像黑夜本身一樣深不可測。比夫呆呆地立著，陷入沉思。突然他感受到一股悸動。他有些暈眩，背靠在櫃檯上支撐住身體。在一道迅疾的光明中，他目睹了：人類的鬥爭和勇氣；人性永恆地流過無盡的時間之河；那些辛勞的人們，和那些——一個字——愛著的人。他的心靈開闊了。但只是一瞬間。他同時感到危險的警告，恐懼之箭。他吊在兩個世界裡。他意識到自己正望著面前櫃檯玻璃裡的臉。太陽穴上的汗水閃閃發光，他的臉扭曲了。一隻眼大，一隻眼小。狹窄的左眼追憶過去，睜大的右眼害怕地凝望著未來——黑暗的、錯誤的、破滅的未來。他吊在光明和黑暗之間。在尖酸的嘲諷和信仰之間。他猛地轉過臉。

「路易斯！」他叫道。「路易斯！路易斯！」

仍然沒有回答。哦，聖母瑪利亞，他是一個明智的人嗎？為什麼恐懼感如此強烈地扼住了他的喉嚨，他甚至不知道為何恐懼。他就這樣呆若木雞，像一個神經過敏的笨蛋嗎？他應該鎮定下來，保持理智嗎？他究竟是不是一個明智的人？比夫在水龍頭下弄濕手帕，拍拭扭曲而緊張的臉。他依稀記起遮篷還沒有升起。他走向門口時，不再搖搖晃晃了。當他最終回到屋裡時，清醒地整理自己，準備迎接早晨的太陽。

國家圖書館出版品預行編目資料

心是孤獨的獵手：村上春樹激賞摯愛小說，美國天才女作家麥卡勒斯一舉成名代表作（晦澀心靈的溫柔救贖）/ 卡森．麥卡勒斯著；陳笑黎譯．-- 三版．-- 新北市：自由之丘文創事業出版：遠足文化事業股份有限公司發行，2022.01

面；　公分．--（NeoReading；2）

譯自：The heart is a lonely hunter

874.57　　110019151

心是孤獨的獵手（三版）：

村上春樹激賞摯愛小說，美國天才女作家麥卡勒斯一舉成名代表作

【晦澀心靈的溫柔救贖】

總編輯　張瑩瑩
副主編　王智群
責任編輯　陳瑞瑤
行銷經理　林麗紅
行銷企劃　蔡逸萱、李映柔
封面設計　莊謹銘
專業校對　魏秋綢
內頁排版　藍天圖物宣字社

出版　自由之丘文創事業／遠足文化事業股份有限公司
發行　遠足文化事業股份有限公司
地址：231 新北市新店區民權路 108-2 號 9 樓
電話：（02）2218-1417　傳真：（02）8667-1065
電子信箱：service@bookrep.com.tw
網址：www.bookrep.com.tw
郵撥帳號：19504465　遠足文化事業股份有限公司
客服專線：0800-221-029

讀書共和國出版集團
社長　郭重興
發行人兼出版總監　曾大福
業務平臺總經理　李雪麗
業務平臺副總經理　李復民
實體通路組　林詩富、陳志峰、郭文弘、吳眉姍、王文賓
網路暨海外通路組　張鑫峰、林裴瑤、范光杰
特販通路組　陳綺瑩、郭文龍
電子商務組　黃詩芸、李冠穎、林雅卿、高崇哲
專案企劃組　蔡孟庭、盤惟心
閱讀社群組　黃志堅、羅文浩、盧煒婷
版權部　黃知涵
印務部　江域平、黃禮賢、林文義、李孟儒

法律顧問　華洋法律事務所　蘇文生律師
印製　博客斯彩藝有限公司

初版　2011 年 12 月　　**二版**　2018 年 10 月　　**三版**　2022 年 01 月

歡迎團體訂購，另有優惠價，
請洽業務部（02）2218-1417 分機 1124、1135

ISBN 978-986-065-057-0（平裝）
ISBN 978-986-065-055-6（EPUB）
ISBN 978-986-065-053-2（PDF）